ARTE ET LABORE

LE TYRAN
DU VILLAGE

MŒURS
DE L'ITALIE RÉGÉNÉRÉE

PAR OUIDA

TRADUCTION DE L'ANGLAIS
PAR
VICTOR DERÉLY

15 grav. d'après Pille

ALFRED MAME ET FILS

LE

TYRAN DU VILLAGE

SÉRIE ILLUSTRÉE

« Si désormais vous coupez encore des roseaux, vous serez assigné et condamné à une amende. » (P. 26.)

LE
TYRAN DU VILLAGE

MŒURS DE L'ITALIE RÉGÉNÉRÉE

PAR OUIDA

TRADUIT DE L'ANGLAIS

PAR

VICTOR DERÉLY

ILLUSTRÉ DE 15 GRAVURES D'APRÈS PILLE

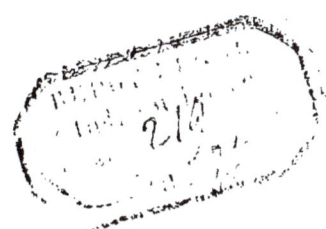

TOURS

ALFRED MAME ET FILS, ÉDITEURS

1886

LE

TYRAN DU VILLAGE

---×---

PREMIÈRE PARTIE

I

Santa-Rosalia-in-Selva est un village situé où vous voudrez, entre la mer Adriatique et la mer Tyrrhénienne, entre les Dolomites et les Abruzzes. Sa position géographique n'a pas besoin d'être indiquée plus clairement ; il suffit de dire que c'est un petit *borgo* italien, comme il y en a beaucoup sous le doux ciel bleu de cet aimable et bien-aimé pays qui a donné le jour à Théocrite et au Tasse. Un village blanc comme un galet et baigné par une rivière verte comme l'Adige ; un village devant lequel s'étendent, coupés par de basses montagnes, des champs de blé, de châtaigniers, d'oliviers et de vignes ; un village avec de grands peupliers au bord de l'eau et une église au clocher de briques rouges dont la cloche s'agite derrière sa cage de bois. A travers les plaines et sur le flanc des collines sont semées des vingtaines d'autres villages ; d'étroites

routes les séparent dont le réseau se laisse à peine
voir sous les feuilles de vignes. La réunion de
quelques centaines de toits constitue ce qu'on
appelle la commune de Vezzaja et Ghiralda. La
localité la plus importante de cette agglomération
est Santa-Rosalia-in-Selva, ainsi nommée parce que
jadis elle était cachée au milieu des bois, comme un
nid de merles sous le feuillage ; Santa-Rosalia-in-
Selva, un bourg simple, honnête, frais et tout à fait
champêtre, où les femmes, brûlées par le soleil,
tressent de la paille sur le pas de leur porte, tandis qu'à côté d'elles se roulent par terre de petits
enfants nus, semblables à des amours qui se seraient
échappés des panneaux du Corrège. Là, au printemps, les asphodèles et l'odorant narcisse poussent
partout dans les prairies et les champs de blé;
en automne, les chariots traînés par des bœufs
descendent lentement l'unique rue du village avec
leur chargement de tonneaux remplis de raisin. La
rue, vierge de tout pavé, ne compte d'autres boutiques que l'étal du boucher, l'échoppe de l'épicier
et une sorte de petit appentis vieux et sombre où
une vieille femme vend des gâteaux, de la bimbelo-
terie et des rosaires.

La riante campagne des environs semble ne faire
qu'un avec Santa-Rosalia, qui en été disparaît sous
le feuillage des vignes et des oliviers; seul émerge
du milieu de cette verdure le clocher de la principale
église, San-Giuseppe, avec la statue du saint se
dressant dans la direction du ciel.

Autrefois, et même jusqu'à ces derniers temps, la
vie avait toujours été fort paisible à Santa-Rosalia.
Le village s'était tenu en dehors des révolutions et
du reste; on n'y parlait jamais politique. Quand les
gens qui avaient connu le vin à dix centimes la bou-

teille durent le payer un franc, ils se grattèrent la
tête et furent intrigués ; on leur dit que c'était le prix
de la liberté ; ils trouvèrent l'explication toute naturelle et crurent que la liberté était un nom pour dé-
signer la maladie de la vigne.

L'église fut blanchie à la chaux, la *trattoria* devint
le café Victor-Emmanuel, les avis du comité de re-
crutement furent affichés sur le pont, et un bureau
de contributions s'installa près de la boutique du
boucher, dans un bâtiment neuf dont la façade portait un écu avec une croix blanche sur champ de
gueules. Santa-Rosalia ne fit pas grande attention
à ces divers changements. Tout, il est vrai, renché-
rissait. « C'est parce que là-bas on a éclairé la ville
au gaz, » observaient les uns ; « c'est à cause du
chemin de fer, » disaient les autres ; ceux-ci mettaient la chose sur le compte du roi ; ceux-là rendaient l'engrais liquide responsable de tout. Néanmoins personne encore ne s'inquiétait trop de la
situation ; chacun continuait à aller à la messe et à
faire de son mieux pour être heureux, — jusqu'aux
événements que je me propose de raconter.

Comme toutes les communes italiennes, la commune de Vezzaja et Ghiralda, qui a pour centre le
village de Santa-Rosalia, est censée jouir d'une indépendance garantie pratiquement par l'autonomie
législative. Aussi longtemps qu'elle fournit à l'État
sa quote-part des impositions, l'État est censé
n'avoir rien à démêler avec elle ; on la regarde
comme absolument libre de s'administrer elle-
même : il n'y a qu'une voix là-dessus, et sa liberté
est si respectée, que le préfet même de la province
n'ose y porter aucune atteinte : — du moins il le dit
quand il tient à s'épargner quelque embarras.

Dans ce libre gouvernement, quiconque paye cinq

francs de contributions est électeur communal et concourt à élire un corps de trente membres qui à leur tour élisent un conseil de sept membres, lesquels choisissent eux-mêmes un personnage unique appelé syndic, c'est-à-dire maire. Ce procédé de distillation et de condensation du pouvoir fait un admirable effet en théorie. Ceux qui auront la patience de lire les pages de ce livre verront comment ce système opère en pratique.

Maintenant, à Vezzaja et Ghiralda, les trente ne font rien qu'élire les sept; les sept ne font rien qu'élire le syndic; le syndic ne fait rien que choisir son secrétaire, et le secrétaire, avec ses deux assistants respectivement honorés des titres de conciliateur et de chancelier, s'évertue à vexer la population par tous les moyens que lui suggère l'esprit bureaucratique le plus aiguisé. Les fonctions du secrétaire devraient être simplement celles qu'un secrétaire possède partout; mais un individu habile sait les utiliser pour commettre dans la localité toutes sortes d'extorsions et d'actes tyranniques. Le chancelier (*cancelliere*) a pour tâche de molester le public de mille manières; par l'entremise de l'huissier, son *fidus Achates*, il fait pleuvoir les assignations et les mandats d'amener. Quant au conciliateur (*giudice conciliatore*), si l'on s'en tient au nom qu'il porte, son office semble être de concilier les différends, d'arranger les difficultés entre débiteurs et créanciers, etc.; mais, comme en général il se distingue surtout par une complète ignorance de la loi et de la nature humaine, ainsi que par une tendance marquée à recevoir des honoraires de toutes mains, il en résulte que, loin de remplir l'objet de sa charge, il s'applique le plus souvent à semer partout la discorde. Étant donné que tous ces hauts fonction-

naires sont des gens qui en tout autre pays seraient
bouchers, boulangers ou quincailliers, on comprendra aisément qu'ils ne procurent pas un bonheur
absolument sans mélange à la société sur laquelle
ils règnent. Les plus capables sont d'anciens teneurs
de livres, d'anciens notaires ou de petits négociants
faillis, qui se trouvent en relations d'intérêt avec le
préfet de la province ou le syndic de la commune.
Or, comme généralement tous trois sont, par tempérament, de petits Gesslers et qu'ils jouissent
d'une autorité presque sans contrôle, on s'explique
facilement que leur joug pèse d'un poids assez lourd
sur les épaules de leurs voisins et sujets, dont ils
font danser les écus avec une charmante désinvolture. Le pouvoir est doux, et vous avez beau n'être
que petit clerc, vous en goûtez les douceurs tout
autant,— sinon plus, — que si vous étiez empereur.

La tyrannie est un plaisir tout à fait sans danger
dans cette contrée affranchie. La loi italienne, calquée sur d'autres lois d'importation étrangère, est devenue peut-être la plus ingénieuse machine que l'esprit humain ait jamais inventée pour torturer l'humanité. Dans les villes, cet instrument de supplice n'est
pas d'un emploi aussi commode, car là où il y a des
foules on peut toujours craindre une émeute; d'ailleurs les villes possèdent d'horribles choses appelées
journaux et de mauvais citoyens assez pervertis pour
écrire dans ces journaux. Mais, à la campagne, ce
qu'on appelle loi, interprété et augmenté selon le besoin, peut agir comme une charrue à vapeur sans
rencontrer le moindre obstacle. Le peuple, timide et
embarrassé, est aussi incapable de se défendre que la
brebis dans la main du tondeur; la vue des papiers
de chancellerie, de l'épée d'un carabinier, suffit pour
l'épouvanter; personne n'est là pour lui dire qu'il a

† 1*

des droits, et d'ailleurs les droits constituent partout un luxe très dispendieux ; cela coûte aussi cher à soutenir que l'entretien d'un équipage.

De temps à autre le peuple découvre ses droits et en use pour allumer un baril de pétrole, ce dont on le blâme : sans doute il commet une terrible folie, mais le blâme devrait s'adresser à ses maîtres, qui ne lui permettent de s'éclairer qu'à cette lumière sinistre. Si les populations ne se servent de leur pétrole que pour allumer leur lampe de ménage, il faut l'attribuer à leur patience et à leur docilité ; ni la loi revue et augmentée, ni les gens chargés de veiller à son fonctionnement ne sont pour rien dans ce résultat.

Bâti irrégulièrement sur le bord de la verte et impétueuse rivière, Santa-Rosalia possède, comme de juste, ce qu'il appelle une piazza, et il a quelque prétention au titre de ville ; mais l'herbe pousse dru entre les pavés de sa place, et ses habitants sont aussi rustiques que des villageois peuvent l'être. L'humble *borgo* n'avait jamais été très peuplé ; toutefois, au temps dont je parle, si sa population était peu nombreuse, du moins la bonne harmonie régnait parmi elle.

Là habitaient : Luigi Canterelli (familièrement Gigi), qui vendait toutes sortes de choses utiles, depuis des marteaux jusqu'à des épingles, depuis des drogues jusqu'à de grosses fèves ; Ferdinando Gambacorta (généralement appelé Nando), qui cumulait les métiers de plombier, de charron et de charpentier ; Leopoldo Franceschi (plus connu sous le nom de Poldo), qui était tout à la fois serrurier, forgeron, ferblantier et maréchal ferrant ; Raffaelle Dando (Faello), qui était le gros boucher du pays, et Alessandro Montanto (Sandro), qui en était le

petit; Vincenzio Torriggiani (Cencio), le tailleur de
l'endroit, qu'on pouvait voir toute la journée assis
à la turque sur le seuil de sa porte, en train de tirer
l'aiguille et toujours prêt à jaboter; Filippo Ras-
selluccio (Lippo), boulanger et grainetier; Giuseppe
Lante (Beppo), marchand de vin traiteur, qui n'avait
pas son pareil dans la chrétienté pour vous faire
rôtir une douzaine de grives ou frire une douzaine
d'artichauts; Leonardo Mariani (Nardo), qui vendait des couleurs, de l'huile et des brosses. Ce dernier était aussi maître de poste, emploi dont il s'acquittait à sa manière : il éparpillait les lettres sur
son comptoir et les laissait là jusqu'à ce que quelqu'un, ayant affaire à l'endroit où elles étaient adressées, entrât dans sa boutique et consentît à les
porter à leur adresse. Naturellement Santa-Rosalia
possédait un pharmacien, *il dottore* Guarino Squillace, à qui la commune allouait environ cinq cents
francs par an pour soigner les corps, tandis que don
Lelio, le vicaire de San-Giuseppe, recevait men-
suellement de l'État la valeur de vingt-deux francs
pour soigner les âmes. Citons encore le meunier
Demetrio Pastorini, qui habitait près de la rivière
et qui était père de sept beaux enfants, garçons et
filles; enfin quantité de gens très pauvres, gagnant
leur pain de façon ou d'autre. Inutile d'ajouter
qu'aux environs du village demeuraient beaucoup
de petits bourgeois, force *contadini* et *fattori* qui
traversaient la place tantôt montés sur de fougueux
coursiers, tantôt assis dans ces véhicules à sonnettes
qu'on appelle *bagheri*, et qui tiennent à la fois du
chariot et du cabriolet.

Santa-Rosalia avait été érigé en chef-lieu d'une
nouvelle commune depuis quelque dix ans; mais,
quoique le vin eût décuplé de prix et que les taxes

fussent devenues cinquante fois plus lourdes, Santa-Rosalia ne s'était pas trop cruellement ressenti de son changement de situation, car il avait eu pour syndic un excellent homme (cela se voit encore quelquefois aujourd'hui), un certain marquis Palmarola, aussi simple que Cincinnatus et aussi doux que saint François. Malheureusement pour Santa-Rosalia, par une chaude journée d'été, Palmarola était mort de la fièvre tierce et on avait élu à sa place un personnage bien différent de lui, le *cavaliere* Anselmo Durellazzo. Le marquis voyait tout par lui-même, ne signait jamais un papier sans le lire et sans s'informer du cas qui avait nécessité cette procédure ; il laissait dormir nombre de règlements absurdes et inhumains ; pauvres et riches obtenaient de lui une égale justice. La plupart des gens sont injustes à l'égard des uns ou des autres. Mais il faut tout dire : le marquis était catholique et gentilhomme ; comme tel, il avait la sottise de croire à une chose aussi démodée que la responsabilité morale.

Le *cavaliere* Durellazzo n'avait pas ces scrupules. Il avait été en ville fabricant de bougies sur une grande échelle, et quoique l'Église l'eût aidé à faire fortune, il lui témoignait un profond mépris. Avec ses millions, il avait acheté des propriétés dans la commune de Vezzaja et Ghiralda. La *giunta* estima que nul ne pouvait faire un meilleur syndic ; il le croyait aussi. C'était un gros homme indolent et ami de ses aises ; à peine entré en charge, il signa quelques centaines de blancs-seings pour s'épargner tout embarras. Il n'avait d'autre souci que de jouer aux dominos et d'être salué bien bas par les paysans. Comme lui-même avait passé toute sa vie à faire des courbettes, cela le changeait.

Sous le *cavaliere* Durellazzo, le désordre ne tarda pas à se mettre dans la commune; des plaintes furent faites aux trente, qui les renvoyèrent aux sept, qui les renvoyèrent au syndic. Le *cavaliere* Durellazzo, après avoir regardé autour de lui, imagina de remédier au mal sans pour cela compromettre sa propre tranquillité. Il appela messer Gaspardo Nellemane, alors employé à la municipalité de la ville voisine, et bientôt arriva à Santa-Rosalia un homme de haute taille et de belle prestance, très correctement vêtu d'habits faits à la ville : c'était le nouveau secrétaire communal.

Messer Gaspardo Nellemane avait environ vingt-sept ans; il était bien fait de sa personne; son visage basané et assez beau confirmait l'origine israélite qu'on lui attribuait. Il faisait grande figure à Santa-Rosalia, s'habillait à la mode de la ville et avait beaucoup de bagues à ses doigts, s'il ne se lavait pas toujours les mains. Dans sa manière de fumer son cigare, de porter son chapeau et d'envoyer un coup de pied au chien qu'il rencontrait sur son chemin, il y avait quelque chose qui décelait un homme vraiment comme il faut.

Messer Nellemane avait vu le jour dans une sombre et petite boutique de quincaillerie; son enfance s'était écoulée au milieu des pots, des marmites et de la ferraille jusqu'au moment où son vieux père, remarquant sa vivacité d'esprit, l'envoya à l'école. Des bancs de la classe, le jeune Gaspardo passa dans une étude de notaire et de là au service civil d'Italie. A présent il était un grand homme à Santa-Rosalia : il touchait, comme traitement officiel, deux fois plus que le pharmacien et quatre fois plus que le vicaire; il avait en outre la table et le logement, sans compter les profits éventuels qui ne font jamais défaut à un habile administrateur.

L'appartement de messer Gaspardo Nellemane se composait de deux petites pièces fort pauvrement meublées ; son service était fait par l'homme qui balayait les ordures du palais communal ; il mangeait des fèves frites à l'huile et du poisson salé, sauf les jours de grandes fêtes, où il se régalait d'un morceau de chevreau ; bref, son train de vie était celui du particulier le plus modeste. Mais, quoiqu'il fumât des cigares de deux centimes et bût d'un mauvais vin qui coûtait quelques sous la bouteille, messer Gaspardo ne laissait pas d'être un homme ambitieux. Il ne voyait pas de raison qui pût l'empêcher de devenir député, ministre même avant de mourir, et, en effet, il n'y en avait aucune. C'était un simple employé à douze cent cinquante francs par an ; mais il avait une âme au-dessus de tout scrupule et un cœur dur comme une meule de moulin.

Dans l'exercice de ses fonctions, il se montrait seulement l'exécuteur docile, quoique énergique, des volontés de la *giunta* : ainsi le jeune Bonaparte semblait n'être qu'un simple général se bornant à exécuter les ordres de la république. Mais, dans quelque condition qu'il se trouve, le génie sait se faire sa place, et, en réalité, les membres de la *giunta* n'étaient que des automates mis en mouvement par messer Nellemane. Ces messieurs se réunissaient chaque semaine autour de la table du conseil et croyaient s'occuper d'affaires ; au fond, ils se bornaient à regarder à travers les lunettes que leur présentait messer Nellemane. Ce dernier leur épargnait beaucoup d'embarras, et ils lui en savaient gré.

Au centre de Santa-Rosalia s'élevait le *palazzo communale*, bâtiment carré laid et nu dont la façade, avec son badigeon qui s'écaillait et son ciment

qui s'en allait par morceaux, avait toujours l'air
sale et poussiéreux. On disait aux gens de Santa-
Rosalia que cette vilaine bâtisse était pour eux
le temple de la liberté et de l'équité : de la liberté
publique et privée, de l'équité impartiale et incor-
ruptible qui ne fait acception de personne. A l'intérieur du *palazzo communale* messer Nellemane
faisait tout à sa guise ; il gouvernait de là la commune « avec douceur et modération ». Ainsi s'expri-
mait-il lui-même sur le compte de son administration, en prenant le soir une *bibita* à la terrasse de
l'humble petit café qui était fier de compter parmi
ses clients un si grand homme. Le secrétaire, le
conciliateur et le chancelier passaient ensemble la
plupart de leurs soirées dans ce café, où ils jouaient
aux cartes, sirotaient des liqueurs et fumaient des
cigares, dans cet accord parfait qui caractérisait
leur carrière publique et privée. Ils ne se querel-
laient jamais : pas si sots ! L'un tenait la brebis,
l'autre la tondait, et le troisième ramassait la laine ;
si jamais ils s'étaient querellés, ils auraient pu laisser échapper la bête.

Messer Gaspardo Nellemane se disait parfois qu'il
aurait très bien pu à lui tout seul tenir la brebis, la
tondre et ramasser la laine, car il était habile ; tandis que ses amis, le conciliateur et le chancelier,
ne brillaient point par l'intelligence.

Le conciliateur était un gros homme chauve, qui,
à une époque lointaine, après avoir commencé par
vouloir être prêtre, avait été ensuite cuisinier, aubergiste et marchand de fromages, sans jamais
réussir à rien ; adonné à la boisson, il sommeillait
presque toujours. Le chancelier avait été jadis garçon pharmacien ; mais il s'était attiré des désagréments dans l'exercice de cette profession, car, faute

de comprendre les chiennes d'étiquettes latines collées sur ses pots et ses flacons, il commettait des
méprises préjudiciables aux malades. Il était petit,
fluet et très timide. On ne lui connaissait qu'une
passion : les artichauts à l'huile.

Messer Gaspardo Nellemane était d'une autre
pâte que ses collègues, qu'il appelait si affectueuse-
ment son cher Tonino et son bien-aimé Maso. Il
avait une maîtresse tête, et son supérieur, le très
honorable signor *cavaliere* Durellazzo, ne se permettait jamais de discuter avec lui, moins encore de
lui adresser un mot de reproche. Quand une fois par
semaine ou par mois le syndic se rendait en voiture
à Santa-Rosalia, c'était toujours pour approuver
tous les faits et gestes de son subordonné. *Va bene,
va benissimo,* murmurait-il en réponse aux com-
plaisantes explications que lui donnait le secrétaire.
Ainsi messer Gaspardo Nellemane régnait et gouvernait à Santa-Rosalia-in-Selva, comme nombre de
ses pareils règnent et gouvernent encore d'un bout à
l'autre du pays en cette année de grâce 1880.

Le public crée la bureaucratie, et il est mangé par
elle : c'est la vieille histoire de Saturne et de ses fils.
Messer Gaspardo représentait, à la vérité, un fort
insignifiant atome de la bureaucratie européenne;
mais il était assez gros pour avaler la commune de
Vezzaja et Ghiralda.

Toute la commune le détestait et néanmoins ram-
pait devant lui. La commune avait nommé les
trente; les trente avaient nommé les sept; les sept
avaient nommé le syndic; le syndic avait nommé
messer Gaspardo, et une fois que cet habile cavalier
eut enfourché la mule patiente, personne dans tout
le territoire de Vezzaja et Ghiralda ne fut capable de
le désarçonner.

Selon messer Nellemane, d'accord en cela avec beaucoup d'hommes publics plus considérables que lui, le gouvernement était une machine ingénieusement construite pour extraire du public tout ce qui pouvait en être extrait. Le public était un chevreau à écorcher, une brebis à tondre, une grappe de raisin dont il fallait exprimer le jus. Le public devait être mis sous le pressoir et transformé en vin pour être bu par messer Nellemane. Messer Nellemane n'était pas encore ministre, mais il pensait comme un ministre.

De fait, c'était seulement un gratte-papier, touchant un maigre salaire et mangeant, au vu de tout le monde, des tomates frites dans la petite arrière-salle du café; mais il avait l'âme d'un homme d'État. Quand un âne rue, battez-le; quand il meurt, écorchez-le; ainsi seulement vous en tirerez profit : telle était son opinion, et le public était l'âne de messer Nellemane.

Il y avait environ trois ans et demi que messer Nellemane faisait le bonheur de Santa-Rosalia, quand survint le premier des incidents que je me propose de raconter, et qui changèrent les destins de quelques-uns de ces pauvres gens dont le monde daigne s'occuper, si George Sand ou George Éliot écrivent leurs aventures, mais qui, en dehors du livre, sont absolument insignifiants et dénués d'intérêt.

C'était par un bel après-midi tout embaumé de senteurs printanières. Messer Nellemane avait dîné à trois heures, et en ce moment il longeait la rive gauche de la Rosa, la rive où il n'y avait pas de maisons.

Messer Nellemane était ce jour-là dans une agréable disposition d'esprit; il avait été inspecter les routes avec son ami Pierino Zaffi, l'ingénieur de la commune, un ingénieur qui en savait trop peu pour être même employé de chemin de fer. Heureusement pour lui, il avait été à l'école avec messer Nellemane, et il lui avait prêté dans son enfance quelques petites sommes d'argent. Aussi, lorsque la commune avait eu besoin d'un ingénieur, le titulaire de l'emploi étant venu à mourir, messer Nellemane avait dit : « Il y a ici Pierino Zaffi, un homme pour qui le percement du Gran Sasso et le desséchement du lac Majeur ne seraient qu'un jeu. Ce serait une bonne fortune pour nous si nous pouvions nous assurer ses services. » A quoi le syndic avait répondu : *Va bene, va benissimo.* C'est ainsi que Pierino Zaffi en était arrivé à émarger sur la liste civile de Vezzaja et Ghiralda.

Il y avait une taxe très lourde pour l'entretien des routes de la commune ; quiconque avait cinquante francs de rente devait y contribuer ; les fonds amassés étaient considérables.

Or les routes étaient très mauvaises à Vezzaja et Ghiralda. Pierino Zaffi était là pour les améliorer, et la grosse somme prélevée à cet effet sur le public était là aussi. Mais il aurait été beaucoup trop simple que Pierino Zaffi réparât les routes et que l'argent inscrit au budget de la voirie fût employé à cet usage. Les deux camarades d'école s'y prirent tout autrement. Ils décidèrent de traiter à forfait pour la réparation des routes : le travail serait adjugé à celui qui s'engagerait à l'effectuer au plus bas prix. Un meunier proposa de s'en charger moyennant une subvention annuelle de quatre cents francs ; il fut conspué. Au meunier succéda un tailleur de pierres, qui demanda pour cette besogne trois cent cinquante francs ; lui aussi fut dédaigneusement écarté. Ensuite un entrepreneur de la ville fit offre pour deux cents francs ; on le refusa, mais en y mettant des formes, parce qu'il était entrepreneur. Finalement, après bien des marchandages, des criailleries et des discussions, le tailleur de pierres consentit à prendre les routes pour cent quarante francs et les obtint.

La manière dont l'adjudicataire entendait l'exécution du cahier des charges était on ne peut plus simple : il faisait décharger sur les grands chemins, en divers endroits, tout ce que sa cour contenait de gravois et de pierres de rebut ; quand, par hasard, il se trouvait ne posséder ni gravois ni pierres de rebut, il arrêtait net les travaux.

C'était à qui maudirait le mauvais état des routes, remplies de trous et d'ornières qui causaient de fréquents accidents aux attelages. Le tailleur de pierres se contentait de répondre que, s'il ne s'acquittait pas bien de sa tâche, c'était à l'ingénieur de le dire et d'aviser en conséquence. On s'adressa alors à Pierino Zaffi. Celui-ci fit une inspection ; il déjeuna avec le tailleur de pierres, qui lui fit boire du *vino santo* et le régala de son mieux ; ensuite il envoya un rapport attestant que les routes ne laissaient rien à désirer. « Vous voyez bien ! » fit triomphalement le tailleur de pierres, couvert par le témoignage de l'ingénieur. De son côté, messer Nellemane lut le rapport à la *giunta*, et le syndic dit : *Va bene, va benissimo.* Quant à l'inspection, messer Nellemane avait regardé le blé vert des champs, messer Pierino avait regardé les nuages du ciel ; après quoi tous deux s'étaient déclarés satisfaits, enchantés, positivement émerveillés de l'excellence des routes. Si les mules se brisaient les jambes, c'est qu'elles étaient entêtées ; si les roues se détachaient des essieux, c'est qu'elles ne tenaient pas bien. Il fallait

s'en prendre aux mules et aux roues ; l'état des routes
était excellent.

Voilà comment le service de la voirie est compris
à Vezzaja et Ghiralda. Le gouvernement municipal
est un bienfait et la meilleure garantie de la liberté,
— du moins on nous le dit.

Cependant où avait passé le reste des sommes
versées par les contribuables pour l'entretien des
routes, déduction faite des cent quarante francs
alloués au tailleur de pierres ? C'est ce que personne
dans la commune ne pensa jamais à demander. La
patience du public payant est étonnante partout.
Il est probable que c'est cette vertu d'âne qui rend
les hommes d'État en général et les ministres des
finances en particulier si dédaigneux du public. Ils
le traitent comme Sganarelle traite sa femme.

Messer Nellemane était allé faire un tour d'inspection avec messer Pierino, et il revenait de fort bonne
humeur : le *vino santo* avait été exquis ; les grives
et le lièvre aux herbes s'étaient trouvés cuits à point.
Aussi messer Gaspardo regagnait-il sa demeure le
cœur content. Il suivait le bord de la Rosa, cette
jolie rivière verte comme le dos d'un lézard, ora-
geuse et mugissante lorsqu'elle est gonflée par
les crues de l'hiver, mais qui, en été, limpide et peu
profonde, laisse transparaître son lit de sable jaune
pâle.

Si petite qu'elle soit, la Rosa est une rivière histo-
rique : les anciennes chroniques parlent de pieux
pèlerinages accomplis le long de ses berges et de
guerres impies engagées sur ses rives ; des armées
guelfes et gibelines l'ont traversée ; des Espagnols
et des Allemands ont été engloutis dans ses eaux.

Mais messer Nellemane ne songeait pas à ces
vieilles histoires ; il avait pour le passé un mépris

sans bornes; qu'ils étaient stupides ces barons et
ces soudards du moyen âge, qui ne savaient que
rôtir le pied d'un Juif ou serrer le pouce d'un usurier dans un pas de vis! Combien plus aisément on
atteignait le même but avec les contributions, les
tribunaux et le code! Messer Gaspardo Nellemane
était, comme beaucoup d'autres philosophes modernes, parfaitement convaincu qu'il n'y avait jamais eu d'époque aussi bonne que la nôtre.

Il flânait, son cigare Cavour aux lèvres; le soleil
se retirait vers l'ouest; une brise légère faisait frissonner les peupliers de Lombardie qui bordaient la
rivière; ailleurs la chaleur et la poussière étaient
insupportables, mais le long de la Rosa on jouissait
de l'ombre et de la fraîcheur.

Tout à coup le regard de messer Nellemane
tomba sur une contravention. Son œil brilla à cette
vue comme l'œil d'un cheval de bataille brille à la
vue d'une armée. Ce qu'il venait d'apercevoir était
un vieillard coupant des osiers sur le bord de la
Rosa, alors basse. Près de lui une jeune fille lavait
du linge dans la rivière, tandis qu'un peu plus loin
un jeune homme cherchait des cailloux dans l'eau.

Le vieillard, Filippo Mazzetti, communément
appelé Lippo, était vannier; il raccommodait les
chaises de jonc et fabriquait divers objets en osier.
C'était certainement un homme très pauvre, dans le
sens que le grand nombre attache au mot pauvreté,
mais il était aussi heureux qu'un grillon dans le
blé. Il avait une petite maison à lui, sise au bord de
la rivière, à l'endroit où celle-ci fait un coude, et il
savait toujours s'arranger pour avoir, les dimanches,
une livre ou deux de viande. Quant à ses cannes et
à ses osiers, ils ne lui coûtaient que la peine de les
couper.

La jeune fille qui se trouvait à côté de lui était la fille de son fils défunt; elle était l'orgueil de son âme et la prunelle de son œil. Elle s'appelait Viola, car le nom de l'héroïne shakespearienne se rencontre fréquemment ici parmi les populations des campagnes, et elle ressemblait à la Sybilla Persica du Guerchin autant qu'un être humain peut ressembler à une pensée immortelle. Il y avait beaucoup de noblesse dans son visage pensif, et quand elle allait avec son grand-père couper des osiers et des branches de saule, quand elle portait sur sa tête une verte botte de roseaux ou un rouge faisceau de baguettes d'érable, elle était aussi pleine de grâce et d'inconsciente grandeur que si elle avait été la fille des Césars.

Elle n'aurait pas su lire une ligne; elle allait habituellement nu-pieds et travaillait dur depuis l'aurore jusqu'au coucher du soleil, mais elle possédait la calme et sculpturale beauté de l'antique Héra. Son grand-père avait veillé sur elle avec le plus grand soin, ne la laissant jamais sortir sans lui. Ce vieillard ridé, très petit et très brûlé par le soleil, avait à côté d'elle l'air d'une branche flétrie à côté d'une amaryllis. Ils étaient dévoués l'un à l'autre, et rien, à Santa-Rosalia, n'avait troublé le calme de leur vie innocente jusqu'au moment où messer Nellemane, cheminant le long de la rivière, aperçut par malheur Viola qui lavait du linge, Pippo qui coupait des roseaux, et le fils aîné du meunier, Carmelo Pastorini, qui, les jambes dans l'eau, ramassait des cailloux.

Messer Gaspardo Nellemane s'arrêta après avoir découvert cette chose dont la vue était en même temps un bonheur et un sujet d'irritation pour lui, — une contravention. Il avait promulgué un code tout

neuf dont l'invention lui appartenait en propre ;
selon lui, l'administration devait être une persé-
cution ; si elle ne s'affirmait pas perpétuellement
elle-même, qui la respecterait ? Il avait déclaré pu-
nissable tout ce qu'il était humainement possible de
transformer en délit.

Chaque commune a le droit de légiférer pour son
propre compte. En conséquence, messer Gaspardo
avait rédigé environ trois cent quatre-vingt-dix
règlements ; la *giunta* les avait insouciamment
acceptés, et le très honorable syndic, *cavaliere* Durellazzo, après y avoir jeté un coup d'œil, avait dit :
Va bene, va benissimo ; c'est ainsi que l'œuvre juridique du secrétaire avait acquis force de loi à Santa-
Rosalia. Tout récemment il venait d'introduire dans
son code une disposition en vertu de laquelle on ne
pouvait couper de cannes ni de roseaux dans la
rivière, à moins d'en avoir obtenu l'autorisation de
la commune, et ce moyennant finance. *L'État, c'est
moi,* et sa poche est aussi la mienne : telle était la
constante manière de voir de messer Nellemane.

Il descendit donc au bord de l'eau, et, la beauté de
la jeune fille agissant sur lui, il prit un ton tout à
fait bienveillant pour dire au vieux Pippo :

« Mon cher ami, ce que vous faites là est contraire
à la loi, à moins que vous n'ayez payé pour obtenir
une autorisation, ce dont je doute. Pouvez-vous me
montrer votre permis ? »

Le vieux Pippo, qui avait l'oreille assez dure et le
caractère quelque peu revêche, fit entendre un sourd
grognement et continua sa besogne. Messer Nellemane reprit avec un peu plus de sévérité :

« Mon ami, entendez-vous ? il est expressément
défendu par les règlements de la police municipale
de faire ce que vous faites. Il y a une amende pour

la première contravention et une pénalité très lourde
en cas de récidive...

— Pendant quatre cents ans et plus nos pères ont
coupé des roseaux dans la Rosa, » répondit Pippo,
qui leva enfin les yeux sur son interlocuteur et fixa
sa pipe dans la ceinture de son pantalon.

« Nous n'acceptons pas des précédents périmés
comme une justification pour la transgression des
lois communales, » répliqua messer Gaspardo. Il
aimait à se servir de mots très longs pour prouver
qu'il était un homme instruit et qu'il ne parlait pas
comme le vulgaire.   •

Quoique facile à effrayer, Pippo aurait volontiers
entrepris une timide défense de ce qui lui paraissait
être un droit héréditaire; mais les grands mots de
messer Nellemane le bouleversèrent au point qu'il
s'imagina avoir commis sans le savoir un meurtre
ou un péché contre le Saint-Esprit.

« *Scusi tanto, signore!* dit-il dans son trouble.
Mais tout le monde coupe les roseaux; mon père et
mon grand-père les coupaient. Avec quoi ferai-je
mes paniers?

— Pétitionnez pour obtenir un permis, et, si on
vous l'accorde, payez-le, dit sévèrement messer
Nellemane. Si désormais vous coupez encore des
roseaux, vous serez assigné et condamné à une
amende. »

Pippo, abasourdi, se gratta la tête. Le jeune Carmelo, qui, toujours dans l'eau, lavait ses cailloux,
regarda Viola en train de laver la chemise de son
grand-père; il la vit tremblante et fixant sur le
visage du grand homme des yeux élargis par la
frayeur.

« C'est un ancien droit, cria hardiment Carmelo
au secrétaire de la commune. C'est un droit qui ap-

partient au peuple, comme celui de ramasser ces
cailloux ; la rivière est un bien commun à nous
tous.

— Le peuple n'a pas de droits quand la majesté
de la loi les abroge et les abolit, » répliqua avec
dignité messer Nellemane. Cette parole était peut-
être la plus vraie qu'il eût jamais dite. Ensuite il
écrivit sur le carnet qu'il portait toujours avec lui :
« Carmelo, de la famille Pastorini, semble être d'un
caractère pointilleux et insubordonné ; *mem :* à sur-
veiller. » Il allait poursuivre en termes plus sévères,
quand par hasard ses yeux tombèrent sur le beau
visage de Viola. Nonobstant sa grandeur, messer
Nellemane était homme. Un instant il fut ébloui et
touché par l'éclat des yeux humides et effrayés de la
jeune fille ; il savait qu'elle était la petite-fille du
vieux Pippo, mais il ne l'avait pas remarquée jusqu'alors.

Il substitua un langage plus doux à la phrase qu'il
avait sur les lèvres.

« Vous êtes averti, Mazzetti, et averti par *moi*,
dit-il d'un ton de charitable condescendance ; comme
vous ignoriez les règlements municipaux, pour cette
fois je ne ferai pas de rapport sur vous, mais prenez
garde de violer encore la loi ! Voyez l'article 6 du
XIV° règlement du code communal de Vezzaja et
Ghiralda. *Buon' sera, buon' riposo.* »

Et il s'éloigna d'un air plein de bonhomie.

« Puis-je les emporter, penses-tu ? demanda avec
hésitation le vieux Pippo, qui couvait des yeux sa
botte de joncs.

— A votre place, je ne m'inquiéterais ni de lui ni
de ses lois, » dit le jeune Carmelo dont un sourire de
dédain épanouit le frais visage, tandis qu'il s'apprêtait
à emporter sa provision de cailloux. « Il est né d'hier,

et la rivière était ici avant aucun de nous ; elle a été faite pour notre usage.

— Tout cela est fort bien, Carmelo, dit timidement Viola. Mais ce gentilhomme fait tout ce qu'il veut, il a trois gardes à ses ordres, et avec quelques amendes ils vous ruinent. Voyez le pauvre Nanni ! »

Giovanni était un savetier qui, tenant boutique en plein air, comme son père l'avait toujours fait avant lui, avait contrevenu par là à l'article 20 du nouveau code introduit dans la commune depuis l'avènement de messer Nellemane aux fonctions de secrétaire. Cet article, en effet, défendait d'encombrer la voie publique en s'y installant à demeure. Comme Giovanni, vieillard entêté et obtus, persistait à croire que le pavé devant sa porte lui appartenait, et qu'il s'obstinait également à l'encombrer avec sa table, sa chaise et ses outils, la municipalité lui envoya assignations sur assignations. Finalement le total des amendes encourues par le délinquant contumace atteignit un tel chiffre, que Nanni, qui gagnait environ un franc par jour et vivait là-dessus, se vit aussi hors d'état de payer cette somme qu'il l'eût été de construire la basilique de Saint-Pierre.

Il reçut alors la visite de l'huissier de la commune, qui finit par vendre ses pots, ses casseroles et tout son pauvre mobilier. Le pauvre vieux en éprouva un tel chagrin, qu'il perdit la tête, et s'asphyxia avec sa dernière pincée de charbon de terre. Son cadavre fut trouvé gisant sur le plancher nu de sa chambre, car la justice lui avait enlevé toute sa literie.

En son vivant Nanni avait été un bon et gai garçon. Sa mort affecta péniblement les gens de son village, car c'était lui qui depuis un demi-siècle avait fait ou raccommodé tous les souliers que les paysans portaient le dimanche.

« Je me souviens de Nanni, dit le jeune homme, dont le visage s'assombrit. Ce sont ces lois de nouvelle invention qui l'ont tué ; et quant à ce gentilhomme, comme vous l'appelez, si quelqu'un lui flanquait une rossée, il ferait une bonne action.

— Chut ! fit Viola en regardant avec effroi dans la direction de messer Gaspardo, qu'on apercevait de dos cheminant le long de la rive opposée.

— Dois-je les emporter ou les laisser ici ? » dit Pippo toujours en proie à la même perplexité ; et son regard, qui jusqu'alors n'avait pas quitté les roseaux, se porta sur Carmelo comme pour lui demander une réponse.

Le fils du meunier laissa retomber ses cailloux dans la rivière ; en une ou deux enjambées il arriva à l'endroit où se trouvait le vieillard, chargea les roseaux sur ses épaules et s'achemina avec ce fardeau vers la maison de Pippo, située à quelque trois cents pas de là en aval. Messer Gaspardo, qui s'était retourné, vit le fait ; il le nota sur son calepin et continua sa promenade.

A cette heure avancée de l'après-midi, la rivière avait pris une teinte vert et or ; çà et là un plant de tulipes ponctuait de rouge le paysage silencieux, qu'illuminaient les rayons du soleil couchant. Dans cette clarté messer Nellemane, qui marchait le long de la Rosa, mettait une tache sombre et grimaçante.

Viola contempla la noire silhouette du secrétaire et se sentit effrayée, terriblement effrayée ; elle souhaita qu'il n'eût point vu Carmelo Pastorini charger les osiers sur son dos. Peu importait d'ailleurs au jeune homme : il avait l'audace confiante et sereine de son âge. Ayant tiré un bon numéro, il s'était vu libéré du service après quarante jours passés à l'armée et habitait maintenant avec son père, possesseur d'un petit moulin à eau établi sur la Rosa ; il ne craignait rien. Mais Pippo et Viola craignaient tout, sans savoir pourtant ce qu'ils avaient à craindre. Ils étaient oppressés par cette vague terreur qui, comme un spectre, accompagne les pauvres honnêtes durant tout le cours de leur laborieuse et famélique existence : la terreur de la loi toujours présente pour les espionner, observer leurs démarches, vider leurs poches.

Les pauvres arrivent assez facilement à se rendre compte de la justice et de la nécessité de la loi criminelle ; aussi savent-ils en respecter les rigueurs. Mais ce qu'ils ne peuvent comprendre, ce sont les mesquines tyrannies de la loi civile qui les brise physiquement et moralement. Quand elle ne déprime pas leur âme, elle enflamme leur sang : ils s'affilient alors au socialisme, au nihilisme, à l'internationale, à tout parti qui leur promet l'affranchissement et la vengeance.

En Italie, nous tous qui avons quelque chose à perdre, nous craignons le socialisme ; et pourtant nous laissons les syndics, leurs conciliateurs, leurs chanceliers, leurs secrétaires en semer la graine par tout le pays sous forme de petites injustices et de petites cruautés : ce sont les dents du dragon mythologique d'où naîtront tôt ou tard des hommes armés.

II

Pendant ce temps, messer Gaspardo rentrait à l'appartement qu'il occupait au *municipio* et envoyait chercher Bindo Terri, un des gardes champêtres chargés de veiller à la stricte observation des trois cent quatre-vingt-seize règlements censément émanés de la *giunta,* mais dont la paternité véritable appartenait à messer Nellemane. Bindo était un grand vaurien qui mettait maintenant tous ses soins à démontrer la sagesse de l'adage : « Servez-vous d'un voleur pour arrêter un voleur. » Toute sa jeunesse s'était passée à polissonner ; mais tandis qu'il flânait dans les rues de Santa-Rosalia, attrapant des oiseaux et faisant des commissions, messer Nellemane, avec son flair accoutumé, avait découvert dans ce « gouapeur » l'étoffe d'un fonctionnaire public ; il l'avait donc recommandé si chaudement à son supérieur Durellazzo, que le syndic avait répondu : *Va bene, va benissimo,* à la proposition de transformer le vagabond Bindo en garde champêtre au moyen d'un uniforme gris, d'un baudrier, d'une courte épée et d'un chapeau à plumes. On stimula au plus haut point le zèle de Bindo en lui promettant la moitié de toutes les amendes qu'il pourrait infliger aux violateurs du nouveau code de Vezzaja et Ghiralda.

Messer Gaspardo manda ce zélé fonctionnaire et lui dit :

« Quel caractère a le fils aîné du meunier Pastorini ? »

Plus d'une fois, avant son entrée au service public, Bindo avait été rossé par les Pastorini, à qui il volait du blé ; il s'empressa de répondre :

« C'est un homme sauvage, hautain et sans respect pour l'autorité.

— Un personnage dangereux ? Je m'en doutais. A-t-il jamais pris part à des troubles ? »

Bindo secoua tristement la tête. Les Pastorini, père et fils, étaient des gens tranquilles, honnêtes,

craignant Dieu : il y avait là de quoi dépiter outre
mesure un gardien de la morale et des bonnes mœurs
qui empochait la moitié des amendes.

« Ils gagnent de l'argent avec leur moulin ?

— Comment donc, *signore!* C'est le seul qui
existe le long de la rivière sur un parcours de cinq
milles.

— Et il leur appartient ?

— Il est dans la famille Pastorini depuis des centaines d'années.

— Y compris le *boschetto ?*

— Parfaitement, *illustrissimo.*

— Vous pouvez vous retirer, mon cher Bindo, dit
messer Nellemane, qui aimait à être appelé *illustrissimo.* Mais ayez l'œil sur Carmelo Pastorini, car il
me fait l'effet d'un jeune homme sournois, antipa-
thique, insubordonné, et par ce temps de socialisme
on ne sait jamais... »

Bindo inclina respectueusement sa tête frisée devant son supérieur et sortit en laissant derrière lui
une liste des délits constatés durant la journée. Le
code de messer Nellemane interdisait presque toutes
les actions qu'un homme, un enfant, un chien, un
cheval, un âne, une chèvre, une vache, un canard
ou une poule pouvaient accomplir sur la voie publique.
Cette législation traitant comme des crimes de haute
trahison la plupart des plaisirs primitifs et des pra-
tiques en usage dans ce monde rustique, il n'était
pas très difficile à un fonctionnaire vigilant comme
Bindo, qui avait toujours l'œil et l'oreille au guet,
de fournir à son patron une liste de contraventions
aussi longue que celle des vaisseaux grecs dans le
second chant de l'*Iliade.*

Bindo Terri préférait les voies de la vertu à celles
du vagabondage ; au lieu d'être mis en prison, il y

mettait les autres, ce qui réunissait le charme de la
variété à l'attrait du pouvoir. C'était aussi une carrière plus lucrative. Si les gens ne voulaient pas
voir leur existence en butte aux tracasseries, leurs
habitudes contrariées, leurs chiens empoisonnés, ils
glissaient de temps à autre quelques francs dans la
main de Bindo. En outre, les bouchers, les boulangers, les marchands de bestiaux et les courtiers en
blé qui voulaient frauder le trésor devenaient une
source très considérable de revenus pour le garde
champêtre, car celui-ci savait admirablement fermer
l'œil à l'occasion.

Quand votre traitement annuel ne s'élève pas tout à
fait à vingt livres sterling, il va de soi que vous devez
suppléer de façon ou d'autre à l'insuffisance de cette
somme. En rétribuant sur le pied de 500 francs par
an les services inappréciables de Bindo et en lui donnant la moitié des amendes, la *giunta* lui disait implicitement : « Vole, opprime, fais-toi graisser la
patte, gagne ton pain aux dépens du public ; » et il
se procurait ainsi non seulement son pain, mais son
vin, ses cigares et le reste.

Naturellement il nourrissait une haine spéciale
à l'endroit des individus honnêtes, de ceux qui
payaient exactement les taxes et obéissaient aux
lois : il n'y avait rien à gagner pour lui avec ces
gens-là.

De même qu'en rédigeant son code, messer Gaspardo Nellemane n'avait point songé à rendre le
peuple plus heureux ou plus honnête, mais s'était
préoccupé uniquement de remplir la caisse municipale au moyen des amendes; de même son lieutenant, le futé Bindo, faisait souvent le guet dans l'espoir de constater non l'observation, mais la violation
de la loi. Le gros boucher de la place transportait

à la ville ses bêtes tuées sans acquitter un liard de
droit, parce qu'il avait eu la sagesse de se ménager
des intelligences avec Bindo. Moins bien avisé, le
petit boucher établi au tournant de la rivière persistait à dire sottement que Bindo, avant de s'être régénéré dans le service public, lui avait cent fois
volé des tripes et des tranches de porc. Aussi ce
malheureux avait-il à payer force amendes et droits
pour chaque tête de bétail, de cochon ou de chevreau.

Que voulez-vous ! la corruption est, dans le
monde entier, la loi naturelle de la vie administra-
tive. Pourquoi Bindo aurait-il seul fait exception à
la règle générale ?

Via ! disait-il en gonflant ses joues et en mettant sur le côté son chapeau à plumes, chaque fois
que quelqu'un lui laissait entendre qu'il n'avait pas
les mains aussi nettes qu'on aurait pu le désirer
chez un gardien de la décence et de la moralité pu-
bliques.

De tout temps Bindo avait détesté toute la famille
Pastorini. Dans leur petit moulin établi sur la Rosa
et ombragé par de grands peupliers verts, ils avaient
toujours vécu innocemment, honnêtement, en paix
avec le ciel et avec leurs voisins. Ils payaient régulièrement leurs impositions, ne faisaient de tort à
personne, recevaient volontiers chez eux, étaient
bien vus de tout le monde; les fils travaillaient ferme
et ne fréquentaient pas le cabaret ; une telle famille
devait être particulièrement odieuse à un serviteur
de l'État qui empochait la moitié des amendes infligées aux gens tapageurs ou insubordonnés.

C'est pourquoi Bindo tressaillit en entendant les
paroles de son supérieur. C'était un jeune homme
capable et doué d'un esprit très inventif; son ima-

gination lui montra instantanément Carmelo, ce
Carmelo si honnête, si franc, si tranquille, si sobre,
en un mot si détestable sous tous les rapports,
amené devant le tribunal et traîné du tribunal en
prison.

« Pourquoi pas ? » se dit joyeusement Bindo.

Cependant messer Gaspardo avait allumé un long
cigare et s'était assis pour savourer à loisir sa liste.

Elle était de nature à réjouir et à réconforter son
âme. Procès-verbal avait été dressé pour des arbres
dont on n'avait pas coupé les branches assez bas,
pour des enfants qu'on avait laissé jouer sur les augustes degrés du palais communal, pour des chiens
non tenus en laisse, pour des pots de fleurs placés
sur l'appui d'une fenêtre, pour des seaux d'eau vidés
dans une gouttière, pour une chaise mise sur la
voie publique, pour les mille et une choses défen-
dues par le législateur éclairé de Vezzaja et Ghiralda.

« Que le public est pervers ! » pensait messer Nellemane en parcourant la série des contraventions. Il
voulait un public modèle, un public qui lui tirât
son chapeau, qui tînt ses chiens à l'attache, qui ne
se permît jamais le moindre rire ni la moindre vivacité, qui eût des enfants disciplinés comme des agents
de police et qui respectât le code de messer Nellemane comme une législation envoyée d'en haut.
Pourtant ce public modèle, à supposer même qu'on
eût pu le créer exprès pour lui, aurait donné peu de
satisfaction au secrétaire communal, car ce dernier
n'aurait eu personne à punir, aucune amende à faire
entrer dans cette caisse municipale que le fonctionnaire devait remplir pour permettre au particulier
de la vider. Comme tous les autres grands hommes,
il se plaisait surtout au milieu des flots agités. Il
replia donc la liste en admirant la perversité du

public, et se rendit au café de la *Nuova Italia,* où il soupa économiquement d'une salade et d'un morceau de foie. Ensuite il se mit à jouer aux do-minos avec le conciliateur Maso, qui s'était fait une règle de le laisser toujours gagner. Quiconque recherchait les bonnes grâces de messer Gaspardo perdait invariablement en jouant avec lui.

Santa-Rosalia est situé le long de la Rosa, et les modestes maisons du bourg s'ouvrent au centre, sur un espace découvert où la belle et vieille église à la flèche élancée fait face au moderne et hideux palais communal. L'espèce de lande poussiéreuse et dé-solée qui s'étend entre ces deux bâtiments est ce qu'on nomme par politesse la *piazza.* Les vieillards de la génération de Pippo et même des hommes moins âgés qui se souvenaient de leur enfance pou-vaient se rappeler le temps où des platanes et des tilleuls ombrageaient cette place ; au milieu s'éle-vait alors une antique et monumentale fontaine de pierre, la joie des gens, des chiens, des chevaux et des bestiaux qui venaient y boire, le bonheur des bambins qui y prenaient leurs ébats.

Mais la première *giunta* nommée au lendemain de l'affranchissement avait fait abattre et vendre les arbres. Puis, quand arriva messer Nellemane, il trouva à redire à l'existence de la fontaine, parce qu'elle offrait un centre de réunion aux habitants. Le secrétaire communal ne partageait pas l'avis de M. Ruskin, que des Italiennes groupées avec leurs cruches de bronze autour d'une fontaine, au lever ou à la chute du jour, constituent un des spectacles les plus poétiques du monde. En conséquence, il décida la suppression de la fontaine, l'enlèvement des pierres et le retour de l'eau à la rivière. La popula-tion gémit, se lamenta et protesta timidement, mais

la *giunta* donna son assentiment au projet, et
le syndic dit comme toujours : *Va bene, va benissimo.*

L'œuvre de destruction s'accomplit donc, non sans
entraîner des frais considérables, qui figurèrent au
budget des dépenses communales sous la rubrique :
« Travaux pour la salubrité et l'embellissement de
Santa-Rosalia. » Tout ce que le peuple gagna à la
démolition de la fontaine fut d'avoir à sa place un
terrain rempli de gravois et de décombres. Quant
aux vieilles pierres, le bruit courut qu'un riche
Russe, après s'être arrangé préalablement avec
messer Nellemane, les avait fait transporter à sa
maison de campagne située à cinquante milles de là.
Un jardinier des environs jura à ses voisins qu'il les
y avait vues. « On dit, ajoutait-il, qu'elles ont été
sculptées par quelque grand artiste d'autrefois. »
Mais messer Nellemane déclara que ces pierres
avaient été cassées pour servir au repavage des
routes, attendu que, n'ayant absolument aucune valeur, elles n'auraient pu être utilisées autrement.
L'incident n'eut pas de suites, comme il arrive à la
plupart des enquêtes touchant les dommages causés
aux populations ou la manière dont on dépense les
deniers publics. Les gens de Santa-Rosalia eurent
beau déplorer la perte de la fontaine, leurs plaintes
ne trouvèrent pas d'écho. La *giunta* estima d'un
commun accord que la place avait beaucoup meilleur
air depuis qu'elle était privée de tout ornement.
D'ailleurs, pensaient les conseillers, les arbres et les
fontaines, cela engendre l'humidité. Et puis, pourquoi n'aurait-on pas fait à Santa-Rosalia ce qui se
faisait à Rome ? De même que les petits chiens imi-
tent toujours les gros, de même les villages aiment
à copier les grandes villes.

Personne n'osa jamais parler des pierres à messer
Nellemane, celui-ci ayant donné sa parole qu'elles
avaient été transformées en pavés. On ignora toujours que, peu de temps après leur disparition, il avait
placé cinq mille francs à l'étranger. Le secrétaire
communal traitait, en effet, ces petites affaires par
l'entremise d'un sien cousin, changeur à Alexandrie,
un Israélite « roublard » au teint jaune et aux vêtements crasseux, qui, selon toute probabilité, mourra
baron et banquier. Ce soir-là toutefois, après avoir
mangé son souper, messer Nellemane n'avait l'esprit
occupé ni d'achats de rentes ni d'aucun autre objet
profane ; il pensait à Viola Mazzetti.

La petite maison de pierre que possédait l'aïeul
de la jeune fille s'appelait la *Casa della Madonna,* à
cause d'une vierge en porcelaine bleue et blanche
placée dans une niche au-dessus de la porte.
Cette demeure, dont la construction remontait au
XIIIᵉ siècle, était petite et basse, mais solidement
bâtie. Située au coin de la *piazza,* elle faisait un angle
avec la rivière et avec la route non pavée qui séparait le bourg de l'eau. La porte et la fenêtre de la
cuisine donnaient sur la place, de sorte que messer
Nellemane, assis du côté opposé du square, pouvait
très bien voir la maison.

Tout en fumant, en lisant le journal et en jouant
aux dominos, messer Nellemane ne perdait pas de
vue cette cabane. La Rosa s'offrait également à ses
regards sur un assez long parcours. C'est ainsi que le
secrétaire communal vit Carmelo marcher à grands
pas sous les peupliers et les sorbiers qui bordaient la
rive opposée, puis franchir rapidement le gué, et, arrivé de l'autre côté de la rivière, courir à la maison
de Pippo, où il entra sans frapper.

Dès lors messer Nellemane, qui, nonobstant son

omniscience, ne savait pas voir à travers des murs de
pierre, dut se borner à suivre Carmelo non plus des
yeux, mais mentalement; ce qu'il fit avec irritation,
car la beauté de la jeune fille avait éveillé la passion chez lui-même.

Tandis qu'il se livrait à des réflexions chagrines
en jouant aux dominos alternativement avec Maso et
avec Tonino, ses excellents amis, la claire soirée
d'automne commençait à prendre une teinte grise et
mélancolique. Carmelo Pastorini causait à voix basse
avec Viola, et le vieux Pippo, après avoir fumé sa
pipe, s'était endormi. Carmelo était un beau gars,
bien découplé, qui ressemblait étonnamment au
Faune de Rome, dont il avait les admirables proportions. On peut rencontrer çà et là parmi la populace
les vieux types classiques conservés presque sans
altération; la parfaite symétrie, l'attitude aisée et
noble des modèles antiques se retrouvent en grande
partie chez des hommes qui ne se sont jamais
courbés sur des pupitres et qui, dans leur enfance,
ont toujours ignoré l'usage des chaussures.

« Comme vous marchez mal ! » disait un jour un
officier à un conscrit toscan. Celui-ci répondit à l'officier, qui était bon pour lui : « *Signor capitano*, comment peut-on bien marcher avec une grande courroie
en travers de la poitrine et du cuir sur les pieds? Si
je pouvais ôter mes bottes et porter mon havresac
sur ma tête, alors je marcherais aussi bien que n'importe qui; » et le premier usage que ce jeune homme
fit de sa liberté, quand il eut fini son temps de service, fut de jeter ses bottes au loin.

En ce moment Carmelo, pieds nus et vêtu de toile
bleue à cause de la chaleur, s'entretenait tout bas
avec Viola, appuyé contre la petite fenêtre de la
chambre. La jeune fille tenait son beau visage ba-

sané penché sur la paille qu'elle tressait ; elle souriait légèrement, tout en gardant une expression sérieuse.

Ils s'aimaient d'un amour innocent et calme. Ni
l'un ni l'autre ne possédait rien, mais cela ne les
inquiétait pas : Carmelo pouvait toujours travailler
au moulin de son père, et Viola ne craignait pas la
pauvreté. L'épouse de saint François, qui avait
été de tout temps sa compagne, ne lui faisait pas
peur.

Dans ce pays, les garçons et les filles se marient
sans beaucoup songer à l'avenir, ce qui ne les em-
pêche pas d'être pour la plupart heureux en ménage. Les enfants s'ébattent joyeusement sur le
sol comme de petits lapins, et tout va bien, ou du
moins tout irait bien si, sur les seuils ensoleillés,
la loi ne projetait son ombre, pareille à celle de la
mort.

Jusqu'alors pourtant il avait à peine été question
de mariage entre le fils du meunier et la petite-fille
du vannier. Carmelo, impressionné qu'il était par
l'angélique pureté visible dans toute la personne de
Viola, faisait sa cour d'une façon timide et respec-
tueuse plutôt que passionnée. D'un autre côté,
Pippo, homme jaloux de son autorité domestique,
avait dit : *Adagio, adagio,* voulant faire entendre par
là qu'ils étaient jeunes et que rien ne pressait. Demetrio Pastorini pensait de même, en sorte que la
vie des deux amoureux se passait tranquillement
dans une douce pastorale plus heureuse et moins
troublée que la passion même triomphante.

Toutefois, ce soir-là, dans la demi-obscurité du
crépuscule, Carmelo devint plus audacieux.

« Pourquoi ne nous marierions-nous pas, comme
les autres ? » murmura-t-il.

Viola sourit faiblement, mais le réveil soudain de Pippo interrompit leur tête-à-tête.

« Ne pas couper les osiers de la Rosa ! s'écria le vieillard. Depuis vingt mille ans tout le monde les a toujours coupés. Que nous veut cet intrigant avec ses règlements, ses taxes et ses démolitions ?

— Silence, grand-père, » dit craintivement Viola. Elle se rappelait la mort du pauvre Nanni, et de la fenêtre pouvait voir au delà de la rivière la place où il y avait eu autrefois une fontaine. Elle pouvait aussi apercevoir messer Gaspardo Nellemane qui, assis sur sa chaise de fer devant le café, était en train de gagner une partie de dominos contre le fluet Tonino, tandis que le gros Maso les regardait jouer. Pareillement, du lieu où il se trouvait, messer Nellemane pouvait voir la jeune fille. A huit heures, Carmelo se retira, et les Mazzetti firent un léger souper ; puis Viola alluma une lampe pour permettre à son grand-père d'achever une chaise de canne qu'il devait remettre le lendemain au prêtre de la paroisse. Alors le secrétaire communal put voir mieux encore la tête brune de Viola, et il l'examina en connaisseur, comme un artiste aurait étudié un effet de lumière sur une toile d'Ostade ou de van Steen. Cette vue lui causa presque la même sensation agréable qu'il avait éprouvée en lisant la liste des contraventions relevées par le garde-champêtre Bindo.

Viola était, sans contredit, la plus charmante fille de la localité. Avec ses yeux couleur d'onyx, ses paupières bordées de longs cils, ses lèvres rouges et bien arquées, ses membres harmonieux et souples, elle aurait été une beauté n'importe où, à la cour d'un prince comme dans l'atelier d'un peintre. « Je puis toujours la regarder sans que cela tire à conséquence, » pensait-il, et il la regarda jusqu'au moment où, Pippo ayant terminé son travail, elle éteignit sa lampe et ferma le volet.

Messer Nellemane, n'ayant plus alors devant lui qu'une petite maison noire, jeta son bout de cigare avec un geste de grand seigneur, repoussa sa chaise de fer et s'achemina vers son logis.

III

Le lendemain était le dernier jour d'avril, et dans les villages reculés au-dessus desquels s'élèvent les Apennins, comme dans ceux qui couronnent ces montagnes, s'est conservée la vieille et gracieuse coutume du *Calen di Maggio,* usage qui existait aussi dans notre pays au temps où la « joyeuse Angleterre » n'avait pas encore fait place à l'Angleterre industrielle et mercantile.

Dans les villes, grandes et petites, la vieille coutume a totalement disparu; dans beaucoup de villages même, la nuit de noce d'avril et de mai se passe sans donner lieu à aucune cérémonie; mais les campagnes les plus éloignées des centres civilisés continuent à souhaiter la bienvenue au mois des fleurs. C'est une occasion de réjouissances naïves et de galantes sérénades. Santa-Rosalia comptait au nombre de ces localités arriérées, et quand revenait la fameuse nuit, les jeunes gens du bourg se formaient en cortège sur les bords de la Rosa, puis les *maggiaioli,* comme on les appelait, allaient de maison en maison, portant le mai et chantant l'ancienne chanson :

> Or è di Maggio e fiorito è il limone,
> Noi salutiamo di casa il padrone, etc. [1]

Cette année, le mai, un jeune arbre vert enguirlandé à sa cime de fleurs et de citrons, était porté par Carmelo, dont le jeune frère, Cesarellino, portait la corbeille traditionnelle renfermant les bouquets à jeter aux filles. Ils étaient accompagnés d'autres gars qui avaient des tulipes rouges et jaunes à leurs chapeaux, des chemises aux gaies couleurs et des mandolines en bandoulière sur l'épaule. Les *maggiaioli* allaient de porte en porte faire entendre leur salutation et leur chant. En retour on leur donnait du vin, des gâteaux enrubannés de faveurs rouges, et de temps à autre de l'argent, qu'ils recevaient en faisant le signe de la croix. Cet argent était mis de côté pour être dépensé en messes à l'intention des pauvres âmes du purgatoire.

Assis à la fenêtre de sa chambre, au palais communal, messer Nellemane vit le groupe des jeunes gens s'avancer processionnellement le long de la rivière ; il reconnut le visage de Carmelo au moment où celui-ci, élevant en l'air l'arbre de mai, chantait d'une voix fraîche et mélodieuse :

> Or è di Maggio che fiorito è di fiori,

et s'arrêtait devant la petite maison de la Madone. Les *maggiaioli* jetèrent leurs fleurs par la fenêtre ouverte, ce à quoi Viola souriante répondit par un

---

[1]   Maintenant les citronniers de mai sont en fleur,
      Nous saluons le maître de la maison, etc.

envoi de gâteaux. Messer Nellemane, témoin de cet innocent passe-temps, fronça le sourcil.

« Quelle folie païenne! grommela-t-il. Quel enfantillage et quel obscurantisme dans ce siècle de la raison! »

Y avait-il moyen de tolérer cela?

Ce fait pouvait être considéré comme tapage nocturne, festival non autorisé, ou réunion publique sans permission du conseil.

La loi a aboli presque tous ces inoffensifs amusements. Le carnaval n'existe plus guère que de nom; à la Toussaint, une foule grossière insulte aux morts par son indécente gaieté; la Saint-Jean est supprimée et remplacée par la fête du Statut. Au lieu des processions de l'Église, ce qui défile dans les rues c'est une multitude sale, bruyante, gouailleuse, assoiffée de feux d'artifice et de boisson.

Messer Nellemane consulta impatiemment ses livres de droit et son propre code.

Il découvrit au moins cinquante-cinq articles différents, dont un seul eût suffi pour lui permettre d'abroger cette coutume odieuse.

Jusqu'à dix heures, la paix de sa soirée fut troublée par le chant de la vieille sérénade, qui tantôt se rapprochait, tantôt s'éloignait; par les sons de la guitare, les éclats de rire et l'idée désagréable que le peuple s'amusait sans en avoir demandé ni acheté la permission légale.

« Nous verrons un peu l'année prochaine! » murmura le vindicatif secrétaire au moment où expiraient les derniers bruits de la fête. Bientôt le silence et l'obscurité régnèrent dans tout le village. Carmelo alla se coucher, aussi heureux que fatigué, après avoir planté l'arbre de mai près de la porte du moulin.

Le lendemain avait lieu la réunion hebdomadaire des sept que présidait le syndic, et comme messer Nellemane était le grand moteur, le levier central, le cerveau et le cœur du conseil, il fut trop occupé pour donner une pensée à la maison de la Madone.

Il lui fallait déployer beaucoup de tact durant ces séances, car il n'était que secrétaire, et sa tâche se réduisait censément à prendre des notes et à lire des rapports. Mais, avec un air d'extrême déférence et d'irréprochable modestie, il savait faire adopter ses vues, *souffler* le syndic quand celui-ci assistait à la réunion, et, en son absence, le suppléer. En apparence, les fameux règlements pour la police, l'hygiène et l'édilité de Santa-Rosalia étaient le produit de l'intelligence des trente; ils avaient été amendés par les sept et soumis par le syndic à l'approbation du préfet, puis, par ce dernier, à la ratification du ministre de l'intérieur. Mais, en réalité, toutes ces lois avaient jailli de l'esprit de messer Nellemane, cette source de sagesse. Leur gestation et leur enfantement représentaient pour lui bien des journées laborieuses et bien des nuits sans sommeil. Ce travail législatif lui avait coûté plusieurs mois d'efforts intellectuels, car il n'est guère de problème plus ardu que celui qui consiste à tirer des sous de poches qui n'en contiennent pas, et messer Nellemane, soucieux d'introduire dans tous les goussets la main avide de la loi, avait consacré à cette question autant d'heures qu'un savant acharné à la découverte de quelque vérité mathématique ou physiologique. Son œuvre accomplie, il eut le chagrin de la voir attribuée à ses supérieurs; mais il se consola en pensant que, s'il n'en avait pas l'honneur, il en aurait au moins presque tous les profits.

La séance, ce jour-là, fut longue.

La *giunta* se composait de deux nobles, de deux petits bourgeois, d'un avocat, d'un médecin et d'un usurier. Ce dernier, riche personnage qui avait acheté une maison sur la route de Pomodoro à Santa-Rosalia, s'appelait Simone Zauli. C'était le membre le plus influent du conseil, grâce à l'argent qu'il avait prêté sur billets ou sur hypothèques à chacun de ses six collègues; mais ce jour-là il était absent. Par contre, les nobles s'étaient rendus à la séance, chose qu'ils ne faisaient pas une fois en un an. Ils arrivèrent, furieux du mauvais état des routes, car leurs chevaux s'étaient blessés, et eux-mêmes avaient été violemment cahotés durant tout le voyage. Messer Nellemane dut se mettre en frais d'imagination et de flatteries pendant toute la matinée, pour les apaiser et les maintenir dans l'opinion que son ami Pierino Zaffi était le premier ingénieur du monde.

Il y réussit enfin, à force d'ingéniosité et de mensonges. La séance fut levée; le *cavaliere* Durellazzo prononça le *Va bene, va benissimo,* qu'il répétait comme s'il eût été un kakatoès, et messer Gaspardo Nellemane eut beaucoup trop de lettres à expédier, de minutes à faire, etc., pour penser soit à Viola, soit à Carmelo.

Mais le lendemain, se trouvant libre, il s'excusa de manquer à son service habituel de l'après-midi, au palais communal, en alléguant une course à faire à la ville; sous ce prétexte, il se fit raser, parfumer et friser par le barbier du village; puis, vêtu de ses meilleurs habits, il se dirigea vers la maison de Pippo, ayant vu le vieillard sortir avec la chaise de jonc du prêtre.

La porte était ouverte; le secrétaire entra en disant poliment: « *Scusi, signorina mia.* »

Viola lavait des laitues et des herbes.

Naturellement c'était une jeune fille pauvre, illettrée et presque en haillons ; mais elle avait un charmant visage et une chevelure noire comme l'aile d'un corbeau. Un peintre qui l'aurait aperçue, même dans cette position, en train de laver des légumes, serait tombé à ses pieds, et de grands princes peut-être en eussent fait autant.

Elle devint toute rouge à la vue de messer Nellemane, vêtu comme un marquis, frisé, parfumé et ganté.

« *Scusi tanto, signorina mia,* » répéta-t-il, et il lui souhaita le bonjour avec force belles phrases. Viola mit ses laitues à terre, présenta une chaise au visiteur et resta debout devant lui, intimidée et craintive.

« J'étais venu pour parler à votre père, dit messer Nellemane, qui refusa la chaise et se confondit en remerciements. Je désirais lui expliquer que le fait de couper des osiers dans la rivière...

— Ah ! » fit Viola angoissée ; elle devint très pâle, et ses grands yeux ressemblèrent à ceux d'une biche effrayée. Le visiteur s'empressa galamment de compléter sa pensée.

« ... Constitue une atteinte directe à nos lois civiles ; mais, messer Filippo étant un résident si ancien et ayant entendu dire que ses ancêtres avaient toujours joui de ce privilège, je crois qu'on pourrait faire une exception en sa faveur. Je verrai moi-même le syndic à ce propos, et... je réponds de tout ! Je veillerai à ce que messer Filippo ne soit pas inquiété à cause de cela. Je lui donnerai moi-même et sans frais une autorisation ; il n'aura qu'à venir à la municipalité un de ces jours, à l'heure de midi. »

Viola murmura quelques mots parfaitement inintelligibles ; mais ses yeux remercièrent le gracieux tyran qui promettait d'épargner son humble demeure, et il se crut payé. La jeune fille était muette, il est vrai, et sa confusion la faisait paraître stupide ; mais cela ne déplaisait pas à messer Nellemane, qui voyait dans l'embarras de son interlocutrice un tribut naïf rendu à sa propre grandeur et à ses propres séductions. Ses yeux hardis, noirs et brillants, s'attachèrent sur elle avec une expression si passionnée, que Viola, inquiète, se prit à souhaiter vaguement le retour de son grand-père.

Cependant messer Nellemane ne semblait pas pressé de s'en aller ; appuyé sur le dos de la chaise, qu'il refusait d'occuper autrement, il se répandait en phrases éloquentes et en amabilités sucrées qui mettaient au supplice la jeune paysanne, nullement habituée à un pareil langage.

Carmelo ne parlait jamais comme cela, et Viola remarqua avec surprise, presque avec appréhension, que le visiteur en entrant avait fermé la porte derrière lui.

Toutefois messer Nellemane n'avait pas encore risqué une déclaration en règle ; mais il accablait son interlocutrice de compliments qui la faisaient rougir comme une rose de Damas.

« Ne craignez rien pour votre grand-père, *carina*. Avec un visage comme le vôtre, vous lui feriez pardonner de bien pires délits que le fait de prendre des roseaux à la rivière. »

En ce moment, un chien s'élança à la poursuite du cochon, le cochon effraya la poule, la poule s'envola dans la huche à la farine, et cet incident trivial coupa court à l'éloquence et à la galanterie de messer Nellemane, car Viola, heureuse de l'interruption, courut vers la truie et la fit rentrer dans un cabinet qui servait de demeure à l'animal. Le visage du se-

Un chien s'élança à la poursuite du cochon, le cochon effraya la poule,
la poule s'envola dans la huche à la farine...

crétaire s'assombrit : un porc dans une maison d'habitation ! C'était une contravention à l'article 3 du règlement CCCL.

L'auteur des ordonnances concernant la police, l'hygiène et l'édilité de la commune ne pouvait pas ne pas se sentir atteint dans toutes les fibres de son être moral. Il fut sur le point de se hérisser comme un porc-épic ; mais... il était amoureux. Saluant précipitamment Viola, il quitta la maison avec la confusion d'un homme qui vient de sacrifier un devoir public à une inclination personnelle.

« Si ce n'était pas pour elle !... Juste ciel, ils transgressent toutes les lois ! » pensait-il en mettant son chapeau et en allant prendre la diligence. Le cahotant véhicule l'emporta, à travers des champs plantés d'oliviers, dans la direction de la ville, dont les dômes et les tours brillaient dans le brouillard doré du matin comme une Jérusalem nouvelle.

Quand Pippo revint, sa petite-fille lui apprit la visite qu'elle avait reçue. Avec la défiance qui est un trait si bizarre de ces natures dociles et facilement satisfaites, le vieillard ouvrit de grands yeux, jura quelque peu et se gratta la tête.

« Que peut-il donc bien vouloir ! » dit-il.

Viola se détourna, car elle sentait ses joues devenir brûlantes. Quelque innocente que soit une jeune fille, elle a conscience du danger dont la menace une passion brutale, et instinctivement elle le redoute.

« La permission de couper les roseaux ! *Me donner la permission !* cria Pippo d'un ton moqueur. Seigneur, bientôt il faudra leur permission pour que l'herbe pousse, pour que les poumons respirent ; on ne pourra plus ni voir, ni parler, ni rire, ni tousser sans leur permission ! Seigneur, le monde bat la breloque ! »

Viola lui servit sa soupe : de l'eau chaude avec du pain, de l'ail et un peu de persil.

« Ils nous laisseront manger notre soupe peut-être ! grommela le vieillard. Savoir si bientôt nous n'aurons pas une taxe à payer pour cela ! Ne laisse plus désormais ce coquin venir espionner ici. Que les saints nous assistent ! Dans mon jeune temps, il aurait reçu un coup de couteau avant d'avoir pu faire du pays un nid de guêpes et de serpents, comme l'est à présent Santa-Rosalia. Permettre de couper les osiers ! Tu devras bientôt demander une permission pour porter tes cheveux sur ta tête ! »

Dans sa colère, il mangeait si vite, qu'il se brûla avec son potage.

Viola se retira dans la petite arrière-cuisine de la maison. Un vague effroi s'était emparé d'elle. La jeune fille ne pouvait oublier avec quelle admiration hardie messer Gaspardo avait fixé sur elle ses yeux noirs, et elle avait peur.

Elle ne dit rien de ses craintes ni à son grand-père ni à Carmelo. Nature discrète, prudente et se-reine, elle jugea qu'une semblable communication, loin de servir à quelque chose, ne pourrait qu'offrir des dangers et faire naître des ressentiments.

Pippo, qui venait de se brûler avec son potage, but une gorgée d'*abondance* acide comme du vi-naigre, et, après avoir fait sa méridienne accoutu-mée, il prit des joncs pour les tresser et alla s'in-staller avec une chaise sur le pavé, devant sa porte, sans se soucier des règlements municipaux non plus que du sort de Nanni, le contempteur de la loi.

A la journée, qui avait été fort belle, succéda une charmante soirée. Les hirondelles regagnaient leurs nids ; les ombres allaient s'allongeant ; le vent ap-portait une douce odeur de romarin et de fleurs de vigne. Les gens avaient cessé leurs travaux et causaient debout contre leur porte, ou penchés en dehors de leurs croisées. Un calme idyllique régnait dans le village. Seulement sur la poussière du chemin se dessinait une ombre ambulante que les villageois regardaient de travers ; à son approche, les conversations perdaient leur gaieté et la tranquillité disparaissait de tous les cœurs. C'était l'ombre de l'*oppressor rusticorum*, du garde Bindo, qui, accompagné d'un carabinier, allait et venait, en quête de contraventions à constater.

Les riches peuvent n'attacher aucune importance à ces allées et venues du garde, à ce système d'inquisition et de condamnation qui fonctionne dès le lever du soleil et qui ne cesse même pas quand tombe la nuit miséricordieuse. Pour les riches, ce n'est rien, cela ne les atteint presque jamais ; ils vivent derrière les portes de leurs maisons, et si parfois ils sont condamnés, ils envoient leurs hommes d'affaires payer l'amende. Mais il n'en est pas de même des pauvres, dont l'existence se passe en plein air, dont les chiens et les enfants prennent ensemble leurs ébats sur le pavé, dont les économies, péniblement acquises, sont cachées sous une brique ou dans un bas. Il n'en est pas de même de ces êtres effarés et tremblants devant la toute-puissance présumée de la loi, sans défense contre l'oppression et passivement résignés à de grandes injustices, par crainte d'aggraver leurs maux en essayant de s'y soustraire. Pour les pauvres, l'homme de police, qui toujours au milieu d'eux note leurs allées et venues, confisque leur gagne-pain, s'assure s'ils ont allumé leur chandelle, surveille l'usage qu'ils font de leurs outils, les gambades de leurs enfants, les fantaisies de leurs chiens, les plantes grimpantes qui tapissent les murs extérieurs de leurs maisons, le tout à seule fin de dresser procès-verbal; pour les pauvres, dis-je, l'homme de police assombrit l'éclat de notre soleil italien, chasse la gaieté du logis, et remplit d'une incessante anxiété les rares moments de loisir. Les riches font ces misérables lois, et les parasites du fonctionnarisme en assurent l'exécution; ils sont comme des épines dans une chair déjà meurtrie, comme des aiguillons de guêpes dans des blessures déjà ouvertes. En vain les pauvres souffrent ces choses, nul n'y fait attention.

Quand le socialiste brûle ou que le nihiliste assassine, les hommes sages s'étonnent. Aveugles et insensés sans doute sont les socialistes et les nihilistes, mais non moins aveugles, non moins insensés sont les conducteurs de peuples qui traitent l'honnête citoyen comme le coupable, lui faisant un crime des jeux insouciants, des actes inoffensifs de ses enfants et de ses animaux, pour l'atteindre ainsi à l'intime de son foyer.

La loi devrait être une majesté solennelle, auguste, infaillible, participant de la justice de Dieu. Du haut de son trône, elle devrait étendre une main puissante pour saisir le coupable, et le coupable seul. Mais quand la loi n'est qu'une inquisition mesquine, tracassière, cruelle, rapace, s'immisçant dans tous les actes de la vie domestique et regardant à chaque carreau de vitre, il faut excuser les pauvres honnêtes s'ils lui crachent au visage et l'appellent de son vrai nom : une ignoble volerie.

Bindo flânait dans les rues du village, ayant soin de se faire accompagner d'un carabinier armé, et regardait partout, cherchant une proie à dévorer. Y avait-il une échelle appuyée contre un mur, un enfant jouant sur la place, un morceau de bois devant la porte d'une maison, un chien aux prises avec un autre chien, une quelconque des cent et une bagatelles dont le code de Santa-Rosalia faisait des péchés capitaux, alors Bindo était heureux, et messer Gaspardo Nellemane l'était aussi.

Bindo, il est vrai, mettait un sage discernement dans l'exercice de ses fonctions, et messer Nellemane faisait de même, comme nous l'avons vu en ce qui concernait les deux bouchers, le gros et le petit. L'autorité tolérait les tas d'ordures qui empoisonnaient l'air devant la porte de la *pizzicheria*, parce que le patron faisait parvenir à certains buffets d'excellents fromages et de délicieuses pâtes, sous couleur d'offrir des œufs de Pâques. Spitz, le chien du pharmacien, courait en toute liberté d'un bout de la rue à l'autre, parce que son digne maître savait que les pilules dorées constituent une panacée toute-puissante. Le boulanger pouvait impunément laisser son combustible en monceau devant sa porte, vendre à faux poids, mêler à sa farine des glands et des pois pilés; mais, à la Noël, le boulanger, sagement inspiré, avait offert à messer Nellemane du tabac de contrebande fort bon, et du brandy (un cadeau qui, disait-il, lui avait été envoyé de France). Quant à Bindo, il lui avait dit : « S'il vous était agréable d'avoir chaque matin une *fila* de pain blanc, vous savez que vous n'avez pas à vous gêner; nous sommes de si vieux amis, je ne pourrais me résoudre à accepter votre argent. »

Naturellement, l'homme de la *pizzicheria*, le pharmacien et le boulanger trouvaient tous trois la commune de Vezzaja et Ghiralda admirablement administrée; du moins ils avaient des raisons pour le dire. C'était la partie sensée, judicieuse, docile, raisonnable de la population. « Pourquoi tous ne sont-ils pas comme cela? » pensaient messer Nellemane, ses collègues et ses lieutenants.

Beaucoup de villageois de Santa-Rosalia apparte- naient à d'anciennes familles du pays. Il y avait là nombre de gens très pauvres, mais qui habitaient là où leurs ancêtres avaient habité durant des siècles. Pippo notamment occupait la demeure où ses aïeux s'étaient succédé depuis un temps immémorial. Là se trouvait un petit cours d'eau qui passait à travers sa buanderie et allait sortir près de sa porte; lui- même se rappelait avoir vu son bisaïeul tremper les cannes et les osiers dans ce ruisseau; son bisaïeul, qui était déjà un vieillard lorsque les cavaliers de Murat avaient installé leurs chevaux dans l'église de San-Giuseppe.

Ce cours d'eau prenait naissance dans le petit jardin potager et fruitier de Pippo; jusqu'alors on l'avait laissé couler dans la maison et en sortir pour se rendre à la rivière en traversant la rue. Tout le monde pensait que c'était la bénédiction des saints qui avait fait jaillir la source à l'endroit précis où habitait un vannier, lequel avait toujours besoin d'eau pour tremper ses branches de saule et ses cannes. Jamais il n'était venu à l'esprit de personne que la vieille maisonnette avait été bâtie là exprès pour servir de demeure à un vannier.

Par cette belle soirée, Bindo Terri parcourait le village, ayant en poche des friandises empoisonnées pour les chiens. Ses yeux perçants, qui furetaient partout en quête de quelque contravention, aper- çurent l'eau coulant gaiement à travers la route, un ruisselet étroit et sans profondeur, aussi agréable à voir qu'utile à la propreté. De l'eau qui sort d'une maison et qui traverse un chemin public! Bindo n'é- tait pas bien sûr que ce fût un crime contre le code,

mais il était absolument persuadé que c'en *devait*
être un. Il ouvrit le livre des *regolamenti munici-
pali*, dont il ne se séparait jamais, et, quoiqu'il ne
fût pas très instruit, réussit à en épeler les dispositions. L'étudiant avec soin, promenant son doigt
sous chaque mot, selon l'usage des paysans en tous
pays, il trouva, comme il s'y attendait, imprimée
dans le CCLVIII[e] règlement de son bien-aimé code,
la défense de jeter ou de laisser couler de l'eau sur
la voie publique. Bindo certainement n'avait jamais
lu Shakespeare ni entendu parler de lui ; néanmoins
il se dit : Cela servira.

Pippo travaillait assis sur le seuil de sa porte.

« Arrêtez cette eau, dit le zélé Bindo.

— Eh ! fit le vieillard stupéfait.

— Il faut que vous arrêtiez cette eau ; l'eau ne doit
pas couler à travers une grande route, » reprit Bindo
d'un ton d'autorité.

Pippo ouvrait des yeux de plus en plus étonnés.

« C'est Dieu qui l'a fait couler là, et je pense bien
qu'il ne l'arrêtera pas pour vous faire plaisir, répliqua le vannier au jeune homme.

— Vous devez renfermer ce ruisseau dans votre
maison ou le mettre à sec, poursuivit avec irritation
le fonctionnaire. Il est contraire à la loi d'avoir de
l'eau sur la voie publique. On est forcé de marcher
dedans ou de l'enjamber. Vous devez la retenir chez
vous ou la tarir, sinon je ferai un rapport sur vous.

— Jeune homme, dit très patiemment le paisible
Pippo, cette eau coule depuis que le monde est
monde ; les pères de mon père l'ont laissée couler et
ont remercié Dieu de l'avoir, je fais de même. Passez
votre chemin, Bindo Terri, et ne vous mêlez pas de
faire la leçon à un homme de soixante-six ans. »

Pour un garde être appelé jeune homme ! Cette

offense rendit Bindo livide, et, s'il l'eût osé, il eût fait ingurgiter à l'insulteur un de ses *polpetti* empoisonnés.

Il murmura quelques mots inintelligibles; Pippo les écouta en sifflant avec irrévérence, puis le vieillard monta la petite rue, si l'on peut appeler rue le chemin mal empierré qui longeait la Rosa aux eaux gris-vert.

« Chère Notre-Dame et tous les saints! cria Pippo à son voisin, ce jeune étourneau prétend maintenant que l'eau ne doit pas couler comme Dieu veut qu'elle coule. Je suppose que bientôt nos têtes devront rester immobiles sur nos épaules!

— Avez-vous une pièce établissant que l'eau *peut* couler? » dit nerveusement le voisin. C'était le tonnelier Cecco (Francesco Zagazzi), un homme maigre et timide, qui venait d'avoir une amende à payer parce que son chien s'était couché en dehors de la porte au lieu de se coucher en dedans. Ce chien était un petit terrier à peine visible à l'œil nu.

« Bonté de Dieu! Ceccino, reprit Pippo en colère, cette eau coule là depuis des siècles. Pensez-vous que le Tout-Puissant ait demandé la permission de Bindo Terri avant de mettre le monde en mouvement? »

Le voisin, avec un visage anxieux, cracha dans la poussière.

« Le Tout-Puissant a donné quatre pattes aux chiens et ne les leur a pas collées sous le derrière, dit-il d'un air pensif; mais, d'après Bindo Terri...

— Puisse Bindo Terri avoir une attaque d'apoplexie! » cria Pippo; ce qui est la manière italienne de dire: « Que le diable vous emporte! » Ensuite, ayant fait un faisceau de ses osiers et de ses baguettes de saule, il s'approcha de sa demeure, et cria à Viola:

« Enfant, entends-tu cela? Ils me somment d'arrêter l'eau! Le ruisseau appartient au Tout-Puissant; c'est lui qui l'a fait jaillir au commencement du monde, et je dois l'empêcher de couler! Cela est pire que de me défendre de couper des osiers! »

Viola devint pâle.

« Bindo aura dit cela en plaisantant, grand-père.

— Dieu le sait! soupira Pippo. C'est le monde renversé, quand un Bindo Terri peut se permettre de venir morigéner un homme de mon âge!

— Il faut lui parler gentiment, grand-père, dit la jeune fille mal à l'aise.

— Non, non; cela, je ne le ferai jamais, répliqua le petit vieillard. Je lui briserai la tête. Empêcher cette eau de couler! Empêcher le soleil de briller, empêcher le vent de souffler, empêcher la lune d'accomplir sa révolution! Eh bien, ils sont fous!

— Non, ils ne sont pas fous, » observa le voisin qui avait été mis à l'amende à cause de son terrier, et il secoua tristement sa pipe pour en faire tomber les cendres. « Ils ne sont pas fous, ils sont très malins; ils sont trop malins pour nous, voilà le fait. N'avez-vous pas un morceau de papier prouvant que cette eau est à vous?

— Un morceau de papier! un morceau de papier! répondit Pippo avec une sorte de fureur. Elle a coulé pour mon père, pour mon grand-père et pour mon bisaïeul, cela me suffit. Un morceau de papier! Qui parle d'un morceau de papier? Le ruisseau m'appartient.

— Peut-être qu'ils oublieront cette affaire, dit Viola, essayant de le consoler.

— Un morceau de papier! répéta Pippo sans l'écouter. Avez-vous besoin d'un morceau de papier

pour laisser l'église à sa place ? Avez-vous besoin
d'un morceau de papier pour laisser les étoiles
suivre leur route ? Un morceau de papier ! L'eau
court à travers la maison et en sort ; c'est une chose
libre, une chose libre. »

Le voisin hocha la tête.

« Si vous ne vous êtes pas muni d'un morceau de
papier... »

Le monde entier, pour lui, était fait de morceaux
de papier : il avait été si souvent assigné et mis à l'a-
mende ! Les gens heureux avaient des morceaux de
papier qui les exemptaient de tout ; les gens malheureux avaient des morceaux de papier qui les
condamnaient pour tout ! Aux yeux de cet homme
abruti, le monde était un chaos dans la confusion
duquel cette seule idée se dégageait nette et tan-
gible. Pippo, irrité, lui dit que sa mère avait été
une ânesse et son père un galérien ; mais le voisin
supporta l'insulte sans se fâcher, et rentra chez lui
en disant au vannier que « jamais on ne le laisserait
tranquille possesseur de cette eau, à moins qu'il
n'eût un morceau de papier ».

La populace, comme je l'ai dit, peut très bien
comprendre la loi qui la punit quand elle vole,
quand elle assassine, quand elle fait des faux,
quand elle incendie ; elle sait assez bien comprendre
le châtiment et n'en conteste pas la justice. Mais le
code qui la punit parce qu'elle s'assied au soleil,
parce que son chien court, parce que son enfant
fouette une toupie, parce qu'elle arrête son cheval
fatigué pour le faire reposer à l'ombre d'un mur,
parce qu'elle laisse sa chèvre affamée brouter sur le
bord de la route une poignée d'herbe qui, n'étant la
propriété de personne, est par conséquent celle de
tout le monde, ce code, la populace ne le comprend

pas; il a pour effet de la rendre stupide et har-
gneuse, comme les pauvres chiens que battent des
maîtres cruels. C'est ainsi que les gardes empochent
des amendes, que les prisons se remplissent de cap-
tifs et les cimetières de tombes anonymes.

Bindo Terri était arrivé sur la place. Le carabinier, qui n'était pas son ami, lui déclara quelque
peu brutalement qu'il avait déjà perdu assez de
temps comme cela, et qu'au lieu de flâner dans le
village il devait faire sa ronde dans la campagne,
où il ne manquait pas de voleurs toujours prêts à
dévaliser les poulaillers et les greniers. Se voyant
quitté par son compagnon, le garde champêtre, peu
disposé à s'aventurer seul au milieu de la populace,
entra dans le petit café de l'Italie-Nouvelle. Il demanda du vin et du tabac, puis se mit à jouer aux
cartes avec des individus de sa clique.

Au moment où Bindo, abandonné par le carabinier, disparaissait dans l'intérieur du café, l'épicier
Gigi Canterelli, qui joignait au commerce de l'épi-
cerie celui des drogues et des couleurs, et qui avait
aussi une sorte de *trattoria* dans son arrière-salle,
causait à voix basse, debout sur le seuil de sa boutique.

« *Diamine!* disait-il, combien de fois n'ai-je pas
rossé ce coquin lorsqu'il n'était encore qu'un *mo-
nellino,* parce qu'il me volait des prunes, de la mélasse et des couteaux! Que les saints nous bénissent!
à présent il prend sa revanche sur nous tous, et il
règle les vieux comptes! Devinez un peu ce qu'il a
fait il y a huit ou quinze jours? ajouta Gigi en s'a-
dressant à un jeune soldat, tout nouvellement libéré
du service, qui était venu acheter de la poudre chez
lui. La loi m'ordonne de mettre une lumière à ma
porte le soir (le Seigneur sait pourquoi, car il n'y a

pas un enfant à vingt milles à la ronde qui ne puisse trouver ma maison les yeux fermés); mais n'importe, c'est la loi, et je ne dis rien contre elle; je suppose que les gens qui l'ont faite avaient quelque bonne raison pour la faire, et je n'ai jamais manqué d'allumer cette lampe chaque soir, depuis qu'on en a donné l'ordre après notre émancipation. Mais ce soir-là, il y a peut-être de cela un mois, un tas de gens se trouvaient dans ma boutique, et ils parlaient tous de cet orfèvre qui a été assassiné à la ville. J'avais près de vingt personnes à servir à la fois; c'était à ne savoir auquel entendre. L'un disait que l'homme avait été tué d'un coup de couteau, l'autre d'un coup de pistolet. D'après celui-ci, il avait été étranglé; d'après celui-là, on lui avait fracassé la tête avec un marteau. Bref, j'oubliai tout à fait la lampe, pour la première fois depuis quinze ans! Je sais le temps, parce que l'ordre concernant les lampes a été donné juste un an après que nous fûmes devenus libres. C'est bien; j'oubliai d'allumer la lampe. Le lendemain arrive chez moi ce gueux revêtu, Bindo Terri.

« — Comment vous nommez-vous? me demanda-t-il.

« — Je croyais que vous le saviez, » dis-je, et à part moi je pensais : Tu as assez souvent senti ma houssine sur ta culotte quand tu étais gamin.

« — Pas d'observations! répliqua-t-il avec un aplomb du diable; comment vous nommez-vous?

« — Luigi Canterelli, » dis-je, me sentant tout bête, moi vieillard de soixante-dix ans, devant ce filou à qui j'avais fréquemment donné les étrivières!

« — Luigi Canterelli, » répète-t-il, comme s'il eût été le *pretore* en personne, et il couche cela par écrit.

« Aussi sûr que j'existe, le lendemain je suis cité à comparaître comme prévenu de contravention. Ordre de me présenter devant le *conciliatore* si je ne veux pas avoir affaire à la cour supérieure. J'arrive et je trouve là le polisson, qui dépose que je n'ai pas éclairé ma boutique alors que la lune était levée. On m'a condamné à vingt-sept francs d'amende, et si j'avais soufflé mot de la mélasse et des couteaux de poche d'autrefois, je me serais mis dans de mauvais draps : on m'aurait poursuivi pour outrage à un serviteur de la loi. Oh ! que le Seigneur nous sauve ! »

Gigi cracha solennellement dans la poussière et ralluma sa pipe, qui s'était éteinte pendant son discours.

« Nous sommes tous des sots, dit d'un air sombre le soldat libéré. Qu'est-ce qu'on me donnait à manger? Du pain noir, et toujours en quantité insuffisante. A Milan, au mois de mars, on me faisait geler dans une jaquette de coton, sous prétexte que là-bas, en Sicile, les camarades portaient des jaquettes de coton et que nous devions avoir le même habillement. Mais en Sicile il fait, dit-on, une chaleur infernale, tandis que Milan est une vraie glacière ; et ici à la maison, mon père avait grand besoin de moi tout ce temps-là : durant trois étés, il a dû payer un ouvrier parce que j'avais été pris par la milice !... Malheur ! »

Un ami lui poussa le coude ; messer Nellemane venait d'apparaître, coiffé d'un chapeau à haute forme et vêtu d'habits faits à la ville ; messer Nellemane regarda le jeune soldat dans les yeux.

« Vous n'êtes pas patriote, mon garçon, dit-il sévèrement. J'ai peur que vous n'ayez été qu'un soldat sans conviction. Vous étiez une motte de terre, le

gouvernement a fait de vous un homme. Soyez reconnaissant. »

Le jeune homme rougit; il se sentait blessé et
humilié. C'était un paysan qui avait été pris par la
conscription exactement comme un jeune bœuf est
pris pour être mené à l'abattoir, et il n'avait jamais
compris très bien pourquoi. Son cœur était toujours
resté attaché à ses champs, à son foyer, à ses vignes,
à sa promise; il avait détesté la vie de caserne, les
marches sans but à travers la poussière, l'exercice
et les manœuvres, le poids du havresac et les déto-
nations des armes à feu; il avait été un jeune homme
avant que le gouvernement n'eût fait de lui une machine. Sans se révolter extérieurement, il avait exé-
cré tout cela, et il était revenu à son lieu natal plus
violent, plus dur et plus cruel qu'il ne l'était avant
de le quitter. Quand il décrocha sa vieille mandoline
pendue à la porte de la ferme, il s'aperçut qu'il n'en
sentait plus la musique, comme si ses oreilles étaient
restées assourdies par les battements du tambour,
et messer Nellemane lui disait d'être reconnaissant.
Il baissa les yeux, ôta son chapeau et garda le silence.

Messer Nellemane parlait avec la sérénité d'un
homme étranger au métier des armes. La fortune,
qui se plaisait à le favoriser, l'avait privé de son père
au moment où il allait tirer au sort; de sorte que,
comme fils unique de veuve, il avait été exempté de
tout service militaire.

« Soyez tranquille, vous valez mieux qu'il ne vau-
dra jamais, ce maudit gratte-papier juif, » murmura le vieux Gigi au jeune soldat; mais ce dernier
fronça le sourcil et s'éloigna d'un air maussade.

Si l'ennemi avait envahi son pays, il aurait défendu son hameau jusqu'au dernier soupir; mais

être traîné à Milan, porter un costume de chie-en-lit
et manger du pain noir pendant que les champs
avaient besoin de ses bras, que ses vieux parents
s'exténuaient à travailler et que sa promise devenait
l'épouse d'un autre..., non, il n'était pas patriote,
si pour mériter ce nom il faut avoir aimé le métier
de conscrit.

Pourtant il avait jeté dans le Mincio un Français
qui traitait les Italiens de lâches. Messer Nellemane
n'en aurait peut-être pas fait autant, à moins toutefois qu'un ministre ne se fût trouvé là pour être
témoin de sa valeur et lui donner de l'avancement.

Le lendemain matin, Bindo Terri apporta sa liste
de contraventions, liste où figurait entre autres le
cas du vieux Filippo. Messer Gaspardo biffa ce nom
d'un trait de plume.

« Attendez un peu, dit-il à son zélé serviteur; naturellement l'eau ne doit pas couler à travers la
route. Vous avez parfaitement raison, c'est un abus,
et il est formellement interdit; mais vous avez parlé
à Mazzetti, et nous lui donnerons du temps. Comme
ancien habitant du pays, il mérite d'être traité avec
égards. Nous devons d'abord procéder par voie
d'avertissement, de conseil, de recommandation,
quitte à user ensuite de nos pouvoirs si la personne
se montre rebelle et entêtée. Il ne faut pas être trop
dur. »

Surpris, désappointé, Bindo Terri fut sur le point
de chercher querelle à son patron. Il aurait pu répliquer, s'il l'eût voulu, que les délinquants inscrits
sur sa liste devaient être traités selon la rigueur des
règlements. Mais, au fond, il avait une peur atroce
de messer Gaspardo, qui était si bon pour lui. Le
garde champêtre se contenta donc de grommeler un
tantinet sous sa moustache, et, au sortir du palais

municipal, il se consola en allant acheter du foie de
bœuf : il cuisait cela chez lui en le mélangeant avec
du phosphore et en faisait des boulettes qu'il jetait
sur les chemins de la campagne afin d'empoisonner
les chiens. Il n'avait pas le droit de jeter ces boulettes dans le jour, les règlements même ne le lui
permettaient pas, mais il n'y avait rien non plus qui
l'empêchât de le faire, et si, comme cela arrivait de
temps à autre, un mouton passant au milieu d'un
troupeau venait à manger l'horrible drogue et était
pris de ce que son berger regardait comme une
attaque, c'était pour Bindo un plaisir sans pareil
d'assister, caché derrière une haie, à l'agonie de la
bête et au désespoir du berger.

Quoiqu'il eût mis un frein au zèle de son sous-
ordre, messer Nellemane, bien entendu, ne laissait
pas de l'approuver intérieurement. Un cours d'eau
traversant un chemin public était pour lui un objet
d'horreur, ce qu'est une étole ou un rochet pour un
protestant rigide. Or, cela était incontestable, le
petit ruisseau sortait du jardin de Pippo et coupait,
comme un fil d'argent, la route poussiéreuse. C'était
précisément une de ces choses illicites, abusives,
restes des anciennes coutumes et des privilèges
d'antan, que le code de la commune avait pour but
de supprimer radicalement.

A la vérité, l'eau qui se rendait de chez Pippo à
la rivière était si peu visible, que messer Nellemane
lui-même l'avait traversée plus de cent fois sans y
faire attention. Il l'avait vue, mais il avait pris cela
pour la fuite d'un tuyau ou tout autre accident momentané. Maintenant, toutefois, la chose lui apparaissait avec toute la noirceur, toute l'inexprimable
insolence d'une contravention.

Pour le moment néanmoins il fit taire ses senti-

ments et se borna à noter le fait dans sa mémoire
pour s'en servir au besoin. Le secrétaire communal
continuait à courtiser Viola, secrètement il est vrai,
pour éviter le scandale, mais avec une audace qui
brusquait les préliminaires et se lançait *in medias
res* sans aucun souci des convenances, comme le
devait un haut personnage faisant à une pauvre
villageoise l'honneur de la remarquer. Pourtant, à
sa grande surprise, il n'avançait guère dans les
bonnes grâces de la jeune fille. Il ne pouvait trouver
moyen de la voir seule. Le vieux Pippo était presque
toujours là, et sa présence irritait messer Nellemane
au point qu'il se sentait envie de l'étrangler en lui
fourrant ses roseaux dans la gorge. Si le vannier
s'absentait, sa place était occupée par la voisine, la
femme du tonnelier, qui arrivait avec sa tribu d'enfants, ou par quelqu'une des filles Pastorini, ou
encore par la grand'tante de Viola du côté maternel,
une petite vieille aux joues roses et flétries qui appelait messer Nellemane « Eccellenza » et ouvrait tout
grands ses petits yeux noirs en voyant entrer dans
la maisonnette un si haut personnage.

La solitude était chose inconnue à Santa-Rosalia ;
toutes les portes restaient ouvertes, et tout le travail
se faisait au milieu d'un concert de voix babillardes.
La causerie est la vraie consolation des populations
italiennes ; le charme du bavardage leur fait oublier
le mauvais pain dont elles se nourrissent et le vin
baptisé qu'elles boivent. La conversation roule sur
la vache de Lippo qui a vêlé, le *bambino* de Tina
qui a fait ses dents, la fille de Dina qui va se marier
à Pâques, le nouveau surplis du vicaire, la nouvelle
robe de la *fattoressa,* les chances qu'il y a pour que
l'huile soit à bon marché et la farine chère ; enfin
sur toutes sortes de petits incidents locaux qui sont

pour ces villageois ce que sont pour nous les scandales du Jockey-Club, les combinaisons de Worth, les fonds turcs ou les discours du prince de Bismarck.

De toute sa vie Viola n'avait jamais été seule; son grand-père pensait qu'une femme ne doit jamais l'être; mais son nouvel admirateur se figurait que tous ces gens en permanence autour de la jeune fille étaient autant de précautions prises contre lui; aussi était-il terriblement vexé.

Il ne tenait pas à ce que tout le voisinage s'occupât de ses assiduités auprès de la petite-fille de ce pauvre vieillard, et il savait fort bien que, si vous jetez seulement un gland dans la poussière, les gens assureront le lendemain que vous avez planté toute une forêt de chênes.

Les Italiens babillent comme des pies; s'ils ne laissaient pas s'évaporer ainsi leurs sentiments, ils seraient moins faciles à gouverner qu'ils ne le sont; mais, dans ce monde, jamais un grand parleur n'a fait de grandes choses.

Messer Gaspardo Nellemane n'était nullement un homme immoral. D'un tempérament assez froid et d'un esprit avisé, il avait souvent vu de brillantes carrières arrêtées net par une folie de jeunesse, et il redoutait extrêmement toute histoire qui eût pu compromettre son avenir. Les amourettes de rencontre n'avaient que peu d'attrait pour cette âme ambitieuse. Néanmoins messer Nellemane n'était pas un saint, et il n'avait pu rester insensible à la beauté de Viola, la petite-fille de Pippo.

L'épouser? Non, il ne pensait pas à se marier, — pas avant d'avoir obtenu un poste meilleur que celui de Santa-Rosalia et de s'être mis en mesure de découvrir quelque héritière, quelque fille de *strozzino,* de marchand d'huile ou de fabricant de chandelles, dont la dot pût l'aider à devenir député, car messer Nellemane comptait bien, un jour ou l'autre, quitter le rond de cuir municipal pour les bancs de Monte-Citorio. Non, il ne songeait pas à épouser Viola ; mais elle était belle, séduisante ; il voulait lui plaire, gagner son cœur, ce à quoi il espérait parvenir en cherchant lui-même à la séduire par quelque riche et brillant cadeau.

Quoiqu'il ne fût qu'un simple secrétaire, messer Nellemane avait toutes les idées d'un gentilhomme.

La Fête-Dieu, cette année-là, tombait à la fin de mai, et naturellement il devait y avoir des processions dans tout le pays. Les jeunes filles les plus dénuées de ressources trouvaient toujours, en pareil cas, une robe blanche ou bleue, quelquefois même un voile de tulle pour accompagner le saint sacrement, porté sous un dais entre les rangées de mûriers qui bordaient les routes poussiéreuses et à travers les jardins des villas avoisinantes.

Viola était très pauvre, et ses vêtements, quoique propres, étaient toujours fort rapiécés ; messer Gaspardo crut donc faire un coup de maître en allant lui-même choisir à la ville une pièce de mousseline bleu azur, une couronne de roses blanches et des souliers à boucles argentées, des souliers comme en portaient les dames. Rentré chez lui, il fit de tous ces achats un petit paquet qu'il vint lui-même déposer sur la table de la maison de Pippo, dans un moment où le vieillard et sa petite-fille étaient absents.

Sur le rouleau de mousseline il avait attaché avec une épingle une carte portant ces mots : *Con ossequie teneri alla più bella del mondo, dal suo devoto.*
— *G. N.*

Il connaissait le vrai chemin pour arriver au cœur des femmes. Le hasard voulut que Viola se trouvât seule quand ses yeux tombèrent sur le paquet; son grand-père était allé fumer une pipe dehors avec un voisin. Elle rougit beaucoup, puis devint très pâle. Elle n'eut pas plus tôt lu les mots écrits sur la carte, qu'elle monta précipitamment le raide escalier de pierre qui conduisait à sa misérable petite chambre et cacha le paquet sous le drap de son lit. Au premier regard jeté sur la mousseline bleue, la couronne blanche et les boucles, elle s'était mise à trembler comme à la vue d'un spectre.

Nonobstant sa simplicité, elle possédait la finesse habituelle à ses compatriotes et cette circonspection qui est toujours au fond de leur tempérament sanguin. Si Carmelo voyait ces présents, il serait capable de les jeter à la tête du donateur et de proférer en plein palais municipal des paroles dangereuses.

Viola se disait que son vieux grand-père lui-même...

Son cœur défaillit à la pensée qu'on avait défendu à Pippo de couper les joncs et de laisser sortir l'eau de chez lui.

« Si je lui parlais gentiment ? » se dit-elle, croyant, comme les gens de son pays, que les belles paroles sont une panacée contre tous les maux, un talisman qui préserve de tout péril, de toute inimitié.

« Puis-je aller voir la tante Nunziatina ce soir? » demanda-t-elle à Pippo.

Sa grand'tante demeurait à l'autre bout de Santa-Rosalia; c'était cette même petite vieille aux joues roses, à qui les visites de messer Nellemane causaient tant de stupéfaction. Elle était pauvre, disons mieux, elle n'avait pas le sou; elle occupait une chambre en commun avec trois autres personnes et vivait franchement d'aumônes. Sa mendicité était d'ailleurs très honnête : elle allait de maison en maison avec un grand panier ; on lui donnait du pain, des restes de viande, un peu d'argent, de temps à autre une bouteille de vin, et alors elle chantait son *Jubilate*. Tout le monde la connaissait et l'aimait dans ce pays, où elle avait passé toute sa vie ; on savait fort bien qu'elle ne possédait pas un sou vaillant. Elle avait été mariée à un journalier, qui s'était coupé la main en taillant une haie de myrtes, et qui était mort de la gangrène, laissant la vieille Annunziata sans aucune ressource.

Le gouvernement, qui défend la mendicité et met les mendiants en prison, n'a pas encore pourvu par une loi à la subsistance des pauvres ; de sorte qu'à quatre-vingts ans Nunziatina n'avait que le choix d'aller de porte en porte avec son panier, ou de mourir de faim silencieusement. Beaucoup prennent ce dernier parti, — et personne n'y fait attention.

Dans cette riante contrée, où la vie demande si peu de chose pour être heureuse et satisfaire ses besoins, la misère revêt un aspect plus lugubre que sous le triste climat du Nord. Là le brouillard cache les multitudes qui souffrent, et le froid est le tyran universel. Ici, avec un peu de pain, d'huile et de vin, l'être humain s'épanouit joyeusement ; mais, hélas ! ce peu même, on compte par milliers, par dizaines de milliers, ceux qui périssent faute de l'avoir.

Messer Nellemane et ses pareils savent bien pourquoi.

« Puis-je aller voir Nunziatina ? » dit Viola.

Son grand-père inclina la tête en signe d'assentiment ; elle alla chercher le paquet qu'elle avait caché sous son drap, et revint avec.

« Qu'est-ce que tu as là? demanda Pippo.

— C'est la toile que j'ai filée ; ma tante la vendra mieux que moi, » répondit Viola, qui croyait qu'un petit mensonge était permis pour avoir la paix ; cependant elle rougit en prononçant ces mots, car c'était une nature franche et droite.

Le vieillard se mit en devoir de l'accompagner ; il ne souffrait jamais qu'elle allât seule dans le village.

Quand ils furent arrivés au domicile d'Annunziata, laissant sa petite-fille monter l'escalier, Pippo resta en bas à causer avec le charpentier à qui appartenait la maison, et qui demeurait au rez-de-chaussée ; le reste de l'immeuble était loué.

La maison était bâtie sur un terrain vague, dans un endroit où la rivière formait un coude ; non loin de là, des peupliers faisaient entendre un murmure agréable ; des chèvres et des oies pâturaient dans le rare gazon.

« La *giunta* va abattre les arbres à la Toussaint, dit tristement le charpentier.

— *Per Bacco !* fit Pippo, qui n'avait jamais connu d'autre vin qu'une aigre piquette.

— Bientôt ils couperont les ongles de nos orteils, soupira le charpentier.

— Ils le feraient s'ils pouvaient les vendre un centime la pièce, » répondit Pippo, et il fit part à son interlocuteur des ennuis qu'il avait avec les joncs et le ruisseau.

Pendant ce temps, Viola était montée chez sa grand'tante et lui racontait son histoire. D'apparence robuste, malgré son âge, Nunziatina avait un chapeau de paille, une robe très courte et de vieilles bottes de cuir comme celles d'un laboureur ; sa figure, laide et brûlée par le soleil, mais rayonnante de gaieté, n'était pas déplaisante à voir.

« Chère Notre-Dame ! mais c'est une belle étoffe pour une robe ! s'écria la vieille femme en touchant la mousseline bleue aussi respectueusement que si c'eût été la sainte hostie. Eh ! eh ! je m'en suis doutée l'autre jour ; ce monsieur ne vient pas pour rien, me suis-je dit.

— Mais je ne puis pas garder cela, dit Viola en rougissant et avec une nuance d'hésitation dans la voix.

— Non, ma joie, tu ferais mal de le garder, » répondit immédiatement la vieille.

« Au fait, ses intentions sont peut-être honnêtes, » dit en réfléchissant Nunziatina. A part soi elle se disait : « Elle est si belle, l'enfant ! pourquoi pas ?... Après tout, quoiqu'il fasse ici la pluie et le beau temps, c'est, dit-on, le fils d'un chaudronnier, et, au bout du compte, il n'est que secrétaire. »

Viola secoua la tête, et ses joues devinrent rouges. Les jeunes filles nées dans la pauvreté acquièrent de bonne heure la connaissance du mal.

« Non, non ; c'est un mauvais homme, reprit-elle avec un léger frisson. Et d'ailleurs, quand même ses intentions seraient honnêtes, je dois garder ma foi à Carmelo.

— Le gars a donc fait sa demande ?

— Oui ; nous n'attendons plus que le consentement de nos parents pour nous marier.

— C'est une autre affaire, dit la vieille femme. Maintenant, que veux-tu de moi, ma chère ? car je présume que tu as quelque chose à me demander.

— Voici ce que je pensais, répondit Viola. Je ne puis pas aller chez messer Gaspardo, cela est impossible ; je ne sors jamais seule, et grand-père serait furieux. D'ailleurs, je tiens à ce que ni lui ni Carmelo ne sachent rien. Je vous prierais donc de re-

3

porter le paquet à messer Gaspardo ; vous le remercieriez de ma part, vous lui parleriez gentiment, et vous lui diriez que je suis fiancée. Il me semble que c'est la meilleure chose à faire. Vous pouvez le voir n'importe quel jour, dit-on, au palais communal ; nous devons prendre garde de le blesser, car il peut faire beaucoup de mal aux gens, et il est déjà fâché pour des choses que grand-père a faites. »

La vieille femme se mit à rire ; c'était une âme gaie, quoiqu'elle eût quatre-vingt-quatre ans, qu'elle ne possédât pas un sou et qu'elle dût s'attendre à être enterrée dans un cercueil de sapin, aux frais de la paroisse.

« Une belle figure que je ferai dans un palais ! dit-elle avec un rire éclatant comme le chant d'un rouge-gorge. Mais causons de cela sérieusement, ma bien-aimée, et puissent les chers saints nous conseiller ! »

Elles causèrent de cela sérieusement, retournant la question sous toutes ses faces, comme les Italiens aiment à le faire en toute occasion ; ce présent d'amour tourmentait fort la jeune fille ; la vieille femme, au contraire, en était plutôt flattée et amusée.

« Je vous en prie, parlez-lui gentiment, suppliait Viola, tandis que le vieux Pippo lui criait de descendre. Je vous en prie, soyez humble et gracieuse en causant avec lui : il peut faire tant de mal à grand-père !

— Peuh ! il ne nous mangera pas, dit Nunziatina, qui était une intrépide. Et il ne sera pas le premier, ma chère, qui aura trouvé la place prise par un meilleur que lui auprès d'une belle jeune fille. »

Viola n'eut la force ni de sourire ni de rougir.

« Il peut faire tant de tort à tout le monde ! » dit-elle en soupirant avec angoisse.

La crainte de Gaspardo Nellemane pesait sur elle comme une main de plomb.

« Parlez-lui gentiment, ma chère, je vous en prie !

— N'aie pas peur, dit gaiement la vieille. Il ne peut pas me faire de mal, mon enfant. Qui n'a rien ne perd rien. Le proverbe ne le dit-il pas ? Pourquoi en voudriez-vous à ce jeune homme ? Il ne songe pas à mal, j'en suis sûre.

— Viola, descends, te dis-je ! Ta langue est longue comme d'ici à la ville et ferait deux fois le tour de la cathédrale ! » cria d'en bas Pippo impatienté.

Viola descendit l'escalier le cœur gros et se demandant quel serait le résultat de la mission donnée à sa grand'tante. Elle ne pouvait oublier les yeux noirs et hardis de messer Gaspardo.

Mais devant la porte de la maison ils rencontrèrent Carmelo, qui revenait de conduire des sacs de farine dans un hameau du voisinage. La jeune fille et son grand-père prirent place dans la charrette derrière Bigio, le bon vieux cheval gris dont les grelots sonnaient joyeusement. La route se fit gaiement à l'ombre des peupliers et le long de la rivière. L'honnête tendresse qu'elle lut dans les yeux brillants de son amoureux procura quelque apaisement à Viola et la dédommagea au centuple du sacrifice qu'elle faisait en renonçant à la robe de mousseline, à la couronne de roses et aux souliers à boucles d'argent.

Dans la matinée, Nunziatina mit le paquet dans son panier à aumônes, et, s'appuyant sur sa canne, trotta à travers Santa-Rosalia jusqu'au palais municipal. Là elle demanda hardiment à voir messer Nellemane. C'était une créature brave et délurée que cette vieille femme ; elle possédait l'indépendance

opiniâtre qu'on retrouve encore chez les gens trop
âgés pour apprendre à ramper devant la loi municipale, ce fléau de la nation.

La grandeur de messer Gaspardo ne l'intimidait
en aucune façon, et elle lutta vaillamment contre
Tonino, Maso et Bindo, qui tous trois essayèrent
de l'éconduire. A la fin, en dépit d'eux tous, elle
monta l'escalier de pierre, avec ses bottes à gros
clous qui étaient trois fois trop larges pour elle, et à
dix heures précises elle se trouva en présence de
l'auguste personnage.

Messer Gaspardo lui fit un accueil charmant : il
savait qu'elle était la grand'tante de Viola Mazzetti.
Les jalousies vertes étaient fermées, à cause du
soleil. Le secrétaire communal, qui donnait ses audiences de dix heures à midi, était assis devant un
grand bureau couvert de papiers ; il y avait autour
de lui des cartes du district, des volumes du code
pénal et du code civil. Réellement on l'aurait presque pris pour le préfet de la province, tant il per-
sonnifiait majestueusement la Loi.

« Je suis charmée de trouver Votre Excellence
toute seule, » dit l'alerte petite vieille en déposant
son panier sur le bureau.

On m'a dit de lui parler gentiment, pensa-t-elle,
et rien ne lui fera plus de plaisir qu'un grand titre
qui me donne l'air d'un âne en lui parlant.

« Tout le pays s'entretient sans cesse de ce qu'il
doit à votre illustre personne (c'est vrai, ajouta-
t-elle mentalement, tout le monde ne cesse de le
maudire du matin au soir), et jamais je ne me serais
permis, pauvre vieille mendiante que je suis, de
venir vous déranger si je n'avais à vous parler au
sujet de la petite-fille de ma sœur...

— Parlez, » dit le secrétaire ; mais on voyait dans

« Je suis charmée de trouver Votre Excellence toute seule, »
dit la petite vieille en déposant son panier sur le bureau.

ses yeux qu'il était contrarié et inquiet; l'entretien
tournait autrement qu'il ne l'aurait voulu. Que son
admiration pour Viola devînt un sujet de discussion
dans la famille de la jeune fille, c'était la chose qui
cadrait le moins avec ses désirs ou ses desseins.
La jeune fille se sera déjà vantée, pensa-t-il
avec colère, et il maudit à part soi la vanité féminine.

« Vous admirez Viola, me dit-on, et cela paraît
vrai, en effet, puisque vous lui envoyez de si beaux
présents, *signore mio,* » continua la rusée Nunziatina ; puis elle attendit une réponse.

Messer Gaspardo rongeait sa moustache avec irritation.

« Tout le monde admire une belle jeune fille,
dit-il enfin avec un rire forcé. Vous ne devez pas
vous hâter de conclure que...

— Non, non, Monsieur, je ne conclus rien, » reprit
la vieille femme sur un ton très gai ; mais ses petits
yeux bruns, restés vifs et perçants, plongeaient
dans ceux de son interlocuteur, dont ils fouillaient
jusqu'aux profondeurs de l'âme. « Les gentilshommes
comme vous ont une façon aimable de faire des compliments qui ne signifient rien ; oh ! rien du tout ; et
ma Viola est une jeune fille beaucoup trop sensée
pour avoir attaché de l'importance à votre manière
de parler ou d'agir. Seulement, comme elle vous est
très reconnaissante d'une telle courtoisie, et qu'il ne
lui est guère possible de venir vous le dire, elle m'a
chargée de la remplacer auprès de vous. Soyez sûr,
Monsieur, qu'elle ne vous en a pas moins d'obligations, quoiqu'elle se croie tenue de vous renvoyer
vos jolies choses par mon entremise, Monsieur. »

Sur ce, Nunziatina tira de son panier tous les présents au moyen desquels messer Nellemane s'était

flatté de jouer le rôle de Faust, et les déposa très respectueusement sur la table.

Messer Nellemane changea de couleur. Pâle de rage, il se leva à demi de son fauteuil.

« Quoi, femme ! balbutia-t-il ; quoi ! êtes-vous folle ? Vous osez m'insulter !

— Non, non, Monsieur ; jamais je n'y ai songé, repartit la fine mouche : pas plus que vous n'avez songé à insulter l'enfant en lui achetant cette jolie toilette pour la Fête-Dieu ; c'était de votre part une politesse de gentilhomme...

— Pourquoi alors ?... balbutia de nouveau messer Nellemane d'une voix étranglée par la fureur.

— Pourquoi, Monsieur ? répliqua la petite vieille en se redressant et en s'appuyant des deux mains sur son bâton ; pourquoi, Monsieur ? Parce qu'il ne convient pas aux jeunes filles d'accepter les cadeaux de ceux qui sont trop au-dessus d'elles pour penser à les épouser et qui, en conséquence, ne cherchent qu'une distraction agréable à l'homme peut-être, mais funeste à la femme. Les filles de la ville, je le sais, se prêtent volontiers à cette sorte de jeu, mais il n'en est pas de même des nôtres. Voilà tout ce que je voulais dire, en y ajoutant mes remerciements, signore Gaspardo, car je suis tout à fait convaincue que vous ne nourrissiez aucune mauvaise pensée à l'égard de Viola. Maintenant souffrez que je vous débarrasse de l'ennui de ma présence et que je vous souhaite le bonjour. »

Cette phrase par laquelle le paysan italien a coutume de prendre congé n'était pas ici une figure oratoire, car Nunziatina était, en effet, le plus grand ennui qui eût jamais traversé l'heureuse carrière de messer Nellemane. Ayant ainsi parlé, la petite vieille en chapeau de paille et en jupons courts s'inclina

devant le secrétaire communal avec cette grâce que
conservent souvent les gens même les plus humbles
et les plus âgés, dans ce pays jadis privilégié de
l'art. Ensuite elle quitta la chambre et descendit
l'escalier de pierre en riant d'un petit rire tranquille.

Elle n'avait pas parlé des fiançailles de Viola. En
Italie, la politesse, d'accord avec la prudence, fait
une loi à chacun, riche ou pauvre, de ne jamais
dire, sous quelque prétexte que ce soit, une chose
désagréable.

« Il l'apprendra toujours assez tôt, pensait-elle ;
c'est un homme mauvais et dangereux ; le diable
habite sous ses paupières. »

Néanmoins elle se borna à dire gaiement à sa pe-
tite-nièce :

« Je lui ai poliment remis le paquet, ma chère, et
je l'ai remercié. J'espère qu'à l'avenir il te laissera
tranquille. »

Elle jugeait inutile de faire part de ses craintes à
l'enfant. Mieux valait, croyait-elle, profiter des premiers sous qu'on lui donnerait pour acheter, au lieu
d'un morceau de chevreau, une bougie de vraie cire :
elle la brûlerait devant la Madone du vieux chêne,
dans l'église San-Romualdo. C'était une image miraculeuse placée dans le tronc d'un vieil arbre depuis
on ne savait combien de siècles, et qui opérait beaucoup de guérisons extraordinaires, grâce à l'infinie
bonté de la sainte Vierge. Cette même semaine,
Nunziatina réalisa son pieux dessein.

Mais tandis que la bougie sacrée brûlait devant
la Madone, les feux d'une rage profane brûlaient
dans la poitrine de messer Nellemane. Il sentait qu'il
avait été *refait*, et refait par une vieille femme en
haillons, qui évidemment l'avait berné en lui donnant de l'*illustrissimo*. A la vérité, il avait encore

dans sa ville natale sa grand'mère, qui n'était ni moins pauvre ni moins déguenillée que Nunziatina. Mais il cherchait toujours à oublier sa grand'mère, comme il cherchait à oublier la vieille ferraille de la boutique paternelle, car un futur homme politique, un aspirant ministre n'avait que faire de s'embarrasser de tels souvenirs. Il envoyait bien de temps à autre à sa mère un billet de banque par lettre chargée, mais c'était toujours à la condition qu'elle ne lui donnerait jamais signe de vie.

Si une mémoire tenace rend de grands services à un homme, le talent d'oublier est en général plus utile encore.

Le feu de sa rage le consumait, et il était d'autant plus furieux que sur le moment il ne savait comment frapper ceux qui se moquaient de lui.

Toutefois, une heure ou deux plus tard, il dit négligemment à Bindo Terri :

« Cette vieille femme qui est venue m'apporter une pétition aujourd'hui, c'est une mendiante de profession ? »

Bindo chercha à lire sur le visage de son chef ce qu'il devait répondre ; mais la physionomie de messer Nellemane resta impénétrable.

« La Nunziatina ? dit le garde champêtre avec hésitation ; non, signore, je ne voudrais pas l'appeler ainsi ; tout le monde la connaît, elle a toujours été comme cela ; elle va de maison en maison et visite les villas du voisinage... »

Un éclair de colère dans les yeux de messer Gaspardo apprit à son fidèle serviteur qu'il avait fait fausse route ; il se ravisa aussitôt :

« Sans doute c'est une mendiante, ajouta-t-il. Je crois qu'elle fait ce métier depuis vingt ans. Voilà bien longtemps que je la connais, et je l'ai toujours vue vivre d'aumônes. Une dame, il y a quelque temps, lui avait obtenu une place au Monte-Sacro; mais la vieille gaillarde prétend qu'elle ne pourrait pas vivre enfermée : si elle ne faisait pas ses douze milles par jour, elle mourrait, dit-elle. Oui, pour sûr, *illustrissimo,* c'est une mendiante.

— Une vagabonde ! »

Messer Nellemane haussa les épaules et gémit sur la dégradation d'une société où les mendiants continuent à trouver des soutiens qui les font vivre grassement. Il tomba dans une profonde méditation. Les 395 règlements concernant la police, l'hygiène et l'édilité de la commune renfermaient une lacune terrible : il n'y était pas question du tout des mendiants.

« Ils trouvent moyen de faire subsister toutes ces créatures, et ils se plaignent d'être écrasés par les taxes royales et locales ! » dit-il à haute voix à son subordonné. *Ils* c'étaient les propriétaires du district, hommes de vieille race, d'extérieur distingué et d'habitudes élégantes, dont le rang faisait envie à messer Nellemane en même temps que leur pauvreté excitait son mépris.

Bindo Terri soupira aussi et leva les mains pour montrer qu'il s'associait aux sentiments de son patron. Quant à lui, il savait très bien que la plupart des gens qui faisaient l'aumône à Annunziata appartenaient à la classe la plus pauvre : c'étaient, en effet, des paysans ou des ouvriers, maçons, charpentiers, forgerons, etc. ; mais le garde champêtre comprenait que l'heure eût été mal choisie pour donner cette explication à son chef.

« Il n'y a rien là au sujet des mendiants ? questionna-t-il en tournant les feuillets de ses chers et vénérés règlements.

— Pas encore, répondit messer Nellemane. Le bon *cavaliere* Durellazzo est peut-être trop doux pour les classes vagabondes. »

En ce moment même, le bon *cavaliere* Durellazzo, coiffé d'un large chapeau de paille, assis sur une chaise de paille, fumant un cigare fait en [grande partie de paille, prenait le frais sur une plage méditerranéenne, et, loin de sa commune, ne s'inquiétait pas plus d'elle que quand il y résidait.

IV

Ce même soir, par une malheureuse fatalité, messer Nellemane alla se promener sur les rives verdoyantes de la Rosa, pour le plaisir de contempler une vilaine besogne qu'il avait faite l'année précédente. Un vieux couvent, autrefois occupé par une congrégation olivétine, couronnait une colline qui s'élevait sur les bords de la rivière. Durant des siècles, cette colline tapissée de forêts avait offert l'aspect le plus pittoresque : les grands cyprès plusieurs fois séculaires se dressaient majestueusement à côté de l'ilex couleur de bronze, du peuplier argenté, du châtaignier et de l'acacia, abritant au printemps des millions de primevères et d'autres petites fleurs sauvages.

Santa-Rosalia est situé dans une aimable et pastorale contrée, où l'écho semble répéter les vers de Théocrite ; la campagne est couverte d'une luxuriante végétation ; partout des plantes grimpantes, des haies de rosiers, des vignes mariées aux érables ; dans le

lointain, des montagnes blanches dorées par le sole l
prêtent au paysage cette solennité et ce charme éthéré
qui leur sont propres. Mais avec l'ère de la liberté a
commencé le déboisement du pays ; l'avarice éveillée
dans l'âme des propriétaires a pratiqué çà et là de
larges coupes sombres. Au lieu des magnifiques pyramides de feuillage qui ombrageaient naguère le chemin longeant la Rosa, on voit étendus sur la route des
centaines et des milliers d'arbres dépouillés de leurs
branches. Maintes collines arrondies, semblables
aux ballons des Vosges, dont elles avaient la riche
verdure, privées maintenant de leurs taillis et
même de leur gazon, montrent aux rayons du soleil
un front dénudé où ne poussera plus jamais ni un
arbre, ni une fleur, ni une bruyère.

C'est le progrès.

Au nom de la liberté, on avait exproprié le monastère de Francesca Romana et dispersé les religieuses ; celles qui avaient une famille y étaient
rentrées ; les autres n'avaient trouvé au sortir du
couvent, pour les recevoir, que la pesante solitude ;
les dots données par elles à l'Église avaient passé
dans les coffres du gouvernement, des grands entrepreneurs, des ingénieurs et des ministres.

On ne respecta même pas la vieille demeure de
ces sœurs olivétines ; on la mit au pillage, presque
comme l'eût fait une armée ennemie. Les crucifix,
les ivoires, les sculptures, l'État les vendit à des
marchands de curiosités ; les fresques peintes par
Sodoma et les Carracci furent détachées des murs et
achetées par une nation étrangère.

Tout cela avait été fait avant le règne de messer Nellemane, mais par des gens qui auraient pu être les
frères aînés de messer Nellemane, tant ils lui ressemblaient.

A son arrivée dans le village, le bâtiment désert
était debout sur la colline, pareil à une cité ruinée,
majestueux encore, car ses murs tout revêtus de
marbre et de porphyre n'auraient cédé qu'au canon,
et son grand clocher, vrai chef-d'œuvre de symétrie
et de sveltesse, dressait toujours vers le ciel sa flèche
blanche comme l'ivoire, quoiqu'on en eût enlevé les
cloches et qu'on les eût fondues pour couler en bronze,
là-bas au chef-lieu, un des frères aînés de messer
Nellemane. A la base de ce monument prétendûment
élevé à un soldat de la liberté figuraient, assises ensemble, la Renommée et la Paix.

Tandis que le gouvernement se demandait s'il
ferait de l'ancien couvent un collège, une caserne,
un magasin à poudre ou un laboratoire, les années
s'écoulaient, et l'humidité conspirait avec la séche-
resse pour transformer ce bâtiment en une ruine. Cependant la beauté de la forêt avoisinante était restée
intacte, lorsque Santa-Rosalia vit pour la première
fois messer Nellemane. Après un peu de temps passé
sur ce fauteuil de secrétaire communal d'où il espérait bien se hisser à une secrétairerie d'État, le nouveau venu remarqua l'ex-temple de la *superstition*.
A son indicible étonnement, tous les bois qui cou-
vraient le penchant de la colline avaient été laissés
debout.

Il sentit s'agiter dans sa poitrine tous les instincts
qui lui avaient toujours fait croire à sa future destinée de ministre des finances ou de l'intérieur.

Quelle perte sèche pour le trésor public! Et quelle
commission en perspective pour lui ! De toutes les
choses de ce monde messer Nellemane n'aimait rien
tant que les tours de bâton. C'est à ce signe que se
reconnaît toujours l'esprit officiel. D'autre part, il
détestait les arbres comme il détestait les chiens. De

même qu'il ne pouvait souffrir les chiens qu'enchaînés, de même à ses yeux les arbres n'étaient tolérables que sciés en long et soigneusement rabotés.

L'esprit officiel, inné en lui, s'indignait qu'on laissât subsister ce bois jadis sacré, alors que le couvent qu'il entourait avait été traité comme la libre pensée sait toujours traiter les monuments de l'obscurantisme.

Messer Nellemane en toucha discrètement un mot au *cavaliere* Durellazo ; le syndic fit une communication à la *giunta ;* le préfet de la province fut vu et pressenti ; celui-ci alla à Rome et s'entretint de la question avec le ministre des travaux publics, qui était son ami. On découvrit tout à coup que les arsenaux de la marine avaient grand besoin de bois de chêne, bien qu'ils n'employassent que du fer dans la construction des vaisseaux ; bientôt il fut décrété que les arbres qui avaient abrité le fanatisme du passé seraient abattus pour aider à remplir les coffres du présent.

Le ministre confia le soin de la vente au préfet ; le préfet en chargea le syndic de Vezzaja et Ghiralda, réserve faite, bien entendu, de la commission préfectorale ; ces choses-là vont de soi. A son tour le syndic remit l'affaire aux mains de son secrétaire, la commission syndicale étant, comme de juste, toujours sous-entendue, et il fut implicitement convenu que chacun des membres de la *giunta* aurait aussi un intérêt dans l'opération.

Quand de la somme totale produite par la vente de cette forêt à l'État eurent été défalquées les diverses commissions, d'abord celles des ministres de la capitale, puis celle du préfet de la province et finalement celles des personnages subalternes, y compris messer Nellemane lui-même, qui, ayant eu tout l'embarras de la besogne, ne s'était pas oublié, il se trouva que jamais bois de construction acheté pour les arsenaux de la marine n'était revenu plus cher à la nation.

Pourtant tout le monde fut enchanté, sauf quelques artistes qui essayèrent de faire du tapage à ce propos, — selon l'habitude de ces êtres insupportables, — sauf aussi la population de la commune en général, qui n'était pas consultée et ne comptait pas. Les particularités de la vente étaient de ces choses d'administration qui ne sortent jamais des chancelleries, et dont ne font mention en aucun pays les livres parlementaires, bleus, verts ou jaunes.

Les arbres furent abattus, le fer et le feu eurent raison des géants séculaires; les lièvres, les oiseaux, les myriades de bêtes innocentes qui avaient si longtemps vécu sous le couvert de la forêt s'enfuirent ou furent victimes d'un massacre impitoyable; des charretées de bois allèrent brûler dans les fournaises des travaux publics ou pourrir dans les chantiers; et messer Nellemane acheta secrètement des fonds étrangers par l'entremise de son dévoué cousin; du reste, toutes les personnes mêlées à la vente achetèrent quelque chose.

Le couvent resta solitaire et lugubre sur sa colline désolée; là où, au printemps dernier encore, avaient fleuri les primevères et les iris, il n'y eut plus qu'un terrain nu et creusé de trous affreux.

Maintenant messer Nellemane contemplait son œuvre et la trouvait digne de lui; il sentait qu'elle était en plein dans l'esprit du temps.

N'a-t-on pas, en effet, jeté bas la chapelle de Guillaume Tell et la maison de Milton, rasé les murs d'Augsbourg et les tours de Nuremberg, démoli les maisons espagnoles de Bruxelles, le grand Châ-

telet de Paris et le *Tabard Inn* du vieux Londres?...
Le secrétaire communal sentait que les ruines faites
par lui pouvaient fièrement revendiquer une place
parmi les grandes destructions que l'économie et
l'esprit progressif des municipalités ont accomplies
dans ce noble et esthétique xixᵉ siècle.

Les architectes et les artistes d'autrefois avaient
travaillé là avec conscience, avec respect, avec
amour, au nom de Dieu et des arts ; mais messer Nellemane, quoiqu'il n'eût jamais entendu parler de
Sainte-Beuve, aurait signé des deux mains la pensée
du célèbre critique : *Dieu, ce n'est pas français*, et,
pour son propre compte, il aurait tout aussi volontiers affirmé que l'art était un mot à rayer du dic-
tionnaire italien.

Jadis les municipalités européennes croyaient
n'avoir d'autre raison d'être que le patriotisme et la
gloire de leurs cités ; elles s'inspiraient dans leurs
constructions du sentiment religieux et de l'amour
du pays. Aujourd'hui on a changé tout cela : une
municipalité n'est plus qu'une réunion de gens préoc-
cupés de leurs propres intérêts ; chacun d'eux ne recherche que son avantage personnel. Qu'on jette
bas d'anciennes murailles ou qu'on en élève de nouvelles, il y a de l'or à pêcher dans le mortier pour
les conseillers communaux, les commissionnaires et
les entrepreneurs, qui ne peuvent jamais comprendre
pourquoi tout le monde n'est pas aussi satisfait
qu'eux. Qu'il s'agisse de démolir ou de construire,
tous ils ne songent qu'au profit.

Si des arbres sont abattus dans les jardins de
Kensington ou aux Cascine, si de vieilles églises sont
rasées à Rome ou à Paris, si de nouvelles rues enlai-
dissent Venise ou Vienne, si l'on morcelle outra-
geusement les jardins du Pincio ou du Bois, il y a

toujours, en pareil cas, quelqu'un qui empoche clan-
destinement quelque chose. Au lieu de Jacques Cœur,
de William de Wykham ou d'Alan Walsingham, nous
avons des édiles aussi avares qu'Harpagon, aussi stupides que Prud'homme et plus impitoyables qu'Attila.

Ils sont toujours surpris que vous ne soyez pas
content.

Si vous aimez la belle architecture, que ne faites-
vous une grande construction de verre pouvant servir
pour un marché ou une exposition ? Ou bien que n'é-
levez-vous un édifice de sucre blanc, que vous serez
libre d'appeler à votre choix ministère de la guerre,
église, collège ou palais ?

L'esprit bureaucratique et l'esprit municipal ne
peuvent comprendre de joie plus haute que celle de
détruire, de reconstruire et d'empocher les bénéfices
des deux opérations.

Notre ami messer Nellemane avait reçu en nais-
sant des aptitudes bureaucratiques et municipales
très prononcées ; dans son étroite sphère, il s'efforçait d'accomplir de grandes choses, et c'était toujours
avec plaisir qu'il contemplait le désert de sable par
lequel les chênes du couvent avaient été remplacés.
Ce soir-là, malheureusement, comme il faisait sa
promenade favorite au monastère ruiné de Santa-
Francesca, il aperçut deux ombres, et toute sa satisfaction s'évanouit. Les ombres étaient beaucoup plus
bas que lui et apparaissaient comme deux jeunes
acacias qui ont grandi ensemble, s'appuyant l'un
sur l'autre ; elles se mouvaient lentement sous les
rangées de peupliers avoisinant le moulin à eau.

Son cœur tressaillit de rage et sa face rougeâtre
devint livide.

Il venait de reconnaître, dans l'heureux couple
qui causait à voix basse sous les arbres, Viola et le

jeune Carmelo. Son amour fut piqué au vif, mais
plus encore son orgueil et sa vanité. « Elle *me* re-
pousse ! » se disait-il avec l'amertume qu'un empereur
aurait pu éprouver en voyant une jeune paysanne
lui préférer un rustre.

Sans doute, comme origine, la vieille boutique de
quincaillerie n'était pas si fort au-dessus du moulin ;
mais messer Nellemane était maintenant un serviteur de l'État, ou plutôt il faisait partie intégrante
de l'État lui-même, comme une roue dentée fait partie
de l'immense machine qu'elle aide à mettre en mouvement ; aussi s'estimait-il un personnage très considérable.

De la colline où il se trouvait, il voyait en bas les
amoureux se promener sous les peupliers, précédés
de Toppa, le gros chien blanc du moulin, et son âme
était dévorée de rage et de jalousie.

Il pouvait voir la roue brune qui clapotait dans la
rivière ; il pouvait voir les sacs de farine adossés à
la haie de sureau ; il pouvait voir le geai dans sa
cage placée à l'extérieur de la maison, dont une fleur
de passion tapissait entièrement le mur ; il pouvait
voir la tête blanche du vieux meunier lui-même
penché en dehors d'une petite fenêtre carrée et donnant des ordres au garçon, qui attendait avec la
charrette près de la porte ; enfin il pouvait voir les
amoureux marchant à pas lents au bord de l'eau.
En ce moment Carmelo et Viola songeaient qu'ils
passeraient toute leur vie paisiblement sous ce même
toit et qu'ils le laisseraient après eux à leurs enfants,
lesquels à leur tour gagneraient leur pain en faisant
tourner dans les mêmes eaux vertes les mêmes vieilles
roues de bois.

Messer Nellemane abaissa ses regards sur cette
tranquille petite scène et proféra une imprécation.

V

Deux ou trois jours après arriva la Fête-Dieu; elle tombait le 31 mai.

Viola n'aurait pas été une fille d'Ève si, aux approches de cette solennité, la pensée de la robe bleue et de la couronne blanche de messer Nellemane ne lui eût pas arraché un soupir. Que n'auraient pas dit les autres jeunes filles en la voyant dans cette belle toilette et avec ces souliers à boucles brillantes !

Elle ne se repentait pas d'avoir rendu ces cadeaux ; mais plus d'une fois elle se prit à regretter qu'ils ne lui eussent pas été donnés par son grand-père ou par Carmelo.

La procession était la grande fête de l'année à Santa-Rosalia, comme dans tous les autres villages et bourgs des environs. Messer Nellemane, qui était rationaliste, souhaitait vivement l'abolition de cette coutume, selon lui dégradante et idiote. En vrai libre penseur, il était d'avis qu'il ne devait y avoir ni distinctions pour les riches, ni distractions pour les pauvres. Il aurait volontiers interdit sous des peines sévères les drapeaux, la musique, les illuminations et les rassemblements de toute sorte, sauf pour les solennités libérales ; mais il n'en avait pas le pouvoir : le gouvernement ne s'est pas encore décidé à en finir avec tous les usages consacrés par le temps, et sans le gouvernement il ne pouvait rien, vu que la chose n'était pas du ressort municipal.

Aussi à chaque Fête-Dieu avait-il à subir tout le long du jour le bruit des cloches, l'aspect des villageois vêtus de leurs meilleurs habits, l'odeur de l'encens et la vue des bannières. Tout cela l'agaçait, le rendait malheureux, si malheureux, qu'il ne trouvait même pas une consolation dans le chiffre des contraventions, toujours nombreuses en un jour où les gens étaient trop gais pour enchaîner leurs chiens et enfermer leurs enfants. D'ailleurs Bindo lui-même cédait au courant : oui, les jeunes filles parées de leurs plus beaux atours, les maisons aux portes ouvertes, dans la plupart desquelles on festinait joyeusement, et à la tombée de la nuit les danses et les illuminations sur la place, tout cela faisait oublier au garde champêtre sa vigilance accoutumée.

Cet été, la procession devait paraître plus insupportable que jamais à messer Gaspardo, attendu que Viola Mazzetti ne portait pas la robe, la couronne et les souliers à boucles qu'il avait achetés pour elle ; la jeune fille était vêtue de son humble robe grise, et la pauvreté de ce costume faisait valoir sa beauté, comme les feuilles noires du magnolia en relèvent la fleur. Elle n'avait même pas une épingle d'argent dans ses cheveux.

Le vieux Pastorini était l'organisateur de la fête, et dans la musique du village Carmelo battait le tambour ; il le battait, à la vérité, avec plus de zèle que de discrétion, si bien que le bruit de sa caisse couvrait tous les autres instruments. Néanmoins il recevait force compliments, et, de fait, il avait très bonne grâce en s'escrimant ainsi avec ses baguettes.

Un tel spectacle eût été intolérable pour messer Nellemane. C'est pourquoi il se leva de bonne heure ce jour-là et alla s'occuper d'affaires à la grande ville, située à douze milles de là, laissant Santa-Rosalia faire ses folies, puisqu'il n'avait pas le pouvoir de l'en empêcher.

Santa-Rosalia profita de la permission : très paisiblement et très pieusement d'abord, puis avec une franche et cordiale gaieté.

Les divertissements italiens ont perdu leur charme ; le sens de la couleur et de l'harmonie n'existe plus chez ce peuple, dont les ancêtres ont servi de modèles à Léonard et à Raphaël, et dont les membres aujourd'hui encore rappellent si souvent les belles formes du Faune et du Discobole. Leurs réjouissances n'ont rien de la grâce et de l'éclat des foires françaises, rien même du pittoresque et de la couleur des fêtes champêtres allemandes. Il n'est pas jusqu'au carnaval qui, nonobstant sa gaieté bouffonne, ne laisse à désirer sous le rapport de la grâce et du coloris. Pourtant ces gens s'amusent ; ils s'amusent la plupart du temps d'une façon très innocente et très joviale, quand ils oublient leurs papiers de contributions, leurs estomacs vides et leurs boutiques en faillite.

Ce jour-là le village s'amusait, quoique sa *piazza* fût très poussiéreuse, sa musique très discordante, sa nourriture et sa boisson aussi mauvaises que possible. Mais c'était la Fête-Dieu, et tout le monde était heureux. Quand la longue procession eut dit sa dernière prière, le *trescone* commença sur la place, et chaque maison s'illumina.

Messer Nellemane, qui était allé à la ville pour échapper aux cérémonies et festivités de Santa-Rosalia, forcé de revenir par la dernière diligence, trouva à dix heures du soir, en descendant de son méchant véhicule, la place encore bondée d'une foule compacte. Le palais municipal était noir comme un crêpe ; cela, il pouvait l'ordonner ; mais des cordons de flammes couraient aux fenêtres de toutes les autres maisons qui entouraient la place.

L'illumination était dans tout son éclat ; la musique résonnait joyeusement ; les jeunes gens et les jeunes filles causaient et riaient tout en faisant des entrechats. Le tambour avait été déposé sur un pavé, où il était gardé par l'honnête chien du moulin ; Carmelo dansait avec Viola, tandis que le vieux Pippo et le meunier, assis sur deux chaises de jonc à côté du chien et du tambour, regardaient en souriant et en battant la mesure.

Au-dessus d'eux tous, le ciel était pur et serein ; la rivière reflétait la clarté de la lune ; des jardins environnants arrivait l'odeur des lis, des roses et des œillets. Santa-Rosalia était *in festa,* et les deux vieillards, échauffés par des libations un peu plus copieuses que d'ordinaire, se disaient l'un à l'autre :

« Pourquoi ne les marierions-nous pas tout de suite ? Ils ne seront jamais plus riches, et la jeunesse est le meilleur temps de la vie. »

Messer Nellemane n'entendit pas les paroles des deux vieillards, mais il vit les jeunes danseurs.

Sombre, le chapeau abaissé sur les sourcils, il traversa la place en se frayant de force un passage au milieu de la foule. Lui qui se distinguait généralement par la politesse un peu compassée de ses manières, l'avait tout à fait oubliée en cette circonstance.

Rentré chez lui, il se coucha, après avoir fermé ses volets pour n'avoir plus sous les yeux le ciel radieux, l'air embaumé, les lampions étincelants. Mais les éclats de rire, les sons de la musique et les joyeux murmures des danseurs, il ne put, en dépit de ses volets fermés, les empêcher d'arriver jusqu'à lui, et il les maudit.

Pour la première fois de sa vie il trouva que la libre pensée n'était pas une doctrine de tout point satisfaisante, car, étant admis l'athéisme, la malédiction, comme la bénédiction, n'est qu'un pur *flatus vocis*. Pour la première fois messer Nellemane sentit que la vieille religion avait un avantage sur l'agnosticisme : elle vous donnait un enfer où vous pouviez envoyer vos rivaux et vos ennemis.

La semaine suivante, Pippo avec sa petite-fille et le père Pastorini avec son fils se rendirent à la municipalité de Santa-Rosalia. Ils avaient fait toilette. Pippo portait sur l'épaule une jaquette neuve de couleur bleue foncée, et sa chemise faisait de beaux plis au-dessus de la ceinture de son pantalon ; le meunier avait mis son costume gris des dimanches ; Carmelo était superbe avec sa chemise rose, sa cravate bleue et l'aile de geai passée dans le galon de son chapeau rond à larges bords ; quant à Viola, elle était vêtue d'une robe d'étoffe claire qu'elle avait achetée à Pomodoro pour son mariage, et elle avait au cou le collier de perles de sa feue mère ; un vif incarnat colorait ses joues ordinairement pâles, et, sans le secours de son grand-père, elle n'aurait jamais eu la force de monter les marches.

Bindo Terri était sur le seuil du palais municipal ; à la vue du petit groupe, il fit une moue méprisante et cracha sur la pierre. Le vieux Pastorini, qui était le plus brave des quatre, demanda à voir le très honorable syndic.

Bindo siffla.

En entrant, ils trouvèrent le chancelier en train

de manger de petites figues noires. Ce personnage leur dit que le très honorable syndic était aux bains de mer pour sa santé, mais que son secrétaire, le très estimable messer Gaspardo Nellemane, avait pleins pouvoirs pour le remplacer, de quelque affaire qu'il s'agît.

De rouge qu'elle était, Viola devint toute pâle.

« Eh bien, voyons son très estimable secrétaire, dit hardiment le meunier. C'est une affaire qui ne souffre pas de délai, n'est-ce pas, fils ? »

Demetrio Pastorini, homme gai, prononça ces mots avec un rire et un clignement d'yeux. Le chancelier les invita à monter l'escalier, et, quand ils seraient arrivés sur le palier, à frapper à la porte de droite ; cela fait, il retourna manger ses figues, dont il jetait les peaux sur le parquet de ce lieu auguste où il était défendu aux enfants de jouer.

La petite société monta l'escalier, et le vieux Pastorini frappa à la porte avec son bâton.

« Entrez ! » fit du dedans la voix du haut fonctionnaire ; ils obéirent et se trouvèrent en présence de messer Nellemane.

Une rapide et sinistre lueur, pareille au scintillement d'un miroir d'acier à la clarté de la lune, s'alluma dans les yeux du soupirant dédaigné ; il se doutait de ce que ces gens venaient faire.

Un instant après, le mauvais regard s'éteignit pour faire place à un sourire empreint d'une bienveillante condescendance.

« Ser Filippo, bonjour... Signorina mia, vous êtes belle comme l'aurore ; signore Pastorini, que puis-je faire pour vous ? Mais je devine l'objet de votre visite...; non, avant de me mettre à votre disposition comme fonctionnaire, permettez-moi, comme ami, de vous souhaiter toutes sortes de bonheurs. »

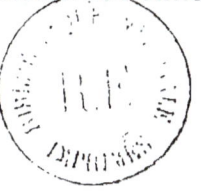

3ᵏ

Les hommes furent subjugués, fascinés, séduits. Ils pensèrent qu'après tout ce tyran de la localité pouvait être un bon camarade ; seule la jeune fille ne fut pas dupe : elle avait vu le premier éclair cruel et menaçant qu'avaient lancé les yeux du Faust de son village, et elle en avait été frappée comme d'un coup de couteau. Dans le sourire qui succéda à ce regard, elle ne vit que le rictus d'un serpent.

Son cœur était oppressé ; néanmoins elle s'inclina et remercia messer Nellemane.

Celui-ci prononça quelques mots polis, protesta de son amitié en termes bien tournés, et le vieux Pippo se dit : « Après tout cela, il ne viendra plus me chercher chicane pour les joncs et le ruisseau. »

Ensuite le secrétaire faisant fonction de syndic procéda, de l'air le plus calme, à sa besogne d'officier de l'état civil.

L'engagement de mariage entre Pastorini Carmelo, âgé de vingt-deux ans, et Mazzetti Viola, âgée de dix-sept ans, fut rédigé dans le style d'usage et affiché, pour que toute la commune pût en prendre connaissance, derrière un verre sale entouré d'un cadre plus sale encore : telles sont les formalités admirablement élevées et délicates par lesquelles les gouvernements modernes croient nécessaire de rehausser le mariage.

De retour chez elle, Viola ôta sa robe et se mit à faire du pain ; Carmelo retroussa ses manches et manœuvra des sacs de farine jusqu'à la tombée de la nuit : tous deux savaient que, quand la lune, maintenant en son plein, entrerait dans son dernier quartier, le plus beau jour de la vie luirait pour eux.

VI

Peu après la Fête-Dieu, l'eau de la Rosa devint
trop basse pour faire tourner les roues du moulin
des Pastorini. Le fait se produisait souvent à Santa-
Rosalia depuis qu'on avait abattu les bois du couvent et des autres collines voisines de la rivière, et
que, plus avant dans la province, on avait détruit
des forêts entières de pins et de châtaigniers à l'occasion du nouveau railway. Le plus souvent ces dé-
boisements avaient eu lieu sans nécessité, à seule fin
de faire gagner de l'argent à l'armée des entrepreneurs, des propriétaires et des employés des travaux
publics.

« Je n'ai jamais vu cela ; quand j'étais jeune, il y
avait toujours quatre pieds d'eau même dans le mois
du Lion [1], » disait Demetrio Pastorini, qui se grat-
tait mélancoliquement la tête en contemplant les
roues séchées par le soleil et le fond de la rivière, où
apparaissaient les cailloux, le sable, les plantes
aquatiques et les petits poissons.

« Seigneur miséricordieux ! répondit Pippo, quand
nous étions jeunes, on laissait les choses comme
Dieu les a faites ; maintenant *ils* ne cessent de tout
changer, de tout bouleverser ; ils ont la prétention
de corriger l'œuvre du Créateur.

— Je suppose que le mal vient de là, reprit triste-

[1] C'est toujours ainsi que le mois d'août est appelé en Italie.

ment le meunier. Dans ma jeunesse, jamais la Rosa n'était à sec. Aussitôt que le blé était coupé, on pouvait le moudre.

— C'est la suite de tous leurs remue-ménage, dit Pippo. Seigneur! au delà de Pomodoro, sur le territoire de Tagliafico, on moud, dit-on, le blé à l'aide d'une chaudière montée sur roues. »

Le vieux Pastorini soupira; plus instruit que Pippo, il savait que leur douce et pastorale contrée subissait déjà l'invasion de ces monstrueuses machines qui sont les meilleurs auxiliaires du socialisme, car partout en Europe elles font la richesse du propriétaire et le malheur du paysan.

« J'ai entendu raconter quelque part, dit-il en respirant avec effort, l'histoire d'un homme qui avait vendu son droit d'aînesse pour de l'or; lorsque l'or fut entre ses mains, il se trouva changé en feuilles sèches; eh bien, il me semble que l'histoire de cet homme est un peu celle du monde.

— C'est vrai, fit Pippo, qui n'avait pas très bien compris. Mais qu'avons-nous affaire du monde? Nous nous sommes bien passés de lui jusqu'ici.

— Le monde, c'est tout à présent : voilà le pire. Il n'y a plus de campagne, ou du moins il n'y en aura bientôt plus. L'eau même de la Rosa nous quitte, comme vous voyez ! »

Rentré chez lui, Pippo dit à sa petite-fille :

« La fin du monde approche : la Rosa est à sec. Je ne vois pas comment tu pourras te marier, si le moulin s'arrête. Sans doute tu pourrais toujours vivre dans cette maison, et Carmelo pourrait travailler comme journalier. »

Des larmes vinrent aux yeux de Viola : elle n'avait peur de la pauvreté ni pour elle ni pour Carmelo; mais elle sentait combien il serait humiliant pour le

jeune homme de travailler à la journée ; c'est le dernier des métiers, et personne ne s'y résigne de bon
cœur.

Viola ne contredisait jamais son grand-père ; mais,
s'esquivant sans bruit, elle alla à l'église San-Giuseppe, située sur la place, et supplia saint Jean,
patron des eaux courantes, de faire cesser la séche-
resse de la Rosa. Pendant qu'elle priait, les larmes
inondaient ses joues.

En sortant de l'église, elle se rencontra nez à
nez avec messer Nellemane, qui sortait du café ;
il ôta son chapeau et sourit de la façon la plus
aimable.

« A quand le *giorno felice?* » lui demanda-t-il.

Une vive rougeur couvrit le visage de la jeune
fille ; elle murmura quelques mots inintelligibles et
se dirigea rapidement vers sa demeure. Devant elle
courait sa petite chienne jaune, Raggi, qui l'avait
accompagnée à l'église.

« Un chien en liberté ! » dit messer Nellemane à
Bindo, qui se trouvait là. Celui-ci balbutia timidement :

« Il est si petit !

— Petit ou grand, qu'importe ? A quoi servent les
règlements, si on ne les fait pas observer ? reprit sévèrement le supérieur. Un petit chien peut mordre
ou devenir enragé tout aussi bien qu'un grand.

— C'est vrai, Signore, reconnut Bindo. Et d'ailleurs ils ne payent jamais la taxe pour ce chien. »

Messer Nellemane prit note du fait, et, le lendemain, il lava la tête au receveur des contributions
coupable d'inattention ou d'indulgence.

Le soir, le grand homme, assis, comme de coutume, sur sa chaise de fer à la terrasse du café de la
Nuova-Italia, en compagnie de ses collègues, le

gros Maso et le fluet Tonino, vit Carmelo avec ses deux frères arrêter la mule du moulin devant la maison de Pippo, et Viola venir leur parler sur le pas de la porte.

« Voilà la charrette du meunier, dit messer Nellemane à ses collègues. A propos, j'ai entendu dire que le moulin n'a pas travaillé depuis un mois. La Rosa est fort basse à cet endroit-là.

— C'est extraordinaire. La rivière avait toujours été très profonde, observa le chancelier. Je ne puis m'expliquer le fait, à moins que le dessèchement du lago di Giglio ne se fasse sentir jusqu'ici. »

Messer Nellemane lui jeta un regard de mépris. Le lac Giglio, naguère superbe pièce d'eau, avait été mis à sec dans un but de spéculation par un homme riche, opération inspirée par une pensée de progrès et de patriotisme, disait-on, bien qu'elle eût supprimé tout le charme du paysage et réduit à la misère trois cents familles de pêcheurs. Tous les syndics, ainsi que leurs conseils, avaient beaucoup admiré ce travail.

« Il est très préjudiciable aux intérêts de la province, continua messer Gaspardo, de dépendre ainsi des caprices d'une rivière. Si l'on pouvait établir un moulin à vapeur, ce serait un grand bien.

— Ouf ! dit le petit Tonino en ouvrant ses yeux tout grands. Et que deviendraient les Pastorini ?

— Les intérêts du petit nombre doivent toujours être subordonnés à ceux de la majorité, répondit messer Nellemane avec son élévation accoutumée de style et de sentiment. Dans un temps pratique comme le nôtre, il est parfaitement absurde que le pain de toute une commune soit à la merci des variations d'une rivière. Nous devons voir s'il n'y a pas moyen de mettre ordre à cela. Naturellement, ajouta-t-il, ce sera un dur moment à passer pour le meunier et sa famille ; mais une grande chose ne se fait jamais sans que quelqu'un en souffre, et la cause du progrès est sacrée.

— C'est juste ! » firent d'une commune voix Maso et Tonino, toujours convaincus, sinon éclairés par le magnifique langage de messer Nellemane.

« Il avait déjà été question d'établir un moulin à vapeur avant que le *cavaliere* partît pour les bains de mer, poursuivit leur oracle, quoique jusqu'à ce moment il n'eût jamais pensé à rien de semblable. Et certainement, si la rivière continue à baisser ainsi, il faudra aviser. La situation du meunier n'est déjà pas très bonne, je crois, et il commet une grosse imprudence en mariant son fils comme il va le faire.

— Ils n'auront pas beaucoup de fèves dans leur pot, ricana Maso, qui était un homme vulgaire.

— Hélas ! non, reprit d'un air de regret messer Nellemane, qui n'était jamais vulgaire. Ce sont ces mariages hâtifs et imprévoyants qui engendrent la misère au sein de la nation. Ils devraient être défendus par la loi. L'État défend le suicide ; pourquoi n'interdirait-il pas aussi les mariages inconsidérés ?

— Que diraient les femmes ? fit en riant le vulgaire Maso.

— Elles n'ont pas voix en politique, » répondit froidement messer Nellemane : c'était un homme qui n'entendait pas la plaisanterie et prenait tout au sérieux. On ne rit plus dans le pays de Pasquin et de Polichinelle.

« Quel ministre il ferait ! » dit avec admiration Maso à Tonino, quand leur grand homme les eut quittés pour aller lire le *Diritto*, que le courrier du soir venait de lui apporter.

« Ah ! oui, en effet, » reconnut Tonino ; mais *il*

n'y avait pas grande chaleur dans son accent :
messer Nellemane le battait toujours aux dominos,
ce qui le blessait à la fois dans son amour-propre et
dans sa bourse.

Ce soir-là, par hasard, la vieille Annunziata retournait seule chez elle, en suivant un petit chemin
à travers les champs; elle revenait d'une des fermes
situées sur les hauteurs. La fermière avait été très
bonne pour elle et lui avait donné des œufs. Annunziata se proposait non de les manger, car elle ne se
permettait une telle bombance qu'à Pâques, mais de
les vendre à son profit.

Dans ce sentier, rendu fort obscur par la tombée
de la nuit et par l'ombre épaisse des pins, la vieille
femme fut accostée par un ivrogne, — un ouvrier
forgeron de Sestriano, — qui la bouscula, se moqua
d'elle et lui emporta son panier d'œufs. La pauvre
vieille, toute contusionnée et tout en larmes, continua sa route vers Santa-Rosalia; elle avait fait une
belle défense avec son bâton de chêne, mais elle
avait reçu des coups en échange et elle avait perdu
ses œufs.

Comme elle approchait du village, elle rencontra
Carmelo Pastorini et lui apprit comment elle avait
été traitée par Pompeo de Sestriano. Le jeune
homme écouta ce récit avec un visage étincelant de
colère. Avant que Nunziatina eût pu l'arrêter, il
s'élança dans le sentier de la colline, rejoignit le
drôle et lui reprit le panier; mais dans la lutte dont
ils avaient été l'objet, tous les œufs s'étaient cassés.

Carmelo crut devoir taire à la vieille cette dernière
circonstance; sur la petite, très petite somme que
son père lui allouait pour son tabac et ses vêtements,
il lui restait un franc; il fit encore quelques pas vers
le haut de la colline et acheta une douzaine d'œufs à

la première ferme où il en trouva à vendre. « J'en serai quitte pour ne pas fumer pendant une semaine ou deux, » pensa-t-il, car il dépensait un centime par jour pour son tabac.

Au moment où Carmelo arriva à Santa-Rosalia, Annunziata était rentrée dans la chambre qu'elle occupait avec trois autres vieilles femmes ; force lui fut de quitter son lit, car le jeune homme lança une pierre contre le volet de sa fenêtre.

« Je vous rapporte vos œufs, Nunziatina, lui cria-t-il. Jetez-moi un bout de ficelle et vous tirerez le panier à vous. »

La vieille femme obéit en riant et en poussant des exclamations de joie ; on vit alors les œufs suspendus à la ficelle monter lentement le long du mur blanc éclairé par la lumière de la lune.

« Tu es un brave garçon, cria-t-elle, et Viola est une heureuse fille. »

Carmelo se mit à rire gaiement.

« Ne portez pas plainte contre le pauvre diable, la mère, dit-il, il était ivre...

— Pas de danger ! répondit Annunziata. Je ne ferais pas mettre en prison un pauvre crapaud, quand même il m'aurait volé un sac plein d'or.

— Bonne nuit ! » dit Carmelo, et il s'éloigna en se fredonnant à lui-même :

> Nel mezzo del mio petto è una ghirlanda,
> E ne l'ho scritto il nome di Viola,
> Quattr' angioli del cielo suonan la banda [1].

Mais comme une souris ne peut pas faire le moindre bruit dans son trou sans que tout le voisi-

---

[1] Sur ma poitrine il y a une guirlande,
Et j'y ai écrit le nom de Viola.
Quatre anges chantent dans le ciel.

nage en cause, le lendemain il n'était question dans tout le village que de cette rixe avec Pompeo de Sestriano. Chacun, en colportant l'histoire, y ajoutait naturellement quelque détail nouveau.

En conséquence les carabiniers, sur l'ordre de messer Nellemane, firent une descente et à la forge où travaillait Pompeo et au moulin Pastorini. On mena grand tapage de cette affaire, si bien que les deux hommes et la vieille femme furent appelés à la municipalité.

Annunziata tremblait comme la feuille, car de toute sa vie elle n'avait jamais eu maille à partir avec la police. Elle s'efforça de ramener les faits aux proportions les plus insignifiantes, assurant que Peo n'avait voulu que plaisanter.

« La loi n'admet pas les plaisanteries, » répliqua la Loi par la voix auguste de messer Nellemane, qui interrogeait la vieille.

Pompeo lui-même déclara qu'il ne se souvenait de rien. Très probablement il disait vrai, car il avait beaucoup bu la veille ; et il s'était éveillé le matin sans pouvoir s'expliquer comment il se trouvait couché en pleine campagne.

Quand on passa à l'interrogatoire de Carmelo, celui-ci se mit à rire franchement.

« Peo était ivre, dit-il ; à peine l'avais-je poussé pour lui reprendre le panier de la tante de Viola, qu'il s'est étalé tout de son long sur l'herbe, où je l'ai laissé. Je n'ai brisé aucun de ses os, vous voyez, et j'espérais que personne ne saurait rien.

— La Loi sait tout, reprit messer Nellemane avec un froncement de sourcils ; il y a des peines très sévères contre ceux qui cachent un vol à la connaissance de la justice, et l'intérêt de la vindicte publique exige... »

En voyant la mine piteuse et déconfite du stupide forgeron, Annunziata éprouva un irrésistible sentiment de pitié.

« Sainte Mère de Dieu ! très illustre signore, écoutez-moi, s'écria-t-elle d'une voix désespérée ; je n'ai pas subi le moindre préjudice, et je suis certaine que le pauvre garçon n'avait pas sa tête à lui quand il m'a pris mes œufs. Si le vin ne lui avait pas fait perdre l'esprit, il n'aurait pas touché un seul cheveu de ma tête. D'ailleurs j'ai recouvré tous mes œufs, ils m'ont été rendus en parfait état ; personne ne doit donc être inquiété à ce propos. Quant à moi, je ne voudrais pas faire mettre quelqu'un en prison, m'aurait-il arraché ma robe de dessus le corps.

— Femme ! tonna messer Nellemane, qui perdit patience en entendant exposer ces épouvantables principes, vous osez insulter la majesté de la loi ! La justice abstraite doit seule gouverner les actions humaines. Vous avez un devoir envers la société...

— Moi, Monsieur ! s'écria Annunziata ; et à part soi elle murmura : Eh bien, cela prouve qu'on apprend tous les jours quelque chose.

— ...Devoir qui prime toutes les considérations personnelles. Examinons un instant où conduirait votre étonnant, votre inexcusable relâchement de principes. Vous tendez présentement à établir cette doctrine affreusement immorale, que quand un objet volé a été rendu intact à son propriétaire, le vol doit être pardonné, oublié, tenu pour nul ! Vous ignorez entièrement ce qui constitue, au point de vue moral, le caractère odieux du crime. Vous partez de cette idée basse et dégradante que la seule chose à considérer dans un vol est le dommage pécuniaire qui peut en résulter. Que l'objet volé vous ait été rendu intact ou qu'il ait été détruit, cela est tout à fait en dehors de la question. Qui est-ce qui vous a enseigné la morale, femme ? »

Annunziata comprit vaguement qu'on attaquait sa moralité, et une juste colère fit étinceler ses petits yeux noirs.

« J'ai toujours été une honnête femme, Monsieur, répliqua-t-elle avec vivacité. Du vivant de mon pauvre homme, j'étais une honnête épouse, et depuis sa mort, c'est-à-dire depuis trente ans, je n'ai rien fait dont j'eusse à rougir devant lui. »

Sans prendre garde à cette interruption, messer Nellemane continua son discours. Carmelo l'écoutait avec un joyeux sourire sur les lèvres, et Pompeo, la bouche béante de stupéfaction, tandis que le chancelier, le conciliateur, Bindo Terri et les collègues de ce dernier trahissaient par leur attitude l'admiration et le respect dont ils étaient pénétrés. Finalement messer Nellemane comprit malgré lui qu'aucun juge ne punirait avec quelque sévérité un délit non prouvé et poursuivi contre la volonté de la partie lésée ; toutefois, ne pouvant se résoudre à renvoyer les comparants tout à fait indemnes, il décida après cet interrogatoire que le forgeron de Sestriano serait cité devant le tribunal de Pomodoro pour répondre à l'accusation d'ivresse et de tentative de vol ; quant au fils du meunier, il payerait une amende de vingt francs pour avoir usurpé le rôle de justicier au lieu de requérir la police, délit prévu par le code.

La mine de Carmelo s'allongea. Son père devait maintenant regarder à la dépense d'un centime.

« Ces œufs-là sont les plus chers qui aient jamais été pondus, la mère ! fit-il à voix basse à Annunziata.

— Et ce pauvre garçon va aller en prison à cause de moi ! Oh ! Seigneur, Seigneur ! Et on ne veut pas m'écouter ! »

Cette belle journée d'été fut ainsi assombrie pour eux tous.

« Vous aurez à témoigner dans le procès de Pompeo, » leur dit Bindo avec une satisfaction maligne, au moment où la vieille femme et Carmelo descendaient les degrés du palais municipal.

« Non, jamais je ne dirai un mot contre lui, répondit Annunziata. Le pauvre homme, ce n'est pas sa faute si le vin lui a fait perdre l'esprit.

— Je répéterai ce que je viens de dire, ajouta Carmelo; c'est l'exacte vérité. Et quant à vous, Bindo, si tous ceux qui en savent long sur votre compte avaient témoigné contre vous, je crois bien que vous ne porteriez pas maintenant ce beau chapeau ni ce bel habit. »

Bindo murmura sourdement le vœu que Carmelo et tous les siens fussent brûlés. *Sia brucciato!* telle est l'imprécation favorite des Italiens.

Sans s'inquiéter de l'orage qu'il avait soulevé, Carmelo continua son chemin en chantant à pleine voix le *stornello* :

> Io benedico la fiore d'amore,
> Rubato avete le perle al mare,
> Agli alberi le fronde, a me il core [1].

Que lui importait la colère de Bindo ou le châtiment suspendu sur la tête de l'ivrogne Pompeo! Il n'était pas plus égoïste qu'un autre, mais il n'aurait pas été jeune et amoureux s'il avait pu penser à autre chose qu'à sa noce prochaine.

Le temps avait marché depuis que l'annonce de

[1]
> Je bénis la fleur d'amour,
> Elle a pris les perles à la mer,
> Aux arbres les feuilles, à moi le cœur!

4

son mariage avait été affichée derrière le grillage et la vitre malpropre de la municipalité. Quarante-huit heures seulement séparaient Carmelo du jour où il allait être uni à Viola. Il traversa le village, riant et chantant, avec une rose fraîche derrière l'oreille et un ruban frais autour de son chapeau. Arrivé à la maison de la Madone, il y entra, s'assit près de la fenêtre et contempla la jeune fille qui tressait de la paille, tandis que Pippo travaillait sur le seuil de la porte en fumant sa pipe.

« Vous avez été bien bon pour Nunziatina, dit Viola, qui leva sur lui ses yeux humides de larmes heureuses.

— *Che!* fit en riant Carmelo. Ne va-t-elle pas être ma parente, comme elle est la vôtre ? Ce n'est pas un panier d'œufs qui lui fera jamais défaut tant que je vivrai. »

VII

Pendant ce temps, Bindo traînait ses guêtres sur la place. Tout en jouant avec le revolver dont la commune l'avait armé récemment, sous prétexte de chiens enragés, le garde champêtre ruminait des pensées de vengeance. Une inspiration lumineuse lui vint tout à coup.

La mission favorite de Bindo consistait à empoisonner les chiens. Messer Gaspardo haïssait ces animaux; ils avaient une malheureuse façon de le flairer qui faisait rire les gens et rappelait le vieux dicton : « Un chien reconnaît un fripon à l'odeur. »

Cela blessait sa dignité à ses propres yeux et aux yeux des autres. Cependant le courage ne caractérise pas toujours les tyrans ; quoique Attila fût brave, messer Nellemane ne l'était pas. Il avait peur des chiens, et, aux termes de l'article 1er du premier règlement de son code, on ne devait jamais voir aucun chien errer en liberté dans toute l'étendue du territoire communal.

Mais tous les règlements du monde auront beau faire, il y aura toujours des chiens errants, parce qu'il n'y a pas de population qui soit exclusivement composée de poltrons. Aussi, voyant que les chiens continuaient à vaguer dans la commune au mépris de ses ordonnances, messer Nellemane avait imaginé de les empoisonner. Le phosphore ne coûtait pas cher, et il était d'un effet sûr. Grâce aux boulettes de foie phosphoré que Bindo semait dans la poussière de la grand'route, quantité de chiens périssaient après une agonie plus terrible que celle du malfaiteur pendu au gibet. Ceux que les *polpetti* empoisonnés ne tuaient pas étaient persécutés dans la personne de leurs maîtres, sur qui pleuvaient les assignations et les amendes.

C'était une opinion généralement répandue chez les habitants de Vezzaja et Ghiralda, qu'on courait moins de risque à assassiner un homme qu'à avoir un chien.

Carmelo, comme la plupart des paysans, aimait beaucoup son chien. Toppa était un bel animal au poil blanc et frisé, jeune et vigoureux comme Carmelo lui-même. Par goût, il ne quittait guère le moulin et restait habituellement dans ce petit *boschetto* de peupliers qui appartenait depuis un temps immémorial à la famille Pastorini. C'était, en effet, un chien dévoué à ses devoirs, et il savait que

s'il allait rôder au dehors, les voleurs pourraient en
profiter. Toppa tombait donc rarement sous le coup
d'une contravention, l'article 1er du premier règlement ne s'appliquant qu'aux chiens qui erraient sur
la voie publique.

Néanmoins Bindo avait souvent dirigé un regard
haineux sur Toppa, dont il avait eu plus d'une fois
à se plaindre jadis, avant de s'être régénéré au service de l'État. D'un autre côté, messer Nellemane
avait dit : « Le chien du moulin paraît dangereux ;
il aboie après tout le monde. » Ces paroles étaient
un ordre pour le garde champêtre, surtout maintenant qu'à sa cruauté naturelle se joignait la soif de
la vengeance. A l'aurore, tandis que la rivière et les
collines étaient encore couvertes des brouillards
blancs du matin, il se promenait sans bruit à peu de
distance du petit bois des Pastorini, cherchant l'occasion de faire de la peine à Carmelo, et en même
temps de complaire à son patron. Toppa, la tête
entre les pattes, était couché sur le gazon au bord
de l'eau ; rigide observateur de ses principes, il
n'avait pas fermé l'œil de toute la nuit, et maintenant que le soleil s'était levé, il savait qu'il pouvait
se livrer au sommeil sans compromettre la sécurité
de la maison.

Toutefois, en entendant marcher sur le sable épais
de la route, Toppa, bien qu'il ne fût plus de garde,
joua son rôle de sentinelle. Il se leva et alla voir,
sans cependant sortir des limites que son maître lui
avait assignées, car c'était un chien très obéissant.
Il se borna à ouvrir l'œil ; un chat peut regarder un
roi, dit le vieux proverbe, mais, dans la commune de
Vezzaja et Ghiralda, un chien ne doit pas regarder
un garde champêtre.

Sans proférer un mot, Bindo, de la route où il se

trouvait, lança dans l'herbe du *boschetto,* à proxi-
mité du chien, quelque chose qu'il tenait dans la
main.

Toppa n'était jamais très bien nourri, aucun
chien ne l'est dans ce pays, et il n'avait pas mangé
depuis le coucher du soleil. Une odeur délicieuse
arriva à ses narines ; la chose était là, dans l'herbe,
à un pas de lui ; il s'en approcha et la flaira de plus
belle : c'était une tranche de foie frite et roulée en
boule d'une façon fort appétissante. Il la mangea.
Presque aussitôt il chancela, essaya de vomir, fut
pris de convulsions et poussa un gémissement étranglé ; puis il tourna sur lui-même comme un homme
ivre et s'abattit de toute sa longueur sur le gazon
humide de rosée.

Bindo s'élança vers lui, le saisit par la peau du
cou et le traîna sur la grand'route ; après quoi il
s'esquiva, laissant sa victime en proie aux tortures
du poison, qui brûlait et déchirait ses entrailles.

Toppa gisait dans la poussière, la gorge serrée par
les approches de la mort : son corps blanc comme la
neige se gonflait et se tordait affreusement ; ses yeux
bruns semblaient vouloir sortir de leurs orbites ; sa
langue pendait hors de sa gueule, ses membres
étaient paralysés ; il endurait un supplice qu'on
trouverait cruel d'infliger à un meurtrier. A quelques
pas de son maître et de ses amis, il ne pouvait ni
faire entendre un cri, ni mouvoir un membre. L'in-
fernal poison le déchirait, le consumait, le tuait.

Quand les brouillards commencèrent à se dissiper,
la lumière du soleil, en tombant sur la route déserte,
éclaira le cadavre de la pauvre bête ; Toppa avait de
l'écume aux lèvres, et quelques gouttes de sang qu'il
avait vomies avant d'expirer rougissaient la poussière à côté de lui.

Sa vie heureuse, inoffensive, honnête, était finie.

Quelques moments plus tard, Carmelo, qui oubliait rarement son chien, sortit pour lui donner un morceau de pain. Il l'appela en vain dans le *boschetto*. Sachant que Toppa ne s'éloignait jamais et s'empressait toujours de répondre à sa voix, il s'approcha de la route avec l'intention de siffler l'animal. Son œil tomba sur le corps inanimé qui gisait dans la poussière. Il se jeta à genoux auprès du cadavre. Un seul regard lui apprit la vérité, et durant un instant il s'abandonna à une douleur aussi violente que s'il avait perdu un frère.

Ensuite il se releva vivement, poussa un grand cri vers le ciel, pour demander justice à tous les saints du paradis, et, rapide comme un daim, partit à la recherche du coupable. Le nom de Bindo Terri lui vint aux lèvres, et en même temps il aperçut au loin le garde champêtre fuyant au milieu d'un tourbillon de poussière.

Prompt comme l'éclair, le jeune homme eut bientôt rattrapé Bindo, à qui pourtant une terreur folle donnait des ailes. D'un bond semblable à celui du limier qui se jette sur un loup, Carmelo se précipita sur le misérable et l'étreignit violemment.

« Tu as tué mon chien !

— Moi ? Non... non... non !

— Tu l'as tué ! » vociféra de nouveau Carmelo, dont la poigne puissante secouait comme une plume le corps grêle du garde champêtre.

Bindo fit un appel désespéré à tout son courage.

« Je ne l'ai pas tué, non. Il se peut qu'il ait trouvé du poison sur le chemin..., c'est la loi, la loi permet cela. »

Carmelo le prit à la gorge, et, sans ajouter un mot, le traîna au bord de la route où l'on avait en-

Il se jeta à genoux près du cadavre.

tassé du bois pour faire des palissades ; puis, de son autre main, arrachant un billot de chêne, il se mit à en frapper Bindo Terri à coups redoublés sur la tête, les bras et les épaules. Des hommes travaillaient dans les vignes qui bordaient le chemin ; à cette vue ils accoururent en criant, saisirent le bras du jeune Pastorini, et, comme ils étaient cinq contre un, réussirent à lui faire lâcher prise. Assurément ces gens n'auraient pas été fâchés qu'il arrivât malheur au garde champêtre ; mais ils craignaient d'être punis par la loi s'ils assistaient impassibles au meurtre d'un de ses serviteurs, et Carmelo, laissé à lui-même, l'aurait à coup sûr tué dans l'emportement de sa juste colère.

Quand il eut été dégagé par les vignerons, Bindo Terri s'éloigna d'un pas chancelant. Brisé, couvert de sang, il était presque mort de frayeur. Carmelo se débattit en vain sous l'étreinte de cinq hommes vigoureux.

« Il a tué Toppa ! articula-t-il, les yeux injectés de sang, les muscles tendus par les efforts qu'il faisait pour se rendre libre.

— Ah ! il a fait cela ? il mérite lui-même la mort, murmura le plus âgé des paysans. Mais la loi sera contre toi, et il t'en cuira d'avoir touché à cette maudite vipère.

— Mon chien ! mon chien ! » gémit Carmelo, dont la colère venait de faire place à une immense douleur. D'un air hébété, il revint à l'endroit où gisait le cadavre de Toppa, s'assit auprès, dans la poussière, et se mit à pleurer.

Les vignerons, silencieusement rangés autour de lui, sympathisaient à son chagrin, tout en songeant avec effroi au mauvais cas dans lequel il s'était mis.

Bindo Terri était un empoisonneur et une canaille ; mais le bras et le bouclier de la loi le protégeaient, le rendaient sacré, comme certaines religions de l'antiquité rendaient sacrés le serpent et le crapaud.

Aux termes de la loi italienne, on ne peut arrêter un criminel que surpris en flagrant délit, sa culpabilité fût-elle d'ailleurs pleinement démontrée. Mais il est des forfaits particulièrement odieux, qui soustraient leur auteur au bénéfice de cette disposition légale. Le crime de Carmelo était de ceux-là.

Vous pouvez porter un doigt sacrilège sur l'hostie, vous en serez quitte à meilleur marché que si vous aviez effleuré la personne d'un garde municipal. Toucher à un membre de ce corps sacro-saint, c'est bien pis que de tirer sur le roi ; si Passanante avait tenté d'assassiner un garde au lieu de s'attaquer à un souverain, il n'aurait pas si facilement échappé à l'échafaud.

Aussi, lorsque Bindo Terri, après s'être traîné tant bien que mal jusqu'à la maison de son collègue Angelo, située à quelque vingt pas du moulin, fut tombé sur le sol en s'écriant qu'il avait été assassiné par ce diable de Carmelo, le vieux garde courut comme un possédé chercher les carabiniers, pour tirer prompte vengeance d'une lâche et inexcusable agression, qui devait tôt ou tard entraîner la mort de la victime. Bindo, le mourant Bindo, joignit ses cris à ceux de son camarade et força les gendarmes à aller arrêter l'assassin.

Quand les carabiniers arrivèrent au moulin, Carmelo, ayant à ses pieds son chien mort, était assis sur un banc sous les arbres. Réunis autour de lui, son père, ses frères et ses voisins lui témoignaient leur douloureuse sympathie.

« Mais il se marie demain ! » balbutia le vieux Pastorini, à demi-fou lui-même de rage et de chagrin.

Un rire sarcastique fut la réponse des carabiniers. Ils prirent rudement Carmelo par les bras et se mirent en devoir de l'emmener avec eux. Au fond du cœur, ils éprouvaient de la pitié pour le père et pour le fils; mais force leur était de refouler ce sentiment en eux-mêmes.

« J'ai fait ce que j'avais le droit de faire, dit avec fermeté le jeune homme. Il a tué mon chien ; je l'ai battu, cet empoisonneur, ce diable ; je regrette de ne pas l'avoir assommé sur place : j'en avais le droit.

— Tu n'avais pas même le droit de te plaindre. Ton chien était en contravention : il se trouvait sur la voie publique, répliqua le garde champêtre Angelo en écartant le meunier et en poussant Carmelo entre les gendarmes.

— Je vous suivrai sans que vous ayez besoin d'employer la force, dit fièrement le jeune homme. Je n'ai pas peur, j'étais dans mon droit. »

Et il se mit à marcher d'un pas assuré, se retournant seulement pour dire à son père, qui le suivait :

« Ne venez pas; restez à la maison et enterrez Toppa. Enterrez-le là, près de la porte. Il ne se sentira pas seul, nous voyant aller et venir sur sa tombe. Et dites à Viola de ne pas s'inquiéter. Mon affaire ne signifie rien ; le juge me fera remettre tout de suite en liberté, dès qu'il saura comment tout cela est arrivé. »

Derrière lui les carabiniers se regardèrent les uns les autres, en relevant leurs sourcils d'un air moqueur. Ils savaient bien comment la loi traiterait ce brave garçon.

Ils lui firent traverser le village pour le conduire au poste de police.

Malgré l'heure matinale, tout le monde était sur pied. Le bruit s'était déjà répandu que le jeune Pastorini avait rossé Bindo Terri ; plusieurs ajoutaient même que le garde champêtre avait été tué sur place. Personne ne le plaignait; mais personne non plus n'osait manifester ses sentiments et tendre une main amicale au prisonnier.

Seul le vieux Gigi Canterelli sortit bravement de sa boutique et lui cria :

« Mon garçon, si vous avez besoin d'un peu d'argent ou d'une bonne parole, rappelez-vous que je suis là, et envoyez-moi chercher. »

Mais tous les autres restèrent silencieux.

Carmelo se félicitait de n'avoir pas à passer devant la maison de Pippo pour se rendre à la prison ; il comptait que Viola n'apprendrait l'événement que par sa sœur à lui, qui l'en informerait avec les ménagements délicats dont les femmes ont l'habitude.

Mais la malechance voulut qu'au milieu de la place il rencontrât Pippo. Le vannier portait sur son dos trois chaises de jonc. Dans l'excès de son étonnement, il les laissa tomber.

« Miséricorde! mon garçon, qu'est-ce que tu as fait? » demanda-t-il à son futur gendre, et il se mit à trembler de tous ses membres. Carmelo tremblait aussi à la vue du chagrin dont il était cause.

« Grand-père, dit-il tendrement (c'était la première fois qu'il donnait ce nom à Pippo), ne vous alarmez pas. Bindo Terri a tué Toppa, et j'ai vengé mon chien : voilà tout. Le bon juge reconnaîtra mon innocence.

— O Seigneur, ô Seigneur ! gémit le vieillard au comble de la désolation et de la frayeur, qu'importe que l'on soit innocent ? Si on touche seulement à un cheveu de la tête de ces venimeux coquins, on est perdu ! Et tu allais te marier demain, et ma petite-fille est à la maison, en train de coudre son voile nuptial ! O Seigneur, ô Seigneur ! »

Les carabiniers firent avancer Carmelo. « Quelle mauvaise langue a ce vieux-là ! c'est un séditieux, une peste ! » se dirent-ils les uns aux autres, et avec fort peu d'égards ils poussèrent le jeune Pastorini dans la prison. C'était une cellule carrée et nue avec un parquet de briques humide et sale, une porte de fer et une petite fenêtre grillée tout en haut du mur.

« Mais conduisez-moi devant le juge, qu'on m'interroge ! s'écria Carmelo.

— Tout viendra en son temps, » répondirent les carabiniers, et après avoir fermé la porte sur lui ils en tirèrent les verrous extérieurement.

Pendant ce temps, Viola, assise sur le seuil de la maison de la Madone, attachait des fleurs d'oranger sur le voile qu'elle comptait porter le lendemain ; elle chantonnait à voix basse une chanson d'amour populaire dans les campagnes :

> Al piè d'un faggio, in sull' erba fiorita,
> Aspetto, aspetto, che giù cada il sole ;
> Perchè quando sarà l'aria imbrunita
> Appunto allor vedrò spuntar il sole,
> Levarsi quel bel sol che m'ha ferita,
> Che mi ha ferita e che guarir mi vuole.
> E questo sol, ch'io dico, è il mio bel damo,
> Che sempre io gli riprico io l'amo, io l'amo,

E questo sole è il giovanettin bello
Chi a Ferragosto mi darà l'annello [1].

Elle était heureuse. La crainte de l'amoureux dont elle s'était fait un ennemi l'avait quittée, et l'avenir, qu'elle envisageait avec les yeux de l'amour et de la foi, lui apparaissait riant. Une vie de travail, de pauvreté, de fatigues l'attendait, mais aussi une vie de soleil, d'affection, de paix ; à la première elle était accoutumée, la seconde lui semblait être le ciel.

VIII

Il n'y avait pas séance ce jour-là à la préture, laquelle siégeait dans une autre commune, à sept milles de là. Vezzaja et Ghiralda n'ayant pas le bonheur de posséder un préteur, les affaires criminelles et les grands procès civils étaient jugés à Pomodoro-Carciofi, tandis que les petites causes civiles étaient portées devant le conciliateur à Santa-Rosalia même.

Carmelo eut donc de longues heures à passer dans le triste cachot où les carabiniers l'avaient écroué. Son père, ses frères et le pauvre vieux Pippo vinrent le visiter ; les Pastorini donnèrent de l'argent

[1] Au pied d'une colline, sur l'herbe fleurie, j'attends, j'attends que le soleil se couche ; parce que, quand l'air sera devenu sombre, alors je verrai se lever le soleil, se lever ce beau soleil qui m'a blessée, qui m'a blessée et qui me guérira. Et ce soleil dont je parle est mon bel amoureux à qui toujours je répète : Je t'aime, je t'aime. Et ce soleil est le beau jeune homme qui, le premier août, me donnera l'anneau.

pour qu'il ne fût pas enfermé avec d'autres détenus,
et Gigi Canterelli lui envoya pour son déjeuner un
plat de viande et une bouteille de vin. Mais Carmelo
put à peine y toucher, et les seules paroles qu'on
l'entendit prononcer étaient celles-ci :

« Toppa est-il enterré ? Viola ne m'en veut pas de
l'avoir vengé ? »

Toute autre idée semblait absente de son cerveau.
Du reste, un grand changement s'était opéré en lui :
ce jeune homme jusqu'alors gai et bon était devenu
sombre et farouche.

« A Dieu ne plaise que je te reproche d'avoir mal
agi ! Tout autre à ta place aurait vengé la mort du
pauvre chien, lui disait son père en pleurant ; mais
quelle pitié de voir un de mes honnêtes fils dans la
prison des voleurs ! »

En effet, depuis de longues générations, jamais
l'honneur des Pastorini n'avait subi la moindre
atteinte ; les hommes du moulin s'étaient toujours
distingués par la soumission aux lois, l'amour du
devoir et la crainte de Dieu.

« J'étais dans mon droit, » ne cessait de dire Carmelo ; et ses frères répétaient : « Oui, tu étais dans
ton droit. Mais, hélas !... hélas !... »

Pendant ce temps, messer Nellemane était au
chevet de Bindo. On s'était empressé de coucher le
garde champêtre, qui gémissait, tremblait de tous
ses membres et jurait qu'il avait tous les os brisés ;
le complaisant pharmacien l'avait enveloppé dans de
la ouate imbibée d'huile d'amandes, et disait qu'il ne
répondait pas de ses jours. Messer Nellemane, penché sur le lit de son lieutenant, lui témoignait la
plus tendre compassion.

« Mon pauvre garçon ! mon pauvre garçon ! disait-il
d'une voix affectueuse, voilà la récompense du zèle

avec lequel vous remplissez vos devoirs! Et, bien entendu, vous n'avez jamais touché à ce chien, n'est-il
pas vrai? »

Bindo ouvrit les yeux tout grands et faillit éclater
de rire au nez de son patron; mais, se ravisant, il
poussa un faible soupir, comme un homme à qui la
respiration manque.

« Non, signore; en arrivant sur la grand'route,
j'ai trouvé la pauvre bête raide morte.

— Précisément, reprit messer Nellemane. Cela
sera mis dans le procès-verbal. Les Pastorini ont,
dites-vous, une vieille rancune contre vous, et ils
ont saisi ce prétexte pour la satisfaire. C'est une
affaire grave, une agression des plus brutales. »

En prononçant ces mots, il hocha la tête au-dessus
du lit de la victime; le pharmacien, toujours complaisant, hocha aussi la sienne.

« Le vertèbre est contusionné, murmura-t-il; il
peut en résulter des troubles dans le cœur et dans
les poumons, et alors...

— Chut! il a pour lui la jeunesse, » dit tendrement messer Nellemane, et il caressa la tête frisée
du garde champêtre comme il aurait pu caresser
celle d'un enfant ou d'un petit chien, s'il n'avait pas
détesté les petits chiens et les enfants.

Quand il eut quitté la chambre du malade, en
emmenant avec lui le docteur de la commune, l'inva-
lide se mit sur son séant et cria à la vieille femme
qui le servait:

« Donnez-moi ma pipe et un gobelet de *vino
santo;* faites-moi frire des tripes et des artichauts,
et apportez-moi le *Livre du destin.* »

Le *Livre du destin* est très intéressant à lire: on y
trouve l'interprétation des songes et la liste des nu-
méros qui doivent gagner à la loterie de l'Etat. Avec

cette œuvre littéraire, son tabac et son vin, le meurtrier de Toppa passa une journée charmante, pendant que tout le village le croyait à l'article de la
mort. On disait qu'il avait demandé à recevoir les sa-
crements, et tous les sycophantes de la localité (lesquels, disons-le à l'honneur de Santa-Rosalia,
n'étaient pas nombreux) venaient sans cesse à sa
porte s'informer de son état.

Quant à Viola, agenouillée devant l'image de la
Madone, sa journée se passa dans les larmes.

La vieille Nunziatina, assise à côté d'elle, mar-
mottait entre ses dents :

« Ma chandelle n'était pas bonne, et pourtant j'ai
dépensé tout ce que j'avais pour l'acheter. »

IX

· Ce fut derrière les barreaux d'une prison que Carmelo vit se lever le jour qui devait être celui de son
mariage. A huit heures du matin, les carabiniers le
firent monter dans un petit véhicule et l'emmenèrent,
assis entre eux, à Pomodoro-Carciofi.

Ils avaient eux-mêmes l'air assez drôle, avec leurs
sabres nus qui s'agitaient à chaque cahot de la charrette et leurs tricornes posés aussi raides sur leur
crâne que celui du Napoléon de la place Vendôme.

Pomodoro-Carciofi était, comme Buda-Pesth,
une ville double, d'ailleurs très petite, très poudreuse et très laide. Il s'y trouvait beaucoup de
teinturiers, et une forte odeur de teinture remplissait
l'atmosphère. La ville possédait un fier campanile

et quelques belles fresques de Luini que personne, du reste, ne venait jamais voir. Elle avait possédé aussi un retable de Memmi; mais un beau jour quelqu'un l'avait vendu. La municipalité ne recharcha pas le voleur et se contenta de remplacer le Memmi par une grande oléographie qui plut bien davantage aux habitants, parce que le coloris en était plus vif.

Le palais de justice était un bâtiment de pierre maussade et sombre, donnant sur le derrière de l'église qui s'enorgueillissait de posséder l'oléographie. Les audiences avaient lieu dans une vilaine pièce carrée, récemment blanchie à la chaux. Toutes les causes criminelles de la commune de Vezzaja et Ghiralda étaient jugées là par un jeune légiste qui, pour rendre la justice à dix mille individus en toute affaire, depuis une dette de cinquante francs jusqu'à un vol, un meurtre ou un incendie, touchait à peu près le salaire d'un groom et à peine la moitié des appointements d'un cocher.

Le pays est divisé en districts; chaque district a son *pretore*, qui réunit en sa seule personne mal payée les lourdes fonctions d'une cour de comté, d'un juge civil et d'un juge criminel. En Angleterre, le premier de ces offices rapporte annuellement autant de centaines de livres qu'il rapporte de livres ici. Si, nonobstant un tel traitement, les préteurs sont parfois des gens d'une irréprochable honnêteté, cela fait l'éloge du corps judiciaire italien, mais il n'y a pas lieu d'en remercier l'administration. Un individu tient dans ses mains le repos, la bourse, l'honneur, la liberté, presque la vie de toute une population, et il est payé moins qu'un groom ou un jardinier! Un homme intègre dans cette charge, c'est comme un diamant dans la tête d'un crapaud.

Les carabiniers le firent monter dans un petit véhicule et l'emmenèrent,
assis entre eux, à Pomodoro-Carciofi.

Le *pretore* a au-dessus de lui le procureur du roi,
et ses verdicts peuvent être cassés par les cours
urbaines; mais, dans la plupart des cas, toujours
même lorsque les parties en cause appartiennent
aux classes pauvres, ses décrets sont irréformables.
Aristide, dans une position si difficile, aurait eu
peine à rester parfaitement juste. J'ai connu, je le
répète, des hommes admirables dans ce poste, et je
les respecte profondément; mais il est clair que ce
sont de rares exceptions. Dans les coins perdus de la
campagne, le pouvoir, absolu de fait, que le *pretore*
exerce serait pour un Solon une tentation périlleuse.

Il y avait foule ce jour-là au palais de justice, car
le bruit s'était bien vite répandu que le fils du meunier de Santa-Rosalia avait tué le garde champêtre.
Le père et les frères de Carmelo, accompagnés de
Gigi Canterelli, étaient venus voir s'ils pourraient lui
être utiles ou parler en sa faveur, et ils avaient
amené avec eux le pauvre vieux Pippo à demi-fou...
L'assistance comptait en outre le pharmacien, les
amis de Bindo, le ministère public, comme on appelle le petit homme de loi qui poursuit au nom de
la municipalité; enfin les chanceliers et les conciliateurs du bourg et du village.

Messer Nellemane était resté chez lui. Qu'il s'agît
d'une grande ou d'une petite affaire, jamais on ne le
voyait se présenter en personne contre aucun habitant de la commune. Il disait toujours avec un sourire qu'il ne convenait pas à un homme occupant sa
position de faire pencher la balance de la justice soit
d'un côté, soit de l'autre.

Néanmoins il était très lié avec le *pretore* de Pomodoro-Carciofi, jeune avocat actif et remuant, qui
flairait l'avancement comme un chien du Sud flaire
les truffes. Tout en détestant Pomodoro, son maus-

sade palais de justice, sa population naïve et les cinquante méchants louis qu'on lui donnait pour habiter
un pareil trou, ce magistrat ne laissait pas d'accepter
tout cela provisoirement. Dans l'avenir, lui aussi
comptait devenir un homme d'État.

Physiquement, le *pretore* était un petit homme au
teint pâle et aux yeux perçants, d'ailleurs dénué de
tout prestige, malgré sa robe noire et sa toque.
A première vue il conçut une violente aversion pour
Carmelo, lorsque celui-ci, escorté par les carabiniers,
vint s'asseoir sur le banc des accusés.

C'était ce jour-là que le jeune Pastorini devait se
marier : cette pensée déchirait son cœur et faisait
bouillir son sang. Sa figure était très pâle ; néanmoins il marchait la tête droite, et ce fut d'un pas
ferme qu'il gravit les degrés de la préture.

Carmelo était le vrai paysan de son pays ; il avait
les membres élégants et bien proportionnés d'un
jeune gladiateur. Son visage était beau, avec des
traits réguliers, de grands yeux bleus et un teint
délicat, quoique bruni par le soleil, et accusant la
santé.

Ce gars de haute et pittoresque allure qui se présentait devant lui sans crainte et même avec fierté,
déplut au jeune juge, sorte de petit crevé malingre
et vicieux comme les grandes villes en produisent.
Il se persuada sur l'heure que le fils du meunier
était un individu violent et dangereux ; aussi prêta-
t-il une oreille complaisante à toutes les invectives
dirigées contre l'accusé par l'homme de loi qui soutenait la poursuite au nom de la municipalité.

Les Pastorini ne s'étaient jamais doutés qu'ils
dussent prendre un avocat. Le vieux Pippo, au désespoir, tira Gigi Canterelli par son vêtement et lui
dit à voix basse :

« Il a un notaire contre lui..., il a un homme de loi contre lui. O Seigneur ! ô Seigneur ! son sort est réglé à présent comme celui d'un agneau pendu par par les pieds, la tête en bas.

— Eh ! murmura Gigi avec un soupir, de notre temps les jeunes gens vidaient leurs différends entre eux, et personne ne s'en mêlait ; l'avantage restait au plus brave ; maintenant, Dieu miséricordieux ! deux chats ne peuvent seulement pas se prendre de querelle sans que la loi intervienne.

— Silence ! » cria l'huissier, et le demandeur continua à dégoiser son *speech*. En l'écoutant, les Pastorini père et fils arrivèrent bientôt aux dernières limites de la stupéfaction.

Dans son ahurissement, Carmelo en vint à se demander : « Est-ce que réellement je serais un pareil scélérat ? »

Car l'avocat de la commune se trouvait être un homme fort éloquent, qui, n'ayant que très rarement l'occasion de se produire, était charmé de pouvoir en cette circonstance écouler tout son stock oratoire.

Quand il eut achevé sa plaidoirie et se fut rassis, personne ne se leva pour lui répondre.

Carmelo et ses amis comprirent trop tard quelle terrible faute ils avaient commise en ne se pourvoyant pas d'un avocat pour réfuter l'accusation.

L'interrogatoire du prévenu commença.

Après avoir répondu aux questions concernant son âge, son nom et sa parenté, Carmelo ajouta d'une voix ferme :

« Bindo Terri a empoisonné mon chien ; je l'ai battu, et lors même que je l'aurais tué, je n'aurais pas mal fait ; c'est une brute, c'est un diable ; il torture les animaux et les hommes...

— Silence ! dit le juge. Vous n'avez le droit d'insulter personne. Vous n'êtes ici que pour répondre à mes questions, dans l'ordre où je vous les pose.

— Mais il a raison ! il a raison ! s'écria le vieux Pippo, qui, se frayant un passage à travers la foule, s'avança vivement vers la barre. Il a raison ! il a raison ! Par la parole du Christ, notre Sauveur ! Bindo Terri a voulu arrêter mon cours d'eau ; il a voulu me faire payer pour la source d'eau claire que le bon Dieu a fait jaillir chez moi...

— Faites sortir ce fou, » dit le *pretore,* et l'on mit le vieillard à la porte, nonobstant sa résistance et ses cris.

Ensuite le juge continua à interroger Carmelo, en lui adressant toutes sortes de questions captieuses qui devaient nécessairement troubler la cervelle du pauvre garçon. Il est arrivé à des gens plus fins et plus expérimentés que lui de perdre toute mémoire, toute présence d'esprit, sous l'influence d'un tel interrogatoire.

Avait-il vu Bindo Terri empoisonner son chien ? Non ; il ne l'avait pas vu, mais le garde champêtre empoisonnait tous les chiens qu'il pouvait, cela était connu de tout le monde : par conséquent, c'était le garde qui certainement avait empoisonné Toppa. Il ne sortait pas de là, répétant toujours la même chose avec une sorte de stupidité. Des larmes gonflaient ses yeux et commençaient à couler le long de ses joues, au souvenir du chien mort et de la jeune fille qui passait dans les pleurs le jour fixé pour son mariage.

Le *pretore* et après lui l'avocat de la commune firent longtemps subir à l'accusé le feu croisé de leurs questions. Carmelo n'avait qu'un mot à la bouche : « Il a empoisonné le chien, il a empoisonné le chien. »

Le vicaire de Santa-Rosalia désira être entendu à son tour.

C'était tout ce qu'il pouvait dire.

Il n'avait pas de preuves.

Son père demanda à parler pour lui ; mais on lui répondit que cette permission ne pouvait lui être accordée. Gigi Canterelli, les yeux humides, demanda aussi à certifier l'excellent naturel et la grande amabilité de Carmelo. Enfin le vicaire de Santa-Rosalia désira être entendu à son tour : il tenait à attester le caractère bon et doux, l'esprit de soumission et l'honnêteté du jeune homme, qu'il connaissait depuis l'enfance.

Mais ce dernier témoin fit plus de tort que de bien à l'accusé dans l'esprit du *pretore*, qui était libre penseur et qui, nonobstant son libéralisme théorique, aurait volontiers étranglé tous les prêtres, fondu toutes les cloches d'églises et décroché les crucifix dans toutes les maisons.

Il déclara d'un ton rogue qu'il n'y avait pas lieu, dans une instruction préliminaire, de recevoir la déposition d'un *amicus curiæ ;* que ce témoignage pourrait être accueilli quand s'ouvrirait le procès proprement dit. Puis, après avoir examiné ses notes d'un air très préoccupé, conféré avec son chancelier, marmotté quelques mots inintelligibles et griffonné quelques lignes en faisant une mine renfrognée dans l'espoir de ressembler à Jules Favre, qu'il avait vu durant un voyage de quinze jours à Paris, le jeune *pretore* commença son résumé d'une voix sévère et glapissante. Il dit que jamais il n'avait entendu parler d'une agression plus injuste, plus brutale et plus infâme ; que le fait évidemment n'avait pas la plus légère excuse, étant donnée l'absence de toute provocation ; il ajouta que, vu le rapport de l'honorable pharmacien établissant que la vie de Bindo Terri avait été mise en danger, vu l'état dudit

Bindo Terri, qui faisait craindre d'un moment à l'autre un dénouement fatal et rendait tout à fait impossible la comparution personnelle de la victime, il jugeait incompatible avec les intérêts de la justice et la sûreté publique la mise en liberté provisoire de l'accusé, celui-ci se reconnaissant coupable du fait à lui imputé ; en conséquence il ordonnait que Pastorini Carmelo fût retenu en prison jusqu'à ce que son procès pût être pleinement instruit et jugé au fond.

Un murmure désapprobateur accueillit le prononcé de cet arrêt.

Le père trembla comme une feuille. Les frères firent entendre de sourdes, mais violentes imprécations.

Carmelo resta anéanti ; ses yeux s'ouvrirent tout grands, son visage devint cramoisi ; la respiration lui manqua comme à un homme essoufflé par une longue course.

« En prison, moi ! s'écria-t-il. Et pourquoi le laisse-t-on en liberté, lui, le voleur, l'espion, l'empoisonneur ? »

Le *pretore* fronça le sourcil.

« Emmenez-le, » dit-il sèchement, et les gardes, prenant le prisonnier chacun par un bras, l'entraînèrent hors de la salle d'audience.

Un peu plus tard, après que d'autres causes eurent été entendues, le vicaire, respectable vieillard à cheveux blancs, se permit de prendre à part le jeune juge et de lui adresser quelques observations dans l'intérêt de Carmelo ; mais il n'obtint que cette réponse, prononcée du ton le plus raide :

« Impossible ! l'agression a été brutale, odieuse, et un représentant de la loi en a été la victime. La loi doit être respectée. Il faut faire des exemples. »

Force fut donc aux amis de Carmelo de reprendre tristement la mauvaise diligence qui les avait amenés à Pomodoro. Ils revinrent à Santa-Rosalia le cœur gros et les membres brisés. Le vieux Pippo, couvert de poussière et suffoqué par les larmes, put à peine, à travers ses sanglots, faire à Viola le récit de cette cruelle journée.

Maintenant que Carmelo était détenu à la prison de la ville, la malheureuse jeune fille n'avait plus qu'à serrer son voile nuptial, dont les fleurs s'étaient fanées aussi vite que ses espérances.

Bindo fut si content, que le pharmacien eut la plus grande peine à le faire rester au lit ; il voulait absolument se lever et courir dans la rue.

« Mais vous êtes en danger, vous pouvez mourir ! » criait l'Esculape en lui jetant ses bras autour du corps, tandis qu'un large rire découvrait d'une oreille à l'autre les dents blanches de Bindo.

« Nous allons vider une bouteille à l'occasion de cette bonne nouvelle, » dit le garde champêtre ; et l'Esculape but avec lui.

Pendant ce temps, messer Nellemane fumait tranquillement au café de la Nuova-Italia ; sa physionomie était sérieuse et triste.

« C'est un événement très malheureux pour une honnête famille, dit-il. Mais la loi doit être respectée, et toute violence doit être punie. »

Le brigadier, à qui ces paroles étaient adressées, les approuva des lèvres, non du cœur : il avait été dans son temps un brave soldat, et il n'aimait pas sa besogne actuelle, qui consistait à tourmenter les pauvres en conformité avec les règlements de police, d'hygiène et d'édilité.

« C'était un bon jeune homme, ce Carmelo, observa-t-il d'une voix hésitante. Jamais je ne l'ai vu se quereller avec personne, ni prendre part à aucun désordre. Il n'allait pas au cabaret, ne mettait jamais le pied dans un mauvais lieu. Il a cédé à un entraînement momentané.

— La loi ne reconnaît pas l'entraînement, » reprit froidement messer Nellemane, et le brigadier n'osa pas répliquer, de peur d'être signalé à son officier comme un militaire mou dans le service et sympathique aux malfaiteurs.

C'est ainsi qu'un seul homme énergique gouverne les autres.

X

Dans le mois où eut lieu la mort de Toppa, ainsi que l'emprisonnement de son jeune maître, on fit un appel au pays, c'est-à-dire qu'une grande quantité d'avocats, un nombre égal d'aventuriers, plusieurs Juifs et quelques hommes comme il faut demandèrent au peuple italien de les envoyer à Monte-Citorio.

Le ministère avait été battu sur la question brûlante d'une capitation à imposer aux vaches et à toute leur parenté. Le cabinet était convaincu que tous les individus de la race bovine devaient être taxés par tête au lieu de leur domicile, indépendamment de l'impôt qu'ils acquittaient à l'entrée dans la ville où on allait les mettre en vente, et au marché où on les débitait sous forme de viande : tous, taureaux, vaches et veaux auraient eu à payer une taxe annuelle de vingt francs par tête. Cette mesure ne paraissant léser que l'intérêt agricole, auquel un ministère progressiste n'attache naturellement aucune importance, le vote de la loi ne faisait doute pour personne.

Il y avait toutefois à la chambre un ancien notaire qui ne se souciait nullement ni des taureaux, ni des vaches, ni des veaux, ni de l'intérêt agricole en général, mais qui se préoccupait énormément de lui-même. Il avait été ministre de l'intérieur durant six semaines, et il avait cessé de l'être parce que la presse avait fait un tapage ridicule à propos d'un piano acheté par lui aux frais de l'État pour en faire cadeau à une dame. Comme de juste, il aspirait à recouvrer son portefeuille, pour pouvoir disposer à sa guise des pianos et de tout le reste, y compris la nation. Il s'était donc tourné contre ses anciens amis, qui l'avaient lâché honteusement dans la question du piano, et avait constitué dans la chambre un petit parti à lui, qui d'ordinaire jouait vis-à-vis de la majorité le rôle du taon vis-à-vis du cheval.

A la tête de ce petit groupe il attaqua vigoureusement l'impôt sur les vaches. A la rigueur, disait-il, les taureaux pouvaient encore être appelés à supporter leur part des charges politiques, mais les vaches, jamais ! En montrant combien il serait cruel de taxer les mères nourrices du troupeau, celles à qui tant d'enfants humains, privés de leur aliment naturel, devaient la vie, etc., l'ex-notaire fut si pathétique, que toutes les dames des tribunes fondirent en larmes, et que les rares propriétaires siégeant à la chambre reprirent courage. A ces adversaires du projet ministériel se joignit la minorité, très considérable, qui haïssait le cabinet, pour cette raison, — la meilleure et la plus forte de toutes, — qu'elle voulait le remplacer. Il en résulta qu'après un débat très orageux, la loi fut repoussée. Le ministère battu désira se retirer, ou du moins offrit sa démission.

Mais le roi, que toutes ces compétitions de partis ennuyaient mortellement, pria la chambre d'aller à la campagne et prononça la dissolution du parlement. Là-dessus l'espoir entra dans le cœur de tous les avocats, aventuriers et Israélites; au contraire, les quelques hommes comme il faut se sentirent très inquiets : ils s'avouaient tristement que leur influence, ruinée par les intrigues des brouillons, déclinait d'année en année.

Pomodoro, chef-lieu du district dans lequel était située la commune de Vezzaja et Ghiralda, avait à nommer un député, et deux candidats s'étaient mis sur les rangs. L'un était le marquis Roldano, l'autre un avocat du nom de Luca Finti. Le premier, gentilhomme d'un extérieur distingué, d'un caractère affable et bon, menait une existence aussi simple que digne; il représentait Pomodoro depuis de longues années. Le second, Napolitain d'origine, était un drôle fort intelligent et doué d'une faconde extraordinaire, qui avait déjà siégé au parlement comme député d'autres collèges. C'était le candidat libéral, quoiqu'il ne fût pas le candidat ministériel.

Le *cavaliere* Durellazzo, homme d'un esprit assez court, avait reçu de son préfet des instructions passablement délicates. Le préfet en exercice était naturellement ministériel, les préfets le sont toujours : c'est pourquoi ils se succèdent aussi rapidement que des signaux sur une voie ferrée. En ce qui concernait les élections de Vezzaja et Ghiralda, le préfet se trouvait fort embarrassé. La commune, comme la province, était réactionnaire et avait toujours donné ses suffrages au marquis Roldano, dont le frère était cardinal et dont le père avait été premier ministre d'un grand-duc. Contre le marquis se présentait Luca Finti, qui appartenait au groupe des *dissidenti*, et s'était hâté de poser sa candidature avant que les ministériels eussent pu mettre la main sur un candidat. Si les voix libérales, peu nombreuses dans le collège de Pomodoro, venaient à se diviser, cette scission assurerait le succès du réactionnaire Roldano.

Luca Finti avait pris l'avance, et ce n'était pas le seul atout qu'il eût dans son jeu : il était soutenu par le *strozzino* Zauli, dont le coffre-fort contenait des lettres de gage et des billets à ordre souscrits par les neuf dixièmes des propriétaires fonciers du pays. Dans cette situation, le préfet jugea que le seul parti à prendre pour lui était de favoriser sous main l'élection de Finti, tout en faisant une guerre sourde aux principes du même Finti. Il y eut donc échange de coquetteries entre la préfecture et le *dissidente*. Le marquis ne se fût jamais prêté à un compromis semblable; mais messer Luca Finti ne répugnait nullement à ce genre de flirtation politique.

Ses principes, à la vérité, ne tenaient pas beaucoup de place, et il aurait pu les mettre tous dans une valise, au besoin même les oublier en route. Il savait bien que celui qui veut voyager vite et atteindre rapidement les sommets ne doit pas s'embarrasser d'un gros bagage.

En ce moment même où la lutte entre les *dissidenti* et le ministère était entrée dans sa phase la plus aiguë, le Napolitain ne perdait pas la carte, et il avait donné à comprendre au cabinet qu'il cesserait son opposition si ses intérêts exigeaient de lui ce changement d'attitude. D'un autre côté, il laissait entendre aux conservateurs que, moyennant certaines conditions, il ne serait pas éloigné de faire campagne avec eux contre ses vieux camarades.

La tâche confiée au *cavaliere* Durellazzo comme aux autres syndics consistait donc à faire élire messer Luca Finti sans compromettre en rien le ministère et sans découvrir le préfet, de manière que celui-ci pût, après le scrutin, vanter son impartialité dans un manifeste public.

Le *cavaliere* Durellazzo se chargea officiellement de cette entreprise difficile; mais en réalité ce fut son secrétaire qui mena toute la campagne.

Moltke, courbé sur la carte stratégique de la France, n'a jamais médité plus profondément ni conçu de plus savantes combinaisons que ne le faisait en ce moment messer Nellemane. Il fallait ici employer la persuasion, là recourir à la pression, menacer l'un à mots couverts, graisser la main à l'autre, enfin serrer de plusieurs crans le collier de force que les municipalités mettent au cou du peuple, et tout cela à la sourdine, en conservant les formes de la plus stricte neutralité... Jamais messer Nellemane n'avait été plus heureux et ne s'était senti plus important.

En sa qualité de fonctionnaire public, il n'aurait dû ni voter, ni se mêler en aucune façon des opérations électorales; mais comme l'Italie n'a pas encore admis cette grande vérité, tous ses préfets et tous ses syndics interviennent dans toutes les élections; tous ses serviteurs de tout ordre, secrétaires, gardes municipaux, etc., ont le droit de vote: le résultat, c'est ce parlement de Monte-Citorio, dont l'Europe entière admire les beautés.

Messer Nellemane avait compris tout de suite que le signor Luca Finti pouvait lui être utile, et le si-

gnor Luca Finti avait deviné de prime abord les ta-
lents de messer Nellemane. Sans doute ce dernier
n'était que le petit secrétaire d'une petite commune,
mais Luca Finti avait commencé, lui aussi, par
n'être que secrétaire ; plusieurs prétendaient même
qu'il avait été bien pis que cela, quelque chose
comme le sir Pandarus de *Troïlus et Cressida*.

Il y avait donc de la sympathie entre eux, et lors
même que cette sympathie n'eût pas existé, messer
Nellemane n'en aurait pas moins soutenu le candidat qu'il avait ordre de soutenir.

La commune de Vezzaja-Ghiralda était une contrée agricole comme presque tout le reste de l'Italie,
et elle répugnait profondément à nommer député un
partisan de cet odieux impôt sur les vaches ; aussi
les amis du gouvernement n'avaient-ils pas trop de
tout leur tact et de toute leur finesse pour faire
réussir la présente élection.

D'ailleurs le marquis Roldano était très respecté
dans la province, où il vivait comme un patriarche
dans son grand château moyen âge, au milieu de
ses bois d'oliviers et de châtaigniers ; ce n'était pas
un adversaire à dédaigner.

Messer Nellemane travaillait donc secrètement
jour et nuit pour le compte du signor Finti, et sa
besogne l'absorbait tellement, qu'il en avait presque
oublié Viola. Parfois seulement, quand il passait devant la maison de la Madone, il apercevait le visage
pâle, amaigri et désolé de la jeune fille, qui tressait
de la paille ou filait assise sur le pas de sa porte. La
joie de la vengeance rayonnait alors dans les yeux
noirs du secrétaire communal ; mais en dehors de
ces rares occasions il était trop occupé pour songer
à elle.

Il frissonnait même à la pensée qu'il aurait pu

compromettre sa carrière publique pour une femme !
pour une pauvre jeune fille qui traversait pieds nus
les gués de la Rosa ! Dans la vie des grands
hommes, l'amour ne peut revendiquer qu'une place
secondaire.

Messer Gaspardo et messer Luca avaient ensemble de fréquents colloques, et ils se trouvaient
en parfait accord d'idées. Quand toute votre politique repose sur l'intérêt personnel, cela donne une
grande simplicité à vos théories, sinon à votre pratique.

Messer Luca Finti était au mieux avec l'ex-mi-
nistre qui avait eu des désagréments à propos du
piano, et, dans le cas où il serait élu député de Pomodoro, il promettait de faire l'impossible pour
messer Nellemane. De son côté, celui-ci, assez fin
pour savoir que l'amabilité d'un homme ne subsiste
qu'aussi longtemps qu'il a besoin de vous, prenait
ses mesures en conséquence : il recueillait avec le
plus grand soin, pour s'en faire à l'occasion une
arme contre Finti, tous les faits de corruption ou de
pression électorale qui, livrés à la publicité, eussent
singulièrement gêné le peu scrupuleux Napolitain.
En même temps, par une initiative pleine de har-
diesse, l'humble secrétaire s'acquérait des droits
éternels à la reconnaissance de son préfet et du parti
gouvernemental tout entier : il proposait de faire
passer rapidement d'une ville de la province à l'autre
toute la brigade des carabiniers, de façon que ces
hommes votassent dans six collèges différents pour
les six candidats ministériels.

Bien que fréquemment sommés par les conservateurs de s'expliquer sur la taxe des vaches, les ministériels se gardaient bien d'en souffler mot dans
les réunions politiques. Pas si bêtes ! ils faisaient de

beaux discours pleins de phrases ronflantes, dans
lesquels ils parlaient de la place de l'Italie parmi les
grandes puissances, des dangers que la jalousie des
autres nations lui faisait courir, de ses magnifiques
destinées, des bienfaits de l'éducation, des charmes
de la liberté, de la méchanceté de l'opposition, des
droits souverains du peuple, etc. Tout cela était si
éloquemment débité, que le peuple émerveillé ne
remarquait pas le silence des orateurs sur la taxe des
vaches et sur toutes les autres taxes. Les auditeurs
attentifs n'interrompaient que pour applaudir avec
enthousiasme. On leur disait qu'ils pouvaient siéger
dans le congrès européen appelé à décider du sort de
l'Épire : ils en oubliaient pour le moment la mauvaise qualité du pain, le prix élevé du vin, la rareté
de la viande, l'armée qui leur prenait leurs enfants,
et la bureaucratie qui les dévorait, comme des vers dévorent un fromage. A quoi sert l'éloquence politique,
sinon à faire oublier au peuple toutes ces choses-là ?

Messer Luca Finti, à qui sa souplesse d'esprit
permettait de trouver des arguments également péremptoires pour appuyer ou pour combattre n'importe quelle mesure, se souciait beaucoup plus de
nuire au parti aristocratique que de faire du tort au
gouvernement. Lui-même, après tout, avait été du
parti gouvernemental jusqu'au moment où son chef
de file avait eu des ennuis avec le piano. Son seul
objectif était sa réélection. Une fois à la chambre,
lui et les autres *dissidenti* comptaient sur leurs ta-
lents naturels pour arriver au pouvoir, soit en se
réconciliant avec leurs amis de la veille, soit en se
coalisant avec leurs éternels ennemis. Il avait donc
pris bonne note de l'avis du préfet l'invitant à ne pas
s'engager sur la taxe des vaches. Une neutralité
discrète était tout ce qu'on lui demandait, et cette

ligne semblait assez difficile à suivre en face de
l'initiative des propriétaires fonciers. Mais Luca Finti
n'était pas d'Amalfi pour rien : il pouvait se fier à
son *brio* méridional pour éblouir les électeurs de Pomodoro et leur faire perdre de vue la grosse question
du moment. Au lieu de leur parler vaches, il leur
apprit que s'ils n'étaient point mêlés à la guerre sur
le point d'éclater entre la Russie et la Chine, ils le
devaient uniquement à la sagesse et au tact des
dissidenti.

Selon lui, il fallait laisser la Russie et la Chine
vider leur querelle à elles deux; mais, quand la lutte
serait finie, l'Italie s'opposerait à tout traité de nature à compromettre ses droits, et elle réclamerait
une partie de la Mongolie pour contre-balancer l'influence française en Cochinchine.

Ici encore il fut bruyamment applaudi. Qu'était-
ce que la Mongolie ? où était-elle située ? l'auditoire
n'en avait pas la moindre notion. Mais c'était
quelque chose qu'on pouvait avoir pour rien, et dont
l'acquisition vexerait les Français : cela suffisait.
Faire la conquête d'un territoire sans tirer l'épée,
sans brûler une cartouche, et, qui plus est, donner
un soufflet aux vainqueurs de Solférino, c'était aux
yeux de ces gens le comble de l'habileté politique.
Seule une voix pessimiste se fit entendre et cria :
« Est-ce que les Mongols viendront nous prendre
notre raisin ? L'année dernière les marchands français sont venus acheter toute la récolte de nos
vignes; c'est une honte! » Mais cet interrupteur,
qui était un *vinajo*, se vit imposer le silence ni plus
ni moins que s'il eût été un vil réactionnaire.

Vendre son raisin aux·étrangers et n'en plus garder du tout chez soi, voilà un commerce intelligent,
la plus belle application du libre-échange! Si, par

suite du manque de vin, les pauvres gens s'empoisonnent tous en buvant des falsifications chimiques à bas prix, cela ne prouve que la toute-puissance de la science.

Messer Luca Finti ne dit rien du raisin; mais il s'étendit longuement sur Gambetta.

« C'est le frère du roi, n'est-ce pas? demanda un des teinturiers à son voisin.

— Non, non, répondit l'autre; c'est l'Allemand qui a pris Paris. »

Et l'assemblée, se trouvant édifiée suffisamment par cette explication, prêta une oreille attentive aux sonores déclamations du candidat.

Quand, à son tour, le marquis Roldano dit aux gens de Pomodoro, dans un langage à leur portée : « Chers amis, le kilo de pain coûte quinze centimes de plus en Italie qu'à Paris. Je crois que ce fait vous touche de plus près que M. Gambetta, » les estomacs affamés l'applaudirent sans doute; mais les estomacs affamés n'étaient pas les votants; ceux qui avaient le droit de vote, c'est-à-dire les teinturiers, les boutiquiers et les petits propriétaires, tout en reconnaissant que le pain était fort cher, trouvaient fort peu éloquentes les considérations inspirées par un sujet si plat, et ils se disaient les uns aux autres que si l'Italie obtenait un morceau de la Mongolie, alors, pour sûr, le prix du pain baisserait en un clin d'œil.

Partout il est facile de jeter de la poudre oratoire aux yeux de la multitude; mais nulle part cela n'est aussi aisé qu'ici.

Le marquis réunit chez lui quelques électeurs et leur montra une carte géographique.

« Il se moque de vous, leur dit-il. Regardez, voilà l'empire mongol, la Russie et la Chine. »

Mais la carte ne les convainquit pas. « Si nous pouvons avoir la Mongolie pour rien, sans combattre, ce sera une bonne chose, » répétaient-ils avec obstination, et l'idée se répandit chez les gens de Pomodoro que le marquis était un pauvre esprit, tout à fait indigne de les représenter.

De même qu'autrefois ils avaient coutume d'être menés par les prêtres, à présent ils étaient menés par les fonctionnaires.

C'est une question de savoir s'ils avaient gagné au change.

Le discours du signor Luca Finti obtint le plus grand succès. Il avait convoqué les électeurs à la préture de Pomodoro, et il parlait dans la salle même où Carmelo avait été jugé, cette salle étant la plus vaste de la ville. Les braves gens qui l'écoutaient ne comprenaient que la moitié de ses paroles; mais l'autre moitié les éblouissait en leur donnant la conviction qu'ils étaient la gloire et l'étonnement de l'Europe. « Ce qui est sûr, c'est que le marquis Roldano ne nous a jamais dit toutes ces belles choses, » se chuchotaient-ils entre eux.

Alors les agents du signore Finti, assis comme de simples auditeurs au milieu du public, firent observer à voix basse à leurs voisins que partout et toujours l'intérêt de la noblesse était de tenir le peuple dans l'ignorance. Cette idée fit son chemin dans la cervelle naïve des gens de Pomodoro, et elle émoustilla leur vanité, comme le moût de la bière fait lever la pâte. Aussi le soir, en flânant dans les rues le cigare à la bouche, se disaient-ils les uns aux autres que c'était une fort belle chose d'être une grande nation et de posséder de gros vaisseaux comme aucune puissance ne pouvait se vanter d'en avoir, pas même cette hypocrite et brouillonne Angleterre.

Les habitants de Pomodoro n'avaient l'esprit ni très large ni très éclairé. Ils comprenaient le vin, l'huile et la teinture, mais c'était tout. Ils pensaient que l'Angleterre était située quelque part dans la direction de Rome, de même qu'ils plaçaient l'Autriche quelque part derrière les montagnes; ils croyaient encore aux propriétés venimeuses des grenouilles, aux prophéties météorologiques du *calendario*, etc. Ils n'avaient aucune idée de ce que voulait dire le mot congrès, non plus que de l'endroit où était située l'Épire. Ils se représentaient vaguement l'Europe comme un pays mal organisé, qui se trouvait au delà des mers, et où l'on envoyait des tableaux et du vin quand on en avait de trop.

Toutefois, tel est le pouvoir de la vanité, et tel celui de l'éloquence, que les Pomodoriens votèrent à une forte majorité pour messer Luca Finti, parce qu'il leur avait promis de faire d'eux une puissance. Pourtant il n'avait jamais dit qu'il diminuerait le prix du pain, qu'il supprimerait la conscription ou qu'il allégerait quelqu'une des charges sous lesquelles succombe ce malheureux pays.

Grand est le pouvoir des mots partout, mais particulièrement en Italie.

XI

Tandis que Pomodoro était en proie à la fièvre politique, Carmelo languissait dans sa prison. Tout le monde l'avait complètement oublié, à l'exception de son père, de ses frères et de sa fiancée. Le vieux Pastorini devait payer gros pour que son fils eût une cellule à part et une nourriture un peu meilleure que l'ordinaire des détenus; du moins la dépense semblait lourde, eu égard aux ressources d'un homme qui n'était pas riche et qui avait à sa charge l'entretien d'une nombreuse famille. D'ailleurs, depuis quelques années, les recettes du meunier baissaient fort, par suite de l'établissement à Pomodoro d'un moulin à vapeur où beaucoup de gens du voisinage allaient faire moudre leur grain. Le vieillard, instruit par une amère expérience, était allé voir un avocat de la ville et lui avait confié la cause de son fils; mais l'avocat avait dit : « Après les élections, après les élections, » et on n'en avait rien pu tirer de plus, quoiqu'il eût accepté des honoraires par provision.

« Après les élections! » disait en soupirant le meunier à son fils, dans les rares moments où il lui était permis de visiter le prisonnier.

Carmelo secouait la tête.

Il connaissait des hommes innocents de tout crime qui avaient été gardés en prison durant de longs mois sans pouvoir obtenir d'être jugés; c'est probablement par compensation qu'on laisse très souvent en liberté pendant plusieurs mois des voleurs et des assassins avant de les faire comparaître devant la justice.

Carmelo avait beaucoup changé : le gars, alerte et vigoureux, accoutumé à travailler toute la journée au grand air, ressemblait maintenant à un jeune lion enfermé dans une cage; ses joues devenaient pâles, ses yeux se creusaient, son regard morne trahissait une sourde colère; sa vivacité sereine avait fait place à l'affaissement du désespoir.

Mais personne ne s'inquiétait de cela. Son avocat même, qui se borna à le visiter une seule fois pour lui poser quelques questions rapides, lui dit avec impatience : « Il y a cent causes inscrites avant la vôtre. Je doute que vous puissiez être jugé avant la Toussaint. »

Car, bien que l'avocat eût accepté de le défendre, séduit par les assignats du vieux Pastorini, au fond il ne s'intéressait pas beaucoup à cette affaire. C'était, il le sentait, une triste besogne que de plaider pour un garçon mal noté auprès des autorités municipales, et coupable de voies de fait sur la personne d'un garde champêtre. Ces causes-là mettent un avocat en mauvaise odeur.

De la cellule où il passait misérablement son temps, inutile à lui-même et aux autres, Carmelo entendait le bruit de la foule rassemblée dans l'intérieur de la préture et applaudissant, sans y rien comprendre, le speech du signore Finti. La préture faisait face à la prison, et quelques mètres seulement séparaient l'une de l'autre ces deux demeures chères à Thémis.

Il avait appris de son geôlier ce qui se passait, pourquoi la ville était ainsi agitée nuit et jour ; il savait qu'un libéral se présentait contre le vieux marquis.

« S'il était élu, peut-être qu'il ferait quelque chose pour nous, pensait Carmelo. Peut-être qu'il nous débarrasserait de tous ces secrétaires, de tous ces gardes, et qu'il permettrait aux pauvres chiens d'user des membres que Dieu leur a donnés. »

Et une vague espérance pénétra dans l'âme oppressée du captif, quand, vers le soir, son geôlier lui annonça que Luca Finti était nommé député de Pomodoro à une majorité écrasante.

Lorsque la nuit fut arrivée, la musique joua sur la place, et les feux d'artifice projetèrent leurs reflets multicolores dans la cellule où Carmelo était assis sur son banc de bois.

Les gens de Pomodoro burent force rasades, tapagèrent un peu et se réjouirent grandement, persuadés qu'ils avaient fait quelque chose de fort beau en se donnant pour représentant l'avocat napolitain.

« Allons-nous être mieux ? » demanda Carmelo à son geôlier, brave homme d'humeur communicative et gaie, qui lui témoignait de la compassion.

Le geôlier haussa les épaules.

« Il va nous donner le gaz et un *tromböi*[1].

— Le gaz ! C'est depuis que le gaz est à la grande ville que nous avons la maladie de la vigne et celle de la rose, » répondit Carmelo ; et ici il n'exagérait pas, car ces deux fléaux étaient inconnus en Italie avant l'introduction de l'éclairage au gaz.

Le geôlier haussa de nouveau les épaules.

« Les gens d'ici le veulent. Il dit qu'il nous procurera cela.

— Et après ?

— Eh bien, après, c'est tout ; ah ! si, nous allons être une nation plus grande que l'Angleterre et que toute autre puissance de l'Europe.

— Qu'est-ce que l'Angleterre ? demanda Carmelo.

— C'est, je crois, un pays habité par de pauvres gens qui n'ont pas de vin, reprit le geôlier. On y fabrique des canons et des fromages. On voit de temps à autre ici des hommes de cette nation. Ils ont à la main des bibles rouges et se promènent la bouche béante, comme pour prendre des mouches. Ils visitent surtout les endroits où il y a des vieilleries couvertes de poussière ; vous avez dû en rencontrer.

[1] Tramway.

— Et quel besoin avons-nous de nous occuper d'eux ?

— Si nous ne sommes pas plus forts qu'eux, ils viendront sur leurs vaisseaux mettre le feu à nos villes. Nous devons construire des maisons de fer flottantes et aller sur mer à la rencontre des Anglais.

— Qu'est-ce que la mer ? » demanda Carmelo.

Comment l'aurait-il su, lui qui n'avait jamais dépassé les limites de Santa-Rosalia ?

Mais le geôlier n'était pas beaucoup plus fort que lui en géographie, aussi répliqua-t-il sèchement : « Je n'ai pas le temps de causer avec vous; » ensuite il reprit l'assiette d'étain sur laquelle il avait apporté le souper du prisonnier et sortit de la cellule, dont il verrouilla la porte. Cela fait, il alla voir le feu d'artifice, et causer de l'Angleterre avec des gens moins questionneurs.

Il trouva la foule enchantée de savoir qu'elle allait avoir le gaz par l'entremise du nouveau député. Les Pomodoriens auraient été fort embarrassés de dire pourquoi ils tenaient à cela ; aucun d'eux n'avait rien à faire après la tombée de la nuit ; ils pouvaient brûler leur bonne huile d'olive, qui ne fatiguait pas les yeux et donnait une douce lumière pâle en harmonie avec les nuits d'été. Mais ils pensaient que gaz et *tromböi* étaient synonymes de progrès et de prospérité. Bien des gens plus éclairés qu'eux partagent la même erreur.

Pendant ce temps, messer Luca Finti soupait avec le syndic de Pomodoro et les membres de la *giunta*. Le *cavaliere* Durellazzo se trouvant indisposé, son excellent *locum tenens* et secrétaire avait été invité à sa place, sur le désir du nouveau député. Messer Nellemane était ainsi à l'honneur après avoir été à la peine.

Sur la place de Santa-Rosalia, le résultat du scrutin ne fut pas accueilli avec le même enthousiasme.

Messer Gaspardo avait travaillé pour messer Luca Finti : ce seul fait suffisait pour édifier la localité qui jouissait des nombreux bienfaits de son administration.

Un jour ou deux après les élections, Viola était assise un matin sur sa porte, ayant Raggi à côté d'elle.

Raggi (abréviation de rayon de soleil), ainsi nommée à cause de sa couleur jaune clair, était une petite chienne que la jeune fille avait trouvée, sept ans auparavant, perdue et en détresse dans un sentier au milieu des vignes. A en juger par le lambeau d'étoffe rouge qu'elle portait sur le dos, la pauvrette avait dû appartenir à une troupe de chiens savants.

Raggi n'avait jamais été réclamée par aucun maître et avait longtemps fait la joie de la vie de Viola. Les tours d'adresse et le talent chorégraphique dont, une fois réconfortée, elle s'était empressée de donner le spectacle, prouvaient qu'elle était une artiste de profession ; en même temps, la mélancolie visible dans ses grands yeux limpides laissait supposer qu'elle avait eu sa part des vicissitudes et des déboires inséparables de toute carrière artistique. Raggi n'avait pas tardé à devenir l'idole de tous les enfants de Santa-Rosalia, et c'était une très heureuse petite chienne, quoiqu'elle restât toujours timide. A présent elle était vieille ; mais elle savait encore très gentiment valser au son de la guitare ou de l'accordéon, marcher en se tenant debout sur ses pattes de derrière et simuler avec ses pattes de devant le geste d'un lapin qui bat la charge. Ce matin, elle dormait sur le bas de la robe de sa maî-

tresse, ce qui était maintenant son occupation
favorite.

Tandis qu'elle dormait ainsi et que Viola tressait
de la paille sans lever les yeux de dessus son ouvrage, Angelo Saghari passa devant la porte. Du
plus loin qu'elle se souvenait, Viola avait toujours
connu ce vieillard garde champêtre à Santa-Rosalia.
Autrefois il ne molestait personne, et on l'avait toujours vu aussi inoffensif que le vieux chat gris qui
sommeillait toute la journée dans la boutique de
Gigi. Mais on avait menacé Angelo de lui donner sa
démission pour cause de négligence dans le service,
et il se piquait à présent de marcher sur les traces
de Bindo, vu que la moitié des amendes revenait au
garde assez vigilant pour surprendre une contravention. Cet homme paisible et débonnaire s'était
métamorphosé en un espion cauteleux et méchant.
Il enrageait de voir que c'étaient toujours ses deux
collègues, et non pas lui, qui empochaient les
amendes. Aussi, dans l'irritation où il était, gare à
l'enfant qui avait le malheur de jouer à la toupie ou
au chien assez imprudent pour lever la queue dans
un rayon de vingt pas autour d'Angelo !

Il se promenait maussade et sombre, ayant au côté
son épée, avec laquelle il savait très bien éventrer un
chien, mais qu'il n'osait jamais tirer contre un voleur ; tout à coup il aperçut la petite Raggi endormie
sur la robe de sa maîtresse.

La chienne certainement n'était pas enchaînée,
elle n'avait même pas de collier ; les cheveux gris
d'Angelo se dressèrent d'horreur.

Il connaissait Raggi depuis sept ans, et il s'était
diverti cent fois à la voir valser et battre le tambour
pour amuser les enfants sur la place. Mais maintenant il ne considérait plus Raggi que comme une

matière à contravention. De même que pour Napoléon tous les hommes étaient de la chair à canon, pour les fonctionnaires de la commune tous les êtres vivants sont de la chair à amendes. Peut-on en extraire une amende? c'est la seule question.

Il s'avança donc vers Viola et lui dit avec rudesse : « Votre chien n'est pas attaché ! »

Viola le regarda et se mit à rire, malgré le chagrin qui remplissait son cœur.

« Raggi? Mais c'est Raggi! Est-ce qu'ils vont me dire d'attacher Raggi? Ce serait trop cruel. Raggi est adorée de tout le monde. Que deviendraient les enfants sans elle? quoique, à vrai dire, elle soit un peu rhumatisée maintenant, *poverina...* »

Angelo, les sourcils froncés, écrivait au crayon sur son livre.

« J'ai le droit de saisir le chien, et vos réponses effrontées me donnent envie de le faire, reprit-il durement. Le chien n'est pas attaché. C'est une infraction aux lois de la commune, comme vous le savez très bien. Votre grand-père recevra une sommation...

— Mais, Angelo ! s'écria Viola, qui dans sa stupéfaction n'en croyait pas ses oreilles, Raggi est exactement comme elle a toujours été depuis sept ans et plus. Qu'a-t-elle fait? A quoi pensez-vous? Vous l'avez si souvent caressée vous-même, et vous aviez tant de plaisir à la voir danser... Vous plaisantez !...

— Vous verrez que ce n'est pas une plaisanterie, dit Angelo, qui se sentait honteux de lui-même. Votre chien ne peut pas faire exception à la règle. Votre grand-père devra payer, et s'il m'arrive encore de voir la bête en liberté, je l'emporterai au corps de garde, où elle sera tuée, à moins que vous ne payiez vingt francs. Vous êtes avertie. »

Sur ce, Angelo s'éloigna, convaincu que Bindo lui-même n'aurait pu ni mieux dire ni mieux faire. Viola prit la petite chienne jaune dans ses bras, la baisa convulsivement et se mit à sangloter.

« Oh ! Raggi, que se passe-t-il donc dans le monde pour que nous soyons tous traités comme des galériens, et vous, pauvres petits êtres, comme des bêtes féroces ! » murmura-t-elle en caressant l'animal. La douce et pieuse jeune fille se sentait prête à égorger tous ces hommes cruels, et elle n'eût cru accomplir, en les massacrant, qu'un acte de justice.

Car ce sont les natures les plus nobles que la tyrannie exaspère le plus.

« *Dominiddio !* s'écria Pippo quand il arriva chez lui, je tuerais Angelo plus volontiers qu'une couleuvre. Oh ! le vieux drôle ! lui qui me connaît depuis qu'il existe, lui qui t'a vu baptiser avec l'eau sainte ! Seigneur ! Seigneur ! qu'allons-nous devenir ? Comme si la vie n'était pas assez dure déjà pour nous autres sans cela ! Est-ce que Raggi est un loup ou un ours ? Un chien peut-il vivre attaché à une ficelle, comme on attache un oiseau quand on chasse à l'appeau ? Ils sont fous ! Ils ont tous perdu la tête, et c'est nous qui en pâtissons. Ces messieurs ne savent pas cela. Il est impossible qu'ils le sachent ! »

Pippo se trompait : les *messieurs*, c'est-à-dire les membres de la *giunta*, savaient fort bien cela. A leurs réunions hebdomadaires, en entendant lire les rapports de messer Nellemane, ils applaudissaient au zèle des gardes champêtres. Aucun des messieurs n'habitait Santa-Rosalia, et quand ils y passaient en voiture, ils étaient bien aises de ne rencontrer ni enfant poussant son cerceau à travers la route, ni chien aboyant après leurs chevaux. Peu leur impor-

taient les moyens par lesquels on assurait l'exécution de leurs lois et les souffrances qui en résultaient
pour les pauvres gens. On ne peut, en effet, imaginer un être plus insensible aux maux du peuple
que ne l'est un Italien du nouveau régime.

Angelo tint parole, et Pippo fut assigné comme
ayant contrevenu à l'ordonnance relative aux chiens.

Sur le conseil de son timide voisin, le tonnelier
Cecco, qui l'engageait à faire quelque chose pour
avoir la paix, le vannier se rendit au palais municipal, où il s'entendit condamner à deux francs
d'amende, ce qui l'obligea à se passer de vin pendant une semaine.

« Deux francs parce que Raggi s'est endormie sur
ta robe ! » répétait-il vingt fois par jour à sa petite-
fille ; cela lui semblait une oppression comme le
monde n'en avait jamais vu.

Viola, tremblant pour la sûreté de Raggi, mit autour du cou de la chienne un bout de ruban défraî-
chi, auquel elle attacha une longue ficelle ; mais
comme aucune municipalité n'est en état de changer
le naturel des animaux, et qu'il est tout à fait impossible de tenir perpétuellement un chien à côté de
soi, Raggi, traînant sa ficelle derrière elle, allait
jouer sur la place avec les enfants, et les sommations
pleuvaient de plus belle sur Pippo.

Elles ne vinrent pas seules, du reste, car il s'y
joignit un avis du percepteur des contributions. Ce
fonctionnaire réclamait pour Raggi la taxe de sept
ans, à raison de six francs par an, soit, avec les
frais, soixante-dix francs. En même temps arrivèrent différents papiers relatifs aux joncs que le
vannier avait coupés dans la Rosa et au cours d'eau
qu'il n'avait pas empêché de couler. Filippo Mazzetti,
n'ayant pas comparu lorsqu'il avait été cité pour

répondre de ces faits graves, était condamné par contumace, et le montant de ces diverses condamnations
atteignait un tel chiffre, que, quand sa petite-fille
lui en eut donné connaissance, le vieillard tomba à
la renverse, pâle comme un linge, les yeux hagards,
la respiration haletante. Viola, terrifiée, crut que son
grand-père avait une attaque, et, à ses cris, tous les
voisins accoururent.

Ce n'était pas une attaque qu'avait Pippo ; mais
cette pluie de papiers, fondant sur lui les uns après
les autres avec leurs inexorables demandes, l'avait
frappé d'une indicible terreur ; il était comme l'oiseau
fasciné par un épervier.

Jamais il ne s'était plaint de son lot, quoique son
lot n'eût jamais été bon ; jamais il n'avait trouvé dur
de devoir travailler tout le long de l'année pour gagner son pain ; il avait gaiement accepté sa destinée, sans jamais la reprocher ni à Dieu ni aux
hommes. Mais maintenant son âme docile était
poussée à bout ; il se révoltait contre son sort et se
levait chaque matin avec une grande crainte au
cœur. Car que signifie le mot ruine pour un homme
pauvre ? la mort lente, la mort par la faim.

Messieurs les conseillers municipaux, vous qui
rédigez vos ordonnances d'un cœur si léger et qui
édictez si allègrement vos amendes, avez-vous
jamais songé à cela ? Non, du moins je l'espère pour
vous, car votre insouciance est votre seule excuse,
excuse du reste insuffisante à vous préserver du châtiment, si jamais arrive l'heure de la justice.

Dix jours avaient été donnés à Pippo pour se
mettre en règle avec le fisc ; il en passa six à errer
lamentablement çà et là, racontant ses malheurs
tantôt à un voisin, tantôt à un autre, regardant fixement les papiers qu'il ne pouvait lire, et se deman-

dant ce qu'il allait advenir de lui. Il lui était impossible de découvrir de quel droit on le forçait à payer ces amendes. Il n'avait fait que ce qu'il était accoutumé à faire depuis le commencement de son existence; comment aurait-il compris que toutes ces taxes étaient devenues exigibles parce qu'une réunion de quelques individus en avait décidé ainsi? Du plus loin qu'il se souvenait, Pippo avait toujours connu les chiens libres, les joncs libres, l'eau libre : pourquoi donc ces taxes et ces interdictions, dues au caprice des secrétaires communaux et des gardes champêtres ?

La justice des lois morales, le galérien lui-même l'admettra; mais la justice des lois municipales, nul pauvre ne la reconnaît; et, de fait, il n'y a pas de raison pour qu'il la reconnaisse, attendu qu'aucune de ces lois ne lui est utile.

Tout cela n'avait aucun sens et n'était fait que pour enrichir des coquins ; décidément l'âme simple et docile de Pippo tournait à la révolte.

La vie ne l'avait jamais gâté; il avait toujours travaillé dur et mangé peu; son horizon était resté borné aux vignobles de Santa-Rosalia et aux murs poussiéreux de Pomodoro. Mais Pippo n'en demandait pas davantage; jadis beau danseur, habile joueur de luth, il n'avait pas oublié le temps de sa fringante jeunesse; à présent, quand il pouvait faire sa méridienne à l'ombre, boire un petit gobelet de vin, causer gaiement de bagatelles, fumer sa pipe et apprendre les nouvelles de son village, Pippo était parfaitement heureux; il ne tenait pas à mourir comme Nanni était mort, asphyxié sur le parquet d'une chambre aux volets fermés.

Certes, ce n'était pas une vie brillante que la sienne, et maintenant elle déclinait comme la bougie qu'on brûle la nuit de la Saint-Jean ; mais c'était une petite existence fraîche, simple, agréable, s'écoulant au bord de la limpide Rosa et parmi les massifs de roseaux aux têtes mouvantes. Pippo se figurait qu'il entendrait encore le bruissement des joncs, qu'il verrait encore le soleil se jouer à la surface de la rivière, même quand il serait au ciel.

A la messe, lorsque dom Lelio prêchait sur le ciel, Pippo, assis sur sa chaise de bois, dodelinait de la tête, fermait les yeux et rêvait du paradis ; il ne pouvait d'ailleurs se le représenter autrement qu'avec des eaux claires, des roseaux doucement agités par la brise et un bleu firmament par-dessus le tout.

Il s'était toujours dit : « Advienne que pourra ! Dieu me laissera la rivière, » et ç'avait toujours été pour lui un grand bonheur de penser que cette petite cabane, bâtie sur le bord de sa bien-aimée Rosa, serait habitée par lui jusqu'au moment où les saints viendraient le prendre dans leurs bras pour l'emporter au delà d'une autre rivière plus sombre.

Mais maintenant, s'il lui fallait emprunter sur cette maison, Pippo sentait que désormais elle cesserait en réalité de lui appartenir.

« Vous empruntez quatre sous sur une chose qui est à vous, et à partir de ce moment ces quatre sous vous dévorent sans relâche jusqu'à ce qu'ils soient gonflés comme des coqs d'Inde ; seulement c'est vous qui en crevez et non eux. » Ce dicton, que sa femme lui répétait toujours autrefois, paraissait encore à Pippo la vérité même.

Pourtant que lui restait-il à faire?

Sans doute, Messieurs, vous trouvez parfaitement absurde qu'on ne possède pas ces quelques francs ; c'est ce que nous donnons, vous et moi, pour une plante, une assiette, une chaise, une théière ; il semble ridicule qu'un homme soit menacé de la ruine faute de pouvoir se procurer une somme si minime, et pourtant telle était la situation de Pippo.

S'il ne payait pas, la loi saisirait, pour les vendre, ses mauvaises tables, ses pots de terre et ses bidons de cuivre ; on vendrait le toit qui abritait sa tête et le lit sur lequel il couchait. Il n'avait fait de tort à personne, il ne devait pas un liard ; pourtant il serait traité comme le dernier des voleurs, comme le plus effronté des banqueroutiers, et tout son pauvre mobilier serait mis aux enchères.

Assis sur le seuil de sa porte, sa tête grise entre ses mains, Pippo cherchait vainement à comprendre cela. « Si j'avais fait quelque chose ! » se répétait-il sans cesse, et il ne pouvait, malgré tous ses efforts, découvrir en quoi consistait son crime.

« Bientôt sans doute on mettra les papillons à l'amende parce qu'ils volent, » pensait-il amèrement, tandis que ces brillantes fleurs de l'air déployaient devant ses yeux leurs ailes diaprées.

« Le père de Carmelo ne pourrait-il pas nous venir en aide ? » demanda Viola ; mais Pippo du geste lui imposa silence. Il savait le vieux Pastorini obéré par suite du mauvais état de ses affaires et des frais qu'avait entraînés le procès de son fils. Depuis plusieurs années, le moulin ne rapportait pas grand'-chose, et les Pastorini, gens très larges, ne refusaient jamais à un voisin une place à leur table. Cette générosité était assez dans les habitudes d'autre-fois ; aujourd'hui le spectre de l'impôt, assis à la table de chaque paysan, en a chassé tout autre convive.

Non, le vieux Pippo n'emprunterait pas à un ami, à un homme dont le fils devait épouser sa petite-fille.

Il prit un morceau de craie et se mit à couvrir de
chiffres le petit banc placé devant sa porte. Il ne
savait ni lire ni écrire, mais il calculait correctement. Ici beaucoup de gens qui ignorent l'alphabet
connaissent très bien l'arithmétique. Ils l'apprennent
par précaution, pour ne pas être trompés dans les
relations d'affaires.

Il avait en main tous ces odieux papiers. De ces
documents verbeux, couverts d'une écriture qui était
du grec pour lui, une seule chose se dégageait clairement à ses yeux : la somme qu'il était condamné à
payer. Il y avait ici vingt-trois francs, là vingt-cinq,
ensuite trente-deux, puis quarante; après cela venaient cinq différentes sommes de dix francs cha-
cune; ces dernières représentaient les amendes
encourues par le vannier pour avoir coupé des
roseaux; enfin il fallait ajouter à tous ces chiffres
les soixante-dix francs de Raggi. Quand Pippo eut
constaté que l'addition s'élevait à deux cent quarante-trois francs, il fut comme pris de vertige :
trouver une somme pareille lui était aussi difficile
que de se procurer un char d'or attelé de six chevaux
blancs.

« Qu'arrivera-t-il si je ne paye pas ? » demanda-
t-il pour la cinquantième fois à Cecco; et celui-ci
répondit :

« Ils vendront tout chez vous, comme ils ont fait
pour Nanni. »

Pippo soupira.

Messieurs, que diriez-vous si chaque semaine ou
chaque mois quelque pouvoir public vous réclamait
mille livres avec menace de saisir vos biens en cas
de non-payement? Messieurs, vous n'y faites pas
attention, mais, pour le pauvre, cinq francs ou cinq
schellings, c'est la même chose que mille livres pour

vous ; que dis-je ! c'est plus encore, car, au pis aller, le sacrifice de mille livres ce serait pour vous la privation d'une superfluité, d'un luxe, d'un plaisir, d'un achat ; tandis que pour le pauvre, le sacrifice de cinq francs, ce peut être la privation du pain s'il est bien portant, des remèdes s'il est malade, de la viande qui est la force, du vêtement qui est la décence ; cinq francs de moins, et c'en est fait peut-être de la frêle barrière qui sépare la pauvreté de la mort.

Pensez un peu à cela, vous, Messieurs, qui faites les lois à votre aise sur toute la terre, magistrats anglais, maires français, syndics italiens, si durs aux pauvres gens que vous désolez et ruinez par vos amendes.

En songeant à tout ce qu'il avait à payer pour Raggi, pour les roseaux de la rivière et pour le ruisseau de son jardin, le vieux Pippo perdait la tête. Il parcourait le village criant comme un fou : « Avant moi, pendant des centaines d'années, mes pères ont coupé les roseaux ; pendant des centaines d'années l'eau a coulé comme Dieu a voulu qu'elle coulât ; et la petite chienne jaune, est-ce que tout le monde ne la connaît pas ? est-ce que tous les enfants ne jouent pas avec elle ? Pourquoi payerais-je ? Pourquoi payerais-je ? »

Et son voisin lui disait toujours :

« Vous devez payer, si vous n'avez pas un morceau de papier. Bientôt il faudra que nous payions pour respirer ou pour allumer nos pipes. Je vous l'ai toujours dit, vous auriez dû vous munir d'un morceau de papier.

— Mais je ne puis pas payer, » reprenait Pippo en repoussant son chapeau sur le derrière de sa tête et en relevant la ceinture de son pantalon de toile ; la rage empêchait seule les larmes de couler sur son visage décomposé. « Si je gagne douze *soldi* par jour, c'est tout ce que je puis faire. Sans doute ma fille travaille aussi, elle tresse de la paille pour faire des chapeaux. Mais ce métier n'est plus ce qu'il était avant l'introduction des machines, et elle gagne à grand'peine de quoi s'habiller. En dehors de cela, nous n'avons rien, rien! A présent, avec le droit de mouture, le pain qu'on cuit chez soi revient presque aussi cher que celui qu'on achète. Et le vin, Seigneur! il y a vingt ans, je me rappelle qu'on le donnait à peu près pour rien; maintenant il coûte plus d'un franc la bouteille. Au prix où sont le boire et le manger, comment payer des amendes?

— Si vous n'avez pas un morceau de papier, il faut que vous payiez, dit le voisin, dans la tête de qui de longues années de despotisme municipal n'avaient laissé subsister que cette seule idée. La maison est à vous, n'est-ce pas? Vous l'avez toujours dit. Eh bien, on vous prêtera quelque chose là-dessus.

— Jésus, aidez-moi! » gémit Pippo.

La maison était certainement à lui; il ne savait pas au juste à quel titre elle lui appartenait, mais ses ancêtres y avaient habité; il y était né, et dans un vieux coffre de fer aux serrures rouillées il y avait de vieux « morceaux de papier » qui, à ce qu'on lui avait toujours assuré, établissaient son droit de propriété. Pourtant, lever de l'argent sur sa maison! Si peu instruit qu'il fût, Pippo n'ignorait pas que les gens de loi et les *strozzini* étaient les enfants légitimes du diable. A la vérité, par le temps qui court, tout le monde emprunte de l'argent; il avait entendu dire que toutes les grandes propriétés du pays et la moitié des petites étaient

hypothéquées ; mais Pippo, homme aux idées arriérées, trouvait tout aussi honteux de mettre en gage
un lopin de terre que de porter ses hardes au *Monte
di Pietà*.

Pippo appartenait à cette race de paysans simples,
honnêtes, indépendants, qui existe encore en Italie,
comme en France et en Angleterre, mais que tout
l'effort des lois nouvelles tend à anéantir dans chacun
de ces pays. Aux yeux de Pippo, emprunter ne valait guère mieux que voler ; c'était une action aussi
laide et aussi basse que de marier sa fille sans lui
donner de trousseau.

Ensuite il n'avait aucune idée du prix de sa maison : valait-elle quarante sous ou quarante millions
de sous ? il n'en savait rien. C'était une cabane
en pierres, solidement construite, parce qu'elle datait d'une époque où l'on se piquait de faire des travaux durables ; mais on n'y avait jamais fait aucune
réparation, elle était fort petite, et le terrain qui en
dépendait se réduisait à un petit jardin potager contenant un vieux figuier rendu stérile par l'âge,
quelques espaliers et des légumes. Pippo ne pensait
pas que personne lui prêterait grand'chose sur cet
immeuble, et il ne pouvait se faire à l'idée d'hypo-
théquer son bien. « Car, disait-il dans sa perplexité,
les *strozzini*[1] et les hommes de loi n'ont pas plus tôt
senti l'odeur d'une pêche, qu'ils avalent le fruit avec
le noyau sans jamais s'étrangler. »

Personnellement il n'avait jamais eu affaire à de
pareilles gens ; mais il avait vu comment ses voisins
s'étaient trouvés de leurs rapports avec eux. Simone Zauli, le prêteur sur gages qui habitait, sur la
route de Pomodoro, cette maison blanche avec une

---

[1] Usuriers.

girouette dorée et une grande porte en fer forgé, ne
s'était-il pas enrichi aux dépens de ses semblables ?
A l'origine n'était-ce pas un enfant déguenillé, qui
volait des chiens pour en vendre la peau quand ils
étaient morts, et qui prêtait ensuite de petites
sommes à d'autres gamins désireux de risquer
quelques sous au loto ou à la marra ? Voilà quel
avait été le point de départ de sa fortune !

Néanmoins le vieux Pippo se dit : « Nanni s'est
rendu sans combattre, mais moi j'irai leur demander
justice. Le cœur humain est bon en général, et,
d'ailleurs, pourquoi ces messieurs voudraient-ils
nuire à un pauvre malheureux comme moi ? »

Présumant que ces choses se faisaient à l'insu des
« messieurs » et contrairement à leur volonté, il ré-
solut de les en instruire. Dans ce but, il se brossa,
mit ses habits des dimanches et commença une
tournée de visites. Naturellement ce fut à la villa
du syndic qu'il se rendit en premier lieu. Là on lui
dit que le comte Durellazzo était encore aux bains
de mer ; s'il venait pour affaires de service, il n'a-
vait qu'à descendre au village et à s'adresser à
messer Nellemane.

« Non ! non ! Autant vaut m'envoyer à Lucifer
lui-même, » grommela Pippo, qui, après avoir péniblement monté durant l'espace de quatre milles
une côte escarpée et sans ombre, dut retourner à
Santa-Rosalia comme il était venu.

Bindo Terri, qui était là en train de boire dans la
cuisine du syndic, entendit cette réponse et la nota
consciencieusement sur son carnet.

Bindo avait repris ses fonctions. Quoiqu'il se fût
fort habilement fait des bleus avec de l'iode et de
l'indigo, il n'avait pu soutenir plus longtemps son
rôle de blessé : le lit aurait fini par le rendre malade

pour tout de bon, tant il s'y ennuyait en dépit des plats de friture et du *vino santo*. Il était donc allé d'un pied léger à la ferme du syndic pour certifier « viande saine » un bœuf qui venait de mourir d'une pleuro-pneumonie.

XII

Il était trop tard, ce jour-là, pour aller ailleurs ; mais le lendemain matin, Pippo se remit à faire des visites. Il se rendit chez chacun des membres de la *giunta*. Ils étaient au nombre de sept. Deux d'entre eux, comme je l'ai dit, appartenaient à la noblesse et deux à la petite bourgeoisie ; il y avait en outre un médecin, un avocat et le prêteur sur gages Simone Zauli. Pippo commença par les nobles. Le premier chez qui il alla se trouvait en ce moment dans une autre province, où il avait des propriétés. Le second était chez lui ; il dit qu'il regrettait fort de ne pouvoir intervenir, mais qu'il lui était impossible de modifier la loi ; du reste, il se montra affable et donna des ordres à son *maestro di casa* pour que celui-ci fît servir un repas au vieillard à la cuisine. La réponse des petits bourgeois fut à peu près la même dans le fond, quoique un peu plus désagréable dans la forme. L'avocat déclara que ses collègues et lui étaient décidés à faire respecter leurs lois. Le vieillard demanda timidement pourquoi la loi avait été faite, et laissa entendre qu'on serait beaucoup plus heureux si elle était abrogée. Sur quoi l'avocat se

fâcha et dit à Pippo qu'il était un impudent, ce
qui dut grandement étonner le bonhomme. Le médecin tint presque le même langage que l'avocat.
Quant à aller chez Zauli, Pippo comprit que ce serait inutile : il est plus facile d'obtenir des fruits
d'un pêcher dévoré par les fourmis que d'émouvoir
le cœur d'un usurier.

Aux yeux de Pippo et de la plupart des habitants
de Santa-Rosalia, Simone Zauli apparaissait comme
un énorme dragon gorgé du sang et de la chair des
autres hommes ; c'était la seule incarnation de l'u-
sure qu'ils connussent.

Fatigué, les pieds écorchés, le cœur malade,
Pippo trottait dans la poussière, où il enfonçait jusqu'à la cheville. Le vannier portait ses bottes à la main;
par pure considération pour les « messieurs », il les
avait mises au moment d'entrer chez eux, mais ce n'é-
tait pas une raison pour les user en s'en servant sur
la grand'route. Il n'en pouvait plus quand il arriva
chez lui, car avec toutes ces allées et venues il avait
fait au moins vingt-cinq milles. Après avoir mangé
en silence son maigre souper, il alla se coucher. Au
lit lui vint l'idée d'une nouvelle démarche ; il n'en
espérait pas grand succès, mais n'importe, c'était
une dernière chance à tenter.

Il ne dit rien à Viola, car il pensait, comme les
gens d'autrefois, que les femmes n'avaient guère de
jugement et que mieux valait ne pas les consulter;
mais le lendemain matin il revêtit ses plus beaux
habits, prit son chapeau de paille et se rendit par la
diligence à Pomodoro.

« On dit que c'est un libéral et qu'il s'intéresse
au sort des pauvres, » pensait Pippo ; et bravement
il se présenta chez le signore Luca Finti, qui avait
pris un logement en ville, car le bruit courait main-

tenant que le nouveau député, qui était célibataire, ne songeait à rien moins qu'à demander la main de Teresina Zauli. La fille de l'usurier était, à la vérité, une personne laide, disgracieuse, au teint brun, à la lèvre barbue, au chignon semblable à un melon, d'ailleurs mal fagotée dans sa toilette, qui reproduisait toutes les couleurs de l'arc-en-ciel; ajoutons cependant qu'elle valait son pesant d'or et qu'elle possédait tous les joyaux d'une comtesse défunte dont son excellent père avait administré les biens, cette dame ayant l'esprit dérangé. Teresina Zauli avait donné son cœur à un jeune et fringant bailli qui était beau comme une fleur de dahlia; mais ce n'était pas le parti que son père avait en vue pour elle, et elle s'était bientôt résignée à l'idée de devenir la femme d'un député, d'habiter Rome et d'aller aux bals du Quirinal, l'épouse de Luca Finti devant naturellement y être invitée.

Le nouvel élu de Pomodoro s'étant fait une règle d'être aimable avec toute la population, le vieux Pippo, tout couvert de poussière, fut introduit immédiatement. Le signore Finti était en train de déjeuner; son repas se composait d'oignons farcis et de *risotto*. Croyant que le vieillard venait demander l'aumône, il boutonna aussitôt sa redingote; toutefois il le salua avec un sourire si doux et des paroles si caressantes, que Pippo se dit tout de suite : « Il va m'obtenir la remise de mes amendes. »

Ce Luca Finti, si accessible à tout le monde, était, en effet, la bienveillance et l'affabilité même; mais quand il vit de quoi il s'agissait, il se refroidit quelque peu, car pour le député la loi municipale était sacrée. Dans l'univers entier l'esprit bureaucratique considère le petit mirliton officiel comme la trompette des archanges et la voix du Sinaï. Aux yeux des gens pénétrés de cet esprit, c'est un crime inexpiable que de ne pas tomber prosterné dès qu'on entend résonner ce mirliton.

Pippo commença son récit avec confiance.

Il parla longtemps, brouillant tout, répétant jusqu'à trois fois les mêmes choses ; à la fin il éclata en imprécations bien senties contre l'État en général et messer Gaspardo Nellemane en particulier.

Luca Finti l'écoutait patiemment ; mais quand Pippo, hors d'haleine, interrompit le cours de ses malédictions, il fronça le sourcil et se redressa par un geste qu'il gardait d'ordinaire pour la tribune :

« Je crains que vous ne soyez contumace.

— Quoi, Monsieur? dit Pippo. C'est ce qu'ils me disent dans leurs sommations : con-tu-mace. C'est un mot terrible pour les pauvres gens qui ne savent pas ce qu'il veut dire. Qu'est-ce que j'ai fait? Rien ! rien ! Il est venu se mêler de choses qui ne le regardaient pas : il n'a pas créé les roseaux de la rivière, ils ont été créés par Dieu. Ce n'est pas lui, c'est Dieu qui a fait jaillir une source dans mon jardin. Quant à la pauvre petite bête, tous les enfants la connaissent et l'aiment. Je n'ai rien fait, je le dirais encore en face de l'échafaud. Je vis paisiblement, je ne fais de mal à personne ; et ce brouillon vient m'espionner, me persécuter, me ruiner, et ensuite il appelle tout cela con-tu-mace ! Qu'est-ce que j'ai fait? »

La figure du député s'assombrit, tandis qu'il examinait les papiers que lui avait tendus Pippo.

« Ils semblent tous en ordre, » murmura-t-il d'un ton un peu sévère.

Quand le petit mirliton a retenti, qui oserait trouver à redire à sa chanson ?

« Comment, Monsieur? fit Pippo anxieux.

— Je ne vois rien là dedans qui ne soit en règle,
dit Luca Finti; rien absolument. Cela peut être pénible pour vous, mais vous auriez dû observer les
lois.

— Les lois, Monsieur? répliqua vivement le vieillard. Je n'ai jamais violé la loi, jamais. Elle n'a jamais pu être invoquée contre moi. Il ne faut pas appeler lois les sottises que ces espions et ces vauriens
inventent afin d'avoir un prétexte pour nous arracher de l'argent, quand ils veulent se payer un déjeuner, un souper ou une orgie. » .

Le député tressaillit.

« Chut! fit-il en élevant la main. Vous ne devez
pas dire de pareilles choses, vous ne devez jamais
les dire : la loi est inattaquable, et ceux qui l'admi-
nistrent, ceux qui la représentent, doivent être respectés. Ces papiers sont parfaitement corrects. Ils
sont basés sur la loi du royaume; d'ailleurs, quand
même ils ne le seraient pas, chaque municipalité a
le droit de faire ses propres lois et d'en assurer l'exécution. Les règlements de votre commune sont admirables, pleins de sagesse et de prévoyance. C'est
votre devoir de les observer; j'ajoute que ce devrait
être votre plaisir... »

Une fois lancé, messer Luca Finti aurait pu parler
ainsi pendant une heure, car tout Italien est éloquent ou du moins possède un verbe intarissable;
mais il fut interrompu par le vieux Pippo, dont le
sang calme commençait à bouillonner sous l'amertume de son désappointement.

« Écoutez, Votre Honneur; ce garde champêtre
est un fripon que nous avons tous vu mener une vie
de vagabondage à partir du moment où il a pu marcher tout seul; le secrétaire qui fait les lois est aussi
un coquin; seulement celui-ci est mieux éduqué et

mieux mis. Je ne crois pas avoir jamais rien fait de
mal : le ruisseau a été placé là par Dieu, et les roseaux, chacun de nous les coupe quand cela lui fait
plaisir ; il n'en résulte pas le moindre dommage
pour personne. Quant à ma petite chienne, tous les
enfants s'amusent avec elle sur la place ; pourquoi
ne pourrait-elle pas rester couchée près de ma
porte ? Pensez un peu combien tout cela est cruel et
quelle honte c'est pour un vieillard comme moi, pour
un homme qui n'a jamais fait de mal...

— Mon cher ami, répliqua le député ennuyé, vous
avez une tête de bois. Vous ne voulez pas comprendre. Vous avez violé la loi. Ce n'est pas en dif-
famant les serviteurs de la loi que vous effacerez ce
fait : vous aggraverez vos torts, voilà tout. Je ne
puis rien faire, absolument rien.

— A quoi bon alors être notre député, si vous ne
pouvez pas nous faire rendre justice ? répondit Pippo,
dont l'audace grandissait en même temps que son
désespoir.

— Vous n'avez subi aucune injustice, reprit Luca
Finti avec un dédain poli. Si vous étiez opprimé,
soyez sûr que ma protection vous serait acquise.
Vous ne l'êtes pas du tout, *caro mio*. Vous avez
transgressé des lois justes ; la peine qui châtie votre
désobéissance est juste. Il est inutile de gémir,
ajouta le député en réponse aux gémissements que
tous ces grands mots, tombant comme de la glace
sur son cœur, arrachaient à Pippo. Au lieu de récri-
miner, vous feriez mieux de reconnaître vos fautes.
Je ne trouve pas que ces amendes aient rien d'excessif.
Vous les payerez et vous serez plus sage à l'avenir. »

Le vannier restait silencieux ; les veines se gonflaient sur son front ridé, et de grosses larmes de colère s'amassaient dans ses yeux.

Pour le pauvre homme, dans une affaire où il y allait de sa ruine, rien n'était plus cruel à entendre que ces conseils froidement donnés, sur un ton de supériorité dédaigneuse ; chaque parole du député le frappait au cœur comme un coup de poignard.

Il reprit ses papiers d'une main tremblante et dut faire appel à tout son empire sur lui-même pour ne pas éclater en sanglots comme un enfant.

« Il n'y a là ni équité ni justice, murmura-t-il. Que Dieu vous pardonne, Messieurs, la ruine des pauvres ! »

Ce disant, il mit son chapeau sur sa tête blanche, tourna le dos au député et quitta la chambre. Après un moment d'hésitation, Luca Finti se leva, le rejoignit et lui frappa légèrement sur l'épaule. Le représentant de Pomodoro estimait parfaitement méritées les condamnations encourues par le vieillard, mais il tenait à conserver sa popularité parmi ses électeurs.

« Écoutez, dit-il avec un peu de précipitation, il faut tâcher de faire une collecte pour payer vos amendes ; elles ne sont pas énormes ; elles vous ont été très justement infligées ; mais puisque vous êtes si pauvre, prenez toujours cela pour commencer ; seulement ne dites à personne que je vous ai donné quelque chose. »

En parlant ainsi, il glissait un billet de cinq francs dans la main du vieillard.

Ce dernier le lui rendit de l'air le plus calme.

« Merci, Monsieur, dit-il tranquillement, je suis venu demander justice et non solliciter une aumône ; je n'ai pas encore mendié jusqu'à ce jour. »

Puis il descendit l'escalier, laissant messer Luca Finti tout penaud pour la première fois de sa vie.

XIII

En quittant le député, Pippo, la mort dans l'âme, se rendit à la prison, où il obtint la permission de visiter Carmelo.

Triste spectacle que celui de ce jeune homme robuste et bien portant, qui, lorsque la besogne du moulin réclamait ses bras vigoureux, était là étendu sur le banc de bois d'une étroite cellule, ne faisant rien, plongé dans une sorte d'apathie morne et sauvage.

Pippo s'assit en face de lui ; quoique son visage fût pâle et tiré, le vieillard était calme : la violence du coup semblait l'avoir étourdi.

« Mon garçon, ces diables me réclament deux cent quarante-trois francs, commença-t-il avec un léger tremblement dans la voix. Si je ne paye pas, ils vendront tout ce que j'ai ; il faut que je lève de l'argent sur la maison. Tu sais bien qu'une chose sur laquelle on a emprunté est une chose, pour ainsi dire, perdue. Je pensais donner cette maison comme dot à ma fille, quand elle t'épouserait. Qu'en dis-tu ? Elle t'arrivera hypothéquée, et un bien grevé d'hypothèques, c'est comme un pain dont les souris ont grignoté toute la mie. Malheureusement il n'y a pas moyen de faire autrement. »

Carmelo baissa la tête. Tout semblait lui être devenu indifférent.

« Le nouveau député ne fera-t-il pas quelque chose pour nous ? demanda-t-il négligemment.

— Que le diable l'emporte ! répondit Pippo. Il est de leur bande ; c'est un drôle qui est arrivé à une haute position en grimpant sur le dos des imbéciles assez bêtes pour lui servir d'échelle, voilà tout. C'est un drôle, un simple drôle, à la langue d'huile et au cœur de bronze ! Ne compte pas sur lui. Ainsi, Carmelo, cela ne te ferait rien si la vieille maison venait à être perdue pour ma fille ? »

Carmelo eut un rire un peu amer.

« Je suis un criminel, dit-il. Avec ou sans maison, Viola sera toujours un trop beau parti pour moi quand je sortirai d'ici. Je suis déshonoré.

— Non, tu ne l'es pas, reprit le vieillard. Tu étais dans ton droit ; la prison ne peut pas te déshonorer ; tout le village dit cela, et Viola sera aussi fière de t'avoir pour mari que si tu étais le roi. J'ai cru devoir te parler de la maison parce que tu avais lieu de compter qu'elle t'appartiendrait ; mais quand on a emprunté sur un bien, il faut en faire son deuil.

— Ne vous inquiétez pas de moi, dit Carmelo. Ce qui m'afflige, c'est de vous savoir dans l'embarras. Il semble qu'il y ait une malédiction sur nous. Dites à Viola de ne pas se tourmenter, d'avoir bon courage. Je sortirai de prison dans trois semaines, car je suis sûr que quand on saura tout, on me mettra en liberté, et alors...

— Alors vous vous marierez, acheva Pippo. Pourtant, au train dont vont les choses, vous risquez de ne mettre au monde que des mendiants.

— Tant pis ! nous en courrons la chance, répondit Carmelo. Si vous êtes sûr que Viola n'aura pas honte de moi...

— Si elle en était capable, interrompit le vieillard, je la mettrais à la porte, et vivement. Mais cela n'est pas à craindre, Viola est une bonne et loyale fille. Je suis bien aise que tu ne t'inquiètes pas davantage de la maison.

— Je ne m'inquiète absolument que de vous, » dit Carmelo.

Depuis qu'il était en prison, il lui semblait que le seul toit dont on pût jamais avoir besoin était le large ciel bleu.

Ensuite Pippo le quitta et dit au geôlier, à la porte de la prison :

« Ne pourriez-vous pas m'indiquer quelqu'un qui prête de l'argent ? »

Le geôlier répondit qu'il ne connaissait personne qui prêtât de l'argent pour le simple plaisir de rendre service. S'il s'agissait d'un prêt à intérêt, ajouta-t-il, on ne pouvait mieux s'adresser qu'à un certain signore Nicolo Poccianti, notaire de son état, qui demeurait tout près de la porte de l'Ouest.

Pippo alla voir ce notaire.

« Quand on doit être pendu, qu'importe le choix de la corde ? » se disait-il ; et le lendemain au coucher du soleil, trois cents francs se trouvaient dans la poche de son pantalon. Pour arriver à ce résultat, il avait laissé entre les mains de messer Nicolo les papiers relatifs à sa maison et apposé sa croix, en présence de deux témoins, au bas d'un long document dont on lui avait donné lecture sans qu'il y eût d'ailleurs compris un seul mot.

Lorsqu'il prit place dans la mauvaise diligence qui devait le ramener à Santa-Rosalia, il lui sembla que la poussière de la route et le bleu du ciel dansaient une ronde autour de lui. La vie était finie pour lui, comme s'il eût été déjà cloué dans sa bière.

Il avait toujours beaucoup aimé sa maisonnette : elle le relevait à ses propres yeux, lui donnait conscience de sa dignité d'homme. Il se sentait fier de posséder, pour y vivre et pour y mourir, cette petite cabane dont il était le maître, tout comme un monarque est le maître de son palais. Maintenant qu'un autre avait des droits sur elle, tout cela était fini.

« J'ai emprunté sur la maison, » dit-il à Viola quand il fut rentré chez lui, et, les lèvres décolorées, tremblant de tout son corps, il se laissa tomber sur une chaise.

Puis il étendit ses mains dans un soudain élan de colère.

« Que la malédiction de Dieu soit sur eux ! vociféra-t-il furieux ; qu'ils soient maudits ! »

XIV

Le lendemain matin, le timide tonnelier Cecco alla payer, au nom de Pippo, les deux cent quarante-trois francs réclamés par la municipalité.

Pippo était au lit avec la fièvre et battait la campagne dans ses discours. Cédant aux prières de Viola, le craintif Cecco se chargea en cette circonstance d'une commission qui lui était fort désagréable, car il avait peur de se voir lui-même mis en cause pour une raison ou pour une autre. Mais lorsqu'on lui eut donné la quittance, cet homme naïf fut transporté de joie ; il courut de toute la vitesse de ses jambes à la maison de la Madone, monta quatre à quatre l'escalier de Pippo et entra triomphant dans la chambre du malade.

« Maintenant vous avez un morceau de papier, cria-t-il ; ils ne peuvent plus vous faire de mal désormais. Ayez-en soin, ne le perdez pas. Vous avez votre morceau de papier à présent ! »

Le vieillard était couché la face tournée du côté du mur et ne répondit rien. Viola, jeune, et comme telle facile à l'espoir, saisit dans ses deux mains le bras de Cecco.

« Est-ce vrai ? est-ce bien vrai ? Ils ne pourront plus jamais nous tourmenter ? Vous en êtes tout à fait sûr ? »

L'honnête Cecco donna une petite tape d'amitié sur la main de la jeune fille et répondit dans la sincérité de son âme :

« Naturellement, ma chère, ils ne le peuvent plus, du moment que vous avez ce morceau de papier. Il faut le conserver soigneusement et l'avoir toujours sous la main pour pouvoir le montrer à l'occasion, ce bout de papier. Voyons, ma chère, poursuivit Cecco en s'échauffant, croyez-vous qu'après avoir pris près de trois cents francs à votre pauvre grandpère, ils ne respecteront pas son morceau de papier ? Non, non ; ils sont méchants, mais pas à ce point-là.

— Et Raggi peut courir en liberté ? »

Cecco se gratta la tête d'un air pensif.

« Il n'y a pas à en douter, ma chère, car autrement à quoi vous servirait-il d'avoir acquitté la taxe pour elle et d'avoir reçu ce morceau de papier ? »

L'esprit étroit du tonnelier était incapable de comprendre un ordre de choses dans lequel vous avez à payer des tas d'amendes et de contributions sans rien obtenir en échange.

« Pauvre grand-père ! dit Viola les larmes aux

yeux. J'espère que Dieu ne lui enverra plus d'afflictions. »

A ces mots le vieillard se souleva brusquement sur son lit.

« Non, non ; *Dominiddio* n'a rien à voir dans ce qui nous arrive, dit-il d'une voix sourde et avec un geste farouche. Il ne faut pas mettre cela sur le compte de Dieu, mon enfant. Nos malheurs et ceux qui en sont cause ont été vomis par l'enfer. »

La jeune fille frissonna.

Jamais elle n'avait vu ainsi son vieux grand-père, si bon, si tranquille et si pieux.

La pluie des assignations cessa momentanément. Huit ou dix jours s'écoulèrent en paix. Raggi courait en liberté çà et là.

A la fin de la semaine, Pippo se leva, s'habilla et se remit à sa besogne habituelle.

« On ne peut plus couper les roseaux ! on ne peut plus couper les roseaux ! » grommelait-il, mais il était terrorisé ; aussi se garda-t-il bien d'aller, comme autrefois, faire sa provision de joncs sur les bords de la rivière. Ce qu'il y a d'admirable dans ces lois, c'est qu'elles transforment des hommes braves en machines passives et sans âme.

Il prit sa bêche et alla travailler dans son petit jardin parmi les pommes de terre et les tomates. En le voyant s'occuper de la sorte, la jeune fille reprit courage et commença à espérer que tout irait bien. Elle était trop ignorante pour comprendre que l'hypothèque mise sur la maison les ruinait, elle et son grand-père ; d'autre part, elle ne doutait pas que Carmelo ne fût bientôt rendu à la liberté.

Elle appela Raggi et courut à la boutique de Gigi Canterelli pour acheter un peu de macaroni. En chemin elle rencontra messer Gaspardo Nellemane

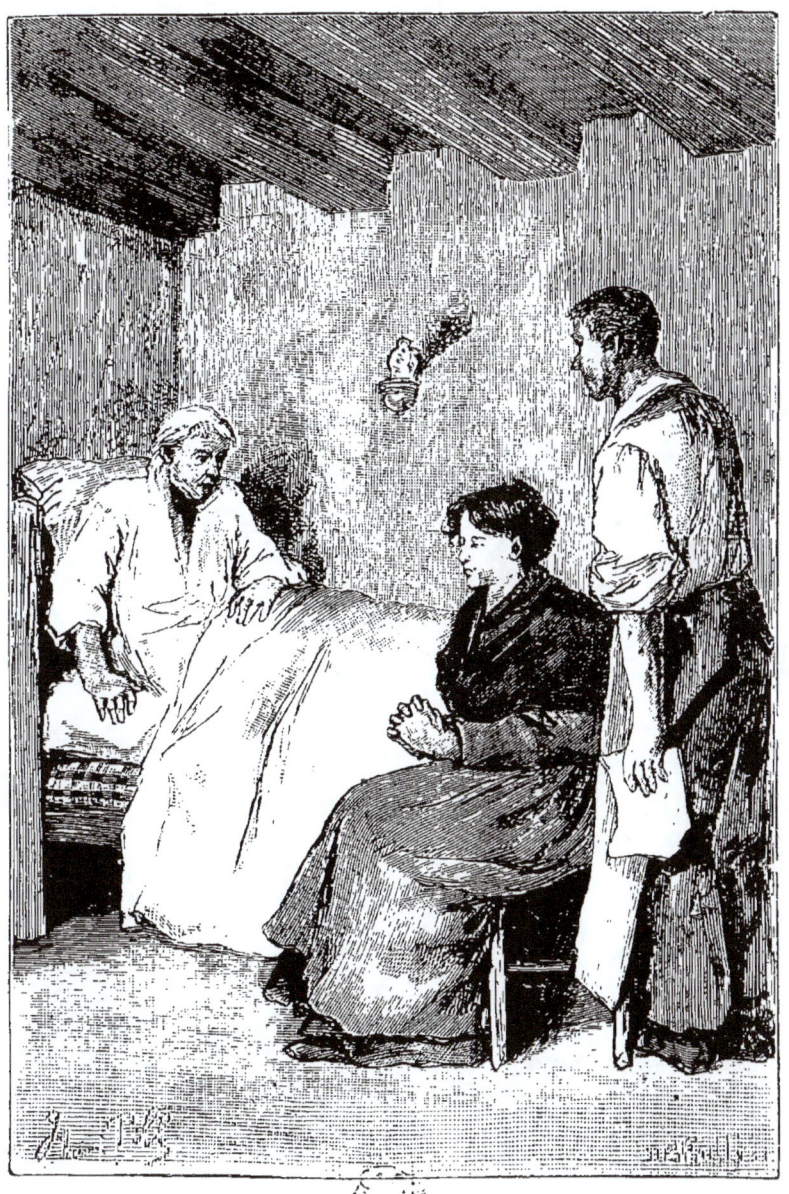

Le vieillard se leva brusquement sur son lit.

et devint toute rouge en se rappelant les cadeaux qu'il lui avait offerts pour la Fête-Dieu. Le secrétaire ôta son chapeau et sourit aimablement ; mais lorsque ses yeux se détachèrent du visage de Viola, ils aperçurent la petite chienne jaune.

Le même soir messer Nellemane dit à Bindo :

« Il y a toujours des chiens en liberté, au mépris de la loi ; faites donc exécuter les règlements ! »

Bindo promit un zèle extraordinaire, quoiqu'il n'entrât nullement dans ses vues d'obtenir de la populace une stricte obéissance au code communal ; s'il n'y avait plus eu de contravention à constater, le plus attrapé aurait été le garde champêtre, qui empochait la moitié de chaque amende.

Le lendemain, une sommation nouvelle arriva au domicile de Filippo Mazzetti. Viola la reçut, tandis que son grand-père était au jardin ; après un moment d'hésitation elle la mit dans sa poche, et, dès qu'elle put trouver l'occasion de sortir, elle alla demander conseil à Cecco.

« C'est une méprise, dit le tonnelier. Évidemment il y a là un malentendu, puisque vous avez le morceau de papier. Donnez-moi le morceau de papier, j'irai éclaircir l'affaire. Je suis déjà allé là une fois, je puis bien y retourner encore ; ce n'est pas la peine d'inquiéter votre grand-père à ce propos. »

Cecco était un homme de haute taille, mince comme une latte et très pâle. La moindre chose le faisait trembler ; inutile par conséquent de dire combien l'épouvantait la mission, toute de dévouement, dont il avait offert de se charger. Mais il était bon voisin et avait beaucoup d'amitié pour Viola. Il s'arma donc de courage, et ce fut d'une voix assez ferme qu'il demanda à voir messer Nellemane.

C'était l'heure à laquelle le potentat donnait ses audiences.

« Monsieur, commença-t-il du ton le plus respectueux, — car il savait que pour plaire au secrétaire on devait s'aplatir devant lui, — Pippo étant malade et absolument hors d'état de venir vous trouver, je me suis permis d'apporter à Votre Excellence cette sommation qu'il a reçue par erreur, Monsieur. On s'est évidemment trompé, comme vous vous en convaincrez, Monsieur, si vous voulez bien vous rappeler qu'il n'y a pas plus de huit jours, vous m'avez donné pour lui un papier destiné à le mettre à l'abri de toutes ces choses. C'est une méprise, Monsieur...

— Nous ne commettons jamais de méprises, » répondit d'un ton glacial messer Nellemane, et il jeta un coup d'œil sur la sommation. « Je ne puis supposer un seul instant que ce soit une erreur ; mais l'affaire n'est pas de mon ressort. Toutefois, comme vous semblez être un homme bien intentionné, je vais faire venir l'*usciere*. »

Il sonna.

L'*usciere* était sorti pour aller signifier des exploits. A sa place parut le gros Maso, qui était en train de manger des noix en bas, comme il mangeait des figues le jour où Carmelo et les siens s'étaient présentés au palais municipal. Pour plaire à celui de qui dépendaient les destinées de tous les employés de la commune, le conciliateur chercha à se donner un air imposant en rapport avec la gravité de son caractère officiel.

« Signore Tomaso, lui dit messer Nellemane avec une dignité mêlée de condescendance, voulez-vous avoir la bonté de m'apprendre à quel propos cette sommation a été envoyée ? Je vois là que Mazzetti

Filippo est cité à comparaître à raison d'une contravention commise le 15 courant, c'est-à-dire avant-hier. Quelle est la nature du délit ?

— Chien en liberté, signore, » répondit le gros Maso, qui savait que messer Nellemane, tout en aimant à faire lui-même de l'éloquence, goûtait surtout chez ses collègues et ses subordonnés les réponses brèves et topiques.

« Chien en liberté ? Ah !... Le témoin ?

— Le garde municipal Terri Bindo, se hâta de répondre Maso.

— Tout est en ordre..., tout est parfaitement en ordre, » dit avec satisfaction messer Gaspardo, et il se tourna vers Cecco : « Vous voyez, mon ami, qu'il n'y a pas d'erreur. On ne commet jamais d'erreur ici. J'aurais cru que Mazzetti avait reçu une leçon suffisante ; ce doit être un homme extrêmement obstiné et pervers. Son chien a été vu en liberté avant-hier : il payera deux francs, et s'il continue à violer la loi, la prochaine amende sera plus forte. »

Cecco resta bouche béante, comme pétrifié d'étonnement.

« Mais permettez, Votre Honneur, dit-il enfin d'une voix tremblante et saccadée ; permettez, voici un morceau de papier, vous l'avez donné vous-même, et le receveur des contributions en a donné un autre ; il n'y a pas plus de huit jours, je suis venu payer au nom de Pippo une énorme somme d'argent. A quoi cela a-t-il servi, s'il n'est pas désormais à l'abri des poursuites ? A quoi bon avoir payé, en ce cas ?... »

Cet homme si timide devenait audacieux, dans l'excès de son chagrin et de sa stupéfaction. Si un morceau de papier n'était plus une garantie, alors pour Cecco c'était la fin du monde.

« Qu'avait-il besoin de payer, en ce cas? Que lui sert d'avoir donné cet argent? répétait-il hors de lui. Sur cette somme, soixante-cinq francs ont été versés pour Raggi.

— Tout est en ordre, dit messer Nellemane, qui considérait d'un œil froid et dédaigneux l'émotion de son interlocuteur. Ce que votre incorrigible ami a payé la semaine dernière était un arriéré, un arriéré dû depuis longtemps. Ce payement-là n'a rien à voir avec celui d'aujourd'hui, non plus qu'avec ceux auxquels son entêtement l'expose dans l'avenir.

— Que le Seigneur ait pitié de son âme! » gémit Cecco.

L'impatience commençait à gagner messer Nellemane.

« Si vous êtes venu pour payer l'amende, payez-la; sinon je dois vous rappeler que mon temps est précieux, comme l'est aussi celui des autres fonctionnaires de la commune.

— Que le Seigneur ait pitié de son âme! soupira de nouveau Cecco en promenant autour de la chambre un regard effrayé. Fût-il riche comme un fabricant de bougies, à ce compte-là il serait ruiné en un mois!

— Êtes-vous venu pour payer l'amende? répéta messer Nellemane en frappant avec sa règle un coup sec sur son bureau.

— Que le Seigneur ait pitié de lui! » gémit pour la troisième fois le tonnelier, et, fouillant dans la poche de son pantalon, il en tira quelques petites coupures très sales de cinquante centimes et quelques sous.

« C'est deux francs? demanda-t-il d'une voix faible.

— Trois francs cinquante avec les frais, » dit vivement Maso.

Le tonnelier versa la somme réclamée; par bonheur il se trouvait l'avoir sur lui, car il venait de toucher le prix de quelques fûts de vin.

Maso lui fit de mauvaise grâce un reçu, mais Cecco ne voulut pas le prendre.

« A quoi bon ce papier, si vous revenez immédiatement à la charge? dit cet homme stupide.

— Imbécile! tonna messer Nellemane, chaque amende doit être payée séparément, et toutes sont justes. Un mot de plus, et je vous fais arrêter. »

Terrifié de sa propre témérité, le pauvre Cecco sortit la tête basse, en cherchant dans sa poche les quelques sous qui y restaient. Il reprit le chemin de sa demeure, et, au moment où il passait devant la maison de la Madone, apercevant Viola qui, debout sur le seuil, guettait son retour avec anxiété, il s'efforça de prendre un air joyeux.

« Tout est arrangé, ma chère, lui dit-il gaiement. C'était une erreur. Seulement... seulement... tenez Raggi en laisse. Ce sera plus sûr. »

Et, craignant les questions de la jeune fille, il s'éloigna aussitôt, sous prétexte qu'il était pressé d'aller dîner.

« Nous devrons nous passer de viande pendant quelques dimanches, Giuditta, dit-il à sa femme quand il fut rentré chez lui. Il m'est arrivé un malheur. J'ai perdu l'argent que j'avais touché pour le raccommodage des tonneaux. Allons, ne t'arrache pas les cheveux, la chose n'en vaut pas la peine. Comment ai-je perdu cela? Je n'en sais rien. Je l'aurai probablement fait tomber hors de ma poche en tirant ma pipe. »

Après avoir mangé les fèves qui composaient son

frugal dîner, Cecco alla à son ouvrage, le cœur gros
et la cervelle sens dessus dessous.

« Que le Seigneur ait pitié de nous ! disait-il en
frappant à coups de marteau sur ses douves. Nous
allons tous être ruinés ! »

Pendant ce temps, le gros Maso mangeait, dans
l'arrière-boutique de Gigi Canterelli, les trente sous
qu'il avait touchés pour *frais de justice*. Il s'était
commandé un plantureux repas, composé de tranches de porc et d'artichauts frits, et l'épicier, tout en
le servant, se disait : « *Per Bacco*, si j'empoisonnais
toute votre maudite engeance, je ne commettrais pas
un grand crime ! »

Car voilà les sentiments loyaux que les représentants actuels de la loi font naître chez la populace.

XV

Ni son ami ni sa petite-fille ne parlèrent à Pippo
de la sommation qui lui avait été envoyée ; mais, à
partir de ce moment, la pauvre petite Raggi resta
toujours attachée près de la porte et ne put plus
danser avec les enfants.

Les journées s'écoulaient fort tristement pour
Raggi et pour sa maîtresse. La jeune fille faisait
tout son possible pour consoler la petite chienne ;
elle la choyait, la caressait, se privait de soupe en
sa faveur ; mais rien ne pouvait dédommager Raggi
de la cruelle inaction à laquelle elle était condamnée,
et quand, le soir, les portes étant fermées, on la

mettait en liberté, le chagrin lui ôtait toute envie de
jouer. Les enfants, de leur côté, regrettaient aussi
Raggi, et se plaignaient de ne plus voir la jolie petite danseuse prendre part à leurs amusements;
mais on leur défendit à eux-mêmes de jouer sur la
place ou dans la rue, et leurs jeunes vies n'étaient
pas plus gaies que celle de Raggi.

Les parents étaient pauvres et craignaient de s'exposer aux lourdes amendes qui punissaient toute
infraction aux lois et règlements de messer Nellemane. Aussi n'épargnaient-ils ni menaces ni châtiments pour retenir à la maison leurs petits garçons
et leurs petites filles, car les hommes eux-mêmes
s'aigrissaient sous l'influence de la tyrannie. Leurs
sympathies allaient à Carmelo, et ils étaient écrasés
par le sentiment de leur impuissance en face de ce
mal toujours croissant, dont nul ne pouvait prévoir
le terme.

Les villageois avaient encore un autre motif de
mécontentement. On venait de lancer une entreprise
nouvelle qui, selon l'usage, devait déranger d'anciennes habitudes et porter atteinte à d'anciens intérêts. Il ne s'agissait de rien moins que de la construction d'un tramway, destiné à mettre le chef-
lieu, situé à seize milles au nord de Santa-Rosalia,
en communication avec Pomodoro, qui se trouvait
à sept milles au sud. Le tramway projeté devait
traverser le village, honneur qui allait entraîner
pour ce dernier une dépense annuelle de cinq mille
francs.

L'idée appartenait à des spéculateurs étrangers.
Ces gens sont à l'Italie libre d'aujourd'hui ce que
les hordes dévorantes des Huns étaient à l'Italie du
v° siècle. La nation est dans la situation d'un fils de
famille entré en possession d'un riche héritage sur

lequel s'abat un essaim d'usuriers. Parmi ceux-ci, plusieurs sont du pays ; la plupart viennent de la Belgique, de l'Angleterre et de l'Amérique. Malheureusement on les reçoit à bras ouverts.

Les gouvernements tories ont toujours été accusés d'aimer les affaires où il y a de l'argent à gagner ; les municipalités italiennes, sous ce rapport, sont profondément tories.

Ce tramway n'était qu'un coup de spéculation monté par des faiseurs.

Les habitants du chef-lieu n'avaient jamais besoin d'aller à Pomodoro, et ceux de Pomodoro n'allaient, pour ainsi dire, jamais au chef-lieu. Mais qu'est-ce que cela faisait ? Aux yeux des auteurs du projet, cette considération n'avait certainement aucune importance.

Il n'est sorte de pièges où vous ne puissiez prendre les Italiens : dites-leur seulement que la chose est américaine ou anglaise, et c'est par milliers qu'ils viendront se jeter dans la trappe. On rougit pour le pays de Dante et de Michel-Ange de le voir en proie à cette maladie de l'imitation, mais elle n'est que trop réelle.

Cruel quand des chevaux y sont attelés, hideux quand il est mû par la vapeur, dans les deux cas dangereux pour les enfants et destructeur des beautés du paysage, un tramway de campagne est, on peut le dire, la pire abomination conçue jusqu'à présent par ce procréateur de monstres qui s'appelle le progrès. Mais l'esprit municipal adore les tramways et se plaît à voir d'affreux rails tracer leurs sillons sur le lieu de naissance de Virgile, la tombe de Ferruccio, les champs de bataille de Scipion et d'Annibal.

Toutefois l'entreprise en question avait rencontré

une opposition assez forte au sein de la commission des Trente, c'est-à-dire du conseil provincial; mais on fit entendre raison aux récalcitrants : plusieurs avaient des maisons que la compagnie achèterait pour les démolir; d'autres avaient des coins de haies qui seraient aussi achetés à un bon prix; à certains on promit la fourniture du combustible qui devait alimenter la machine. Ces arguments péremptoires triomphèrent de toutes les résistances, et la construction du tramway fut décidée. A messer Nellemane revint le principal honneur de ce projet, dont l'exécution fut confiée pour une large part à son ami l'ingénieur. De fait, sans les énergiques efforts de messer Nellemane, agissant au nom du *cavaliere* Durellazzo, l'idée du tramway aurait été abandonnée.

« Les gens ne comprennent jamais leur intérêt, » disait-il quand il lui arrivait d'entendre se lamenter les propriétaires de la diligence et des petites charrettes qui jusqu'alors avaient suffi aux communications de Santa-Rosalia avec le monde extérieur.

Lui toutefois avait fort bien compris le sien, car, lorsqu'il avait été convenu que Santa-Rosalia fournirait un subside annuel de cinq mille francs, il n'avait ni oublié ses services, ni souffert que la compagnie du tramway les oubliât.

Tous les membres du conseil provincial avaient également gagné ou se flattaient de gagner quelque chose; chacun d'eux estimait, par conséquent, que que les tramways étaient un bienfait de la Providence; si les spéculateurs faisaient une mauvaise spéculation, c'était leur affaire; si les propriétaires de la diligence et les charretiers étaient ruinés, tant pis pour eux !

Les municipalités, toutes à la joie, ne s'inquiétaient

nullement de la colère et des murmures de la populace. Les municipalités ne font pas plus attention à cela qu'un maître d'école ne se soucie des larmes versées par un enfant sur Euclide et sur la syntaxe : c'est pour son bien que l'enfant étudie Euclide et la syntaxe ; c'est aussi pour son bien que le public paye des contributions.

Les rails devaient naturellement être posés en ligne aussi droite que possible ; ce qui, entre autres destructions, entraînait celle du *boschetto* attenant au moulin.

Suivant les ingénieurs de la grande ville, ce sacrifice n'était pas indispensable ; une courbe insignifiante permettait d'épargner le petit bois. Mais Pierino Zaffi soutint le contraire, et comme c'était un gaillard habile à présenter ses idées, il obtint gain de cause. Le *boschetto* du moulin fut exproprié, subissant ainsi le même sort qu'ont subi les jardins de la Farnesina, s'il est permis de comparer les petites choses aux grandes.

Pastorini avait toujours cru, le pauvre sot, qu'un homme était maître de son bien, et que ni roi ni pontife ne pouvait l'en dépouiller. Aussi éprouva-t-il une stupéfaction indicible lorsqu'on lui notifia, dans les formes péremptoires habituelles aux municipalités, que l'on avait besoin de son bois, et qu'on allait le lui prendre pour le raser.

Messer Nellemane et messer Pierino Zaffi, accompagnés de plusieurs autres législateurs et ingénieurs, menèrent le grand ingénieur du chef-lieu visiter le *boschetto*. Tous ces messieurs y pénétrèrent sans en demander seulement la permission, comme Pastorini le raconta plus tard, et commencèrent anssitôt la besogne de mesurage. A cette vue, le meunier resta d'abord sur le seuil de sa maison, la

bouche grande ouverte et les yeux perdus dans le
vide ; puis tout à coup il s'avança vers les intrus
et saisit au collet le premier d'entre eux qui lui
tomba sous la main ; le hasard voulut que ce fût
Pierino Zaffi.

« Ce terrain est à moi, c'est ma propriété, dit-il
d'une voix sourde. Aucun homme ne peut s'introduire ici sans ma permission, pas même le roi ou le
saint-père. »

Au mot de « saint-père » messer Nellemane
haussa les épaules. Le personnage ainsi désigné pouvait avoir été très puissant jadis, dans le temps de
l'obscurantisme ; mais de nos jours il avait dû subir, lui aussi, les décrets d'un conseil municipal.

« Le propriétaire refuse de vendre ? demanda le
directeur général des travaux.

— Bien entendu, répondit messer Nellemane ;
c'est la tactique ordinaire de ces gens-là pour obtenir
un prix plus élevé ; il n'y a pas d'individu madré
comme nos paysans.

— C'est vrai, fit l'ingénieur du chef-lieu.

— Voulez-vous vous en aller ? dit d'un ton irrité
Demetrio Pastorini en secouant violemment Pierino
Zaffi. Voulez-vous vous en aller ? Ce terrain est à
moi, comme l'église est au Seigneur et comme son
palais est au roi. Vous ne pouvez pas y toucher.
Vous n'avez pas le droit d'y mettre le pied. Entendez-vous ce que je vous dis ? Partez !

— Laissons-le, Monsieur, » fit messer Nellemane
à l'oreille du *cavaliere* Durellazzo ; et, comme ils
avaient déjà terminé leur besogne, ils se retirèrent.
Pierino Zaffi quitta la place pâle et tremblant, car le
meunier avait la poigne solide, et l'aspect du vieillard n'était rien moins que rassurant.

« Je suis débarrassé d'eux, » murmura Pastorini

à sa fille ainée, quand il fut rentré dans sa maison ;
mais l'émotion qu'il éprouvait lui permit à peine
d'articuler ces quelques mots ; son front était cramoisi, et sa langue lui faisait l'effet d'être collée à
son palais.

Huit jours après, un document émané de la municipalité lui apprit que son bois serait abattu au mois
de novembre suivant, *pro bono publico*, et qu'il re-
cevrait une indemnité proportionnée à la valeur du
boschetto, les arbres étant estimés à raison de dix
francs chacun, prix courant pour le bois de peuplier.

Pastorini lut, non sans peine, ce décret à travers
ses lunettes troubles ; ensuite, grinçant des dents,
qu'il avait encore blanches et fortes, il déchira le
papier en deux, et jeta les morceaux dans le feu de
charbon de bois qui brûlait alors gaiement sous la
marmite.

« On ne peut pas nous acheter et nous vendre
comme des bouvillons, grommela-t-il tandis que le
papier flambait ; nous ne sommes pas des pierres
pour qu'un secrétaire communal dispose de nous à
sa fantaisie. »

Ici il se trompait.

Sous prétexte d'« utilité publique », on peut pra-
tiquer au nom du peuple des spoliations dont le
peuple souffre, qui le condamnent à la misère et à la
mort ; il n'y consent pas, mais il est forcé de les
subir, comme le bœuf est forcé de suivre ses bourreaux à l'abattoir.

Parce que Demetrio Pastorini avait chassé les en-
vahisseurs et brûlé leur papier, il était, comme
Pippo, assez simple pour penser que la victoire lui
restait, que ses droits seraient respectés.

Le soir, quand les conducteurs de la diligence et

les charretiers, réunis au moulin, proféraient de sauvages imprécations contre le prochain âge de fer, et exprimaient au meunier leurs regrets de la perte de son bois, le vieillard se bornait à leur dire, en fumant sa pipe d'un air morne :

« Non, non ! ils ne toucheront pas à mes arbres. Ce qui est à moi est à moi ; je défie n'importe qui, roi ou pape, de me l'enlever.

— Mais ils abattront votre bois, les arbres sont déjà marqués ; ils viendront les couper à la Toussaint, » reprenaient les voisins, cherchant à préparer le meunier au coup qui l'attendait.

A quoi il se contentait de répondre en secouant la tête :

« Ils ne toucheront pas à mes arbres. »

Si cela vous semble excessivement stupide, Messieurs, tâchez de vous représenter ce que sont les campagnards italiens. Dans leur genre ils ne manquent pas d'intelligence ; mais ils ne comprennent pas les nouvelles façons de la liberté, et ils sont assez primitifs pour s'imaginer qu'un homme peut faire ce qu'il veut de son bien.

Grâce aux gouvernements libéraux de l'époque actuelle, cette manière de voir est à la veille de disparaître partout en Europe ; mais elle subsiste encore dans les pays arriérés et chez les vieilles gens, comme le lichen reste adhérent à des chênes marqués pour être abattus.

« Ils ne toucheront pas à mes arbres, » persistait à dire le meunier, et, chose qu'il n'avait jamais faite auparavant, il passait maintenant de longues heures sur la porte de son moulin à contempler leur verdure et à écouter le bruissement de leurs feuilles.

Le meunier avait toujours aimé son *boschetto,* dont il était fier et dont il savait apprécier les services.

n'ignorait pas, en effet, que les arbres contribuaient
à maintenir la rivière à un niveau convenable, et,
selon son expression, empêchaient l'eau d'être bue par
les rayons du soleil. L'utilité de son bois lui semblait d'un si haut prix, que jamais on ne l'avait vu,
comme tant d'autres, couper les branches de ses peupliers et les débiter sous forme de fagots : usage absurde, d'ailleurs, car cela revient à sacrifier vingt-
cinq francs pour gagner deux sous.

Il avait toujours aimé son bois; mais maintenant
c'était avec un âpre sentiment de possession, avec
une tendresse presque douloureuse qu'il considérait
ces tremblantes pyramides de feuillage où les oiseaux
chantaient au printemps et où, en été, les grillons
jetaient leur note aiguë.

« Ce serait comme si on me prenait ma fille, »
disait-il d'un air sombre en regardant la rivière
verte couler entre ses berges verdoyantes encore.

« Mais ils n'y toucheront pas ; non, ils n'y toucheront pas : pour cela, je vous le promets, » ne cessait-il
de redire à ses enfants. Quelque irrité qu'il fût du
traitement infligé à Carmelo, peut-être éprouvait-il
plus de colère encore à la pensée que son bois serait
rasé par des étrangers.

Pour le moment on le laissait tranquille. Un avis
lui avait été adressé dans les formes prescrites, et
naturellement cela suffisait. Mais lui-même tenait
pour certain que l'affaire était abandonnée et tombée
dans l'oubli.

« N'avais-je pas raison de soutenir qu'ils ne pouvaient pas faire cela? disait-il à sa famille. Non,
non, l'État n'est pas un voleur. »

Le soir, en se promenant le cigare à la bouche,
messer Nellemane apercevait souvent le meunier
perdu dans la contemplation de ses peupliers, ce qui

amenait un sourire sur les lèvres du secrétaire communal.

« Ce vieux est un fou dangereux, pensait-il. Eh bien, il y a des camisoles de force pour les gens de cette espèce. »

Messer Nellemane était content. Il voyait la désolation peinte sur le visage pâle de la jeune fille qui avait repoussé ses hommages ; il savait que la maison de la Madone était hypothéquée, c'est-à-dire perdue pour son propriétaire ; Carmelo était en prison et le bois était condamné. Que pouvait-il encore désirer ?

Un soir qu'il faisait sa promenade accoutumée, il dut franchir le petit cours d'eau qui s'échappait de la maison de Pippo et traversait la rue pour se rendre à la rivière. On était en octobre, et le ruisseau, gonflé par la pluie, mouilla les bottes du grand personnage, qui, bien que secrétaire aux appointements de cinquante livres par an, régnait de fait sur une population de trois mille âmes.

Il frappa du pied avec colère pour sécher ses chaussures. En ce moment le vieux Pippo, assis près de sa porte, tenait compagnie à la pauvre petite chienne captive ; il regardait distraitement la rivière et ne faisait rien, car ses moyens ne lui permettaient pas d'acheter des osiers pour fabriquer des objets que peut-être personne ne lui achèterait.

Apercevant le vannier, messer Nellemane interrompit sa promenade, s'approcha de lui et lui montra ses bottes mouillées comme on montre un lapin tué à un braconnier pour confondre le délinquant.

« Signore Mazzetti, dit-il sévèrement, il y a plusieurs mois vous avez été averti et mis à l'amende parce que vous laissiez cette eau couler à travers la rue au grand inconvénient du public. Combien de temps encore comptez-vous désobéir à la loi ? »

Pippo se leva et ôta son chapeau, par suite de ce respect pour l'autorité très profond encore chez l'Italien ; mais il ne fit aucune réponse.

« Combien de temps encore refuserez-vous l'obéissance aux règlements municipaux ? insista le grand homme.

— Hé ? » fit Pippo comme hébêté. — Depuis quelque temps il se plaignait de l'état de sa tête : « Il me semble que j'ai là un essaim d'abeilles toujours bourdonnantes, » répétait-il souvent à Viola.

« Combien de temps laisserez-vous cette eau gêner la circulation ? » demanda messer Nellemane, qui, dans son exaspération, mit enfin les points sur les *i*.

Pippo eut un haussement d'épaules désespéré.

« Combien de temps ? poursuivit avec une impatience croissante messer Nellemane.

— Je n'ai rien à voir là dedans, dit à la fin Pippo d'un ton maussade. C'est Dieu qui fait couler cette eau, il peut l'arrêter si cela lui plaît.

— Vous êtes impie ! observa messer Nellemane.

— Non, répliqua le vannier, non, ce n'est pas moi qui le suis.

— Une telle réponse est une pure insolence ! vociféra l'autre, à qui la colère faisait un peu oublier sa dignité et tout à fait sa douceur. C'est une contravention du caractère le plus odieux que la vôtre. On vous a averti : on vous a fait une application indulgente de la loi, on vous a raisonné de toutes les manières ; vous êtes endurci, obstiné et impie. Avez-vous, oui ou non, l'intention de faire les travaux nécessaires pour supprimer cet obstacle à la circulation ? »

Et, prenant la petite chienne sur ses genoux, il la caressa.

Pippo fixa sur son interlocuteur le regard d'un homme pour qui rien n'existe plus dans la vie.

« Je ne puis rien faire, dit-il d'une voix sombre, et en prononçant ces mots il remit son chapeau sur sa tête. Avec tel et tel article de vos maudites lois, vous m'avez pris tout ce que j'ai. Le toit qui abrite ma tête ne m'appartient plus qu'en partie. Libre à vous de me torturer autant que vous voudrez ; vous ne pourrez pas tirer du sang d'un poteau. »

Ensuite il s'assit, mit sa pipe dans sa bouche et détacha la petite Raggi.

« Vous avez réduit en esclavage les hommes et les animaux, continua-t-il ; mais vous m'avez déjà fait tout le mal que vous pouviez me faire ; vous ne tirerez pas du sang d'un poteau. »

Et, prenant la petite chienne sur ses genoux, il la caressa.

Nullement intimidé par la présence du grand personnage, le ruisseau gazouillait gaiement, et la lumière du soleil couchant se réfléchissait dans son onde limpide. Messer Nellemane le frappa avec sa canne, comme il eût châtié un enfant mutin ; il était blême de colère.

« Les lois se feront respecter de vous, dit-il furieux. Vous l'apprendrez à vos dépens.

— Vous ne pouvez pas tirer du sang d'un poteau, reprit Pippo. J'ai engagé ma maison pour vous payer, à présent c'est fini. Allez-vous-en. »

En parlant ainsi, il lança un caillou sur la route et ordonna à la petite chienne d'aller le chercher ; Raggi s'empressa d'obéir et rapporta joyeusement le caillou.

« Désormais la chienne ne sera plus attachée, dit Pippo. Nous payons et vous nous maltraitez tout autant. Pour moi, je ne puis plus payer, et lors même que je le pourrais, je ne le voudrais pas. »

Messer Nellemane ne dit rien ; il ouvrit son carnet, y écrivit quelque chose et s'éloigna en silence.

Raggi jouait avec les cailloux ; les enfants du tonnelier accoururent à leur tour et se mirent à jouer aussi ; pendant qu'avec des exclamations de joie ils fouettaient leurs toupies sur le bord de la rivière, Pippo battait des mains et les encourageait.

Un vieillard, une petite chienne et cinq petits enfants, filles et garçons, donnaient ainsi le spectacle de l'anarchie et de la révolte ; ils violaient les lois communales le plus effrontément du monde.

« Riez, enfants, riez pendant que vous le pouvez, criait Pippo ; bientôt vous mourrez de faim, et alors c'est la loi qui rira de vous. »

Les enfants ne comprirent pas ; ils continuèrent à rire et à s'amuser.

Excellences et ministres, vous pensez que messer Nellemane ne signifie rien ; ce n'est, dites-vous, que la secrétaire communal d'un village ; vous regardez tous ces paysans comme de simples imbéciles, incapables de distinguer leur main droite de leur main gauche ; privilégiés de la naissance ou parvenus de l'ambition, dans le poste élevé que vous occupez, vous le voyez de si loin et de si haut, ce pauvre petit village poussiéreux, aux murs de pierre et aux demeures étroites où les gens meurent comme des mouches au milieu de l'indifférence générale, où les policiers font leurs rondes jour et nuit sans qu'aucun d'eux entende le cri des mourants, car les voix sont trop faibles et les toits sont trop bas ! vous pensez qu'il n'a pas d'importance, vous en détournez vos yeux et vous ne songez qu'à prendre

place, avec un stock de belles phrases, à la table
du congrès européen, car pour vous c'est cela seulement qui constitue la *haute politique*. Eh bien,
vous vous trompez; oui, certes, vous vous trompez.

Que ces malheureux peinent, gémissent et meurent; que le receveur des contributions saisisse le
dernier haillon qui couvre leurs corps décharnés;
qu'il leur arrache les quelques pièces de billon
qu'ils ont gagnées par la fatigue de leurs membres;
qu'il prélève l'impôt sur la croûte de pain noir
que dévorent leurs enfants affamés, qu'importe? il
ne s'agit que du peuple; mais vous avez oublié
cela.

Vous êtes au pouvoir; vous parlez éloquemment
à la chambre, et vous avez votre place dans les conseils de l'Europe.

Vive la haute politique!

Il faut que nous soyons une grande puissance:
oui, dût chaque maison, chaque rivière recéler un
cadavre, dût-il y avoir une malédiction dans la
bouche de chaque pauvre, dussent se répandre sur
tout le pays la peste de la misère, la gangrène du
désespoir.

Vive la haute politique!

XVI

Si vous avez seulement tué votre père ou votre
mère, ou votre sœur ou votre voisin, c'est une baga-
telle qui peut fort bien attendre un an ou plus; et,

à moins que vous n'ayez été arrêté en flagrant délit, on vous laissera libre durant tout ce temps-là. Cette espèce de meurtre est une affaire purement personnelle, qui intéresse à peine la société. Mais si vous avez porté la main sur la personne sacrée d'un garde, ce dernier eût-il été autrefois, comme cela arrive souvent, un voleur ou un faussaire, alors vous avez commis presque une haute trahison, et vous devez être jugé et condamné aussi promptement que possible pour donner satisfaction à la majesté de la loi outragée.

L'Italie est sortie brusquement de ses antiques traditions nationales : maintenant, le bonnet de la liberté sur la tête, elle vous impose l'adoration du sergent de ville.

Ce n'était pas la peine, semble-t-il, d'avoir jeté bas toutes les vieilles religions et toutes les vieilles dynasties pour en arriver là.

Vu l'énormité du forfait commis par Carmelo, la justice accéléra sa marche, d'ordinaire semblable à celle de l'escargot, et, grâce à un vrai miracle de rapidité, le jeune Pastorini, dont le crime remontait au mois de juin, fut mis en jugement au commencement d'octobre, après avoir fait quatre mois seulement de prison préventive, ce qui, au train dont vont les choses, est tout à fait insignifiant.

Le *pretore* de Pomodoro se coiffa de sa toque, revêtit sa robe et s'assit sur sa chaise curule. Il avait son opinion faite sur Carmelo avant même que ce prisonnier d'État eût pénétré dans la salle d'audience.

Comme les loups dans les *Animaux parlants* de Casti, avocats, gardes, secrétaires, chanceliers et syndics forment un groupe compact dont tous les membres vivent ensemble en bonne intelligence et se prêtent mutuellement secours contre toute at-

taque venue du dehors. Le *pretore*, Gino Novi, n'a-
vait jamais vu, avant cette affaire, ni l'accusateur
ni l'accusé; mais il n'avait pas encore entendu deux
mots de la cause, que Carmelo était déjà condamné
dans son esprit; pour tous ces fonctionnaires, la loi est
un fétiche. Offensez-la, et vous devenez à leurs yeux
aussi vil qu'un jésuite; rien ne peut être invoqué
en votre faveur.

Le jeune et expéditif magistrat qui rendait la justice à quelque sept mille individus enrageait d'a-
voir à observer les formes lentes de la procédure
criminelle, comme si la culpabilité du prisonnier eût
laissé place au moindre doute.

Gino Novi trouvait absurde qu'on ne pût condamner au pied levé un pareil misérable; mais la
loi donnait à l'accusé le droit d'être jugé, et le préteur
révérait la loi. Il n'est guère, en effet, de choses
qu'on ne puisse atteindre au moyen du code; il se
prête à tout, répond à tout; quand vous le tenez
comme un maître d'école tient sa férule, vous ne
pouvez pas ne pas l'adorer : il est si désagréable
aux autres, si élastique et si omnipotent.

L'avocat de Carmelo était un homme timide. Également sûr de ses honoraires, que son client fût
condamné ou acquitté, il craignait, en se donnant de
tout cœur à sa cause, d'être mal vu du *pretore* et
des pouvoirs publics en général. Il est bien plus
compromettant de plaider pour un citoyen libre lésé
par un garde, que de défendre un brigand qui s'est
borné à assassiner des voyageurs.

Desservi par la pusillanimité de son avocat, Carmelo le fut encore par l'imprudence de ses témoins.
Les dépositions passionnées de ses proches leur at-
tirèrent le blâme du tribunal, et ses voisins, tels que
Gigi Canterelli et Cecco, mirent à le défendre une

6*

ardeur qu'on trouva suspecte. Gigi Canterelli produisit une mauvaise impression sur la cour en déclarant hautement que Bindo Terri était un *briccone* et un *scelerato*, investi des fonctions de garde champêtre par des coquins mieux vêtus que lui. « Tout le monde le sait, dit-il, car toute la commune est en proie aux exactions d'une bande d'oppresseurs. » Cette violente sortie, qui n'était que l'expression de la vérité, valut à l'impétueux épicier d'être expulsé de l'audience, et l'on prit note de son nom pour s'en souvenir à l'occasion. Désormais le sort de Gigi était réglé : si à l'avenir des charretiers lui volaient quelques sacs de riz ou si les employés de l'octroi réclamaient indûment des droits sur ses fromages, il était sûr de ne jamais obtenir gain de cause contre eux devant la préture de Pomodoro.

Il est faux que l'Italien ne dise jamais la vérité, comme on le répète trop souvent; mais il est tristement exact qu'il a presque toujours à se repentir de l'avoir dite.

Le procès prit toute une belle journée d'octobre, faisant perdre un temps précieux à nombre de gens qui avaient à travailler dans les vignes. Durant toute l'audience, Carmelo resta debout entre deux carabiniers; la fatigue qu'il éprouvait en ce moment achevait d'épuiser ses forces, déjà affaiblies par la captivité. Son vieux père, ses frères et Pippo suivaient les débats, tremblants, indignés, le front ruisselant de sueur.

Quand il fut interrogé, le prisonnier se borna à dire :

« Je ferais la même chose demain; il a empoisonné mon chien. »

Malheureusement pour Carmelo, il ne pouvait apporter aucune preuve à l'appui de son assertion, et

lors même qu'il l'aurait pu, à quoi cela eût-il servi ?
De par la loi communale de Vezzaja et Ghiralda, le
gardien de la moralité publique devait empoisonner
les chiens.

« Je ferais la même chose demain ! » dit Carmelo,
et de ses yeux jaillit un éclair qui illumina la pâleur maladive de son visage.

Gino Novi le regarda par-dessous sa toque noire
et ne put s'empêcher de frissonner. « Voilà l'étoffe
dont on fait les régicides ! » pensa-t-il.

Le jeune homme avait certainement en lui l'étoffe
d'un Guillaume Tell ; mais le *pretore* ne l'entendait
pas dans ce sens.

L'avocat de Carmelo avait demandé la comparution de deux ou trois individus dont les chiens
avaient été empoisonnés, et qui attribuaient à Bindo
la mort de ces animaux ; il avait aussi fait citer
Squillace, le pharmacien qui avait fourni le poison.
Mais lorsque les paysans arrivèrent devant le tribunal, on les vit perdre contenance, ânonner, se
gratter la tête, se moucher ; bref, sous l'influence de
la frayeur, ils ne firent que des dépositions hési-
tantes et pleines de contradictions. Quant au signore
Squillace, il se parjura aussi imperturbablement
que s'il eût été un député accusé de corruption, au
lieu d'être un pauvre diable rétribué sur le pied de
cinquante livres par an pour soigner tous les malades
de la commune.

La journée s'écoulait ainsi, longue, pesante,
triste, terrible ; le soleil frappait contre les carreaux
épais des fenêtres, et l'atmosphère était imprégnée
d'une forte odeur d'ail, car derrière la barre se pressait toute la racaille de Pomodoro, aussi nombreuse
que les abeilles au moment de l'essaimage. L'avocat
n'avait pas le cœur à sa besogne ; elle le posait mal,

et de temps à autre il sentait fixé sur lui le regard menaçant du *pretore;* alors il perdait le fil, se prenait à penser que quelques mois de prison n'étaient pas la mort d'un jeune homme; que lui-même était fort pauvre, avec une masse d'enfants à nourrir.

Il ne sut tirer aucun parti des témoins à décharge; il aida à faire taire Gigi Canterelli; il plaida mollement, parlant au hasard, et laissant voir qu'il avait mauvaise opinion de son client; il n'eut pas le courage de mettre en évidence une seule des innombrables vilenies qu'on pouvait relever dans le présent comme dans le passé de Bindo Terri.

C'était un de ces procès, assez communs en Italie, où le verdict est connu d'avance. Personne, à l'exception des fils Pastorini et du vieux Pippo, n'éprouva le moindre étonnement quand Gino Novi, dont les yeux noirs et perçants brillaient comme des lancettes, condamna Carmelo à sept mois d'emprisonnement pour voies de fait sur la personne d'un représentant de la loi. Il aurait mieux aimé donner sept ans; mais c'était un jeune homme sage, qui ne se laissait jamais emporter par ses passions et s'en tenait toujours à la légalité et aux précédents.

Sept mois !

Carmelo allait passer tout le cruel hiver et une partie du doux printemps dans l'étroite cellule de la prison.

Quand il eut entendu cet arrêt, une folle terreur se montra dans ses yeux grands ouverts; ses lèvres devinrent bleues, un tremblement agita tout son corps, et il tomba évanoui. Il n'avait rien mangé de toute la journée, et il était resté debout pendant de longues heures.

Le vieux Pastorini, homme robuste, se mit à trembler comme une femme ; ses veines se gonflèrent sur son front, et un nuage se répandit sur ses yeux. Craignant pour lui une attaque d'apoplexie, ses voisins l'entraînèrent de force hors de la salle.

Quand il se trouva au grand air, il chancela et respira avec effort.

« C'est pour cela que nous peinons ! s'écria-t-il ; c'est pour cela que nous donnons notre dernier sou au receveur des contributions, que nous envoyons notre dernier enfant à la caserne, que nous rendons notre dernier soupir à l'hôpital ! Que Dieu nous protège ! Nous sommes plus stupides, plus bêtes, plus lâches que la brebis qui se laisse tondre sans résistance ! Mes amis, vous m'avez connu pendant toute ma vie. J'ai été un homme paisible, honnête, respectueux du gouvernement et de la loi, exact à payer ses dettes et ses impôts. J'ai élevé mes fils dans la probité et la vertu. J'ai toujours été inoffensif ; je n'ai jamais fait de mal ni à un homme, ni à une femme, ni à un enfant, ni à une bête. Ai-je mérité ce qui m'arrive ? Mes amis, aussi vrai que Dieu existe, ce soir je voudrais porter le fer et le feu à travers tout le royaume, pour exterminer ces misérables qui nous ruinent, cette vermine qui rampe devant ses maîtres, mais qui mord les pauvres comme le feraient des vipères. Aussi vrai que Dieu existe, j'appelle de tous mes vœux la révolution, le sang rouge, la bataille terrible, la justice humaine ; j'appelle... »

Ici la voix lui manqua ; il leva les bras en l'air et serait tombé si les personnes qui l'entouraient ne l'eussent soutenu.

Pendant ce temps, Pippo, resté dans la salle d'audience, s'était levé sur ses jambes tremblantes ; le vieillard, dont les cheveux blancs brillaient à la lumière du soleil, cria au juge :

« Cher Monsieur, très illustre Monsieur, vous n'y

pensez pas ! vous ne pouvez pas avoir le cœur de
faire cela. Le jeune homme est bon comme l'or. Vous
ne pouvez pas le déclarer criminel et l'enfermer avec
les voleurs. Cher Monsieur, honoré juge, écoutez-
moi. Il doit épouser ma fille ; les bans sont affichés
et la fiancée pleure à la maison. La robe nuptiale
est dans un tiroir ; les fleurs d'oranger sont toutes
jaunies et fanées ; on les a mises sur la robe pour la
préserver des mites. Bon Monsieur, très haut et très
honorable Monsieur, écoutez-moi ! Le cher garçon
a déjà passé quatre mortels mois dans la prison de
la ville. C'est assez ; c'est trop ! Il n'a pas fait de mal.
Si seulement vous connaissiez le coquin, le filou,
l'imposteur, le drôle qu'ils ont fait garde.

— Faites sortir ce vieux fou, » ordonna le *pretore ;*
et les appariteurs, arrachant Pippo de l'endroit où
il se trouvait, le jetèrent à la porte sans plus de cérémonie que si c'eût été une pierre.

« Diffamation d'un représentant de la loi, » murmura Gino Novi en fermant un grand portefeuille et
en descendant de son trône. La nuit tombait, il se
hâta de rentrer dans le logement qu'il occupait derrière la chambre de justice, et où l'attendait un souper
composé de tripes, de jambon frit et de lentilles. Il
avait invité à ce repas messer Gaspardo Nellemane
et messer Luca Finti, histoire de passer gaiement
une heure ensemble, en prenant quelques rafraî-
chissements et en risquant aux dés quelque menue
monnaie.

« J'ai peur que les gens de cette commune ne
soient très insubordonnés et très révolutionnaires ;
ils n'ont pas le respect de l'autorité, » dit-il. Ses
deux convives avaient complètement oublié que sans
la révolution ils auraient vendu à cette heure même,
dans la boutique paternelle, l'un de la vieille fer-

raille, l'autre du poisson gâté ; ils hochèrent la tête
et reconnurent qu'un mauvais esprit régnait partout,
que le peuple certainement n'avait pas le respect de
l'autorité.

Car ces bons messieurs offraient, comme tous les
individus de leur classe, un mélange très bizarre du
despotisme prussien et du radicalisme parisien. Ils
haïssaient tous ceux qui étaient au-dessus d'eux et
méprisaient tous ceux qui étaient au-dessous ; ils ne
jugeaient digne de considération qu'une seule couche
sociale : la leur.

Quand l'Italie se sera purgée de ces opportu-
nistes qui occupent chez elle tous les emplois, de
ces brigands patentés qui dilapident le trésor public,
alors, mais alors seulement elle pourra secouer le
fardeau de ses taxes, respirer librement et élever la
voix en Europe. Ce jour-là arrivera-t-il ? Par la volonté éclairée du peuple peut-être. Peut-être ne le
verra-t-on jamais !

DEUXIÈME PARTIE

1

Tout l'hiver se passerait avant que Carmelo pût contempler les yeux de sa promise, lui qui devait l'épouser au milieu de l'été, lorsque les grillons chantaient dans les blés, lorsque les magnoliers et les lauriers-roses étaient dans tout l'éclat de leur floraison. Durant les quatre mois qui avaient suivi son arrestation, il s'était efforcé de prendre patience, se disant toujours qu'on le mettrait en liberté dès que son affaire aurait été tirée au clair. Jusqu'alors l'espérance l'avait soutenu, mais maintenant il n'espérait plus.

Le jugement avait été rendu ; les portes s'étaient fermées, les verrous avaient été tirés sur lui.

Il était en prison pour sept mois !

Ah ! juges et conseillers qui emprisonnez des jeunes gens parce qu'ils se sont baignés dans une rivière au fort des chaleurs, parce qu'ils ont pris la défense d'un chien menacé de mort, parce qu'ils ont mendié un sou lorsque leur vieille mère ou leurs petits enfants mouraient de faim, que je voudrais vous voir vous-mêmes en prison !

Quand il reprit l'usage de ses sens, Carmelo était couché sur le lit dur et étroit de sa cellule. Il regarda le plafond d'un œil morne. La prison avait été primitivement un palais, et le plafond de sa cellule faisait partie d'une voûte immense ayant appartenu autrefois à une salle de banquet. On y voyait encore une fresque représentant un petit groupe d'anges qui s'envolaient vers les cieux avec des palmes dans les mains.

Ces anges semblèrent une amère ironie à Carmelo.

Le jeune homme avait toujours vécu au grand air. Avant le lever de l'aurore il était en route avec sa mule, à l'ouvrage sous les arbres, en train de pêcher dans la Rosa. Les dimanches et jours de fêtes, il flânait dans les champs, une fleur derrière l'oreille, ou jouait de la mandoline au clair de la lune devant la porte du moulin. Vie libre et heureuse, vierge de toute pensée et de toute action mauvaise, remplie de jouissances vagues mais intenses, pareilles à celles qu'éprouve le taureau quand il broute l'herbe dans la rosée du matin; vie naturelle et saine, qui permet aux membres de se mouvoir librement et aux poumons de respirer un air pur. Si ceux qui mènent cette existence ne savent pas traduire au dehors leurs impressions, intérieurement ils n'en goûtent pas moins tous les plaisirs que peuvent donner l'odorat, la vue et l'ouïe.

C'était pour le jeune paysan une torture de toutes les minutes que le séjour dans cette cellule privée d'air respirable, à peine éclairée par un faible rayon de lumière. Pour un campagnard accoutumé à travailler sous la voûte du ciel, une journée passée en prison est plus douloureuse que ne l'est une année pour un ouvrier des villes, qui n'a jamais connu que l'atmosphère viciée de l'atelier et de l'usine. La souf-

france du premier ne peut se comparer à celle du
second, et c'est une des nombreuses injustices de la
loi de ne jamais prendre en considération le passé
du condamné. Il y a des détenus pour qui la prison
est un enfer ; il y en a d'autres pour qui elle est
presque un paradis, relativement à leur existence
antérieure.

Étendu sur sa rude couche, Carmelo regardait au
plafond les anges illuminés par les derniers feux du
soleil couchant, et il se disait que le lendemain il
serait fou. C'était sa grande crainte. Il avait le cerveau en ébullition sous son crâne, et les palpitations
de son cœur lui paraissaient ressembler aux sauts
d'un lièvre blessé fuyant devant les chiens.

Le matin, en entrant dans la cellule du jeune
homme, le geôlier le trouva en proie à une forte
fièvre. Le médecin de la municipalité fut appelé et
déclara le prisonnier atteint de congestion cérébrale.
On l'emporta sur une civière à l'infirmerie, local
sombre, mal tenu et rempli d'une odeur infecte, où
le docteur se livrait sur la personne des malades à
toutes les expériences qu'il lui plaisait ; dans une
arrière-salle, il découpait tout vifs des chiens et des
chats, croyant ainsi faire de la science.

Quand écrira-t-on quelque part la vérité sur les
hôpitaux ? Si jamais on l'écrivait, la Faculté crierait
au mensonge.

Il était extrêmement rare que quelqu'un recouvrât
la santé dans cette infirmerie ; à coup sûr, quand ce
fait exceptionnel se produisait, le traitement n'y
était pour rien. On rasa les cheveux châtains de
Carmelo, on lui tira plusieurs onces de sang et on
essaya sur lui diverses autres médications du même
genre : il était un prisonnier, cela n'avait réellement
aucune importance. Le vieux Pastorini, à qui on ne

permit pas de voir son fils, retira son dernier franc de la caisse d'épargne pour éveiller l'intérêt du docteur en faveur du malade, et le docteur prit cet argent, — en secret, bien entendu, car les règlements lui défendaient de recevoir un centime.

« Le cher garçon, il m'a ruiné ! » pensait le vieillard, dont la santé était toujours languissante depuis son attaque devant la préture, et qui avait dépensé presque toutes ses ressources pour payer les frais du procès. « Le cher garçon, il m'a ruiné ! Pourtant il est aussi innocent qu'un enfant dans le sein de sa mère ! »

Le meunier, homme peu sentimental, ne pleurait pas facilement ; toutefois de chaudes larmes lui vinrent aux yeux et tombèrent sur ses joues ridées au moment où il quitta l'hôpital. Il ne lui était pas permis de rester là, et la même consigne impitoyable s'appliquait aux frères et aux sœurs de Carmelo. Il remonta dans sa charrette attelée de son bon cheval gris, et reprit, à la tombée de la nuit, le chemin de Santa-Rosalia. Son cœur, si solidement trempé, était brisé.

Pourquoi tous ces malheurs avaient-ils fondu sur lui ? Qui avait installé dans leurs postes ces voleurs et ces tyrans ?

Il supposait que c'était le gouvernement. Pour lui, le gouvernement se confondait avec le roi. Il maudit le roi. Assurément Humbert ne s'occupait pas plus de ces choses-là que des melons et des citrouilles qui avaient mûri l'été dernier dans le jardin du meunier ; mais comment celui-ci aurait-il pu le savoir ?

Quand messer Nellemane fait une tache d'encre sur ses documents, c'est la croix blanche de Savoie qui, aux yeux du peuple, en est salie.

Comment pouvez-vous espérer que les masses comprennent les contradictions du constitutionnalisme ?

Le roi était cause de tout ; c'était de lui que messer Nellemane tenait ses fonctions : ainsi pensait Demetrio Pastorini, et ainsi pensent une infinité d'autres ; mais cette idée, loin de consoler le vieillard, ne faisait que rendre sa douleur plus cuisante, car son seul frère, un frère tendrement aimé, avait péri jadis dans ces guerres contre les *stranieri*, auxquelles, disait-on, le pays devait sa liberté.

Il était si absorbé dans ses pénibles réflexions, et ses yeux étaient tellement obscurcis par les larmes, qu'il aurait fort bien pu prendre un chemin pour un autre ; heureusement le bon cheval gris connaissait la route depuis quinze ans et n'avait pas besoin d'être guidé par son maître.

Hé-o ! Ouf ! cria le meunier surpris à sa bête, comme celle-ci s'arrêtait d'elle-même à la porte de la maison.

Au milieu des ténèbres qui l'entouraient, il put voir une forme humaine sortir de l'habitation et s'avancer vivement vers lui. C'était sa fille aînée ; elle sanglotait, et il perçut le bruit de ses sanglots à travers l'air calme et froid de la nuit.

« Oh ! père, balbutia-t-elle, oh ! père ! » puis, s'approchant de la charrette, elle se hissa sur le marchepied et prit la main du meunier : « Oh ! père ! » répéta-t-elle.

Le vieux Pastorini trembla.

« Quel nouveau malheur y a-t-il encore ? demanda-t-il d'un ton que la frayeur rendait presque rude.

— Oh ! père, ne vous affectez pas trop..., les arbres !

— Les arbres ? »

Sans ajouter un mot, il sauta à terre et jeta les rênes à son plus jeune fils.

« Conduis le cheval à l'écurie, ordonna-t-il d'une voix mal assurée. Les arbres ? Quoi, les arbres ? »

Dans l'obscurité il marcha à grands pas vers la rivière, et la jeune fille le suivit.

« Oh ! père ! » reprit-elle avec de nouveaux sanglots.

Les nuages venaient de se dissiper ; la lune éclairait faiblement, assez toutefois pour montrer au vieillard ce qui avait été fait en son absence.

Trois des peupliers avaient été abattus.

« Oh ! père ! dit la jeune fille en lui saisissant encore une fois les mains. Nous avons fait tout ce que nous avons pu pour les en empêcher, mais ils n'ont pas voulu attendre. Il y avait six bûcherons et un surveillant. Ils ont dit que la loi leur donnait le droit d'agir ainsi. Oh ! père !... »

II

Avant la fin de la semaine, tous les arbres avaient été abattus, et le bois dépendant du moulin n'était plus qu'un souvenir. Demetrio Pastorini ne put s'opposer à cette destruction. Il s'était fait une fausse idée de ses droits et de la façon dont procède la loi.

Quand arrivèrent, le lendemain, les bûcherons accompagnés de leur surveillant, il fut comme hors de

Il aurait volontiers fait feu sur le premier qui eût osé s'approcher
du *boschetto*.

lui. Il décrocha son vieux fusil, et aurait volontiers
fait feu sur le premier qui eût osé s'approcher du
boschetto; mais la vue de ses jeunes fils et de ses
filles pleurant autour de lui ébranla· sa résolution ;
ils lui arrachèrent l'arme des mains, et le supplièrent
de se résigner pour l'amour d'eux.

« Me résigner ! leur cria-t-il. Faudra-t-il que nous
nous résignions quand nous sommes écorchés tout
vifs, comme on écorche un agneau? Me résigner !
Vous êtes des poltrons aplatis dans la poussière !
Vous n'êtes pas mes enfants. Laissez-moi ! »

Ils n'en continuèrent pas moins à le tenir enlacé
dans leurs bras, à lui représenter qu'il valait mieux
souffrir le mal que le faire, et que cela était plus
agréable au Ciel ; ils le conjurèrent, au nom du
Christ, et par égard pour eux-mêmes, de prendre
patience. Le meunier, qui était un homme très religieux et très attaché aux siens, finit par céder ; il
se laissa tomber sur sa chaise de bois, fondit en
larmes, et supporta du mieux qu'il put le bruit des
coups portés à ses arbres par la hache des bûcherons.

« Le roi, dont le pouvoir s'étend sur tout le pays
entre les deux mers, devait-il porter envie au peu
que je possède? » gémissait-il pendant que la cognée
accomplissait impitoyablement son œuvre.

Avant la fin de la semaine, comme je l'ai dit, tous
les peupliers gisaient sur le sol, et les oiseaux qui
avaient élu domicile dans leur feuillage s'étaient en-
volés de l'autre côté de la Rosa en poussant des cris
plaintifs.

Messer Nellemane visitait souvent ce lieu.

L'âme municipale aime la destruction. Soit que le
pic des démolisseurs ait changé en un monceau de
poussière et de décombres un noble et beau monu-

ment des anciens âges, soit que la hache des bûcherons ait remplacé un riant bocage par un désert de sable et de pierres, dans un cas comme dans l'autre l'âme municipale est également remplie d'une joie excessive, d'un contentement indicible.

Messer Nellemane, vrai type de l'âme municipale, était donc heureux en ce moment, et sa satisfaction était d'autant plus grande, que le plaisir de la vengeance assouvie en relevait la saveur.

Pour d'autres yeux que les siens le spectacle était triste : la rive tapissée de mousse, où Toppa s'ébattait autrefois, n'était plus qu'un affreux bourbier ; les beaux arbres étaient coupés ; leurs feuilles jaunes détrempées dans la boue formaient une sorte de pâte malpropre ; on avait fait des fagots avec les branches pour les vendre comme bois de chauffage, tandis que les troncs alignés par rangées attendaient qu'on les débitât comme bois de charpente. Cet endroit naguère encore frais, paisible et tout embaumé de senteurs forestières, offrait à présent l'aspect le plus lamentable.

La blanche façade de la maison du meunier apparaissait nue et déplaisante à l'œil, maintenant que l'ombre des rameaux agités par le vent ne se projetait plus sur elle. Demetrio Pastorini avait le cœur brisé ; à peine trouvait-il la force de franchir le seuil de sa porte ; regarder au delà de la rivière lui était impossible.

Depuis que ses arbres avaient été abattus, jamais Pastorini ne parlait de cela à personne. Un jour son troisième fils, le petit Dante, lui demanda timidement :

« Est-ce vrai, père, qu'ils vont vendre le bois comme cela ? Ils ne vous ont pas payé. »

Demetrio Pastorini lui répondit :

« Payer! non, ils ne payeront jamais. Ce sont des voleurs. Les voleurs ne payent pas ce qu'ils prennent. »

Le jeune garçon se le tint pour dit, et n'osa plus revenir là-dessus.

Au bout de quelque temps, des camionneurs emportèrent les bois de construction et les fagots. Où? personne ne le sut; on devina seulement que le tout avait été envoyé au chef-lieu. Le silence obstinément gardé par Pastorini arrêtait les questions sur les lèvres des curieux.

S'il avait parlé, il n'aurait pu fournir beaucoup de renseignements : il avait entendu dire que les ingénieurs avaient fait l'estimation de son bien, et que la municipalité s'était engagée à le payer. C'était tout ce qu'il savait. Il ignorait qu'on lui faisait un grand honneur, et qu'on le traitait exactement comme le propriétaire princier de la Farnésine avait été traité avant lui.

Tout le monde, à Santa-Rosalia, ressentit vivement la destruction du *boschetto*, qui avait été la promenade favorite des voisins pendant les jours de fêtes; d'autre part, la crainte du tramway projeté oppressait les esprits; à cela s'ajoutait la tristesse d'un mois de novembre humide et pluvieux, que suivit un hiver d'une rigueur exceptionnelle.

La moisson avait été bonne, la vendange de même, et la cueillette des olives avait aussi, malgré les pluies, donné de beaux résultats; comme le disaient naïvement les journaux de l'étranger, rien ne manquait au bonheur du pays.

Mais les journalistes étrangers ne lisaient que la statistique du blé, du vin et de l'huile : ils ne cherchaient pas à en savoir plus long; partant de cette idée préconçue que l'Italie était heureuse, ils auraient refusé d'admettre toute preuve du contraire. Les journalistes étrangers ne comprenaient pas que, les taxes locales croissant en proportion de l'abondance de la moisson et de la vendange, cette abondance, loin d'être une source de bénéfices pour les cultivateurs, ne profite en réalité à personne.

« Plus vous avez, plus je prends, » disent les autorités communales à leurs administrés. Admirable recette pour maintenir une population dans la misère.

III

A Santa-Rosalia l'hiver fut rude et long, eu égard à la contrée. Il tomba de la neige, non la neige des climats septentrionaux, cette belle neige sereine et pure dont l'arrivée annonce les réjouissances de Noël, dont l'éclatante blancheur ressort sur le rouge des baies de houx et sur le noir des sapins; mais une neige qui, tombée dans la nuit, fondait le lendemain pour faire place à un océan de boue humide et glissante; une neige qui tuait l'olivier, brisait les rameaux de l'arbousier, desséchait la primevère, pourrissait l'aloès et le cactus; une neige qui dépouillait le paysage de tout son charme pastoral et le revêtait d'une teinte grise et maussade.

Quand l'hiver se présente sous cette forme, les pauvres en sont partout les premières victimes, mais surtout dans ce pays aimé du soleil et visité par le vent du sud. La Rosa était maintenant auss'

remplie d'eau qu'elle en avait été vide au milieu de
l'été. S'élançant par-dessus ses rives, elle inondait
les campagnes, où la science, intronisée par la liberté,
avait abattu les arbres et les haies qui autrefois
arrêtaient les débordements de la rivière.

Les champs, inondés ou gelés, rendaient tout travail impossible ; les *contadini* n'avaient pas besoin
d'ouvriers : il n'y avait rien à faire nulle part ; s'of-
frait-il par hasard quelque petite besogne promettant
le plus mince salaire, vingt bras inoccupés se la
disputaient.

Les maisons, toutes construites dans le système
des pays méridionaux, avec leurs *loggie* découvertes
et leurs fenêtres fermant mal, ne protégeaient guère
plus leurs habitants contre le vent du nord que si
c'eût été des tentes de toile. Le combustible faisait
défaut. Il n'y avait plus moyen d'aller, comme jadis,
faire sa provision de bois sur le versant des collines,
par cette excellente raison que presque toutes avaient
été déboisées. Le vin était si cher, qu'aucun pauvre
ne pouvait en boire, et le pain était effroyablement
cher aussi. Les gens se chauffaient tant bien que
mal à l'aide de quelques braises allumées, et ils ne
se plaignaient pas. La moindre pièce de monnaie
qu'on leur donnait était reçue par eux avec une
extrême reconnaissance.

Presque chaque année l'hiver condamnait les
paysans au chômage ; mais, cette fois, leurs souffrances étaient plus grandes que de coutume. Quelques-uns les engageaient à aller chercher de l'ouvrage dans les Maremmes, où tout le travail se fait
en hiver. Autant eût valu leur dire d'aller chercher
de l'ouvrage dans la lune ; l'un était aussi pratique
que l'autre. Ils n'avaient aucune idée de la route à
suivre pour aller là-bas, et manquaient des res-

sources nécessaires pour faire ce voyage. D'ailleurs, les neuf dixièmes d'entre eux étaient des femmes et des enfants, qui n'auraient pas trouvé à s'occuper dans les Maremmes.

Ces gens étaient, bien entendu, des insensés et des ingrats. Le chemin de fer passait à douze milles de leur village; on allait avoir le gaz à Pomodoro, et ils possédaient parmi eux messer Nellemane : comme on le voit, le progrès les comblait.

Mais ces imbéciles n'en persistaient pas moins à penser que le vin et le pain à bon marché auraient beaucoup mieux fait leur affaire que le railway, le gaz et messer Nellemane.

Quoique l'hiver ne soit jamais bien long en Italie, celui-ci semblait interminable. Les roues du moulin, après avoir été réduites à l'inaction par la séche-resse, étaient maintenant immobilisées par la glace. L'embonpoint, la jovialité et la vigueur du meunier avaient disparu : maigre, sauvage, silencieux, il pliait sous le double fardeau du chagrin et des sou-cis pécuniaires.

Dans la petite maison de la Madone, le rire ne se faisait jamais entendre, le foyer était toujours sans feu.

Pippo était devenu taciturne et irritable. L'infor-tune ne met pas plus de beurre sur le caractère que sur le pain. Assis dans un coin, le vieillard restait immobile durant de longues heures ; seules ses lèvres remuaient, sans qu'aucun son en sortît : il calculait les sommes qu'on lui avait extorquées, et cette opération d'arithmétique, il la recommençait cent fois par jour, cent fois par nuit.

Les Mazzetti n'avaient que des moyens d'existence très restreints. L'hiver est la morte-saison pour les ouvrages en paille, et comme, d'un autre côté,

Pippo ne pouvait plus couper les osiers de la rivière, son métier de vannier ne lui rapportait pas
grand'chose.

Quand il leur était donné d'avoir un plat de fèves
à l'huile, ils s'estimaient très heureux. Les autres
jours, ils faisaient bouillir de l'eau dans laquelle
ils mettaient un peu de pain avec une gousse d'ail,
et ils essayaient de croire que c'était de la soupe.

De loin en loin ils avaient une goutte de mauvais
café sans lait : c'était tout; comme vin, ils buvaient
du *mezzovino*. Cette boisson, plus sure que du vi-
naigre, s'obtient en délayant dans de l'eau les derniers jus des peaux de raisin déjà pressées.

Les pauvres d'Italie ne connaissent pas plus le
lard, les pommes de terre et le thé du journalier anglais, qu'ils ne connaissent le champagne et le mouton de nos ouvriers de fabrique.

En été ils peuvent se tirer d'affaire : le bon soleil
les chauffe, et il y a toujours de l'ouvrage; mais
l'hiver leur inflige de terribles souffrances, d'autant
plus terribles qu'elles s'attaquent à des victimes rési-
gnées : les gens meurent, c'est tout.

« Patience! » disent-ils jusqu'à la fin; mais leur
patience n'est jamais récompensée.

La gêne était grande à Santa-Rosalia, et il n'y
avait personne pour la soulager. Les nobles de la
province étaient allés passer le temps du carnaval
au chef-lieu. Quant aux *fattori,* nul d'entre eux
ne s'inquiète jamais des pauvres; la misère publique fait baisser le prix de la main-d'œuvre: voilà
à quel point de vue ils envisagent la question sociale.

La commune de Vezzaja et Ghiralda possédait
une société de bienfaisance placée sous l'invoca-
tion d'un grand saint : la *Confraternità di San-*

Francisco di Assisi, dont l'origine remontait au
XIIIe siècle.

Dans le principe ç'avait été une société éminemment respectable; de vastes domaines lui avaient
appartenu, et elle en conservait encore de beaux
restes. Pleine de générosité et de dévouement, reli-
gieuse dans le sens le plus complet du mot, elle
avait vu les meilleurs hommes du passé s'honorer
d'être ses ministres. Mais si elle avait gardé à travers les âges une bonne partie de ses revenus, en
revanche l'esprit qui avait présidé à sa fondation
s'était singulièrement altéré. Les riches tenaient
beaucoup à figurer parmi ses dignitaires, mais les
pauvres ne recouraient pas très volontiers à son assistance. Elle passait trois mois à examiner une demande de secours avant d'accorder quelques livres
de pain, et quand il s'agissait de toute une famille
mourant de faim, cette façon de procéder était un
peu trop lente pour être bien efficace.

Quoi qu'il en soit, la confrérie de Saint-François
avait toujours son vieux palais à Pomodoro, ses archives historiques et son renom de piété; des nobles
et des gens du monde faisaient toujours partie de
son bureau. Si elle se bornait à distribuer de temps
à autre quelques bons de pain, c'était, disaient-ils,
parce qu'il ne fallait pas encourager le paupérisme;
si on ne savait jamais bien au juste où passaient ses
fonds, ici encore la réponse était toute prête : ces
institutions du moyen âge ne peuvent être administrées de nos jours à la manière du moyen âge :
saint François saluait dans la pauvreté sa reine;
nous autres nous lui demandons son certificat avant
de lui ouvrir notre porte.

La vieille Nunziatina venait d'avoir une attaque
de bronchite; par une chance presque miraculeuse,

elle y avait survécu; mais il s'en fallait de beaucoup qu'elle eût recouvré ses forces d'autrefois. D'ailleurs, la misérable chambre qu'elle occupait sous les combles, en commun avec trois autres vieilles femmes, cette chambre, torride en été, glaciale en hiver, sans poêle et sans carreaux à la fenêtre, n'était pas un séjour propre à hâter sa convalescence. Voyant cela, le *vicario* de Santa-Maria lui donna une lettre de recommandation pour le comité de la confrérie de Saint-François; dans cette lettre il faisait valoir l'âge, l'honnêteté et la récente maladie de Nunziatina comme autant de raisons qui devaient appeler sur elle l'intérêt de la charitable société.

La caisse de la confrérie renfermait de grosses sommes censément destinées aux pauvres; mais l'âge présent, l'âge de messer Nellemane, a mieux à faire que de dépenser en aumônes les revenus des fondations charitables.

L'ancien temps était si différent du nôtre! De nouvelles méthodes d'administration ont été rendues nécessaires par l'époque moderne. La confrérie multipliait les réclames, publiait de longs rapports, ne cessait de provoquer dans les provinces des souscriptions et des offrandes; mais si saint François avait pu voir quel usage ses prétendus disciples faisaient des sommes ainsi recueillies, les doux yeux du saint se seraient enflammés de la même colère qui étincelait dans ceux de son Dieu lorsqu'il chassa les vendeurs du Temple.

Annunziata remercia dom Lelio, mit dans sa poche la lettre et les soixante centimes qu'il lui donna pour payer son voyage; puis, le cœur rempli de joie et d'espoir, elle prit place dans la mauvaise diligence avec son bâton, son grand chapeau et son

jupon court. Si elle pouvait obtenir une petite pension, ne fût-ce qu'un franc par semaine, que d'actions de grâces ne rendrait-elle pas au Ciel! Les
tournées qu'elle faisait avec son panier dans toutes
les fermes des villages voisins étaient devenues trop
fatigantes pour elle.

Le président de la confrérie était un certain comte
Saverio, noble personnage qui avait une grande réputation comme philanthrope, et qui possédait une
villa tout près de Pomodoro.

Le comte, dont on appréciait fort les services,
affectait de les donner pour rien, disant avec beaucoup d'éloquence que toute sa vie était vouée à la
cause de l'humanité et des pauvres. S'il s'occupait
beaucoup d'affaires de bourse, et s'il achetait force
billets de loterie, cela ne regardait que lui, et ne
concernait en aucune façon saint François. D'ailleurs,
pour ces sortes de choses, il agissait par intermé-
diaire, et son nom n'était jamais prononcé qu'à l'occasion d'œuvres philanthropiques.

Ce noble et pieux monsieur reçut Nunziatina, qui
lui fit une belle révérence, et lui souhaita toute
espèce de bonheur dans son gai et cordial langage,
aussi agréable à entendre que le gazouillement d'un
oiseau. Entouré de registres et d'in-folios, le comte
Saverio était assis dans la salle contenant les archives de l'antique confrérie. Son accueil fut si
aimable et si gracieux, que la vieille crut pouvoir
compter sur une pension de dix francs par mois.

Il examina avec soin les papiers de la visiteuse et
lut attentivement la lettre de recommandation du
vicario; ensuite il sourit, prit un air important,
sonna son secrétaire et lui parla à voix basse; après
quoi il écrivit une note qu'il serra dans un tiroir;

enfin, levant les yeux sur Annunziata, il lui dit du ton le plus affable :

« Nous ne donnons jamais de secours en argent ; mais revenez d'ici à un mois, et nous verrons si une exception peut être faite en votre faveur. Je soumettrai votre cas au bureau. Mes compliments et mes respects au bon dom Lelio. »

La vieille femme lui fit encore une profonde révérence, et se retira avec un cruel désappointement au cœur.

Elle ne protesta pas. Les Italiens protestent rarement.

Ce jour-là le comte Saverio rencontra messer Nellemane dans une rue de Pomodoro.

« Ah ! à propos, fit-il, une paysanne de votre village m'a été envoyée aujourd'hui par le *vicario*. Vous pourrez peut-être me donner quelques renseignements sur elle, car chez dom Lelio le cœur emporte souvent la tête. Il désire que nous accordions à sa protégée un secours hebdomadaire permanent. C'est une vieille femme qui a l'air assez drôle ; elle s'appelle Taormina Annunziata ; elle est veuve. »

Messer Nellemane parut scandalisé.

« Dom Lelio est très inconsidéré, dit-il gravement. La personne dont vous parlez est une des plus vilaines gens du *borgo,* une mendiante de profession, une mendiante avérée. Elle n'est nullement dans la gêne, me dit-on ; mais elle a cette passion-là, elle mendie par goût ; c'est comme une maladie chez elle.

— Ah ! fichtre ! voilà qui est terrible, reprit le président. Nous ne devons jamais encourager la mendicité. Dom Lelio a eu tort de mettre la société dans cette position.

— Que voulez-vous, *signore conte!...* c'est un

prêtre ! » dit messer Gaspardo avec ce rire méprisant
que le mot prêtre appelle toujours sur les lèvres des
libéraux, mais qui trouve rarement un écho dans le
cœur du peuple.

Le comte sourit légèrement : bien entendu, lui
aussi était un libéral ; mais, en sa qualité de président d'une corporation qui prétendait conserver des
apparences religieuses, il ne pouvait pas rire trop
ouvertement du clergé.

Le mois s'écoulait fort péniblement pour Annunziata ; la rigueur du froid ne lui permettait guère de
visiter ces fermes éloignées d'où, en temps ordinaire, elle tirait la plus grande partie de sa subsistance. Sa nièce, il est vrai, se privait le plus possible pour lui venir en aide, et puis la vieille se
disait chaque jour : « Le monsieur a promis de s'occuper de mon affaire ; il fera certainement quelque
chose pour moi quand j'irai le voir. » Or, comme
elle était d'un tempérament très sanguin, l'espérance
la faisait vivre.

Une allocation de cinquante centimes par jour
aurait comblé et au delà ses plus ambitieux désirs ;
mais elle sentait que c'était là un rêve trop beau
pour devenir jamais une réalité. Non, si on lui donnait dix francs par mois, elle ne pourrait raisonna-
blement plus rien souhaiter.

Au jour fixé, ce fut avec une joyeuse confiance
que, par une froide matinée, elle se mit en route
pour Pomodoro. Elle s'était attifée de son mieux,
car elle aimait à avoir l'air comme il faut ; et, de
fait, elle était très pimpante avec son chapeau noir
noué sous le menton, un mouchoir jaune, un jupon
de laine bleue qu'une *fattoressa* des environs lui
avait donné à la Noël, et un petit casaquin rouge
qui lui venait de Viola.

Comme on le voit, Annunziata ne ressemblait pas aux mendiants de profession, qui croient que de sordides guenilles constituent la meilleure invite à la charité. Elle n'était nullement une mendiante; elle ne tendait jamais la main pour avoir un liard; elle était vieille, et il y avait des gens qui étaient bons pour elle, voilà tout.

Un sourire d'attente heureuse entr'ouvrait ses lèvres quand elle se retrouva de nouveau, dans la salle des archives, en présence du *signore conte* Saverio.

Mais celui-ci ne souriait pas. Le président était en train d'examiner des livres et des papiers; il dirigea un regard sévère sur la solliciteuse, et, en la reconnaissant, fronça le sourcil.

« Vous avez bien voulu m'inviter à revenir aujourd'hui, Monsieur, commença la petite vieille, voyant qu'il restait silencieux. Vous avez eu l'extrême bonté de me dire que vous me donneriez quelque chose, et depuis un mois j'ai vécu sur votre parole, Monsieur, car l'hiver est dur. »

Les mesures sévères répugnaient au comte Saverio, qui avait à garder sa réputation d'humanité et de bienveillance. Après avoir toussé pour s'éclaircir la voix, il répondit en prenant le ton d'un père grondant un enfant :

« *Cara mia*, je suis désolé d'être obligé de vous faire de la peine; mais, dans cette affaire, le bon dom Lelio a agi avec une déplorable légèreté. Notre honorable et bienfaisante société est établie afin de venir en aide, — d'une façon judicieuse, — aux pauvres qui le méritent, aux pauvres honnêtes, aux pauvres laborieux. Elle n'a jamais eu pour but de soutenir les mendiants.

— Non, Monsieur, » fit Annunziata intriguée.

Ne s'étant jamais considérée comme une mendiante, elle ne comprenait pas pourquoi il lui parlait ainsi.

« Elle n'a jamais eu pour but d'encourager la mendicité, poursuivit le président, dont la figure se renfrognait de plus en plus à mesure qu'il se pénétrait mieux de son sujet. La mendicité est le fléau du pays. Ce serait une lourde faute que de la favoriser. Tous nos efforts tendent à sa suppression. Pour être fondé à réclamer l'assistance de notre société, la première condition est de *n'avoir jamais mendié*. Or, vous..., vous êtes une mendiante habituelle ; vous ne vivez guère que d'aumônes. Il faut que vous ayez été terriblement imprévoyante, étant jeune, pour vous trouver dans cette situation sur vos vieux jours. Nous n'y pouvons rien ; nous devons nous conformer aux règlements de la confrérie. Vous ne remplissez pas les conditions voulues pour avoir droit à une pension, ni même pour obtenir de nous un secours momentané. Vous êtes une mendiante. »

A ces mots Annunziata le regarda stupéfaite ; ses petits yeux, vifs et brillants comme ceux d'un oiseau, s'écarquillaient d'étonnement.

« Une mendiante, Monsieur, moi ? balbutia-t-elle. Non, je ne l'ai jamais été. Il y a des gens qui me font du bien, et je les en bénis. Je n'ai jamais été non plus dépensière dans ma jeunesse, Monsieur, car je suis restée veuve à quarante-deux ans. Mon mari est tombé d'un toit ; il me laissait quatre enfants à nourrir ; j'ai réussi à les élever tous jusqu'à l'âge d'homme, Monsieur ; c'étaient de beaux jeunes gens et de belles jeunes filles, quoique maintenant ils soient tous en paradis, — et j'ai toujours été fort pauvre, Monsieur. Dans ma jeunesse, il est vrai, le pays était heureux et les gens aussi ; on ne mourait pas de faim, on n'était pas tourmenté et pressuré comme on l'est à présent. Mais quant à dépenser, je ne l'ai jamais pu, Monsieur, parce que je n'ai jamais eu que tout juste de quoi vivre et faire vivre mes enfants; et maintenant que je suis vieille, Monsieur, — j'aurai soixante-seize ans à la Saint-Pierre, — les gens qui m'ont connue toute ma vie sont bons pour moi : puissent-ils en être récompensés par les saints ! car qu'est-ce qu'une femme de mon âge peut gagner, bien que j'y voie encore suffisamment pour tresser de la paille?

— Assez! fit sèchement le comte. Vous aurez beau vous en défendre, vous êtes une mendiante; vous n'avez d'autres moyens d'existence que la charité d'autrui.

— Non, Monsieur; et voilà pourquoi je suis venue ici, » répondit Annunziata, qui ne manquait pas d'audace.

Pour le coup le président perdit patience.

« Les mendiants n'ont pas droit à nos secours, dit-il sévèrement. Vous êtes une mendiante. Dom Lelio a porté atteinte à nos règlements en vous recommandant à la charité de notre confrérie. Nous n'avons pas à nous occuper de vous. Nos statuts nous l'interdiraient, lors même que nous y serions disposés. Vous n'aviez aucun besoin de venir ici; je suis occupé, je dois vous prier de vous retirer.

— Je vous demande pardon, Monsieur, je vous prie de ne pas en vouloir à dom Lelio à cause de moi. C'est sa bonté seule qui l'a fait agir ainsi, » répondit Nunziatina d'une voix tremblante; après quoi elle salua et sortit. Ensuite elle traversa la rue, entra dans l'église située en face du palais de la confrérie, et, s'agenouillant sur les dalles devant le premier autel qui s'offrit à sa vue, se mit à sangloter amèrement.

Nous qui chaque jour buvons et mangeons selon nos besoins, nous dont l'estomac satisfait ne connaît aucune souffrance, sauf peut-être les tourments expiatoires de la dyspepsie, nous nous représentons mal l'affreux désappointement d'une malheureuse vieille femme à la suite d'un refus de secours qui la prive du pain quotidien et l'expose à mourir d'inanition; quoi que nous fassions, nous ne pouvons comprendre ce que c'est que le buffet sans provisions, le foyer sans feu, le lit sans couvertures, l'angoisse poignante, l'épuisement causé par la faim, les longues et cruelles heures qui se traînent lentement de l'aurore à la nuit et de la nuit à l'aurore, sans amener ni ami, ni nourriture, ni espoir, ni délivrance.

Voilà tout ce qui attendait Annunziata dans l'avenir; avenir bien court si l'on considère le peu d'années qui la séparaient de la tombe, mais bien long par les misères dont il devait être rempli.

Affligée d'un rhumatisme, elle savait qu'il lui faudrait bientôt s'aliter, et alors... Les gens lui donnaient quand ils voyaient son gai visage et son panier vide; mais lorsqu'elle serait dans son lit et qu'ils ne la verraient plus, ils l'oublieraient.

Aucun d'eux ne viendrait chez elle, pas plus qu'on n'irait visiter sa tombe lorsqu'elle reposerait sous le gazon, dans la partie du cimetière réservée aux sépultures anonymes.

Le monde tient en mésestime les gens qui n'ont rien. Ils auraient dû être prévoyants dans leur jeunesse et faire des économies, même s'ils n'ont jamais eu que le strict nécessaire pour ne pas mourir de faim.

Au moment où la diligence arriva sur la place de Santa-Rosalia, Viola, qui attendait impatiemment le retour de Nunziatina, s'élança vers elle : la physionomie de sa tante lui apprit tout ; elle changea de visage.

« Ils vous ont refusée ? s'écria-t-elle.

— Oui, ma chère, dit Nunziatina avec un tremblement dans la voix. Ils me prennent pour une mendiante, ce que je ne suis pas et ce que je n'ai jamais été, comme tu le sais, car jamais je ne demande rien ; jamais, jamais ! On me donne ce qu'on veut me donner, et j'en suis reconnaissante.

— Puisque vous n'avez rien, comment pouvez-vous faire autrement ? » reprit la jeune fille, que l'indignation suffoquait.

Annunziata fit contre fortune bon cœur et se résigna à son dur grabat, à sa chambre humide, à son chétif morceau de pain sec, parce que, en dépit de toutes les apparences contraires, elle persistait à croire que Dieu s'occupait d'elle et qu'un jour ou l'autre, quand son âme aurait quitté son petit corps brun et ridé, elle verrait une lumière comme il n'est pas donné d'en voir ici-bas.

C'était une vieille femme, et elle avait été élevée dans la vieille foi ; sa croyance n'était pas très claire pour elle, jamais elle n'avait essayé de la raisonner ; néanmoins elle y trouvait une consolation et une grande espérance. Maintenant que nous disons aux pauvres que cette espérance est une illusion, que quand ils auront travaillé et jeûné assez longtemps, ils périront tout entiers comme une bougie brûlée jusqu'au bout, qu'ils sont de pures machines faites de carbone et d'hydrogène et destinées à retourner en poussière après un certain nombre de frottements ; maintenant que, sous couleur de répandre l'instruction, nous leur disons tout cela, seront-ils aussi patients ?

Puisque cette courte vie est tout, ne voudront-ils pas à tout prix, fût-ce au prix du sang, se la rendre douce ?

Ne recourront-ils pas à des remèdes violents et ne s'enivreront-ils pas de l'alcool du communisme ?

Qu'est-ce qui les en empêcherait ? Puisqu'il n'y a rien au delà de cette vie, pourquoi peineraient-ils afin que vous et moi vivions dans le bien-être ?

Otez à l'homme l'espérance de la vie future, et vous en faites une bête de proie.

Le philosophe, dans sa chaire, analyse l'âme humaine ; il prétend en déterminer les éléments constitutifs, qu'il ramène au gaz et à l'air. Mais en bas, dans la foule, le révolutionnaire entend ces paroles et les traduit ainsi à ses frères : « Buvons tandis que nous le pouvons ; la propriété, c'est le vol ; cette vie est tout ; tuons et mangeons ; il n'y a pas de Dieu. »

Le philosophe peut crier à tous les vents : « Aimez la vertu pour elle-même ! »

Le communiste est plus logique que lui.

IV

Sur ces entrefaites, à la prison de Pomodoro, Carmelo, grâce à sa jeunesse plutôt qu'à son médecin, recouvrait la santé, malgré la saignée, la puanteur infecte de l'hôpital, la diète et l'obscurité. Au bout

de six semaines il était presque en état de regagner
sa cellule ; maigre, défait, il ne paraissait plus que
l'ombre de lui-même ; ses yeux mornes ne cessaient
de regarder la terre; son teint, légèrement rosé sous
le hâle, était devenu d'une pâleur livide.

Il était rétabli, mais il avait absorbé un poison
pire que le poison même de la fièvre, car dans le lit
voisin du sien était couché un Allemand atteint d'a-
némie et de plusieurs autres maladies, et cet homme
causait des heures entières avec lui en italien, pendant les longues nuits d'insomnie où leurs seuls
compagnons étaient les lézards, les escarbots et les
rats trottant sur leurs couches. L'Allemand, ouvrier
nomade, était un socialiste membre de l'Internationale, et dans l'esprit inculte du jeune homme, qu'al-
térait maintenant l'insupportable sentiment de l'injustice subie, il versa le noir venin de ses croyances
et de ses désirs.

Carmelo n'en comprenait pas la dixième partie;
mais, après plusieurs nuits d'entretiens, il en comprit assez pour ne plus aspirer qu'au renversement
de l'ordre social et à l'établissement de l'égalité.
L'un lui semblait exigé par la justice, l'autre con-
forme à la raison. Jusqu'au moment où il avait
connu la méchanceté humaine, il avait été un garçon
parfaitement satisfait, exclusivement occupé de ses
devoirs et de ses travaux, car, comme il savait à
peine lire, le monde pour lui ne dépassait pas les
limites de Santa-Rosalia. On lui avait appris à respecter les hautes classes et le clergé, à être décent et
honnête dans sa vie, à ne chercher son bonheur que
dans l'obéissance aux volontés de son père. Carmelo
ne s'était jamais départi de ces maximes jusqu'à
l'heure fatale où le pauvre Toppa avait été lâche-
ment mis à mort.

Mais l'injustice et le despotisme aigrissent le sang de la jeunesse. Carmelo, qui n'avait fait que punir justement un empoisonneur, se voyait traité comme un criminel, confondu avec les voleurs et les assassins.

Une des plus grandes fautes de l'État en général, c'est de placer une autorité mesquine et tyrannique en des mains tyranniques et mesquines : ainsi s'engendrent la haine et le dégoût pour la haute et vraie autorité de la loi morale.

« Où est Dieu ? il ne peut pas m'entendre, il ne peut pas s'occuper de moi ; ni les saints non plus, puisque lui et eux me laissent languir ici, tandis que Bindo Terri triomphe, » pensait Carmelo, étendu sur son lit et bien différent, hélas ! du beau et robuste jeune homme qu'il avait été naguère.

Carmelo reculait encore devant les audacieux blasphèmes des doctrines socialistes ; mais l'Allemand s'y prenait avec adresse : pour ne pas choquer les croyances de ce jeune chrétien, il gazait l'athéisme de ses auteurs favoris, insistant de préférence, dans ses citations, sur les textes qui condamnent toutes les lois existantes et prophétisent un avenir parfait, « où il n'y aura plus par toute la terre que des hommes libres unis dans une libre fraternité. »

Carmelo écoutait, et son âme malade se laissait séduire au pernicieux attrait de ces théories d'autant plus dangereuses, qu'elles renferment au milieu de toutes leurs erreurs une essentielle, une indéniable vérité.

Il était en guerre avec tout le monde, avec toutes ces forces inconnues, invisibles, qui l'opprimaient ; son oreille et son cœur étaient ouverts aux récriminations contre la tyrannie du capital, le favoritisme de la loi, les vices d'une société qui condamnait im-

pitoyablement des millions d'êtres humains à la misère et à la mort.

L'Allemand, exilé de son pays à cause de ses opi-
nions, était un esprit actif et chercheur en même
temps qu'un propagandiste ardent. Il professait les
idées les plus radicales, et, comme la plupart des
sectaires contemporains, n'admettait d'autre remède
que la « destruction universelle ».

Averti de sa fin prochaine par les cruelles souffrances auxquelles il était en proie de temps à autre,
il vit dans le jeune Italien son dernier prosélyte, et,
avant que la vie lui échappât, il fit un suprême appel
à ses forces défaillantes pour arracher cette âme aux
ténèbres de l'erreur et lui révéler ce qu'il croyait
être la vraie lumière, car il trouvait Carmelo d'une
ignorance extrême.

Les nuits d'automne étaient longues et froides ;
on ne tolérait à l'infirmerie ni feu ni lumière ; mais
la salle semblait se réchauffer et s'éclairer aux ar-
dentes paroles de l'internationaliste. Carmelo ne savait rien de ce qui se passait par delà les haies de
Santa-Rosalia, et il suivait avec intérêt le récit des
menées révolutionnaires qui travaillent sourdement
l'Italie. L'Allemand lui faisait connaître les insur-
rections de San-Lupo, de Gallo, de Calatabiano, les
« Circoli Barsanti » et la section des « Figli di Lavoro » ; il lui citait les mémorables paroles de Garibaldi en 1873 : « S'il y avait une alliance de diables
pour combattre le despotisme, je m'y joindrais ; »
le décret de la fédération internationale de Rimini :
« La terre à qui la cultive, la machine à qui s'en
sert, la maison à qui la bâtit ; » le programme de
Piacenza : « Chacun a droit au nécessaire, nul n'a
droit au superflu ; » la déclaration des sections réunies
de Montenero, d'Antignani, d'Ardenza et de San-Ja-

7*

copo : « L'État est la négation de la liberté ; l'autorité ne crée rien et corrompt tout ; le changement de
gouvernement est inutile ; si un homme a une épine
dans le pied, il ne lui servira à rien de changer de
bottes, il doit arracher l'épine. » Puis c'étaient des
fragments d'articles incendiaires empruntés à la
Plebe, de Milan ; au *Petroleo,* de Ferrare ; au *Prole-
tario,* de Turin ; c'était cette prédiction de la *Cam-
pana :* « Toute autorité humaine et divine périra et
disparaîtra, depuis Dieu jusqu'au dernier agent de
police. »

L'impiété de ce langage révoltait l'âme innocente
de Carmelo ; mais, d'un autre côté, le ressentiment
du mal qu'on lui avait fait le rendait accessible à
tous les rêves de liberté et de justice, à toutes les
promesses d'un millénaire terrestre.

Si des intelligences comme celles de Rousseau, de
Fourier, de Proudhon, de Bakounine, ne découvrent
pas l'erreur qui se mêle à la vérité dans les doctrines socialistes, comment Carmelo et ses pareils la
verront-ils ?

L'Italien n'est pas naturellement révolutionnaire ;
mais, quand il l'est, il va plus loin que les autres,
peut-être parce qu'il a plus que tout autre à souffrir
du contraste entre ses espérances défuntes et sa misère présente. Personne ne paraît se rappeler que les
socialistes italiens ont rejeté Marx et déclaré Mazzini réactionnaire pour souscrire aveuglément et
sans y changer un iota au terrible *credo* de Bakounine.

On semble l'avoir oublié ; pourtant le dogme de
Bakounine n'implique rien moins que la destruction
universelle. Les disciples du révolutionnaire russe
se multiplient de jour en jour d'un bout à l'autre de
l'Italie ; mais depuis les arrestations de 1874, ils

ont pris un nom inoffensif[1], de sorte qu'on ne s'inquiète pas d'eux.

On ne les craint pas, et l'État continue à leur donner raison, en laissant dans toutes les communes des messer Nellemane et des Bindo Terri.

« C'est une question de faim, » a dit un jour le marquis Pepoli en parlant des émeutes de Budria et de Molinella.

En partie peut-être, pas complètement. Mais qui crée la faim ? Qui est cause que les estomacs sont vides, que les foyers sont froids, que la caisse communale regorge du produit des amendes ?

Ce sont les municipalités.

Voilà l'épine qu'il faut arracher du pied de l'Italie, si l'on ne veut pas que la plaie s'étende au corps entier.

Bien entendu, la plus grande partie des discours de l'Allemand restait inintelligible pour Carmelo ; mais le peu qu'il parvenait à comprendre produisait une impression profonde sur lui. On lui avait fait boire le poison de l'injustice, il avait soif maintenant d'un contrepoison : celui de la vengeance.

Carmelo était un brave et honnête garçon, qui n'avait jamais ni mal fait, ni songé à mal faire. Dans son irritation de se voir traiter comme un coupable, il se plaisait à entendre parler des droits souverains qu'il partageait avec toute l'humanité.

Le jeune Pastorini avait toujours eu l'obscure conscience du droit que possède l'homme de vivre à sa guise aussi longtemps qu'il ne fait pas de mal ; la nature lui avait donné une âme indépendante et intrépide ; mais, dans ces derniers temps, témoin et victime des mesquines tyrannies qui garrottent

---

[1] *Circoli per gli studi sociali.*

l'existence des pauvres, il avait commencé à trembler. Il voyait des gens ruinés, réduits à la mendicité ou acculés au suicide par cette chose qu'on appelait la loi, et qui ne lui apparaissait que comme un instrument de spoliation; l'espoir et le courage l'avaient quitté, pour être remplacés par un ressentiment sombre, maladif et terrifié.

Dans cette disposition d'esprit, il devait se laisser endoctriner par l'apôtre du socialisme aussi facilement que l'argile mouillée se laisse façonner par la main du potier.

Une nuit que la lune brillait à travers l'ouverture grillée qui tenait lieu de fenêtre, l'ouvrier allemand mourut.

Carmelo était trop faible pour se lever; assis sur son lit, il vit l'affreuse agonie et entendit le râle de cet homme qui lui semblait son seul ami. Il voulut appeler au secours; mais sa langue était collée à son palais, et quand, à la fin, il put recouvrer la voix, il eut beau crier, personne n'entendit.

Durant cette heure terrible il vieillit de plusieurs années.

L'homme s'agitait, pris des dernières convulsions. Carmelo se traîna péniblement hors de son lit et s'efforça de le maintenir en repos; mais le moribond fut plus fort que lui, et, le repoussant violemment, l'envoya rouler sur son matelas.

L'Allemand, dont le visage, semblable à celui d'un spectre, était éclairé par la lumière de la lune, se débattait entre les bras de la mort; il étouffait, vomissait le sang. Un instant toutefois il reprit connaissance, et ses yeux regardèrent fixement les yeux de Carmelo.

« Le peuple... le peuple... souffre, » murmura-t-il à travers ses dents serrées.

Puis il poussa un cri déchirant et expira.

Durant toute une longue et froide nuit, Carmelo fut seul près du cadavre.

V

Après son inutile voyage à Pomodoro, Annunziata ne put plus mettre le pied dehors. D'abord ce fut la neige qui l'empêcha de sortir ; puis survint le dégel, qui transforma les chemins en torrents fangeux.

Elle n'avait que peu de sang dans les veines et peu de pain dans son garde-manger. Elle et ses trois compagnes ne possédaient pour toutes quatre qu'un unique *scaldino* de charbon de terre qu'elles avaient acheté à frais communs en réunissant leurs quelques sous ; la plupart du temps elles restaient couchées, dans l'espoir de conserver ainsi un peu de chaleur vitale. Leurs misérables petits lits étaient placés chacun dans un coin de la chambre, et les araignées, les escarbots, les souris se promenaient en toute liberté sur ces grabats, les vieilles femmes n'ayant pas la force de les en chasser.

Dom Lelio donnait tout ce que ses moyens lui permettaient de donner, et Viola, qui visitait chaque jour sa grand'tante, s'imposait tous les sacrifices possibles pour qu'elle ne souffrît pas de la faim ; mais lorsque le prêtre et la jeune fille avaient fait l'un et l'autre tout ce qu'ils pouvaient, Annunziata manquait encore de bien des choses nécessaires à son âge. Dom Lelio ne recevait qu'un franc par jour, et dans la maison de Pippo le besoin était comme une âme en peine qui n'a point de repos et qui n'en laisse pas.

« A présent ils ne peuvent pas dire qu'elle mendie, » observait avec amertume Viola, debout près de la dure couche sur laquelle était étendue la vieille femme, privée par le rhumatisme de l'usage de ses jambes.

La jeune fille se décourageait en voyant ses espérances toujours trompées, et elle éprouvait devant l'avenir cette vague crainte qu'une longue succession de malheurs immérités laisse aux natures les plus vaillantes.

Quoiqu'on fût à la fin de février, la température, comme il arrive souvent, était beaucoup plus froide qu'elle ne l'avait été au fort de l'hiver. Le village offrait un aspect lugubre ; les chemins, mauvais en tout temps, ressemblaient maintenant à des fondrières ; la rivière irritée poussait par-dessus ses berges déboisées le flot jaune de ses eaux bourbeuses.

« On dirait que la Rosa est fâchée de la destruction du *boschetto*, » pensait Dina, la fille aînée de la famille Pastorini, tandis que le vent du nord, n'étant plus arrêté par les arbres, déchaînait toutes ses forces contre la maison du meunier.

Demetrio Pastorini n'avait pas moins changé que Pippo.

Il ne s'emportait jamais, parce que c'était un homme d'un caractère doux et juste, qui craignait d'ajouter encore au chagrin de ses enfants.

Mais sa gaieté, sa bonne humeur avaient complètement disparu ; lui qui avait été si causeur et si enjoué ne souriait plus jamais et parlait à peine ;

son front était toujours sombre et son regard troublé ; il semblait frappé d'une demi-cécité, maintenant que manquait à ses yeux cette aimable verdure
qu'ils avaient l'habitude de voir depuis le jour où ils
s'étaient ouverts à la lumière.

En outre, son incessante pensée était celle-ci :
« Que dirons-nous à Carmelo ? Comment supportera-
t-il de voir cela ? » Car, plus qu'aucun des siens,
Carmelo avait aimé le gai *boschetto;* les jours de fête
il y avait passé tant d'heures, assis sur la mousse au
bord de l'eau, pendant que son filet flottait dans la
rivière et que Toppa dormait à côté de lui ou donnait la chasse aux lézards dans l'herbe fleurie.

Le père n'osait pas songer à cela. Il avait grandement souffert lui-même ; mais il craignait que son
fils ne souffrît encore plus.

Le vieux Pastorini se voyait même privé de la
consolation qu'une somme d'argent aurait pu apporter à un homme aux prises, comme lui, avec les
embarras pécuniaires. La municipalité s'était bien
engagée à l'indemniser de la destruction de son bois,
mais elle n'en avait rien fait. A Rome, le propriétaire
des jardins de la Farnésine avait attendu cinq ans
avant d'être payé ; à Santa-Rosalia, le meunier at-
tendrait sans doute deux fois aussi longtemps.

Pour se faire payer, il aurait dû intenter un procès
à l'administration, ce à quoi nul ne se résout dans
la classe à laquelle appartenaient les Pastorini,
parce qu'on sait le remède pire que le mal. La *giunta*
était censée s'occuper de ces choses-là ; mais en réalité elle ne se réunissait que pour donner son adhé-
sion à toutes les paroles du *cavaliere* Durellazzo, et celui-ci ne disait que ce qui lui avait été soufflé par son
bras droit et principal conseiller, messer Nellemane.

Personne ne s'étonnera que la municipalité eût

peine à trouver de l'argent pour Demetrio Pastorini, après avoir dû acheter à grand prix l'avis favorable de tous les personnages d'abord hostiles à l'établissement du tramway.

Jusqu'à présent l'expropriation de son bois n'avait donc pas fait entrer un sou dans les poches vides du meunier ; il souffrait dans un temps de paix, et, comme disaient les journaux étrangers, de prospérité, exactement ce qu'il aurait souffert si une armée ennemie avait campé dans la commune, et, en se retirant, incendié la contrée.

« Ah ! ma fille, dit-il un jour à Viola, qu'il avait prise en grande affection depuis leurs communes épreuves, je souhaiterais presque que notre cher garçon restât en prison plutôt que de revenir ici pour voir ce qu'il verra. »

Viola poussa un profond soupir et s'abstint d'émettre un sentiment contraire ; mais dans son jeune cœur subsistait cette espérance qui est dans la jeunesse comme le genêt d'or, toujours en fleur par les plus mauvais temps et sur les sols les plus stériles.

Sans cesse elle se disait : « Quand Carmelo reviendra, les choses changeront, tout ira bien. »

Le mois de février touchait à sa fin ; elle comptait les semaines, les jours, les heures jusqu'à la mise en liberté de son fiancé.

Elle savait à peine lire, mais elle avait un de ces petits calendriers qui sont les oracles des pauvres ; elle y pouvait déchiffrer les indications relatives aux jours des mois, et elle biffait au fur et à mesure chaque semaine qui s'était écoulée laissant le jeune homme entre les quatre murs de sa prison.

A présent leur séparation ne devait plus durer que deux mois, et quoique bien des soucis et des peines attendissent, en effet, Carmelo dans la maison paternelle, Viola n'avait pas le courage de souhaiter, comme le meunier, la prolongation de son absence.

Mais tant de chagrins assaillirent les Mazzetti, que le calendrier où la jeune fille marquait tous les mauvais jours avec un morceau de charbon eut presque toutes ses pages entièrement noircies.

Dès le commencement de l'année, Pippo avait reçu un long papier imprimé, l'invitant à faire disparaître l'eau qui gênait la circulation devant sa porte. Le vieillard avait fourré l'avis de la municipalité dans les braises de la chaufferette et l'y avait laissé se consumer.

Quelques jours plus tard, Pierino Zaffi avait été vu sur la place, examinant et mesurant le petit cours d'eau ; ensuite il avait pénétré dans la maison au nom de la commune et avait suivi jusqu'à la source le ruisseau coupable, après quoi il s'était retiré sans rien dire.

Au bout d'une semaine arriva un autre document ; Viola alla prier Cecco de le lui lire, son grand-père se trouvant alors absent.

Ce papier ordonnait à Filippo Mazzetti d'entreprendre immédiatement les travaux nécessaires pour faire rentrer son ruisseau sous le sol ; défense lui était faite de le couvrir, parce que, de quelque façon qu'on le couvrît, cela occasionnerait une obstruction de la voie publique.

Trente jours étaient donnés à Pippo pour exécuter le travail en question ; ce délai écoulé, chaque jour de retard exposerait le délinquant à une amende.

A cette lecture les lunettes de Cecco se levèrent sur son nez et ses cheveux sur sa tête, tandis que le visage du tonnelier exprimait le plus douloureux étonnement.

« Après tout cet argent que je suis allé payer pour Pippo ! articula-t-il non sans peine ; après ce morceau de papier qui l'exempte de tout ! »

Lui, si disposé à ne marchander aux pouvoirs publics ni le respect ni l'obéissance, il était confondu, épouvanté.

C'était cela la justice de la loi ? C'était ainsi qu'elle tenait ses engagements ?

Cecco n'avait plus foi aux hommes et se prenait presque à douter du Ciel.

Viola fondait en larmes.

« Qu'est-ce que cela signifie ? vociféra Cecco hors de lui. Qu'est-ce que cela signifie ? Votre grand-père peut-il payer des maçons et des plombiers pendant six mois comme un duc ?

— Cela signifie la ruine ! sanglota la jeune fille. Il n'a rien au monde : comment peut-il faire rentrer l'eau sous la terre ? Et Carmelo qui revient dans un mois ! »

Force leur fut d'instruire Pippo de ce nouveau malheur. Le vannier l'apprit sans manifester aucune émotion ; mais son œil s'éclaira d'une lumière étrange.

Il prit le document et le plia en quatre ; puis, le tenant dans la paume de sa main, il cracha dessus et finalement y mit le feu avec une allumette chimique.

Après avoir flambé durant un instant, le papier se recroquevilla et forma un petit tas de cendre noire sur le parquet.

Viola et Cecco allaient parler ; d'un geste le vieillard leur imposa silence.

« Pas un mot, dit-il, pas un mot. Libre à eux de m'envoyer cent papiers comme celui-là, je les traiterai tous ainsi. Ils ne peuvent tirer du sang d'un poteau. Qu'ils fassent tout ce qu'ils voudront...

— Mais..., commença son ami.

— Pas un mot, » répliqua Pippo, et il cracha sur les cendres.

Puis il se remit à travailler.

Une demi-heure après, il interrompit sa besogne ; sous les cheveux blancs qui ombrageaient son front, ses yeux brillaient d'un éclat sauvage.

« Ma fille, dit-il à Viola, je me souviens qu'un soir, — tu n'étais pas encore née alors, — la nouvelle d'une grande bataille est arrivée ici ; on l'appelait la bataille de San-Martino [1]. On nous a dit d'illuminer, nous l'avons tous fait. J'ai mis des lampions à ta petite fenêtre. On nous disait que nous étions libres. Que Dieu nous pardonne notre sottise ! »

Ayant ainsi parlé, le vannier reprit son ouvrage.

La jeune fille pleurait.

VI

Peu de temps après il s'éleva à Santa-Rosalia une véritable clameur de haro contre les chiens enragés. C'est un phénomène qui se renouvelle très fréquemment et qui permet aux gardes de vendre quantité de peaux de chiens.

Qu'un chien soit pourchassé par des enfants, qu'il ait soif et ne puisse trouver d'eau pour se désaltérer, ou encore qu'il soit affaibli par la faim et les mau-

[1] C'est le nom que les Italiens donnent à la bataille de Solférino.

vais traitements, tout de suite on le déclare *arrabiato*
et l'on placarde sur les murs des avis portant que
tout chien rencontré sur la voie publique sera tué.
Alors Bindo se frotte les mains, ses *polpetti* empoisonnés et son revolver font merveille par tout le
pays.

Une panique de ce genre saisit la municipalité de
Vezzaja-Ghiralda dans ce mois de février, où Pippo
reçut, au sujet de la petite Raggi, plusieurs sommations qu'il jeta au feu.

Si vous percez un tunnel à travers une montagne
et qu'au cours de ce travail vingt terrassiers périssent
victimes d'un éboulement, vous êtes un bienfaiteur
public ; si vous êtes à la tête d'une usine où les ouvriers respirent un gaz délétère qui les tue tous
avant l'âge de trente ans, nul ne s'avise de trouver
mauvais que vous sacrifiiez la vie humaine à vos
intérêts ; mais si un chien vient à mordre quelqu'un,
oh ! alors, combien la vie humaine est sacrée !
Quelle horreur ne doit-on pas avoir pour tout ce qui
la menace !

En l'absence du *cavaliere* Durellazzo, retenu à sa
fabrique de bougies, messer Nellemane prit peur et
fit coller des affiches annonçant que les gardes étaient
autorisés à exterminer tous les chiens qu'ils verraient
en liberté.

L'imagination la plus paresseuse peut aisément
se représenter quel bon temps ce fut dès lors pour
Angelo et Bindo dans la commune ; personne n'osait
arrêter leur bras meurtrier, car on se souvenait de
ce qui était arrivé à Carmelo.

Viola, terrifiée, ne laissait plus sortir la petite
Raggi, et, pour la mettre autant que possible à l'abri
du danger, la tenait enfermée dans le jardin. La
nuit la jeune fille rêvait que Raggi avait été saisie

et tuée ; elle se réveillait en sursaut et ne se rassu-
rait qu'après avoir caressé les poils soyeux de la
chienne couchée au pied de son lit.

« J'ai déjà dit que je ne voulais pas qu'on enfer-
mât la chienne pour faire plaisir à ces diables, »
grommelait son grand-père ; mais la jeune fille s'ex-
cusait en disant qu'elle n'avait en vue que la sécurité de Raggi.

Le vieillard la laissait agir comme elle l'entendait ;
il devenait apathique, tout en gardant l'amère conscience de sa situation désespérée. Quoiqu'il eût
brûlé l'ordre de la *giunta* relatif à son ruisseau, il
n'en avait pas pour cela perdu le souvenir, et la
crainte de ce qu'on pouvait lui faire hantait nuit et
jour son esprit. Et puis il était si pauvre ! Il supportait encore sans trop de peine la privation de vin et
de tabac ; mais ce qui lui crevait le cœur, c'était de
voir Viola aller pieds nus et porter des vêtements
tout rapiécés.

Viola avait toujours été la plus propre et la plus
soignée dans sa mise, aussi bien que la plus jolie
des jeunes filles du pays. Propre, elle l'était encore ;
mais vous ne pouvez pas avoir une mise soignée
quand vous êtes si pauvre que même l'achat de
quelques épingles, d'un peu de fil, d'un bout de pa-
rement est au-dessus de vos moyens.

Voilà la pauvreté que le monde ne comprend pas,
et qui, pour cette raison, n'excite pas sa pitié. La
famine, telle qu'elle sévit à Cachemire et à Bombay,
il la comprend, mais non la pauvreté qui a juste de
quoi entretenir la vie du corps et doit, faute d'une
pièce de monnaie, se refuser la satisfaction de tous
les besoins de l'existence.

C'était pour Viola aussi un grand chagrin de ne
pouvoir aller à la messe avec une toilette décente,

8

comme elle avait coutume de le faire autrefois; mais elle souffrait bien plus de l'impossibilité où elle était de mettre un ou deux petits morceaux de viande dans le bouillon de son grand-père, et de protéger efficacement la sûreté de Raggi.

À la Noël, elle avait vendu son petit collier de perles à une jeune villageoise plus riche qu'elle, la fille du gros boucher. Depuis longtemps il ne restait rien de l'argent que les Mazzetti s'étaient ainsi procuré : cette faible somme leur avait servi à acheter du charbon et du pain pour eux-mêmes, ainsi que de la soupe pour Annunziata.

Les placards concernant les chiens étaient encore sur les murs, et la terreur continuait à régner sur tout le territoire de Vezzaja et Ghiralda, quand, un matin, Viola eut à faire sa lessive de la semaine. En pareil cas, elle n'avait pas besoin, comme la plupart des femmes du village, d'aller au bord de la Rosa ou des cours d'eau qui descendaient des collines : grâce au ruisseau si odieux à la *giunta*, les Mazzetti se trouvaient posséder un lavoir dans leur petit *orto*.

C'était là qu'elle lavait les draps, les chemises de Pippo et les siennes, enfin tout le linge de la maison, y compris celui de sa grand'tante, si l'on pouvait honorer du nom de linge les misérables guenilles de la vieille femme. Durant toute la froide matinée elle vaqua à sa besogne de lavandière, tandis que l'âpre vent du nord sifflait autour de sa tête et flétrissait les fleurs rouges des amandiers environnants.

Elle avait fermé la porte de la maison, et Raggi était avec elle, courant en liberté dans le petit jardin; Pippo était sorti pour tâcher d'obtenir quelque commande d'ouvrages en osier.

Viola, dont les yeux cherchaient souvent la petite chienne, l'avait vue se coucher près du mur pour se mettre à l'abri du vent. Toutefois, vers onze heures, la jeune fille, ayant tordu son linge, fut si occupée à l'étendre sur la corde, qu'elle n'entendit pas la porte d'entrée s'ouvrir sous l'effort du vent, et à midi, quand elle eut terminé son travail, elle s'aperçut que Raggi avait disparu.

D'ordinaire la chienne ne s'éloignait pas de sa maîtresse; mais Raggi avait un petit ami dans le plus jeune fils de Cecco, un doux enfant de quatre ans, boiteux, avec une figure de chérubin et de blonds cheveux frisés.

Toutes les fois que Raggi entendait le tic tac de la béquille du pauvre petit garçon, elle accourait aussitôt, car Lillo, — ainsi s'appelait l'enfant, — partageait son pain et son lait avec elle, faisait rouler pour l'amuser sa petite boule de bois, et l'aimait tendrement. De son côté, Raggi avait fait de lui son préféré : peut-être, avec l'instinct compatissant des chiens, devinait-elle la triste destinée du jeune infirme.

Cet avant-midi, entendant résonner la béquille sur les pierres devant la porte, elle se leva et sortit sans penser à mal le moins du monde.

Charmé de voir la compagne de ses jeux, Lillo la couvrit de baisers, et alla clopin-clopant chercher un morceau de pain à la maison de son père. Ensuite il se dirigea, toujours accompagné de la chienne, vers les quelques saules qui ombrageaient le bord de la rivière; là il s'assit au soleil et partagea son pain avec son amie.

Lillo et Raggi étaient très gais et s'amusaient, à vrai dire, de rien : ils faisaient la dînette ensemble, cherchaient des cailloux dans l'herbe, jouaient avec les branches sèches que le vent semait en si grande abondance sur le sol. La bise soufflait dans les poils jaunes de Raggi et dans les boucles blondes de Lillo ; la première aboyait, le second chantait et riait.

Mais le long de la rivière s'avançait une ombre sinistre, l'ombre d'un homme vêtu de gris, avec une plume au chapeau et une épée au côté.

Ses yeux aperçurent le petit enfant et la petite chienne assis ensemble sous les saules ; son oreille entendit le rire frais de l'un et le léger aboiement de l'autre.

Il saisit son pistolet et fit feu sur la chienne.

En même temps que celle-ci tombait sur le côté, l'enfant tomba à la renverse en jetant les hauts cris.

Les gens sortirent précipitamment de leurs maisons, et Bindo Terri continua sa promenade comme un homme qui a fait son devoir et gagné ses appointements.

Viola était accourue avec les autres ; elle tomba à genoux auprès de Raggi.

La chienne vomissait des flots de sang ; mais elle remuait faiblement sa petite queue frisée, comme pour faire ses adieux à ses amis. Ensuite ses petits yeux brillants devinrent vitreux et parurent rentrer dans sa tête ; son cœur battit convulsivement ; quelques secondes après elle étendit ses membres avec effort, puis resta immobile pour toujours.

Elle gisait morte dans une mare de sang.

Jamais plus Lillo ne rirait sous les saules et ne partagerait son pain avec Raggi.

Jamais plus les enfants ne feraient danser Raggi au son du flageolet. Et, à partir de ce moment, le petit Lillo, qui n'avait jamais été fort intelligent,

Ses yeux aperçurent le petit enfant et la petite chienne assis ensemble sous les saules.

devint imbécile : la frayeur lui avait fait perdre la
raison.

Mais qu'importait cela ? La loi avait affirmé sa
majesté et vengé ses droits. Pippo creusa une petite
fosse sous les amandiers en fleur, et y mit le corps
ensanglanté de la petite chienne; puis il recouvrit
la tombe de mousse et de gazon. En retournant
chaque motte de terre, le vieillard gémissait :

« Nous avons pour maîtres des assassins et des
voleurs ; ils font toutes les méchancetés qu'ils
veulent, et personne ne s'en inquiète. Combien de
temps cela durera-t-il, Seigneur ? combien de
temps ? »

VII

Par une coïncidence cruellement ironique, ce
même soir l'*usciere*, en exécution d'un jugement
rendu par le tribunal de Pomodoro, déposa chez
Pippo un commandement de payer la somme de cin-
quante-sept francs au sujet de la petite chienne.

Comme le vannier, cité pour contravention, s'était
abstenu de comparaître, son affaire avait été déférée,
selon l'usage, à la juridiction supérieure; là il avait
été condamné à l'amende et aux dépens.

Taxé à deux francs pour chaque fois que la
pauvre petite Raggi avait été vue en liberté, Pippo
se trouvait avoir à payer une grosse somme. Le ministère public, qui dans ces occasions représente la
commune, avait déclaré que, sans l'indulgence de

l'administration, le nombre des assignations aurait été beaucoup plus considérable. On regrettait, disait-on, d'être sévère pour un homme pauvre, mais la loi devait être respectée.

Ce document, comme les autres, fut livré aux flammes.

« Ils peuvent me tuer comme ils ont tué la pauvre petite chienne, dit Pippo ; ainsi, du moins, ce sera fini tout de suite. »

Viola pleurait à se détruire le cœur, selon l'expression dantesque ; et, dans la maison du tonnelier, une mère désolée était assise près d'un petit lit où un enfant aux cheveux d'or, avec des yeux terrifiés, montrait sans cesse du doigt quelque chose dans l'air, balbutiait des monosyllabes inintelligibles, puis, frissonnant, s'enfonçait sous ses couvertures.

La vie physique subsistait encore chez le petit Lillo ; mais son intelligence était aussi morte que Raggi, dont le cadavre reposait dans la fosse creusée sous les amandiers.

« Il ne faut pas que Carmelo sache cela, » ne cessait de répéter Viola, inconsolable d'avoir perdu la petite amie qui pendant sept ans avait dormi sur son lit. Elle ne fit que sangloter toute la nuit, et le lendemain, à la première heure, elle alla prier les parents de Lillo, ainsi que tous les autres voisins, de ne jamais dire à Carmelo que Raggi avait été tuée par Bindo Terri, et que le malheur survenu à l'enfant était la conséquence de ce meurtre.

Tous lui promirent le silence ; mais cette promesse ne la rassura guère, car elle savait ne pouvoir pas beaucoup compter sur la discrétion de gens en général très bavards ; aussi avait-elle peur, extrêmement peur. Parfois il lui semblait qu'elle allait perdre la raison comme le petit Lillo.

Son grand-père n'avait jamais que ces mots à la bouche : « Qu'ils me tuent comme ils ont tué la chienne. Ils m'ont réduit à la mendicité. »

Le froid se passait, le soleil séchait l'humidité, les champs ensemencés commençaient à se couvrir de verdure ; bientôt au milieu du gazon les violettes firent place aux asphodèles, et, sur le flanc des collines, les branches fleuries des pêchers et des poiriers égayèrent la sévérité des pentes escarpées.

Mais le retour du printemps ne ramena pas la joie dans la petite maison de la Madone ; et près du moulin les belles pyramides de feuillage, retraite des pigeons, des merles et des rossignols, étaient remplacées par un désert de boue et de cailloux, aussi inutile aux animaux et aux oiseaux qu'aux êtres humains.

. Rien n'avait été fait de ce terrain, où des trous béants marquaient la place des arbres déracinés, tandis que les araignées d'eau se promenaient à leur aise sur les tas de boue. Le tramway n'existait encore qu'en projet : il y avait de la brouille entre les spéculateurs étrangers et les municipalités du pays ; or on ne pouvait commencer les travaux avant que la querelle n'eût pris fin. Les spéculateurs prétendaient avoir été volés par les municipalités, et celles-ci leur renvoyaient le reproche. C'était un différend comme il en surgit au jeu entre un croupier et un ponte.

A tout cela les gens de la commune ne comprenaient goutte ; ils étaient dans la situation d'un cheval quand on lui tond la crinière et qu'on lui flambe le poil : l'animal se sent incommodé, mais il ne sait pas ce qu'on lui fait.

L'Italie est toujours étrillée cruellement ; néanmoins, comme elle est fort aimable, elle ne détache pas de ruade à son palefrenier.

Le doux printemps revint ; ici cette saison est si belle, que, pour sentir le bonheur de vivre, vous n'avez qu'à vous promener dans les champs pleins de fleurs, où, selon l'expression de Wordsworth, votre cœur vibre à l'unisson des asphodèles caressés par la brise.

Mais les pauvres n'ont pas le loisir de s'abandonner à ces impressions, et le printemps n'apporta aucune consolation à Santa-Rosalia.

Sur ces entrefaites, de nouveaux ennuis vinrent encore compliquer la situation déjà si pénible de Demetrio Pastorini.

Il y avait, de l'autre côté du village, un autre meunier qui n'avait jamais fait grand'chose, parce que la rivière était fort basse en cet endroit. D'ailleurs il s'occupait peu de son moulin ; c'était un homme fort à son aise, qui possédait un magasin d'huile et un entrepôt à Pomodoro. La famille de Carmelo n'avait jamais vu un concurrent dans Remigio Rossi, et lui-même n'avait jamais cherché à se poser comme tel.

Mais un beau jour quatre bœufs apparurent au bord de la rivière, traînant derrière eux un gros objet noir, laid et d'un aspect étrange. Quelques jours après, Pippo et Viola, qui se trouvaient sur le pas de leur porte, virent se dresser sur le toit du moulin Rossi, situé à dix *yards* de chez eux, une longue cheminée noire d'où sortait une épaisse fumée.

Le vannier prit sa course, en criant de toutes ses forces que le feu était au village. Mais les gens qu'il rencontra lui répondirent, après avoir regardé dans la direction indiquée :

« Tais-toi, vieux fou ; c'est la nouvelle machine à moudre. »

Homme d'intérieur, n'allant jamais au cabaret où se racontaient les nouvelles locales, Demetrio Pastorini était toujours le dernier informé de ce qui se passait à Santa-Rosalia. Il vit cette chose noire qui crachait de la fumée, et alors seulement il apprit que le meunier Remigio Rossi avait fait venir de la ville une machine à vapeur, grâce à laquelle il pouvait moudre du grain par n'importe quel temps, que l'eau fût haute ou basse dans la rivière.

Le moulin à vapeur faisait une tache hideuse sur le paysage ; sa vilaine cheminée de fer vomissait des odeurs infectes qui empoisonnaient l'atmosphère, une fumée noire qui assombrissait le jour, et une masse de cendres et de suie qui se répandait sur les rives gazonnées de la Rosa.

Le blé affluait au moulin protégé par le *cavaliere* Durellazzo, et, en entendant la machine mugir, en la voyant projeter sa lourde vapeur, le vieux Pastorini s'éloigna « la mort dans l'âme », car désormais il avait perdu toute espérance.

Comment lutter contre cette concurrence avec son moulin à eau, dont les roues restaient à sec cinq mois de l'année depuis qu'on avait déboisé les berges de la rivière ?

« C'est ainsi que vous amenez des diables de fer et de feu pour ruiner votre vieux voisin, Remigio ? » dit-il d'un ton de reproche à Rossi, quand il le rencontra le dimanche à l'heure de la messe.

Ces mots causèrent quelque confusion à Remigio, qui était un bon homme, quoique trop ami de l'argent, comme la plupart de ses pareils.

« Je ne veux nuire à personne, répondit-il avec un

certain embarras. Mais on avait grandement besoin de cela, maintenant qu'on ne peut plus se fier à la Rosa; et comme la *giunta* fait la moitié des frais, que c'est pour le bien de la localité...

— Ah! la *giunta* fait la moitié des frais, dites-vous? reprit Pastorini, dont le cœur s'emplissait d'une amertume croissante. Eh bien, je suppose qu'elle prendra aussi la moitié des bénéfices? »

Remigio cligna des yeux et se hâta d'entrer dans l'église.

Le lendemain, Pastorini, qui en de semblables circonstances n'y allait pas par quatre chemins, se rendit à la municipalité et demanda à voir le syndic, dont c'était le jour de réception.

Comme toujours, le *cavaliere* Durellazzo était absent; mais son secrétaire se tenait à la disposition du public. Après avoir un peu attendu, le meunier fut introduit en présence de messer Nellemane, qui, sans se lever de son fauteuil, lui dit avec un sourire affable :

« Puis-je vous être de quelque utilité, mon ami? »

Demetrio Pastorini n'avait pas la parole facile, sauf quand l'émotion lui déliait la langue. Ce fut donc avec une certaine hésitation, mais surtout avec beaucoup de répétitions et de détails inutiles, qu'il fit connaître l'objet de sa visite. Il partit de ce fait que les Pastorini exerçaient la profession de meuniers au bord de la Rosa depuis trois cents ans bien comptés, et, selon toute vraisemblance, plus longtemps encore; ses ancêtres lui ayant ainsi légué une sorte de droit héréditaire sur la rivière, il était, prétendait-il, contraire à toute justice, pour ne pas dire à toute loi, d'établir un moulin à vapeur en face de lui.

Messer Nellemane l'écouta très patiemment, et

quand, à la fin, le meunier s'arrêta pour reprendre
haleine, il lui dit avec douceur :

« Vous êtes dans une erreur complète, mon ami.
Remigio Rossi n'occupait-il pas depuis de longues
années le moulin près de la *piazza?* »

Pastorini en convint.

« Et jamais, que je sache, vous n'avez réclamé
contre l'existence de ce moulin à eau?

— Il ne faisait pas d'affaires, répondit le meunier.

— Excusez-moi, reprit messer Nellemane, cela est
tout à fait en dehors de la question; s'il en avait fait,
vous n'auriez pas songé, je pense, à exiger qu'on le
transférât ailleurs?

— Je n'aurais jamais demandé cela, dit Pastorini.
Vivre et laisser vivre, voilà ma devise. Ce moulin-là
n'avait rien que d'honnête. C'était l'eau qui le faisait
mouvoir, et il se trouvait, relativement à l'eau, dans
de moins bonnes conditions que le mien... »

Messer Nellemane eut un léger mouvement d'impatience; la stupidité du public l'irritait toujours.
Néanmoins il conserva la sérénité de son sourire.

« Tout cela est étranger à la question. Vous con-
testez la légalité du moulin de Rossi. Que ce moulin
soit à eau ou à vapeur, il n'en a ni plus ni moins de
droit à occuper la place qu'il occupe; ce détail est,
dans l'espèce, sans aucune importance. Vous ne me
paraissez pas voir cela; pourtant, si vous réflé-
chissez un moment, cher monsieur, vous vous convaincrez que le mode de fonctionnement du moulin
n'a rien à voir dans la question.

— Dieu miséricordieux! s'écria Pastorini, mis à
la torture par ce raisonnement calme et logique.
Toute la question est là, au contraire. Ce moulin
avait les mêmes droits que le mien, ni plus ni moins.
Quand Rossi se contentait des saisons envoyées

par Dieu et tâchait de faire bon ménage avec la Rosa, je n'avais rien à dire; la rivière est à tout le monde.

— Il y a un instant, vous la réclamiez comme la propriété de votre famille, » observa d'un ton très doux son interlocuteur. Le meunier ne parut pas avoir entendu ces mots.

« Ni moi ni aucun de mes fils ne serons jamais ennemis de la concurrence loyale, poursuivit-il en s'échauffant un peu. Vienne un riche, vienne un pauvre, la rivière est à tout le monde; un prince et un mendiant peuvent également mettre habits bas et s'y baigner.

— Permettez!... fit messer Nellemane, dont la pudeur était souvent blessée par les petits *amorini* qui pendant la canicule barbotaient dans la Rosa.

— La rivière est une chose libre; mais servez-vous-en honnêtement, continua avec vivacité le meunier. N'allez pas y installer une grande chaudière pour moudre, quand c'est la volonté de Dieu que l'eau soit basse. Pourquoi venez-vous faire cela sur la rivière? C'est imiter les gens qui, dit-on, volent les honnêtes pêcheurs à la ligne et au filet en détruisant, eux, tout le poisson avec de la poudre.

— Avec de la dynamite, rectifia messer Nellemane. Cela est défendu par nos règlements.

— Alors pourquoi autorisez-vous le moulin à vapeur? répliqua Pastorini. Il me fait le même tort que la dynamite fait aux pêcheurs. Un homme s'enrichit et tous les autres meurent de faim. Je n'ai jamais dit que j'avais un droit sur la Rosa; mais je dis que j'ai le droit de moudre du grain pour Santa-Rosalia et pour toutes les fermes des environs. Cette concurrence n'est pas loyale, elle n'est pas honnête; c'est la ruine pour moi et la misère pour

mes enfants; car naturellement tout le monde ira
où l'ouvrage se fait le plus vite.

— Vous venez précisément d'indiquer la raison
d'être du moulin à vapeur, dit d'un ton aimable
messer Nellemane en jouant avec une plume. A notre
époque, le public tient à ce que le travail soit fait
vite et puisse être fait en tout temps. Je suis vraiment désolé que cette innovation vous soit désagréable, mais nous sommes forcés de songer au bien
général, non aux intérêts individuels. Il est absurde
que, dans ce siècle de grandes inventions, toute
une population se voie dans l'impossibilité de faire
moudre ses récoltes parce qu'une petite rivière est à
sec. Tant de plaintes nous sont parvenues à ce
sujet, que nous nous sommes crus nous-mêmes obligés de chercher remède à un tel état de choses. Or,
comme Remigio Rossi était un homme zélé pour le
bien public, et en possession d'un certain capital, le
très excellent *cavaliere* Durellazzo a décidé, d'accord
avec la *giunta*, de l'aider dans l'accomplissement de
son entreprise. »

Pastorini demeura confondu et muet. Le subside
accordé au moulin à vapeur lui paraissait une iniquité monstrueuse; il comptait le jeter comme un
sanglant reproche à la face du représentant de la
municipalité, et voilà que celui-ci glorifiait le fait, le
présentait comme une mesure d'utilité publique,
comme une preuve de la sollicitude de l'administration pour les besoins du pays!

Le brave homme n'avait pas l'esprit assez vif pour
trouver une réplique victorieuse aux arguments de
messer Nellemane.

Il restait là, tournant dans ses mains son chapeau
de paille, et balbutiant stupidement : « Mais la chose
n'est pas honnête. Ce n'est pas loyal. C'est être battu

par des diables..., » jusqu'au moment où le secrétaire communal lui fit poliment remarquer que son temps était précieux, et qu'il y avait en bas plusieurs personnes attendant une audience.

« Ainsi je ne puis rien faire? dit le meunier en promenant autour de lui des yeux d'où le regard était absent.

— Dans le cas présent, rien. Une fois que la *giunta* a donné son approbation...

— Que le diable emporte la *giunta*, et vous avec elle! dit amèrement Demetrio Pastorini. Vous avez jeté mon pauvre fils en prison, et maintenant vous nous ôtez le pain de la bouche. »

Messer Nellemane agita une petite sonnette; Bindo Terri parut et montra la porte au meunier.

« Toute cette famille a ici quelque chose de dérangé, » dit messer Nellemane en portant la main à son front avec un sourire de pitié.

VIII

Le meunier alla consulter un avocat de Pomodoro. L'avis de l'homme de loi fut qu'il n'y avait rien à faire : tout au plus pouvait-on adresser une pétition au préfet.

Pastorini pria l'avocat d'être assez bon pour la lui rédiger. Celui-ci y consentit, et empocha quarante francs d'honoraires.

Le secrétaire du préfet lut la pétition et l'envoya au *consiglio provinciale;* le *consiglio provinciale* l'envoya à son ingénieur. Ce dernier n'était autre que l'ingénieur de la commune, Pierino Zaffi. Il informa le *consiglio provinciale* que le moulin était nécessaire, sans inconvénient pour la salubrité, et très utile à la commune; à son tour, le *consiglio provinciale* parla dans ce sens au préfet, lequel déclara qu'il avait les mains liées par la décision du conseil provincial.

C'est dans ce cercle que le public tourne comme un cheval de moulin, quand il s'avise de pétitionner.

Il n'y avait rien à faire.

Pastorini savait très bien que, par-dessus la porte blanche de son jardin, la ruine allait bientôt lever la tête.

Le moulin à vapeur lui enlèverait toute sa clientèle, et maintenant que les arbres étaient abattus, la rivière, selon toute apparence, ne ferait que baisser de plus en plus chaque été. En outre, les Pastorini se sentaient sans amis : pour la première fois depuis bien des années on avait chargé le gros boucher de diriger la procession de la Fête-Dieu, honneur jusqu'alors dévolu au meunier. La cordialité faisait place à la froideur. Sans être plus égoïstes que le commun des hommes, les gens de Santa-Rosalia comprenaient qu'il était dangereux d'entretenir des relations amicales avec une famille si visiblement condamnée par la Providence et par messer Nellemane.

« A présent, voilà qu'on bat le blé avec une chaudière d'étain et qu'on le moud avec une marmite de fer! Oh! Seigneur, quel temps! » disait le vieux Pippo, tandis que la fumée du moulin entrait par la fenêtre de sa chambre et le suffoquait dans son lit.

Messer Nellemane était souriant et affable : ses

affaires allaient fort bien sous tous les rapports. Le nouveau député n'avait pas oublié combien le secrétaire de Santa-Rosalia avait aidé à son succès, en remaniant avec adresse les listes électorales, et en faisant voter les mêmes gendarmes dans plusieurs endroits à la fois; aussi se montrait-il plus que cordial avec son humble allié, et prédisait-il le plus bel avenir à un fonctionnaire si intelligent.

« Dans un pays libre comme celui-ci, disait le signore Luca Finti, l'activité et le talent ne peuvent rester longtemps sans récompense. Quand ces mécréants ne seront plus aux affaires et que notre tour sera venu d'exercer le pouvoir, vous ne serez pas oublié, mon cher ami. »

Messer Nellemane avait si bien mené sa barque, que le préfet de la province, nommé à son poste par les mécréants, le recommandait aussi pour les services qu'il avait rendus à la préfecture, avec autant de discrétion que de zèle, pendant la période électorale. Quant au sous-préfet, voici le témoignage flatteur que le secrétaire communal recueillit de sa bouche :

« Aussi longtemps que nous serons au pouvoir, je vous promets que vous ne serez pas oublié. Des serviteurs de l'État tels que vous sont tout à fait inappréciables dans un temps où nous sommes si menacés par l'élément réactionnaire et clérical, et où, d'un autre côté, nous avons à lutter contre la marée montante du communisme. »

Messer Nellemane déclara hautement qu'il n'éprouvait que de l'horreur pour le cléricalisme aussi bien que pour le communisme.

Selon lui, le bien de l'État réclamait la modération, l'impartialité la plus stricte, et, comme il le disait avec beaucoup de vérité, il se sentait à l'abri

de toute disgrâce, soit que le ministère restât en
fonctions, soit qu'il fît place à un autre. Sans doute,
si le nouveau député et le sous-préfet s'étaient avisés
de confronter les notes respectivement reçues par
chacun d'eux, l'identité de l'écriture aurait révélé le
double jeu de messer Nellemane; mais celui-ci savait
que pareil danger n'était pas à craindre, attendu que
ces deux personnages se détestaient l'un l'autre,
comme seuls peuvent se détester des ministériels et
des *dissidenti*.

L'idéal de messer Nellemane ne différait pas de
l'utopie caressée par la plupart des libéraux de
l'époque présente : c'était un despotisme ingénieux,
qui porterait le nom de démocratie, et dans lequel le
peuple aurait tout aussi peu d'influence que les
nobles. Quant à l'Église, elle ne serait tolérée qu'à
la condition de devenir un instrument de propagande
pour les doctrines de l'État.

IX

Le jour était arrivé où Carmelo devait sortir de
prison ; c'était une ravissante matinée de mai,
comme on n'en voit que dans ce pays.

D'abondantes pluies étaient tombées pendant la
nuit ; les hautes tiges ondoyantes des blés, les mûriers et les noyers, les saules longeant la rivière, le
gazon poussé épais entre les peupliers, tout était
vert et brillant d'humidité ; çà et là un acacia fleuri
se dressait comme la blanche colonne d'une fon-

taine ; çà et là un arbre de Judée faisait flamboyer
ses fleurs de pourpre ; sur toute la contrée soufflait
une douce brise marine venue de l'Ouest.

« Hélas ! faut-il qu'il revienne ici pour voir ce
qu'il verra !... dit Demetrio Pastorini à Viola.

— Il nous verra tous en bonne santé, répondit-
elle, persuadée, par un sentiment bien féminin, que
cela devait compenser tout le reste.

— Le gars est terriblement changé, reprit le père
avec un soupir ; n'oubliez pas cela, Viola. Le mal
fait à un homme change en fiel le miel qu'il y avait
dans son cœur. Carmelo n'est plus le jeune homme
ouvert, doux et innocent que vous et moi avons
aimé. Il aura besoin de trouver chez vous beaucoup
de sagesse et beaucoup de consolations.

— Je ferai de mon mieux, dit la jeune fille ; je ne
négligerai rien pour qu'il redevienne ce qu'il était
autrefois, et je m'efforcerai de lui apprendre l'oubli.

— Ce ne sera pas facile, répondit Pastorini ;
quand le blé est niellé, qui peut lui rendre sa pureté
première ? Et il va retrouver ici deux ménages
cruellement éprouvés. Mais il est jeune et vous êtes
bonne.

— Je l'aime tendrement, dit Viola avec des larmes
dans ses grands yeux.

— Je le sais, » dit le meunier.

Puis il l'embrassa et alla atteler la jument grise.
La jeune fille retourna en compagnie de Dina à la
petite maison de la Madone.

« Le jeune Pastorini sortira de prison aujourd'hui,
disait en ce moment messer Nellemane au brigadier ;
vous aurez l'œil sur lui, car je crois que c'est un individu dangereux.

— Naturellement, » répondit le gendarme.

Une fois que vous avez été en prison, vous êtes

pour toujours sur les livres de la police ; le moindre
mot, le moindre acte de vous qui lui semble suspect
vous rend passible de ses investigations et de ses in-
terrogatoires. Jamais vous ne recouvrez entièrement
votre liberté. Vous êtes comme un oiseau à qui on a
ouvert la porte de sa cage et qui vole avec un fil attaché à la patte. La justice humaine est une chose
tristement imparfaite.

Pippo et les Pastorini père et fils allèrent chercher le prisonnier à Pomodoro.

Quands ils eurent adressé leurs compliments à
Carmelo et qu'on eut accompli les formalités nécessaires pour la levée de l'écrou, le jeune homme saisit
la main de son père et celle de Pippo ; mais il ne
proféra pas une parole. En se retrouvant au grand
air, sous la large lumière du soleil, il marchait d'un
pas incertain, comme s'il eût été ébloui par la clarté
du jour ; son regard était vide d'expression ; ses
lèvres, jadis si vermeilles et si souriantes, étaient
pâles et serrées. Toute sa jeunesse semblait s'être
évanouie ; ses vêtements, devenus deux fois trop
larges pour lui, flottaient à l'aise sur son corps
émacié. Douze mois seulement s'étaient écoulés depuis qu'il avait si gaiement porté le *maggio* au son
des joyeuses sérénades !

« Vous en avez eu pour longtemps, lui dit en manière de plaisanterie l'*usciere*. A l'avenir, *birricchino
mio*, vous aurez bien soin de ne plus toucher à un
garde. »

Carmelo resta silencieux et sombre ; un éclair de
colère brilla dans ses yeux fixés sur le sol.

« Mon fils a été victime d'une cruelle iniquité, dit
le vieux Pastorini avec des larmes dans la voix.
S'il y avait quelque justice sur la terre, il n'aurait
pas passé une heure dans votre maudite maison.

— La loi ne commet jamais d'iniquité, répliqua l'*usciere*, que la loi faisait vivre.

— La loi vraie, la bonne et honnête loi peut-être, reprit le meunier ; mais ces coquins qui fabriquent des lois au gré de leur caprice pour pouvoir remplir leurs poches...

— Taisez-vous, on va vous coffrer, fit à voix basse Pippo, qui, depuis qu'il avait hypothéqué sa maison, était devenu très craintif et néanmoins grincheux. Partons, Viola nous attend. »

Au nom de sa fiancée, un rayon passa pour un instant sur le visage et dans les yeux hébétés de Carmelo ; mais il s'éteignit bientôt, et la physionomie du jeune homme reprit l'expression de sombre tristesse qu'une longue captivité lui avait donnée.

« Partons ! » dit-il, et avec un frisson il jeta par-dessus son épaule un dernier regard sur la prison.

On était venu le chercher avec le cheval et la charrette du moulin ; il sentit un sanglot lui monter à la gorge lorsqu'il vit la vieille jument grise et qu'il entendit le hennissement de satisfaction avec lequel la pauvre bête le reconnut.

Leurs cœurs étaient plus oppressés que joyeux pendant que la charrette roulait sur la route poussiéreuse, bordée de vignobles au delà desquels se dessinaient les longues formes azurées des montagnes.

Le père éprouvait un chagrin poignant à se dire qu'un de ses fils revenait au lieu natal dans de pareilles conditions ; son nom avait toujours été sans tache, et, quoiqu'il sût Carmelo innocent, il n'ignorait pas que la prison, même imméritée, laisse une flétrissure.

Le jeune homme continuait à se taire. Assis avec

le vieux Pippo derrière son frère, qui tenait les rênes,
il avait le visage tourné dans la direction de Pomodoro, de sorte qu'il vit les toits rouges et les tours
noirâtres de la ville se rapetisser de plus en plus
jusqu'au moment où l'élévation de la route les cacha
à ses regards.

« Lieu maudit! lieu maudit! » grommela-t-il;
puis il laissa tomber sa tête sur sa poitrine et ne
desserra plus les lèvres jusqu'à ce que la charrette,
après avoir traversé un pont placé sur la Rosa, fût
entrée dans le village. Alors il posa la main sur le
bras de son frère et le pria d'arrêter le cheval.

« Laissez-moi descendre; je désire la voir en particulier. »

On le laissa descendre.

Il resta un instant immobile, regardant la construction carrée, blanche et nue, qui portait le nom
de *palazzo municipale*. Ensuite, levant la main en
l'air :

« Je ferais encore la même chose si c'était à
refaire! dit-il solennellement. Mon pauvre chien
mort! pensent-ils, parce qu'ils m'ont mis en prison,
que j'aie pu t'oublier... ou leur pardonner? »

Son visage était pâle et menaçant; ses yeux étaient
sombres et cependant enflammés, comme le sont les
cieux quand des éclairs brillent derrière les nuages
noirs de pluie.

L'inquiétude s'empara des hommes restés dans la
charrette.

« Il a l'esprit troublé, » dit au meunier Pippo,
saisi de crainte.

Pastorini secoua la tête.

« Qu'il aille auprès de la jeune fille. Mieux que
personne elle saura lui parler. Nous ne pourrions
que lui faire du mal. Vous nous les amènerez tous

les deux un peu plus tard, quand il sera calmé. Il
est malheureusement bien changé, mon garçon,
mon pauvre garçon ! »

Vu l'heure matinale, aucun habitant de Santa-
Rosalia ne fut témoin du retour de Carmelo. Il
franchit le seuil de la maison de la Madone et
tomba aux pieds de Viola, qui l'attendait en priant
pour lui.

Son père le suivait d'un regard pensif, la main
disposée en abat-jour au-dessus de ses yeux.

« Que dira-t-il des arbres ? s'écria le meunier en
proie à une sorte de désespoir. Je n'ai pas osé lui en
souffler mot. Que dira-t-il ? que dira-t-il ? »

Pippo ne répondit rien : il trouvait qu'en comparaison de sa propre ruine, si complète, si écrasante,
la destruction du *boschetto* était un bien petit malheur ; mais il garda cette réflexion pour lui. Quoique
sa tête faiblît, il conservait du tact, grâce à son
cœur resté bon.

La charrette du meunier roulait lentement à travers le village. Pippo se laissa glisser à terre et
alla solitairement s'asseoir sous les saules au bord
de la Rosa.

La journée était à peine commencée ; presque personne ne vit la charrette du moulin traverser Santa-
Rosalia ; d'ailleurs ceux qui l'aperçurent se gardèrent bien de se montrer sur leur porte ou à leur
fenêtre. « Ne serait il pas imprudent, se disaient-ils,
d'être l'ami du gars ? »

Tout le *borgo* savait fort bien, en effet, que quiconque entretiendrait des rapports d'amitié avec le
criminel libéré serait noté sur le livre noir de l'*oppressor rusticorum*. De cœur la population était tout
entière avec Carmelo ; il avait fait ce qu'il était pleinement en droit de faire : ainsi pensait tout le

monde ; mais qui aurait osé le dire ou laisser voir
qu'il le pensait ?

Dans ce temps de couardise où de grands ministres
n'osent pas dire ce qu'ils pensent, où de hauts magistrats condescendent à exécuter des décrets qu'ils
abhorrent, on ne peut guère s'attendre à rencontrer
un courage moral à toute épreuve chez des charpentiers, des tonneliers, des boulangers, des plombiers
et des journaliers, qui gagnent à peine vingt-cinq sous
par jour. La malveillance des gardes champêtres,
une série d'amendes et de taxes, la perte des travaux de la municipalité ou du patronage des « messieurs », c'est à bref délai la ruine pour un petit com-
merçant ou un ouvrier.

Nous ne ferons donc pas aux villageois de Santa-
Rosalia un reproche trop sévère de leur peu d'empressement à se mettre sur leurs portes en cette circonstance, comme ils avaient coutume de le faire
lorsque le cheval gris du meunier trottait lentement
dans la rue.

Seul Gigi Canterelli s'élança hors de sa boutique
et agita son chapeau en criant : *Bravo ! benone !*
Rendons aussi justice au timide Cecco. N'ayant pas
d'ouvrage à faire, il était debout sur le seuil de son
atelier, quand il aperçut Pippo tristement assis au
milieu des joncs. Le tonnelier courut aussitôt vers
lui. « Cher ami ! il est revenu ? s'écria-t-il ; oh ! quel
bonheur ! Ne pensez plus à la prison maintenant ;
n'y pensez plus jamais ; tout le monde sait bien qu'il
était dans son droit ! »

Et lorsque Pippo, qui trouvait peu convenable de
laisser les deux jeunes gens en tête-à-tête pendant
plus de dix minutes, se leva pour retourner chez
lui, Cecco voulut l'accompagner, serra les mains de
Carmelo et l'embrassa sur les deux joues. « A pré-

8*

sent que tu es revenu, lui dit-il, tout ira bien. » Ensuite il embrassa Viola, s'agenouilla devant le crucifix et bénit le Christ ; puis, s'étant relevé, il commença à rire, à crier, à chanter, à danser ; enfin, pour un vieux tonnelier de soixante ans, il se comporta d'une manière si folle, que Pippo ne put s'empêcher de rire aussi. De leur côté, Carmelo et Viola étaient bien aises de cette diversion, grâce à laquelle leur excessive émotion ne fut pas remarquée.

« Partons ! dit le vannier, ton père va s'étonner... »

Carmelo, qui tenait la main de Viola dans la sienne, avait recouvré en partie sa physionomie d'autrefois ; ses yeux brillaient d'un éclat doux et attendri ; sur ses lèvres reparaissait quelque chose de son ancien sourire. Il parlait à peine ; les mots semblaient lui faire défaut même pour causer avec sa promise.

Mais lorsque, sur l'observation faite par Pippo, tous trois sortirent de la maison pour se rendre au moulin, le visage du jeune homme s'assombrit de nouveau et reprit son expression de dureté. Tout en marchant, il promenait autour de lui un regard farouche et redressait la tête d'un air de défi.

« Je pourrais les tuer tous ! » murmura-t-il, et sa main étreignit violemment celle de Viola.

Au moment où ils franchissaient le seuil, Carmelo regarda par-dessus son épaule :

« Où est la petite Raggi ? Elle venait toujours gambader auprès de moi. »

Il se mit à l'appeler et à la siffler, comme il en avait l'habitude.

Viola éclata en sanglots et saisit vivement le bras de son fiancé.

« Oh ! Carmelo ! je t'en prie, ne l'appelle pas ! Raggi est morte !

— Morte ? De quoi est-elle morte ? Pauvre chère mignonne !

— Elle est morte de... de... vieillesse, répondit la jeune fille à travers ses sanglots ; ne parle pas d'elle, je t'en prie !

— De vieillesse ? fit Carmelo sceptique ; elle n'était pas toute jeune sans doute, mais elle avait tant d'entrain et de gaieté ! Pauvre petite Raggi ! Es-tu sûre qu'elle n'ait pas été empoisonnée ? »

Sa figure s'était de nouveau rembrunie, et elle ne se rasséréna pas quand il vit les voisins, à son approche, rentrer précipitamment dans leurs maisons.

« On dirait que je leur apporte la peste, dit-il avec irritation.

— Marche, ne t'inquiète pas d'eux. Ils ont peur d'être vus par les gardes, voilà tout. Dès que tu auras été ici huit jours, il seront avec toi exactement comme par le passé, » se hâta de dire le tonnelier, et ils traversèrent la place.

C'était l'heure où Santa-Rosalia était sur pied et à l'ouvrage, où toutes les portes, toutes les fenêtres étaient ouvertes ; où les enfants allaient à l'école, tandis que les mères bavardaient en faisant leurs petits achats pour le repas de midi. Mais maintenant les femmes se cachaient vivement où elles pouvaient, dans des trous, dans des coins ; les hommes s'absorbaient tout entiers dans leur travail, prêtant une attention aussi exclusive que subite, qui à ses tonneaux et à ses barriques, qui à ses seaux et à ses fagots, qui à sa viande ou à sa farine ; celui-ci à la mule de sa charrette, celui-là à son bœuf devant la porte du boucher ; chacun, en un mot, s'occupait tellement de sa besogne, que pas un ne remarquait Carmelo.

Celui-ci relevait la tête plus haut que jamais, et une colère croissante se lisait dans ses yeux : il savait fort bien pourquoi tous ces flâneurs, tous ces baguenaudiers se montraient soudain si affairés.

Il n'y eut encore que Gigi Canterelli qui fît exception à la poltronnerie générale. Il sortit vivement de sa boutique et serra avec effusion les deux mains du prisonnier libéré.

« Désormais les coquins de la municipalité ne viendront plus dîner ou souper dans mon arrière-salle, se disait-il ; mais n'importe, qu'ils me ruinent s'ils le veulent. Je ne puis pas voir passer ce brave garçon sans lui adresser une parole d'amitié. »

La bienvenue donnée par l'épicier fut la seule que reçut Carmelo sur tout le parcours de la rue ; pourtant hommes et femmes, en le regardant s'éloigner, se disaient les uns aux autres : « Pauvre garçon ! il était dans son droit ; ferait-il bon d'être son ami, croyez-vous ? Dieu sait qu'il n'y a pas meilleur que lui. »

Leurs pensées n'échappaient ni à Carmelo ni à ses compagnons.

« Oh ! les lâches ! les cruels ! songeait à part soi Viola en s'efforçant de retenir ses larmes. Au lieu de lui donner une marque de sympathie !

— Les hommes et les femmes sont absolument comme les moutons, se disait Pippo. Dès qu'ils ont entendu claquer le fouet, ils se dispersent. Jamais ils ne demeurent près de celui qui tombe sur la route.

— Il n'y avait pas à compter qu'ils s'exposeraient à des désagréments par amitié pour le gars, pensait

Cecco ; pourtant on pouvait croire qu'ils lui auraient au moins dit bonjour. »

En ce moment, Bindo, désœuvré, se trouvait sur l'escalier du *palazzo communale*. Il était en uniforme de garde champêtre, avec sa courte épée pendue à la ceinture et son gros agenda qui faisait bouffer sa poche. Son chapeau crânement posé sur le côté et ses moustaches relevées jusqu'aux yeux lui donnaient l'air d'un matamore d'opéra-bouffe.

Il vit les quatre personnes, qui pour se rendre de la maison de Pippo au moulin devaient passer devant la municipalité. « Venez avec moi, dit-il à un carabinier qui était aussi à l'entrée du *palazzo*, voilà ce vaurien sorti de prison. »

Il descendit l'escalier en affectant les allures d'un rodomont et vint se camper au milieu de la route, en sorte que Carmelo et les siens ne purent éviter sa rencontre.

A la vue de l'homme qui avait empoisonné Toppa, le visage du jeune Pastorini devint cramoisi et ensuite livide.

« Voilà cet oiseau de geôle, dit tout haut Bindo Terri au carabinier lorsque le petit groupe passa à côté d'eux. A présent, il y pensera à deux fois avant de nous attaquer ; mais je parierais bien qu'il finira aux galères. Ayez l'œil sur lui, brigadier, car il est dangereux. »

Viola pressait la main de son fiancé : sans cette muette prière, sans les supplications balbutiées d'une voix basse et tremblante par le vieux Pippo, le bras vengeur de Carmelo aurait une fois encore étendu le garde tout de son long dans la poussière.

Par égard pour ceux qu'il aimait, le jeune homme se calma au prix d'un violent effort sur lui-même. Ils passèrent en silence, dévorant l'insulte comme le peuple doit toujours le faire quand il a devant lui les mesquines tyrannies décorées du nom de loi.

« Ne fais pas attention à lui, mon bien-aimé, dit Viola. Sois calme et fort, ce sera ta meilleure vengeance. »

Ces paroles étaient fort sages; mais la vie n'est pas toujours guidée par la sagesse.

Ils rencontrèrent aussi Annunziata. Depuis que la température s'était adoucie, la vieille femme avait repris ses promenades. Sa joie fut grande de revoir Carmelo.

« Oh ! mon cher garçon, lui dit-elle, je croirai toujours que c'est moi, avec mon panier d'œufs, qui ai été l'origine de tous tes ennuis.

— Ce n'est pas vous, répondit avec bonté Carmelo. Les œufs n'ont été qu'un prétexte; à défaut de celui-là, les gredins en auraient trouvé un autre.

— Mais ils ont relevé cela contre toi...

— Oui, en y cousant des mensonges, comme on coud du papier à la queue d'un cerf-volant pour le faire monter plus haut, » ajouta Cecco.

Ils se remirent en route tous ensemble.

Tous gardaient le silence.

Tous pensaient : « Que dira-t-il quand il verra que les arbres ne sont plus là ? » Plein de pensées amères et de tendres ressouvenances, Carmelo, tout le long de la route, cherchait impatiemment à apercevoir la maison de son père.

« La voilà ! » fit-il avec vivacité au moment où, à un coude du chemin, se montra la maison blanche avec son toit de tuiles rouges; puis il s'arrêta et soupira avec effort.

« Mais il n'y a pas d'arbres ! » s'écria-t-il. Tout le monde resta silencieux. « Est-ce que mon père les a abattus ? » demanda-t-il stupéfait.

Alors Viola fit appel à tout son courage et lui répondit :

« Ils ont été pris par la municipalité, cher ; il paraît qu'on va faire quelque travail public ; on avait besoin du terrain... »

Elle n'en dit pas plus, car des lèvres de Carmelo jaillit une de ces terribles imprécations italiennes qui brûlent et déchirent comme le vitriol ; tous ceux qui l'entendirent frissonnèrent.

Sans ajouter un mot, il s'avança vers la maison, où son père, ses frères et ses sœurs l'attendaient près de la petite porte basse.

Ils le serrèrent contre leurs poitrines et l'embrassèrent en pleurant ; mais il ne répondit pas à leurs caresses, ne leur adressa pas une parole ; sa plus jeune sœur, la petite Isola elle-même, qui se pressait contre ses genoux, n'obtint pas un baiser de lui ; il ne regarda que son père ; puis il dirigea ses yeux vers l'endroit où de tristes débris rappelaient seuls l'existence du *boschetto*.

« Vous avez laissé faire cela ?

— Mon fils, dit humblement le meunier désolé, aurais-tu lutté contre les bûcherons ? Moi je ne l'ai pas pu. »

Carmelo s'affaissa sur le banc de bois qui se trouvait près de la porte, à la place où Toppa était enterré, et il couvrit son visage de ses mains. C'était un triste retour au logis.

La journée était belle ; les champs avaient revêtu leur première verdure d'été, qui en se réfléchissant dans les eaux les rendait vertes à leur tour ; l'odeur des fleurs de vigne et du foin fraîchement coupé remplissait l'atmosphère. Dina avait préparé un un repas plantureux ; les merles et les pinsons chantaient dans la haie d'arbousiers et de lauriers. La nature elle-même semblait s'être mise en frais pour fêter la rentrée de Carmelo au pays natal ; rien cependant ne parvenait à dissiper le nuage qui couvrait le front du jeune homme, rien n'amenait un sourire sur ses lèvres.

Il avait subi une injustice criante, et l'âme blessée par l'iniquité ne se guérit pas plus que le corps atteint du cancer.

Carmelo, la tête appuyée sur son bras, ne faisait aucune attention à ceux qui l'entouraient. Il lui semblait que vingt années avaient passé sur lui depuis le matin où, sans penser à mal, sans craindre qui que ce fût, il était allé sur la pelouse pour donner à manger à son chien. Il lui semblait qu'une autre âme avait été substituée à la sienne, et qu'au lieu de cœur il avait maintenant une pierre brûlante dans la poitrine.

Il aimait Viola ; l'heureuse, simple et innocente affection d'autrefois avait encore de la douceur pour lui ; mais elle ne pouvait prévaloir contre l'amertume, le ressentiment féroce dont il était pénétré. Il arrive, — rarement, à la vérité, — qu'un châtiment juste profite à un homme ; une punition imméritée exaspère celui qui en a été l'objet.

Le tonnelier Cecco, le vieux Pastorini et le plus jeune des fils essayèrent d'animer la conversation et d'y répandre un peu de gaieté ; ce fut en vain. Malgré le vin vieux qu'on versa, malgré les efforts que firent les hommes pour paraître enjoués et insouciants, une impression de malaise, de tristesse et de crainte continua à peser sur tous les convives. Le visage de Viola était aussi blanc que le *narcissus poeticus* qui balançait ses clochettes odorantes dans le jardin du meunier, et Carmelo toucha à peine à ce qu'on lui servit. Au milieu du dîner, sa plus jeune sœur, Isola, qui n'avait que sept ans, éclata en sanglots.

« Carmelino ne m'a pas embrassée une seule fois ! » dit-elle d'une voix entrecoupée. Carmelo leva les yeux ; un tremblement agita ses lèvres et ses paupières. Saisissant l'enfant dans ses bras, il s'enfuit par la porte restée ouverte et alla s'asseoir sur le banc de vieux chêne au-dessus de la pierre sous laquelle reposait le corps du chien ; puis il inclina son visage sur la tête blonde de sa petite sœur et pleura amèrement.

Dans la salle à manger, Demetrio Pastorini frappa un violent coup de poing sur la table.

Il avait été toute sa vie l'homme le plus paisible et le plus inoffensif ; d'humeur joviale, douce et facile, il était patient par sentiment du devoir autant que par amour de la tranquillité ; mais maintenant tout son sang bouillonnait de fureur au dedans de lui.

« Nous sommes des mules et des chauves-souris, des êtres aveugles et muets, insensibles aux coups qu'ils reçoivent, dit-il d'une voix étranglée par la colère. Nous valons moins que les bêtes, qui, elles, meurent, tandis que nous vivons pour nous soumettre à nos bourreaux. »

Tous gardèrent le silence.

C'était un triste retour au logis.

X

Les Italiens poussent la patience à un haut degré. Il y a chez eux de la misère comme en Irlande, et des propriétaires aussi égoïstes que les *landlords* anglais ; pourtant on ne voit ici ni crimes agraires, ni révoltes contre les possesseurs du sol, ni refus d'acquitter les redevances justes ou même injustes.

L'envie forcenée du pauvre irlandais ou français est inconnue à l'Italien ; si en été il peut s'asseoir au soleil et manger une tranche de melon, si en hiver il peut avoir un morceau de saucisson, il n'en demande pas plus ; il est tout prêt à rire et à causer gaiement avec vous.

Les étrangers jugent les Italiens d'après les turbulents compagnons de Menotti et les disciples mystiques de Mazzini ; mais en réalité ceux-ci ne représentent qu'une faible partie du peuple ; chez la grande masse de la nation l'esprit de révolte n'existe pas, elle obéit volontiers et de bon cœur.

Assurément il aurait beaucoup mieux valu que Carmelo allât chercher ailleurs des moyens d'existence. Mais, en Italie, la partie saine des classes pauvres répugne toujours à l'idée de quitter ses foyers. Le même sentiment qui attachait Dante au *cerchio antico* attache le paysan ou l'ouvrier italien à son village natal. Quand un cas de force majeure, comme le service militaire, par exemple, les oblige à s'en éloigner, ils ne cessent de languir jusqu'au moment où il leur est donné de revoir leur ferme sur le penchant de la colline, ou leur chaumière dans la plaine. L'émigration ne les attire pas; le fait même d'aller se fixer à la ville voisine ou dans une province limitrophe de la leur les épouvante comme une sorte d'expatriation.

« J'ai besoin de retourner à mon pays natal (*paese nativo*), me disait un jour un de mes domestiques. Il y a si longtemps que je n'y suis allé! »

Par son « pays natal » il entendait une colline couverte d'oliviers qu'on apercevait de chez moi à une distance de deux milles; il n'y était pas allé depuis Pâques, et il me parlait ainsi le jour de la Saint-Jean!

Le *paese nativo*, voilà ce qu'ils aiment; de là leur vient cette patience incroyable, illimitée, dont leurs gouvernants abusent, sans avoir de révolution à craindre. Laissez-les dans leur *paese nativo*, et vous pourrez impunément les opprimer ou les pressurer autant qu'il vous plaira.

On s'explique dès lors comment ni Carmelo ni les siens ne songèrent un seul instant qu'il ferait bien de quitter Santa-Rosalia. D'ailleurs il était le fils aîné, et comme tel devait hériter du moulin, en vertu d'une vieille tradition domestique toujours suivie par les Pastorini, qui ignoraient l'abolition du droit d'aînesse.

De tout temps l'aîné de la famille avait succédé au père dans la profession de meunier; ses frères prenaient d'autres métiers, tout en continuant à demeurer au moulin si bon leur semblait. Demetrio Pastorini n'avait garde de déroger à cette coutume, car, comme tous les Italiens de la campagne, il était très conservateur et abhorrait toute espèce de changement.

Aussi, je le répète, l'idée ne vint à personne que Carmelo ferait sagement de mettre une certaine étendue de pays entre lui et ses ennemis. Malgré le mauvais état de ses affaires, le meunier, au lieu de retarder le mariage de son fils, voulut, au contraire, qu'il fût célébré le plus tôt possible.

« Ils ont assez souffert, dit Pastorini, et rien ne rendra mieux la sérénité à son âme que d'avoir toujours près de lui le visage de la femme qu'il aime. »

En conséquence, ce même soir il parla en ces termes à Carmelo :

« Mon fils, tu es revenu à la maison dans des circonstances difficiles pour nous. Les arbres sont abattus et je n'en aurai jamais un *soldo ;* cela est certain. Le moulin à vapeur de Rossi nous enlève tous nos clients ; les uns y vont parce que le travail s'y fait plus vite ; les autres, et c'est le plus grand nombre, afin de plaire au syndic et aux messieurs qui ont établi ce moulin. Je ne suis pas sûr du tout, mon garçon, que dans un an nous puissions encore gagner notre pain ici. De plus, j'ai des dettes, je ne te le cacherai pas. Je dois de l'argent ; mais je n'ai pas le courage de m'opposer au seul bonheur qui ne te soit pas interdit. Tu te marieras demain. »

Effectivement, le lendemain même de son retour à Santa-Rosalia, toutes les formalités préalables ayant été remplies depuis près de douze mois, Carmelo alla avec Viola à l'église de San-Giuseppe, où dom Lelio les unit devant l'autel.

La physionomie des deux jeunes gens était calme, mais ne trahissait aucune joie. Presque tous leurs amis avaient les larmes aux yeux. Viola s'était souvenue de Raggi, et avait mis à son corsage une petite branche de l'amandier au pied duquel était enterrée la pauvre chienne ; les deux vieillards, debout à ses côtés, étaient soucieux, oppressés par une vague crainte.

Les mariés trouveraient-ils dans l'avenir autre chose que peines et souffrances ? Ne mettraient-ils pas au monde des enfants voués d'avance au malheur et à la faim ? Les laisserait-on mener en paix leur existence de travail ? Ou bien n'avaient-ils en perspective que chagrins et privations ?

Sans doute ils pourraient toujours gagner leur pain si on les laissait tranquilles, mais non si on les accablait d'impôts, d'amendes et de vexations.

Carmelo parla très peu. Il n'éprouvait presque aucune joie. La honte de sa captivité pesait toujours sur lui ; l'irritation qu'un malheur immérité lui avait laissée semblait étouffer chez lui toute pensée douce, toute émotion tendre. Il aimait la jeune fille qui lui avait été si fidèle ; mais la gaieté paraissait l'avoir abandonné pour jamais. Tout ce que le communiste lui avait enseigné ne cessait de fermenter dans son esprit.

La messe de mariage fut dite de très bonne heure ; ils tenaient à ne pas attirer l'attention, et les seules personnes présentes à la cérémonie furent quelques vieux voisins qui les connaissaient tous deux depuis leur naissance. La petite Isola avait cueilli un gros bouquet de narcisses sauvages dont l'odeur remplissait l'église : ce fut le seul symbole de joie qu'on vit à cette noce. Viola portait la robe grise qu'elle avait mise de côté un an auparavant. Le bon vicaire bénit les époux d'une voix tremblante, et ils se retirèrent calmes et tristes, comme ils étaient venus. La canne du vieux Pippo et le bâton d'Annunziata résonnaient en cadence sur les dalles.

Ensuite chacun retourna à son travail. L'idée

d'un banquet ne vint à l'esprit de personne. Une réjouissance quelconque aurait été déplacée, et Carmelo ne se serait pas senti le courage d'y prendre part.

Les nouveaux mariés, accompagnés du meunier, se rendirent à la maison de la Madone pour faire un léger repas avec Pippo, avant que sa petite-fille le quittât pour toujours. Ils lui avaient offert de demeurer là avec lui pendant quelques mois; un peu plus tard seulement ils se seraient installés au moulin. Mais le vannier avait refusé cette offre, quelque doux qu'il lui eût été de l'accepter, car il s'était dit: « On va saisir tout ce que j'ai; il vaut mieux que Viola ne voie point cela. »

Les invités prirent place en silence à la table, modestement servie, de Pippo. Aucun ne se sentait en appétit. Ce repas ressemblait plutôt à un dîner d'enterrement qu'à un dîner de noces. On n'y entendait pas les propos qui sont d'usage en pareille circonstance; personne n'avait envie de rire.

Viola éprouvait un serrement de cœur à la pensée que maintenant le vieillard devrait lui-même faire son lit et préparer sa nourriture; mais, à la fin, Pippo prit un ton raide pour lui dire qu'il aimait mieux cela, et qu'il n'avait besoin de personne. Elle n'insista plus.

Le moulin n'était qu'à un demi-mille de là; elle se promit donc de courir une douzaine de fois par jour à la maison de la Madone pour s'occuper du ménage de son grand-père. Chez le meunier, elle serait aisément suppléée par ses trois belles-sœurs, et Carmelo aimait trop Pippo pour trouver à redire à cet arrangement.

Le vannier remplit un verre de vin, et l'élevant en l'air avec un geste solennel:

« Mon enfant, dit-il gravement, sois une aussi
bonne épouse que tu as été pour moi une bonne fille,
et tu seras un trésor pour ceux chez qui tu vas
habiter. Tu as eu ici beaucoup de chagrins : puisses-
tu n'en pas trouver dans ta nouvelle demeure ! Demetrio, trinquons ensemble : santé et longue vie à
ton fils et aux fils de ton fils, quand toi et moi nous
serons sous terre ! »

Vers le soir, les jeunes gens se rendirent au moulin, où il n'y avait plus maintenant de rossignols
dans les arbres pour saluer leur arrivée. Le vieux
Pippo resta seul dans sa maussade petite maison,
dont le silence n'était troublé que par le bruit de
l'eau se brisant contre le sable de la rive.

Il regarda par la petite porte de son jardin vers la
tombe de Raggi.

« Ma petite chienne, fit-il, j'irai bientôt te rejoindre. Que les voleurs viennent prendre ce qu'ils
voudront ; ils ne peuvent pas tirer du sang d'un poteau. D'ailleurs je ne tiens plus à rien, maintenant
que je vous ai perdues, Viola et toi. »

Ensuite il s'assit près de l'âtre froid, les mains
sur ses genoux, la tête inclinée sur sa poitrine, et
resta dans cette position jusqu'à minuit.

XI

Le retour de la belle saison guérit Annunziata de
ses douleurs rhumatismales ; elle put quitter son
lit, chausser ses grosses bottes de cuir, qui avaient

appartenu primitivement à un marchand de bœufs, et reprendre le cours de ses pérégrinations par monts et par vaux.

La bonne vieille avait toujours la conviction que son panier d'œufs était la cause première de tous les malheurs de Carmelo, et elle ne s'était jamais pardonné d'avoir confié sa mésaventure au jeune homme. Ce qui la désola surtout, ce fut d'être obligée de comparaître comme accusatrice devant le tribunal de Pomodoro, auquel messer Nellemane avait renvoyé cette affaire. Ses protestations contre le rôle qu'on lui faisait jouer lui valurent de vifs reproches de la part du *pretore*, et quand celui-ci infligea six semaines d'emprisonnement à Pompeo de Sestriano, elle en éprouva beaucoup plus de peine que le condamné lui-même.

« Quant à vous, fulmina le jeune juge en s'adressant à la plaignante involontaire, apprenez, pour votre gouverne, que le refus de révéler un vol constitue une atteinte à la loi et expose la personne volée à un châtiment sévère. »

Mais il n'était pas facile d'avoir le dernier mot avec une créature aussi entêtée qu'Annunziata, et quoiqu'elle eût déjà beaucoup crié, elle répliqua encore qu'elle ne comprendrait jamais pourquoi on s'inquiétait ainsi d'un vol commis à son préjudice, alors qu'elle-même ne s'en inquiétait pas.

« Cela prouve quelle est votre lamentable, votre coupable ignorance des premiers éléments de la morale et du devoir public, » répondit le *pretore*, qui, dans ses idées et dans sa manière de les exprimer, ressemblait à messer Nellemane comme une grappe de raisin vert ressemble à une grappe mûre. Le magistrat était en tout l'image parfaite du secrétaire communal, sauf qu'il ne possédait pas sa mielleuse

douceur et son exquise patience avec les sots.
C'étaient là des dons de nature que messer Nellemane avait soigneusement cultivés en vue de son
avenir ministériel.

Annunziata fit entendre de nouvelles vociférations
en voyant le forgeron de Sestriano emmené par les
carabiniers.

« Il me tuera quand il sortira de prison, cria-t-elle,
et il n'y aura guère à le blâmer, le pauvre homme,
car il était ivre, aussi ivre qu'on peut l'être; sans
cela jamais il n'aurait touché à mes œufs !

— S'il vous tue, il ira aux galères, lui dirent les
gardes en la faisant sortir de la salle.

— Et à quoi cela m'avancera-t-il quand je serai
morte? reprit Annunziata. C'est un bon homme
quand il n'a pas bu, je vous l'ai toujours dit. »

Son indomptable obstination et ses réponses har-
dies aux représentants de l'autorité la firent juger
très défavorablement par tous les fonctionnaires. Ils
décidèrent d'une commune voix que c'était une vieille
femme insolente et insubordonnée.

« S'il y avait seulement une loi sur les vagabonds,
je la ferais arrêter tout de suite, dit le *pretore* à
messer Nellemane.

— Je crois que le *cavaliere* Durellazzo va proposer quelque chose de ce genre, répondit le secrétaire. Nous sommes inondés de mendiants; mais,
naturellement, si votre commune, qui est plus importante que la nôtre, ne prend pas un arrêté ana-
logue, ce sera peine perdue.

— J'en parlerai à notre syndic, » reprit le magistrat.

Le syndic de Pomodoro était le frère aîné de cet
excellent comte Saverio qui présidait la charitable
Confraternità di San-Francesco di Assisi.

« Y a-t-il ici beaucoup de mendiants? » demanda le syndic à son frère, après que le *pretore* lui eut parlé à ce sujet.

Le comte Saverio fit un geste pour indiquer qu'ils étaient aussi nombreux que les sables de la mer.

« Ils nous donnent beaucoup d'embarras, ajouta-t-il, car ils s'adressent continuellement à nous, et tu sais que nos statuts ne nous permettent pas de secourir les mendiants. S'il y avait une loi au moyen de laquelle on pût les mettre à la raison...

— Il devrait y en avoir une, répondit le syndic de Pomodoro. J'en parlerai à Durellazzo. »

La *giunta* décida la question en chambre du conseil le jour même où Viola épousa Carmelo. Dans d'autres circonstances, la nouvelle de ce mariage aurait pu affecter désagréablement messer Nelle-mane; mais en ce moment la mauvaise humeur de l'amoureux dédaigné était noyée dans la joie de voir la raison remporter une telle victoire sur le préjugé.

Ses représentations au *cavaliere* Durellazzo et celles de Durellazzo à la *giunta* obtinrent, en effet, le résultat souhaité par lui et par le *pretore*, c'est-à-dire qu'on adopta pour la commune de Vezzaja et Ghi-ralda les règlements en vigueur dans les grandes villes contre le vagabondage et la mendicité.

A vrai dire, la réforme proposée plaisait peu à la *giunta*, car les Italiens, tant que leur humanité n'a pas été étouffée par l'*impiégatisme*, répugnent aux mesures sévères; le climat et les habitudes s'unissent pour les incliner vers la douceur.

Mais le *cavaliere* Durellazzo lut comme émanant de lui-même un rapport dans lequel son secrétaire avait tracé le tableau le plus inquiétant des progrès de la mendicité. Les employés, dont messer Nelle-

mane est le type, ne sont jamais plus fiers ni plus
heureux que quand ils rédigent ces rapports, fondés
sur les données précises de la statistique et desti-
nés à porter un coup mortel aux classes improduc-
tives et vagabondes, toujours odieuses à la bureaucratie.

Après quelques considérations morales sur les
beautés de la prévoyance et du travail, le rapport
faisait appel au patriotisme de l'esprit public, l'invitant à réagir contre les suggestions de la pitié
individuelle pour envisager la question à un point de
vue supérieur : celui de l'intérêt général et du bien
de l'humanité tout entière.

Il faisait très chaud ce jour-là ; la chambre du
conseil était fort petite et on y étouffait ; la moitié
des conseillers dormaient ; ceux qui étaient éveillés
n'attendaient que la fin de la séance pour aller boire
une bouteille de vin ; la voix du syndic était sonore,
mais portait au sommeil ; les membres de la *giunta*
donnèrent leur assentiment avec la facilité paresseuse de gens qui ont le gosier sec et le corps en
moiteur. La nouvelle loi fut codifiée en trente-cinq
articles, puis envoyée au chef-lieu pour recevoir la
ratification du préfet.

C'est une pure formalité, comme quand on sou-
met une sentence capitale à l'approbation d'un
souverain.

Naturellement le préfet approuva : d'abord il
n'avait aucun intérêt à se mettre en opposition avec
la commune ; ensuite il signa sans même connaître
le contenu du long document soumis à son approbation. Il était pressé d'aller aux courses, et lui aussi
avait chaud.

Le secrétaire du préfet envoya les nouveaux règlements au ministre de l'intérieur ; mais ce dernier,

vivement attaqué alors à Montecitorio, luttait pour
la défense de son portefeuille, et n'avait pas de temps
à consacrer aux affaires d'une municipalité lointaine, perdue là-bas dans les vignes et les champs
de blé. Il donna aussi son approbation : l'autonomie
des communes rurales est un point hors de discussion pour les ministres comme pour les préfets.
Quand on faisait remarquer à celui-ci que les communes étaient mal administrées, il répondait que
c'était leur faute : s'il leur plaisait de porter leur
choix sur des ânes, cela ne regardait qu'elles, et
personne n'avait rien à y voir. La loi contre les vagabonds prit donc place dans le code de Vezzaja et
Ghiralda et fut affichée sur les murs en gros caractères, ce qui ne servit pas à grand'chose, attendu
que les neuf dixièmes de la population ne savaient
pas lire.

Il y avait, hélas! quantité de vieillards trop âgés
pour rien faire, qui habitaient avec leurs familles,
et qui, ne voulant pas être à charge à leurs proches,
parcouraient les villas du voisinage où on leur donnait, suivant le cas, ici une pièce de monnaie, là un
morceau de pain, ailleurs un verre de *mezzo vino* ou
un vieux vêtement. Si vous aviez appelé ces gens-là
mendiants, vous les auriez profondément étonnés.
Ils étaient tous bien connus, ne demandaient jamais
quand on ne leur offrait pas, et tous, les femmes
comme les hommes, avaient toujours travaillé dur
jusqu'au moment où leurs infirmités les avaient condamnés au repos.

Les nouveaux règlements étaient un coup de hache
dirigé contre ces malheureux.

Ils ne faisaient pas le moindre mal ; et comme
l'État n'avait pas établi d'hospice à leur usage, ils
ne croyaient pas commettre un bien grand crime en

acceptant de leurs voisins plus riches un léger secours, que ceux-ci leur accordaient sans en éprouver
aucune gêne, et toujours spontanément.

Mais, à notre époque, l'Europe chrétienne déclare
également coupables vis-à-vis de l'économie politique le pauvre gisant sur le bord du chemin et le
Samaritain qui l'assiste. La loi défend ce que la religion ordonne ; c'est à faire aux gens de résoudre
cette antinomie du mieux qu'ils peuvent ; le plus
souvent ils s'en tirent en boutonnant leurs poches et
en passant de l'autre côté. Telle fut la conséquence
des nouveaux règlements pour la suppression de
la mendicité dans la commune de Vezzaja et Ghiralda.

C'est très bien assurément de supprimer la mendicité ; mais, comme vous ne pourrez jamais supprimer la misère, mieux vaudrait ne fendre l'oreille
au Samaritain qu'après avoir trouvé un moyen de le
remplacer.

L'hiver passé, un fort brave homme de ma connaissance distribuait des bons de soupe à tous ceux
qui lui demandaient la charité, et il ne comprenait
pas qu'on pût avoir besoin de quelque chose en plus.
Un bol de soupe a bien son mérite ; mais je n'ai jamais connu personne à qui cela suffît pour vivre, et
j'ai connu force gens qui rougissaient de présenter
leur bon et de recevoir leur soupe en public. Pourquoi présumer qu'un homme n'a ni pudeur ni fierté
parce qu'il meurt de faim ?

Messer Nellemane allait plus loin que mon philanthrope : selon lui, pour que le peuple eût de la
soupe, il devait l'acheter.

Ses règlements reposaient sur ce principe, qui lui
paraissait éminemment sage, et comme la commune
de Pomodoro-Carciofi les avait aussi adoptés, il se

flattait de voir bientôt le pays purgé de tous ses mendiants.

Bien entendu les intéressés ne comprirent pas un mot à ces lois nouvelles, dont le texte, imprimé en grosses lettres, était affiché sur les murs du palais communal ; messer Nellemane put donc les prendre dans ses filets en aussi grande quantité qu'on prend les cailles à Naples.

Si le ministre de la guerre avait eu besoin d'un régiment d'aveugles, d'infirmes et de gens très âgés, il lui aurait été facile d'en recruter un très complet, grâce aux râfles abondantes opérées par messer Nellemane.

Malheureusement tous ces pauvres diables ne pouvaient être d'aucune utilité à personne. Ils avaient déjà un pied dans la tombe, et leur arrestation porta à la plupart d'entre eux un coup si terrible, qu'ils moururent incontinent. Chose qu'on aura peine à croire, tant elle semble absurde, dans plus d'une humble chaumière cachée sous les pins de la colline, ou parmi les vignobles du plat pays, il y eut un vrai chagrin parce que le vieux grand-père ou la vieille grand'mère ne s'asseyait plus sur le banc de bois pour raconter gaiement ses pérégrinations de la journée.

Ces lois furent mises en vigueur le 1er juin, juste vingt jours après le mariage de Carmelo et de Viola. Par un bel après-midi, Annunziata trottait, son bâton à la main, toute contente de se sentir pour le moment débarrassée de son rhumatisme et de savoir sa nièce heureusement mariée, lorsque Bindo Terri, le garde municipal, lui mit la main sur l'épaule et l'arrêta.

Elle eut beau pleurer, supplier, protester en sanglotant qu'elle avait toujours été une honnête femme, la loi la considérait comme une mendiante. Elle n'avait pas de ressources personnelles et ne gagnait pas sa vie par son travail : donc elle vivait de mendicité, c'était clair.

On l'emmena au poste ; son panier, qui contenait des restes de viande, des sous et autres menues aumônes, servit de pièce à conviction contre elle, et, sans plus ample informé, elle fut dirigée sur Pomodoro pour y être incarcérée.

« C'est la nouvelle loi, » se borna à lui dire d'un ton péremptoire Bindo Terri, dont la dureté et l'arrogance s'étaient encore accrues depuis qu'on avait augmenté d'une si agréable façon les prérogatives de sa charge.

« Ne parlez pas de cela à Carmelo ; pour l'amour de Dieu, ne le lui dites pas, autrement il viendrait mettre le feu à la ville pour me délivrer ! » cria la bonne femme à Bindo.

Une demi-heure après son arrivée à la prison, la pensée du chagrin que son arrestation allait causer à ceux qu'elle aimait et de la honte qui en rejaillirait sur eux avait déterminé chez la pauvre vieille une telle surexcitation, que le geôlier, la jugeant folle, l'envoya à ce même hôpital où le jeune Carmelo avait vu s'achever l'hiver et commencer le printemps.

C'était précisément pour des cas semblables que la *Confraternità di San-Francesco* avait été instituée ; mais les statuts modernisés de cette société lui interdisant de secourir les mendiants, le comte Saverio, bien qu'instruit de la situation d'Annunziata, crut devoir, par principe, s'abstenir de toute démarche en sa faveur.

En ce moment d'ailleurs un objet beaucoup plus intéressant l'occupait : il était en conférence avec son agent de change; aussi dit-il vivement au secrétaire qui venait de lui apprendre l'arrestation de la vieille femme :

« C'est une vagabonde, une mendiante endurcie. Non, nous ne pouvons pas intervenir; ce serait un dangereux précédent. Nous devons considérer les choses à un point de vue élevé, nous inspirer de l'intérêt général. »

Pendant ce temps, Bindo retournait chez lui en toute hâte et disait à son jeune frère, qui lui ressemblait comme un pois ressemble à un autre pois :

« J'ai arrêté ce matin la vieille Nunziatina; envoie un gamin le dire chez le meunier; il vaut mieux que tu n'y ailles pas toi-même. »

Le frère cligna de l'œil et prit sa course; une demi-heure plus tard, la famille Pastorini était en train de dîner, Viola et Carmelo étaient assis aux places qu'ils devaient occuper toute leur vie, quand un jeune garçon à la figure grimaçante entr'ouvrit la porte et leur cria :

« Votre vieille femme est en prison...; on l'a arrêtée aujourd'hui en vertu de la nouvelle loi...; elle a été emmenée à la ville... »

Cela dit, il s'empressa de s'enfuir pour échapper au châtiment qu'il méritait.

Tous se levèrent précipitamment; Viola tremblait de tout son corps.

« C'est impossible! Cela ne peut pas être vrai. Ils ne toucheront jamais à Nunziatina. Tout le monde la connaît!

— Je vais aller voir, dit Carmelo, dont le visage était devenu très sombre.

— Non, dit Demetrio Pastorini, ne va pas t'attirer encore de nouveaux malheurs. Il est fort probable

Un jeune garçon à la figure grimaçante leur cria : « Annunziata
est en prison. »

que la nouvelle est fausse. Reste avec ta femme ;
Dante, attelle-moi Bigio.

— Non, père, cela ne peut pas être, répondit
Carmelo. C'est la tante de Viola qui est dans la
peine. Venez avec moi si vous voulez, mais laissez-
moi partir.

— Soit ! consentit Pastorini. Mais, je t'en prie,
pour l'amour des saints, pas de violence. Songe qu'à
présent tu n'es plus seul dans la vie. »

Par la porte entr'ouverte Carmelo jeta les yeux
sur la rive nue et boueuse qu'ombrageait autrefois
son cher *boschetto*.

« Nous sommes esclaves, observa-t-il avec amertume. Des esclaves ne peuvent que se soumettre.

— Et c'est pour cela que mon frère est mort à la
guerre, » fit le meunier.

Viola les supplia de la prendre avec eux ; il n'y
avait pas encore un mois qu'elle était mariée : les
deux hommes n'eurent pas le courage de lui refuser
ce qu'elle demandait.

La route conduisant à Pomodoro longeait la rivière et allait être enlaidie par le tramway, lorsque
spéculateurs et municipalités auraient fini de se dis-
puter. Il y avait un chemin de traverse qui passait
près de la maison de Pippo ; il était trop étroit pour
les chariots et les voitures, mais assez large pour un
petit *baroccio* comme celui du meunier.

Ce fut par là qu'ils prirent pour abréger la route
et dire en passant un mot au vannier. Mais comme
ils approchaient de la maisonnette, Viola, plus
prompte que ses compagnons à apercevoir la demeure où s'était écoulée son enfance, poussa un cri :

« *Nonno* déménage !... il déménage et il ne nous
avait pas prévenus ! »

Carmelo arrêta le cheval et sauta à terre ; ses

joues étaient blêmes, ses dents serrées ; il avait re-
marqué d'autres figures que celle de Pippo au milieu des chaises et des tables, des matelas et des
poêlons, des cruches et des gobelets qui étaient mis
en monceau devant la porte. Les gens qu'il venait
d'apercevoir étaient l'*usciere* et ses clercs, deux vauriens de la localité qui remplissaient cet office mé-
prisé pour gagner un salaire de deux francs par
jour ; il est vrai qu'ils avaient aussi le plaisir de voir
l'affliction de gens plus honnêtes qu'eux, spectacle
toujours agréable aux coquins.

« Ton grand-père, Viola, nettoye tout simplement
son mobilier ; voilà pourquoi ses meubles sont hors
de la maison, se hâta de dire Carmelo. Je vais
rester ici pour l'aider ; toi, va avec mon père à Pomodoro. »

Mais la jeune femme avait deviné de quoi il s'a-
gissait.

« On vend ses affaires ! » fit-elle avec un cri per-
çant, et, sautant en bas de la charrette avant qu'aucun des deux hommes eût pu l'en empêcher, elle
courut à la maison de la Madone.

Le meunier descendit également, après avoir jeté
les rênes sur le dos du cheval gris. Carmelo avait
déjà mis pied à terre.

« Oh ! *nonno, nonno,* qu'est-ce qu'il y a ? » inter-
rogea Viola en pénétrant dans la chambre d'entrée,
où elle vit le vieillard assis sur sa chaise de paille
près du foyer froid, exactement comme le soir du
jour où elle s'était mariée.

Pippo leva la tête ; son visage était sombre, mais
calme.

« Ils vendent les vieilles affaires, dit-il. Je croyais
qu'ils ne pourraient pas tirer du sang d'un poteau,
mais il paraît que si. »

Puis il remit sa pipe dans sa bouche.

Viola s'agenouilla près de son grand-père, sur le bras duquel elle posa son visage.

« Oh ! *nonno, nonno !* gémit-elle, pourquoi ne m'avez-vous pas laissée rester avec vous ? Si j'avais pu prévoir cela, je ne vous aurais pas quitté.

— Je le sais, ma chérie, répondit le vieillard d'une voix légèrement tremblante. Tu as toujours eu grand soin de moi. Mais tu te serais rendue malheureuse, sans que cela eût servi à rien. »

Sur le seuil, Carmelo avait saisi par les épaules un des clercs de l'huissier qui emportait l'ancien lit de Viola.

« Va-t'en, voleur et valet de voleurs ! lui criait-il dans l'oreille. Avisez-vous d'enlever un seul des objets qui sont ici, et je vous casse la tête à tous... »

A ces mots, le vieux Pippo se leva et frappa avec sa canne sur le parquet.

« Carmelo, fils de Demetrio, prononça-t-il d'un ton impérieux, tu es le mari de ma petite-fille ; mais tu n'es pas mon maître et tu n'as pas d'ordres à donner dans ma maison. Fais ce que je te dis de faire, rien de plus. Viens ici et tiens-toi tranquille. Laisse-les agir comme bon leur semble. »

La vieillesse obtient encore l'obéissance et le respect des Italiens. Après une minute d'hésitation, Carmelo lâcha l'homme qu'il avait pris par les épaules et regarda Pippo d'un air intrigué.

« Vous ne voulez pas résister ? murmura-t-il.

— A quoi bon résister ? Quand on ne peut avoir le dessus, la résistance est une sottise. Ils sont plus forts que nous. Qu'ils prennent ce que j'ai. Ne cause pas le désespoir de ta femme en te faisant mettre en prison ; ce serait pire que la perte d'une coupe, d'un plat, d'un lit et d'une table. »

Carmelo écouta cette mercuriale dans l'attitude d'un enfant qu'on réprimande.

Au dehors, le vieux Pastorini s'entretenait avec l'huissier ; il le priait d'accorder un délai et de remettre les meubles dans la maison.

« Si vous me payez la somme due, je veux bien, quoiqu'il soit déjà un peu tard pour arrêter la procédure, » répondit l'*usciere*.

Demetrio Pastorini sentit sa gorge se serrer et un nuage passer sur ses yeux.

Les chiffres que l'huissier lui montra représentaient une somme totale d'environ deux cents francs, et Demetrio Pastorini n'avait pas d'argent ; disons mieux, il était obéré depuis que le moulin à vapeur lui avait enlevé plus de la moitié de ses clients.

Il restait là sans savoir que faire, se demandant s'il ne pouvait pas se procurer de l'argent quelque part, et pendant ce temps les hommes continuaient leur besogne ; on les voyait traîner brutalement au grand jour les misérables meubles qui garnissaient la maison de la Madone. Traités de la sorte, jetés pêle-mêle dans la poussière, exposés à la lumière crue du soleil, des objets rares et précieux font souvent triste figure : que devait-ce être du pauvre mobilier de Pippo ? Il ne paraissait guère bon qu'à mettre au feu.

« Ils nous donnent tout cet embarras par leur entêtement, maugréa l'*usciere* ; nous saisissons tout ce qu'ils ont, et puis il se trouve que tout cela réuni ne vaut pas un coup de pied de chien. »

En parlant ainsi, il poussa du pied le monceau d'objets saisis ; une ou deux casseroles de cuivre s'en détachèrent et vinrent rouler bruyamment sur le pavé.

Tous se taisaient ; les clercs faisaient beaucoup de

bruit en descendant une vieille commode, plus
vieille que Pippo lui-même. C'est dans ce meuble
que Viola, jusqu'au jour de son mariage, avait conservé la robe de noces de sa mère, avec des feuilles
d'oranger et de la lavande pour en écarter les mites.

Agenouillée à côté du vieillard, la jeune femme
s'abandonnait aux transports d'une violente douleur.

« Et Annunziata, Annunziata ! » murmurait-elle
à travers ses sanglots.

Carmelo se tenait à quelque distance, les bras
croisés, le front couvert de nuages.

« Eh bien ? demanda Pippo.

— On l'a arrêtée, elle est en prison ; on dit que
c'est une mendiante. »

Sans retirer sa pipe de sa bouche, le vannier fit
entendre un petit rire sec.

« Pourquoi ne nous font-ils pas ranger tous sur
une même ligne et ne nous fusillent-ils pas ? Ce serait plus simple et plus vite fini.

— C'est la nouvelle loi, dit l'*usciere*, qui aidait
ses hommes à déménager la commode.

— La loi, la loi, la loi ! hurla Pippo, et sous ses
blancs sourcils ses yeux brillèrent comme ceux d'un
chat sauvage. Il y a une loi pour ceci, pour cela et
pour autre chose, jusqu'au moment où le pays n'en
peut plus ; mais il n'y a pas de loi contre le pauvre
qui crève de faim ; il n'y a pas de loi contre celui
qui, à bout de ressources, meurt sur le parquet nu.
Allez-vous taxer le sein de la mère et les langes du
nouveau-né ? Vous en êtes capables. Mais les mères,
pour vous attraper, devraient briser contre le mur le
crâne de leurs nourrissons avant qu'ils fussent en
âge de suer, de peiner et de traîner les canons de
l'État, leur bourreau. »

Ensuite le vieillard jeta sa pipe par terre et se leva.

« Allez-vous-en tous près d'Annunziata, dit-il en relevant Viola d'un mouvement brusque. Allez-vous-en près d'elle et laissez-moi seul avec les voleurs. J'ai encore le toit au-dessus de moi et je ne suis pas une fillette pour pleurer la perte d'un miroir. Je ne serai pas trop mal couché sur le parquet, et quand on n'a qu'un morceau de pain sec à manger, on n'a pas besoin d'assiette. Partez ! »

Force leur fut d'obéir. Les yeux baissés, les lèvres serrées et blêmes de Carmelo prouvaient à son père au prix de quel effort sur lui-même il restait témoin impassible de cette scène. Mais le jeune homme pourrait-il se contenir jusqu'au bout ? Le meunier n'était pas sans appréhension à cet égard ; aussi sut-il intérieurement beaucoup de gré à Pippo, qui lui fournissait l'occasion d'emmener son fils avant que celui-ci se fût porté à quelque acte de violence irréparable.

Ils remontèrent dans la charrette et continuèrent leur route le long de la rivière ; Viola ne cessait de se désoler.

« Grand-père, qui a mené une vie si honnête, si laborieuse, qui n'a jamais dû un sou ! disait-elle en pleurant. Et pourquoi tout cela ? Il ne s'agit pas d'une dette. Du moment qu'il ne doit rien, qui a le droit de lui réclamer de l'argent ? »

Carmelo saisit avec force la main de sa femme.

Il ne pouvait proférer un mot.

Toutes les paroles de l'ouvrier allemand résonnaient à ses oreilles, et il se répétait mentalement, comme naguère Pippo :

« Oh ! Seigneur ! combien de temps cela durera-t-il ? Oh ! Seigneur ! »

XII

Quand la charrette fut partie, le vieux Pippo s'assit au coin de la cheminée, quoique la journée fût chaude et belle ; sans proférer un mot, sans faire un geste, il laissa les voleurs achever leur œuvre de pillage. Son regard distrait prouvait que sa pensée était loin de ce qui se passait autour de lui ; les mains croisées sur ses genoux, il murmurait continuellement :

« Deux et trois font cinq et quatre font neuf, et six font quinze... »

Et ainsi de suite. Le vannier supputait toutes les sommes que la municipalité lui avait réclamées, celles qu'il avait payées et celles pour lesquelles la loi saisissait maintenant ses meubles.

L'addition était longue et fatiguait sa tête, car il n'avait jamais été fort sur le calcul.

Jusqu'à ce qu'il fît tout à fait noir, le vieillard resta assis à cette place ; depuis longtemps l'huissier et ses acolytes s'étaient retirés, après avoir dépouillé la maison de tous les objets mobiliers qui s'y trouvaient ; ils n'avaient laissé que les quatre murs et le toit.

La nuit était venue et les étoiles commençaient à briller au ciel quand la charrette s'arrêta de nouveau devant la porte de Pippo ; Viola entra dans la chambre.

La jeune femme était tremblante et sanglotait.

Tout d'abord Pippo, absorbé dans ses chiffres, ne la vit ni ne l'entendit. Elle dut le secouer par l'épaule pour lui faire remarquer sa présence; malgré cela, le vieillard eut peine à revenir au sentiment de la réalité.

« Comment l'avez-vous trouvée ? articula-t-il enfin, non sans éprouver la plus grande difficulté à remuer la langue.

— Nous l'avons trouvée en prison, répondit Viola d'un ton navré. Et nous n'avons rien pu faire, rien. Ils ne veulent pas la laisser sortir, et elle est si malheureuse! J'avais toujours peur que Carmelo ne fît quelque éclat; c'est à peine si son père et moi nous avons pu l'en empêcher...

— Ils l'ont mise en prison ?

— Oui! Et toujours elle demande à grands cris qu'on lui laisse voir le soleil! dit Viola d'une voix étouffée par les larmes.

— Ils l'ont mise en prison ? répéta Pippo d'un air hébété. Et ils ont pris toutes mes affaires. Eh bien, je ne sais pas, ma chérie, pourquoi on se donne la peine d'être honnête et de se bien conduire. Si c'est pour en être ainsi récompensés, franchement nous sommes trop bêtes ! »

Puis, se tournant du côté de la cheminée, il se remit à compter :

« Deux et trois font cinq, et quatre font neuf, et six font quinze... »

Viola revint vers la charrette, où se trouvaient son mari et son beau-père.

« Permettez-moi de rester cette nuit avec lui, leur dit-elle ; je ne puis pas le laisser seul ; vraiment, je ne le puis pas !

— Je resterai aussi, » répondit Carmelo, qui des-

cendit de la charrette et dit à son père de retourner
au moulin.

Pippo, toujours perdu dans ses comptes, ne s'a-
perçut pas de la présence du jeune homme. La
chambre n'était éclairée que par la lumière de la
lune, car les serviteurs de la loi avaient emporté la
lampe et l'huile. Il ne restait aucun ustensile de ménage, pas même une table.

Étouffant ses sanglots, Viola chercha une assiette
fêlée ou une mauvaise cuiller dans le vieux placard
où l'on mettait la vaisselle, mais tout avait disparu.
Elle ne trouva qu'un petit bidon d'étain rouillé et
la moitié d'un pain : la maison ne contenait pas
autre chose.

Carmelo réussit à faire un petit feu avec de la
poussière de charbon ; Viola alla pomper de l'eau et
la mit dans la marmite avec un peu de pain et un
oignon qu'elle prit dans le jardin. On ne put découvrir nulle part ni une goutte de vin ni une pincée
de riz.

Pendant tout ce temps, Pippo continuait à cal-
culer. Les deux jeunes gens étaient courbés sur le
sol tandis que le vieillard restait assis sur sa chaise
de bois ; la blanche lune brillait par la fenêtre carrée ; dans la chambre arrivaient la fumée et les éma-
nations infectes du moulin à vapeur ; les autres
années, en cette saison, toute la maison était em-
baumée par l'odeur des lilas de la rivière.

Tout à coup une souris partit sous les pieds de
Pippo ; cet incident rendit au vieillard la conscience
de lui-même ; il leva la tête, qu'il tenait inclinée sur
sa poitrine, et aperçut, à la clarté de la lune, ses enfants courbés sur le parquet.

Alors il promena un regard autour de la chambre
vide et nue, puis avec un petit rire sardonique :

« Ils ont tiré du sang d'un poteau, dit-il; ils ont tiré du sang d'un poteau. Ils pensent que je vais me tuer comme Nanni. Cela fait en tout quatre cent soixante-cinq francs, et il faut encore que je fasse rentrer mon ruisseau sous terre et que tout mon argent passe à payer des maçons et des ingénieurs. Que dirait le roi? que dirait le roi? Et la vieille est mise en prison comme une coupeuse de bourse ou une gourgandine. C'est pour cela que nous avons illuminé après la bataille de San-Martino! Voilà bien la lune, mais où sont les lilas? Je ne les sens pas. Que vient faire cette fumée dans ma maison? Quelle fumée est-ce là? Hors d'ici, saleté, hors d'ici! Ils ont vendu tout ce que j'avais, mais je suis encore maître chez moi! »

Il se leva et frappa l'air de ses mains; puis, ne rencontrant aucune résistance dans cette lutte folle qu'il avait engagée contre la fumée, il promena autour de lui des yeux irrités; à la fin il reconnut Carmelo et Viola.

« Qu'attendez-vous ici? leur dit-il d'une voix sourde. Allez chez vous, mes chéris. Je veux être seul. J'ai une maison pour abriter ma tête; je ne suis pas encore dans la rue. »

Vainement ils insistèrent pour rester; Pippo les mit dehors presque de force et referma sa porte. Ensuite il alla se rasseoir sur sa chaise et recommença à compter : « Deux et trois font cinq, et quatre font neuf, et six font quinze, » et ainsi jusqu'au bout; durant toute la nuit, le vieillard ne cessa d'additionner les sommes qu'il avait eu à payer.

« Ces chiffres finiront par lui faire perdre l'esprit! » sanglota Viola quand les deux jeunes gens furent sortis de la maison de la Madone.

Carmelo ne se sentait pas la force de parler.

XIII

Quelques écrivains ont comparé la loi au destin. Peut-être serait-il plus juste de la comparer au Djaggernauth, qui roule impassible, sans s'inquiéter s'il écrase de la paille ou des diamants, des jeunes gens ou des vieillards, la beauté ou la laideur.

Mis en mouvement par messer Nellemane, le Djaggernauth roula sur Pippo sans s'inquiéter en aucune façon de la situation du pauvre homme. Quelques jours après que l'huissier eut tout saisi chez lui, à l'exception du petit bidon rouillé, la loi, qui n'a jamais conscience du ridicule de ses actes, réclama à ce vieillard dénué de tout la somme de soixante francs, montant de l'amende à laquelle il était condamné pour n'avoir pas fait rentrer son ruisseau sous terre dans le délai fixé par la commune.

Pippo ne savait pas lire: mais il avait déjà reçu assez de sommations pour reconnaître au premier coup d'œil un document de ce genre. Il froissa le papier avec un rire amer et s'en servit pour allumer sa pipe.

Depuis quelque temps il était devenu très taciturne, et sa physionomie avait pris une expression d'hébétement; qui l'aurait surpris au milieu de son travail solitaire l'eût entendu murmurer ces chiffres cruels dont il refaisait sans cesse l'addition. Néanmoins il luttait contre sa destinée ; il ne voulait pas mourir comme Nanni.

Il continuait à travailler de son état de vannier et à s'occuper de son jardin ; un voisin lui apporta une vieille chaise, un autre un chaudron, un troisième quelques assiettes fêlées, et dom Lelio lui prêta un matelas. Le vieillard presque septuagénaire put ainsi recommencer la vie à un âge où l'espérance n'est plus qu'un souvenir.

Carmelo et Viola obtinrent la permission de faire une nouvelle visite à Nunziatina ; mais cette entrevue ne causa à tous trois qu'un surcroît de chagrin. La vieille femme avait l'air d'une folle ; elle s'était enrouée à force de crier, et ses larmes incessantes l'avaient rendue presque aveugle. Elle ne pouvait rien comprendre à la manière dont on la traitait ; son idée fixe était qu'on la croyait coupable de quelque crime.

« Laissez-moi sortir ; rendez-moi la liberté ! criait-elle à tue-tête. J'ai besoin d'air ; j'ai besoin de voir le ciel. C'est aujourd'hui que je vais toujours recevoir du pain à Varammista ; la gentille petite étrangère ajoute d'elle-même quelque chose à ce que ses parents me donnent, et elle sourit avec ses yeux bleus. Laissez-moi sortir ; j'ai chez moi une rose que je veux offrir à la petite demoiselle ; laissez-moi retourner chez moi. Je mourrai si je ne puis pas revenir à la maison. »

Une reine aime moins son palais qu'Annunziata n'aimait le misérable taudis où elle avait cuisiné, travaillé, mangé et dormi pendant quarante ans, c'est-à-dire depuis la mort de son mari.

« Cher garçon, ne te mets pas dans l'embarras pour moi, dit-elle à Carmelo. Mais ils doivent me laisser sortir : je n'ai rien fait de mal. Je ne de-

mande qu'à revenir chez moi. Dis-leur qu'ils me
laissent retourner à la maison ; il ne me faut ni
charrette ni rien ; je puis faire toute la route à
pied. »

Mais on ne consentit pas à la relâcher, et, à leur
grand chagrin, les deux jeunes gens durent reprendre sans elle le chemin de Santa-Rosalia. Si
Viola n'avait contenu la colère de son mari, à qui
elle pressa le bras d'une façon significative, il aurait
ce jour-là refait connaissance avec le *carcere* de Pomodoro.

Carmelo ne possédait au monde qu'un seul objet
de prix ; c'était une montre en argent vieille de deux
siècles, que son grand-père, dont il était le favori, lui
avait léguée par testament. Sur la cuvette, artiste-
ment ciselée, figuraient des chérubins entourés de
feuillages. Cette montre avait toujours bien marché,
et elle était de la grosseur d'une pêche. Carmelo
l'aimait et la vénérait à un tel point, qu'il ne la portait jamais, sauf les dimanches et les jours de fêtes.
En dehors de ces rares occasions, elle ne sortait pas
du tiroir où le jeune homme la gardait soigneusement enveloppée dans un foulard.

Le lendemain de sa seconde visite à Annunziata,
profitant d'un moment où son père n'était pas à la
maison et où Viola lavait du linge, il monta à sa
chambre, prit la montre et la glissa dans sa poche.
Ensuite il alla atteler la mule.

« Je vais reporter cette farine-là à Varammista, »
cria-t-il par la fenêtre de la cuisine. La farine avait
été moulue pour le *fattore* de cette localité. Les
frères de Carmelo l'aidèrent à charger les sacs sur la
charrette, et il partit sans que personne chez lui se
doutât de ce qu'il allait faire.

Arrivé à Varammista, il voulut voir les propriétaires qui s'intéressaient à Annunziata ; malheureusement ils étaient absents. Après avoir remis les sacs chez le *fattore*, Carmelo se rendit à la ville qu'il .haïssait. Son visage était couvert de rougeur, et il portait la tête haute en marchant dans les rues. Il se figurait que tout le monde le montrait au doigt.

Il y avait à Pomodoro un bijoutier qui vendait aussi des antiquités. Dans le temps heureux qui avait précédé son emprisonnement, Carmelo avait acheté chez lui des boucles d'oreilles en corail et en argent pour Viola.

Carmelo entra dans le magasin, et tirant la montre de sa poche :

« Combien voulez-vous m'en donner ? » demanda-t-il.

Le bijoutier prit la montre, qu'il examina attentivement ; il l'avait souvent vue et souvent convoitée.

« Vingt francs ! fit-il d'un air hésitant. Vous savez, elle n'a que la valeur du métal. Personne n'achètera une montre qui n'est plus neuve.

— C'est un mensonge, répondit Carmelo, vous m'avez dit vous-même que tout ce travail lui donnait du prix ; vous-même vous m'avez dit cela il y a deux ans, à la foire au vin, quand je vous l'ai fait voir.

— Si j'ai dit cela, c'était uniquement pour vous faire plaisir, » répliqua le bijoutier, qui néanmoins avait grande envie de la montre.

Après un quart d'heure de discussion, Carmelo, pressé d'en finir, s'écria avec colère :

« Donnez-moi cinquante francs et vous l'aurez. Vous savez bien que je ne m'en séparerais pas si je n'y étais forcé par une terrible nécessité.

— Vous êtes toujours dans l'embarras, » dit le bijoutier avec humeur ; toutefois il donna la somme

demandée et serra la vieille montre dans un pupitre ;
il connaissait un collectionneur à qui il était sûr de
la vendre dix louis.

En sortant du magasin, Carmelo se rendit droit
à la prison. Aux termes de la loi, les individus ar-
rêtés comme mendiants devaient être relâchés s'ils
trouvaient quelqu'un qui répondît de leur bonne
conduite future et déposât à cet effet un cautionne-
ment de cinquante francs.

« Mon père m'a envoyé payer l'argent pour Nunziatina, dit-il au geôlier. Je puis maintenant l'emmener avec moi ?

— Comme vous y allez ! Nous ne faisons pas les
choses aussi vite que cela, » lui fut-il répondu.

Toutefois les autorités furent obligées d'obéir aux
règlements qu'elles-mêmes avaient faits, et le lendemain soir Annunziata était dans sa chambre.

Toute joyeuse de se retrouver chez elle, la vieille
femme riait et pleurait à la fois.

Viola s'aperçut que la montre avait disparu.

« Oh ! mon amour, que tu es bon ! s'écria-t-elle.

— C'est la moindre des choses, mon ange. Tes parents ne sont-ils pas les miens ? »

Après cette action, l'humeur morose habituelle au
jeune Pastorini sembla se dissiper un peu ; une ou deux
fois on le vit sourire gaiement, comme par le passé,
et la petite Isola le serra dans ses bras en criant :

« Oh ! *Carmelino mio !* oublie tous les méchants
hommes et soyons heureux !

— Je suis prêt à les oublier, s'ils me le permettent, chère, » répondit Carmelo.

Oui, il ne demandait qu'à pouvoir effacer de sa
mémoire le mal qu'on lui avait fait ; grâce à cet
oubli, il aurait été un homme irréprochable, utile,
content.

÷   9*

Un État qui, comme le nôtre, crée et nourrit messer Nellemane, ne tient pas à avoir dans ses villes et dans ses villages des citoyens utiles, honnêtes et satisfaits. Ce qui est beaucoup plus important, selon lui, c'est qu'aucun chien ne soit vu dans les rues, qu'aucun pauvre ne soit exempt d'impôt, qu'aucun homme ne puisse réellement s'appartenir. Un pareil État aime à avoir ses gros bataillons de conscrits involontaires, et il trouve plus profitable d'avoir ses bagnes et ses hôpitaux pleins que de faire la remise d'une taxe ou de cesser d'entretenir dix secrétaires pour faire la besogne d'un seul.

XIV

Pastorini devenait très inquiet; déjà dans son meilleur temps il avait eu fort à faire pour nourrir et habiller sa nombreuse famille; à présent, elle était une charge très lourde pour lui. Sans doute Dina allait se marier dans un an, mais son prétendu était fort pauvre. Les autres filles, toutes jeunes encore, ne pouvaient en aucune façon contribuer aux ressources du ménage, quelles que fussent d'ailleurs leur bonne volonté et leur ardeur au travail. Quand le grain affluait en abondance au moulin, Demetrio Pastorini pouvait joindre les deux bouts; maintenant que Remigio Rossi lui avait pris les deux tiers de ses clients, l'avenir lui apparaissait sous les plus sombres couleurs. Sa grande crainte était, comme je l'ai dit, que l'eau de la Rosa ne

baissât plus que jamais en été, par suite du déboisement des rives. Ce fut, en effet, ce qui arriva : dès le
mois de juin, chose sans précédent jusqu'alors, les
roues du moulin cessèrent de fonctionner, tandis
que plus bas le diable noir, comme l'appelait le
peuple, travaillait jour et nuit en vomissant des
flots de fumée.

Il faisait une tache hideuse sur le paysage ; il répandait partout autour de lui des saletés, de la
poussière et des vapeurs méphitiques ; dans son voisinage, les petits enfants perdaient leurs fraîches
couleurs, devenaient pâles et languissants. Mais, à
la terrasse du café de l'Italie-Nouvelle, messer Nellemane, quoique tout aussi incommodé par la fumée
que les classes inférieures, n'en disait pas moins à
qui voulait l'entendre :

« Quel plaisir c'est de voir s'élever au milieu de
nous cette colonne du progrès ! » et, à sa physionomie, à son sourire, tout Santa-Rosalia comprenait qu'il fallait porter son blé chez Remigio
Rossi, si l'on voulait se faire bien venir de la municipalité.

Autrefois les fleurs du bord de la rivière embau-
maient le village : c'étaient, suivant la saison, le
thym des prés et l'odorante tulipe jaune, la fleur de
vigne et le romarin, les acacias et les catalpas, les
magnolias et les oliviers de Chine. Maintenant la
fumée de la lignite brûlée, l'odeur infecte de l'huile
et du fer chaud remplissaient seules l'atmosphère ;
mais la génération présente a été élevée dans la
croyance que ce changement constitue un progrès,
et messer Nellemane était essentiellement un homme
d'esprit moderne.

Pour lui, un massif de lilas sentait moins bon
qu'une machine, et l'activité bruyante, inquiète,

fiévreuse, à la recherche de la fortune, lui paraissait chose beaucoup plus belle que le « doux repos ».

Le vieux Loisir au sourire de paix, aux mains pleines de bénédictions, n'était à ses yeux qu'un obstructionniste arriéré.

L'intérêt de l'argent que Pippo s'était fait prêter sur sa maison aurait dû être payé, pour le premier semestre, le 31 mars. Ayant emprunté à 50 p. 100 la somme de trois cents francs, ou, comme il disait, de cent écus, il avait à débourser chaque année cent cinquante francs d'intérêt.

Pippo ne comprenait nullement ce que c'est qu'un prêt sur gage; la législation qui régit l'hypothèque était du grec pour lui. Naturellement, quand arriva le jour de l'échéance, il se trouva sans fonds pour payer. A vrai dire, il ne s'était jamais fait une idée nette des obligations résultant pour lui de l'acte auquel il avait apposé sa croix en présence de témoins.

Le temps s'écoulait, et le vannier n'était pas autrement inquiet; il éprouvait seulement cette impression de malaise que ressent toujours un homme obéré quand il n'a pas l'habitude des dettes. Sa tête était troublée, et, comme il ne savait pas lire, il lui était impossible de s'éclairer sur sa situation en examinant ses papiers.

Quand l'huissier avait saisi ses meubles, le vannier s'était dit : « Il faudra que j'en informe l'avocat de Pomodoro, car jamais je ne serai en mesure de lui payer des intérêts chaque année. »

Mais ses facultés intellectuelles ne semblaient plus tout à fait intactes. Il oubliait beaucoup de choses, et très souvent il était incapable de se rappeler les mots quand il en avait besoin. Cette affaire lui sortit donc de l'esprit, et, lorsqu'il y pensa de nouveau, ce fut pour se dire : « Eh bien! à ma mort, il aura la maison : comme cela il n'y perdra rien. »

Telle était l'idée naïve que Pippo se faisait de l'hypothèque.

Le notaire ne lui donna pas signe de vie, ce qui naturellement l'entretint dans ses illusions. On était maintenant en août, et dans sa maison démeublée le vieillard luttait vaillamment contre la fortune. Son travail ne lui rapportait pas, en moyenne, quatre-vingts centimes par jour; mais le peu qu'il gagnait suffisait à ses très modestes besoins.

« Si seulement ma santé le permettait, songeait-il en entrelaçant les osiers qu'à présent il devait ache-ter, j'aimerais à voir un enfant de Viola sur mes genoux. »

Ce rêve soutenait son énergie, quoique sa tête fût toujours pleine de bourdonnements. Il valait mieux que l'enfant ne vînt pas au monde. Pippo le recon-naissait, et néanmoins il désirait vivre pour voir son petit-fils.

Messer Nellemane trouvait de la dernière inso-lence que ce vieillard si petit, si pauvre, si dénué de toute ressource, se permît de vivre et de relever la tête, après avoir subi une telle série de châtiments mérités.

La vue de Pippo à l'ouvrage sur le seuil de sa porte irritait le secrétaire communal; ce n'était même qu'une faible consolation pour lui de se dire que le vannier, pendant son travail, était suffoqué par l'horrible fumée du moulin à vapeur. Et puis il y avait le cours d'eau qui traversait toujours gaie-ment la chaussée. Les mois s'ajoutaient aux mois, et le vieillard n'était pas en prison; il continuait à s'as-seoir en plein air, comme pour narguer par sa dés-obéissance la majesté municipale.

Qu'y avait-il à faire?

Après avoir tourné et retourné le problème sous toutes ses faces, messer Nellemane s'humilia jusqu'à demander l'avis du député de Pomodoro, qui se trouvait dans le voisinage parce qu'il devait épouser prochainement la fille de Zauli.

« Je ferais exécuter le travail, si le bien public l'exige réellement, répondit gravement le signore Luca Finti, et ensuite je mettrais les frais à la charge du propriétaire fautif. C'est la marche qu'on suit généralement à Rome. »

Messer Nellemane remercia cordialement l'homme distingué qui lui avait donné cette consultation, puis il se fit délivrer par le *cavaliere* Durellazzo plusieurs blancs-seings dont il avait besoin avant d'agir.

Tout Santa-Rosalia était sens dessus dessous par suite des travaux publics. Aux environs du moulin à vapeur étaient entassés de noirs monceaux de décombres; le tramway n'était pas encore tracé, et déjà quantité de rails traînaient sur le sol en attendant qu'on les mît en place. Le vieux pont, solide comme un roc et d'une largeur très suffisante pour les mules et les taureaux, qui seuls passaient dessus, n'avait pas trouvé grâce devant la *giunta;* on était en train de le détruire pour le refaire sur une plus grande échelle. Le joli petit village vert avait pris l'aspect poussiéreux et désolé que tant de quartiers de Venise et de Rome doivent aux « intelligents » progrès modernes. L'esprit municipal se complaît dans ce spectacle comme un vainqueur dans celui d'une province dévastée.

Dans les ruines fumantes, le conquérant voit ses victoires; dans les monceaux de décombres, la municipalité voit ses commissions et ses concessions.

Un jour, plusieurs ouvriers que connaissait Pippo,

des maçons, des plombiers, etc., s'approchèrent de la maison de la Madone, avec l'intention de la traverser pour se rendre au jardin. Mais le vannier leur ferma la porte au nez.

« Non, non, dit-il ; on a emporté d'ici tout ce que j'avais, mais les quatre murs sont encore à moi. Personne n'entrera dans ma demeure sans ma permission. »

Les ouvriers se mirent à cogner contre la porte, en expliquant qu'ils venaient faire un travail dont la municipalité les avait chargés.

« Vous ne venez pas travailler pour moi, et vous n'entrerez pas dans ma maison, répondit Pippo. Votre municipalité m'a volé cent écus, et je n'ouvre pas ma porte aux valets d'une voleuse. Allez-vous-en ! »

La plupart des ouvriers étaient de vieux voisins de Pippo, et ils allaient se retirer en silence ; mais dans le nombre se trouvaient deux maçons étrangers que Pierino Zaffi avait embauchés.

Au nom de la loi ceux-ci sommèrent le vieillard de les laisser entrer, et, ne recevant pas de réponse, ils allèrent demander à messer Nellemane l'autorisation d'enfoncer la porte.

« Je n'aime pas la force, leur dit le secrétaire communal : c'est l'arme des barbares. Attendons quelques jours. Mazzetti deviendra peut-être raisonnable. »

Il ajourna donc l'exécution du travail, et calcula combien de jours s'étaient écoulés depuis que Pippo avait reçu l'ordre d'entreprendre cette besogne. Il releva aussi le chiffre des sommations qui avaient été envoyées au vieux rebelle, et que celui-ci avait toutes mises au feu.

Ensuite il prit la diligence de Pomodoro, et alla

causer un instant avec Niccolo Poccianti, qui demeurait près de la préture.

« J'ai peur pour votre grand-père, *carina,* dit le tonnelier à Viola. Cela ne lui vaut rien d'être toujours seul, et la maison est si misérable! De chez moi je l'entends sans cesse marmotter ces maudits chiffres qui ne lui sortent pas de la tête; j'ai peur pour lui, ma chère.

— Moi aussi, répondit Viola avec un sanglot dans la gorge. Mais que pouvons-nous faire? Carmelo et moi nous ne demanderions qu'à rester avec lui; il ne veut pas nous avoir; il pense que nous sommes mieux au moulin.

— J'ai peur pour lui, répéta Cecco. Il est fait d'une étoffe plus solide que Nanni; mais le meilleur pot ne résiste pas à un feu trop fort.

— Que faire? » dit Viola désespérée.

Elle aurait passé à travers les flammes et l'eau pour venir en aide à son grand-père; elle aurait subi n'importe quelle peine pour la lui épargner, mais elle ne voyait aucun moyen de lui être utile.

La maladie, la douleur, les tribulations de la misère n'étonnent guère les pauvres; ce sont là des compagnes bien connues, qui les ont bercés dès le jour de leur naissance, et qui les suivront jusqu'au tombeau. Mais ces persécutions, ces exactions, ces dettes écrasantes pour lesquelles on les saisit quand ils savent ne devoir rien à personne et n'avoir rien à payer, voilà ce qui les stupéfie, les énerve et les hébète.

Viola serait bien allée implorer la pitié du syndic, mais elle savait qu'elle ne trouverait que son secrétaire.

Elle fit pieds nus un pèlerinage à une Madone célèbre, dont le sanctuaire était situé sur les hauteurs, à dix milles de Santa-Rosalia. Après avoir allumé un cierge devant l'image sainte, elle s'agenouilla et pria humblement, non pour elle-même, mais seulement pour le vieillard.

« Carmelo et moi nous sommes jeunes, se disait-elle, nous nous aimons et nous sommes ensemble : c'est assez ; nous aurions tort de demander plus. »

Tandis qu'elle était encore agenouillée dans la chapelle, l'idée lui vint tout à coup d'aller trouver le préfet de la province.

C'était pour elle un voyage aussi extraordinaire, aussi audacieux et aussi lointain que le serait pour nous une excursion au sommet du Chimborazo. Elle n'avait même jamais été jusqu'à Pomodoro, et elle éprouvait un véritable effroi à la seule pensée de la grande ville, dont elle pouvait à peine apercevoir les dômes à l'extrémité de l'horizon. Néanmoins, quand elle quitta le saint lieu à la tombée la nuit, sa résolution était prise ; en retrouvant son mari qui l'attendait au pied de la colline, elle lui dit :

« Notre-Dame m'a ordonné d'aller à la grande ville et de voir le préfet. Il viendra en aide à *nonno*. »

Carmelo ne voulut pas lui dire non ; mais il sourit avec un peu d'amertume.

« Tu peux aller nu-pieds d'ici à Rome, mon amour, tout sera inutile aussi longtemps que le peuple n'aura pas inscrit ses droits en caractères sanglants sur le sol qui devrait lui appartenir. »

Viola frissonna.

« Tais-toi ! ce serait faire le mal pour qu'il en résultât du bien.

— C'est ce que nous devrions faire, » répondit-il

10

d'un air sombre; et, pendant le reste de la route, les deux époux échangèrent à peine une parole ensemble.

Un jour ou deux plus tard, Viola obtint que son beau-père l'emmenât en charrette au chef-lieu. Carmelo resta au moulin.

Elle avait mis la robe grise qu'elle portait à sa noce, et un mouchoir couleur d'ambre était noué sur ses cheveux, noirs comme l'aile du corbeau. Malgré son extrême pâleur, elle était très belle; mais son visage juvénile avait une expression soucieuse peu en rapport avec son âge.

Pour ménager Bigio ils partirent de très bonne heure, dès l'aurore, et la route leur parut fort longue. La crainte et l'espérance faisaient alternativement battre le cœur de Viola, à mesure qu'elle voyait s'élever de plus en plus devant ses yeux l'énorme coupole de marbre qui domine la basilique de Santa-Maria, fameuse dans l'histoire et dans l'art.

« Je dirai aussi un mot pour moi, si nous obtenons une audience, » dit le meunier en arrêtant son cheval à la porte de la ville, où stationnaient déjà quantité de charrettes remplies de denrées qui devaient être soumises à la visite de l'octroi avant d'être débitées sur le marché.

Les citadins ne peuvent ni manger, ni boire, ni se chauffer, sans qu'au préalable les villageois qui leur apportent les objets nécessaires à leurs besoins aient été traités en contrebandiers; durant des heures entières ces pauvres paysans sont obligés d'attendre, exposés au soleil, à la pluie ou à la neige, qu'un employé vienne les taxer ou les mettre à l'amende. En cet an de grâce 1880, le mécanisme administratif est encore si grossier, qu'il conserve, comme absolument indispensable à son existence, le système fossile des douanes intérieures. Les mêmes hommes qui ont jeté bas toutes les vieilles tours, tous les vieux murs, restes imposants du passé, se gardent bien de toucher aux barrières de la gabelle.

Viola fut impressionnée par le bruit, par la foule, par la largeur des rues et par la hauteur des maisons ; quant aux orgueilleux palais, aux fontaines monumentales, aux ponts spacieux et aux statues de marbre, ce fut à peine si elle les remarqua ; toutes ses pensées se concentraient sur l'objet de son voyage. Une forte préoccupation supprime presque le sens de la vue.

Pastorini laissa le cheval gris chez un aubergiste du marché ; puis le meunier et sa bru se mirent à la recherche de la préfecture. Ils la trouvèrent au centre d'un square ; c'était un grand bâtiment majestueux et solennel, moitié forteresse, moitié palais, qui datait du xiiie siècle, et avait, au temps jadis, servi de résidence à de puissants seigneurs. La façade était revêtue de marbres aux couleurs variées, et la frise ornée de fresques qui avaient dû être fort belles autrefois.

Le meunier et Viola entrèrent dans la vaste cour, où des lions en pierre vomissaient de l'eau ; la grandeur et ses emblèmes n'intimident point le paysan italien ; les instincts de liberté et d'art subsistent chez lui, quelque opprimé qu'il soit ; il conserve devant un monarque ses manières aisées et gracieuses.

Ils demandèrent à voir le préfet ; on leur répondit que Son Excellence était sortie. Que voulaient-ils ? ils le dirent. On les renvoya d'un endroit à un autre. Ils virent successivement un domestique et un secrétaire; enfin on les invita négligemment à attendre.

Ils s'assirent dans la cour; un janissaire splendidement vêtu, et tenant en main une canne à pomme dorée, leur dit qu'ils ne pouvaient pas rester là.

Pastorini savait que le préfet avait été dans son temps un soldat de la liberté; qu'il était très libéral, et même « rouge »; qu'il portait sur sa poitrine toutes les médailles, tous les rubans des guerres de l'indépendance; qu'il était l'ami dévoué de ce ministère avancé que le parti de messer Luca Finti cherchait toujours à culbuter. Pastorini avait entendu dire cela, et il espérait beaucoup de ce soldat au pouvoir. Ayant eu son frère tué à San-Martino, le meunier avait la simplicité de croire que ce devait être pour lui une recommandation aux yeux de tous les libéraux.

Ils sortirent et allèrent s'asseoir sur le rebord de pierre qui faisait comme un'cordon autour du bâtiment. Ils restèrent là une heure, deux heures, trois heures; ensuite, pressés par la faim, ils entrèrent dans une ruelle voisine pour prendre un morceau de pain et un peu de vin. Ce modeste repas terminé, le vieillard et la jeune femme retournèrent à la préfecture. Assis à l'extérieur du palais, ils virent défiler des troupes, des charretées de fleurs, de somptueux équipages, une société de musique; ils entendirent résonner les grosses cloches de la cathédrale; les heures se succédaient, ils attendaient toujours.

Tant d'heures se passèrent ainsi, que leur patience, cette inépuisable patience italienne, avait commencé à se changer en agacement. A force de s'entendre demander si le préfet était rentré, le magnifique suisse finit par se fâcher et... *in ira veritas*.

« Son Excellence n'est pas sortie du tout, imbécile, dit-il à Pastorini. Mais vous ne supposez pas que lui ou ses secrétaires soient ici pour donner audience à vos pareils? Dieu miséricordieux! si jamais ils se mettaient à recevoir les solliciteurs, ils auraient ici toute la province. Il n'est jamais sorti, vous dis-je. Il avait du monde à dîner. A présent il ne tardera pas à sortir, parce que c'est le moment où il fait sa promenade au parc. »

Le meunier revint auprès de Viola.

« Il va bientôt sortir, dit-il. On nous avait trompés. Attendons-le, il faudra bien qu'il se montre sur l'escalier; nous ne pouvons pas le manquer. »

La journée, qui avait été d'une chaleur étouffante, tirait vers sa fin. Viola se sentait énervée et fiévreuse; la jeune femme, accoutumée à la tranquillité de la campagne, était étourdie par les allées et venues des passants, le bruit des chariots et des voitures, l'air de la ville, si différent de celui qu'elle respirait à Santa-Rosalia. La fatigue jaunissait son teint délicat, et ses grands yeux étaient injectés.

Dans la cour entra un bel équipage avec des laquais en livrée et des chevaux de prix; il s'arrêta devant le perron. « Attention! voilà le moment! » dit le meunier à sa belle-fille, et tous deux s'approchèrent de la voiture.

Peu après sortit du palais une dame en superbe toilette de surah vieil or relevée de riches dentelles; à sa suite parut un homme de bonne mine, au visage souriant et aux longues moustaches, qui portait un imperceptible ruban à la boutonnière.

La jeune femme et le meunier s'élancèrent aussitôt vers lui, nonobstant les efforts du suisse pour les en empêcher.

« Oh! je vous en supplie, Excellence, écoutez-moi ! » s'écria Viola en étendant les bras avec un geste de désespoir.

Le préfet s'arrêta un instant sur la dernière marche du perron.

« Qu'est-ce que c'est, Cuccioli ? » dit-il en jetant par-dessus son épaule un regard interrogateur à un jeune élégant qui le suivait, et n'était autre que son secrétaire particulier.

Cuccioli répondit qu'il ne savait pas, mais qu'il allait s'informer ; et en même temps il faisait des yeux terribles au concierge.

Cependant Viola sanglotait à un tel point, qu'elle ne pouvait parler ; Pastorini ôta son chapeau et commença d'une voix suppliante :

« Excellence, mon frère a été tué à San-Martino ! Nous sommes venus...

— Ah ! vous demandez une pension ? dit le préfet en allumant un long cigare. Pour service militaire ? Mes bons amis, il faut vous adresser au ministre de la guerre. Nous n'avons pas à nous occuper de ces choses-là...

— Mais je pensais, balbutia le meunier, je pensais que, comme Son Excellence a combattu elle-même... »

Malheureusement l'époque lointaine où il avait été un soldat de fortune était une des périodes de sa vie que le préfet aimait le moins à s'entendre rappeler. Sa physionomie trahit un certain mécontentement, et il voulut monter dans sa voiture ; mais Viola lui barra le passage.

« Oh ! Monseigneur, supplia-t-elle, écoutez-moi, je vous en prie : mon grand-père est un si brave et si honnête homme ; on lui a vendu tout ce qu'il avait, et il n'a jamais dû un sou à personne ; il est à

« Oh ! je vous en supplie, Excellence, écoutez-moi ! » s'écria Viola
en étendant les bras avec un geste de désespoir.

la veille de perdre la raison ; s'il pouvait ravoir l'argent... »

Interpellé par la jeune femme, le haut fonctionnaire se radoucit pour répondre :

« *Cara mia,* croyez-moi, ces affaires ne sont pas de mon ressort. Si j'écoutais les pétitionnaires, je serais débordé. Qu'est-ce que vous désirez ? Si c'est une pension...

— Il ne s'agit pas de pension, reprit Pastorini ; il s'agit d'une municipalité injuste et cruelle. Elle m'a ruiné, elle m'a pris mon terrain et ne me l'a point payé ; le pauvre vieillard dont vous parlait cette jeune femme a été traité...

— Oh ! je ne puis rien entendre sur ce sujet, répondit très résolument le préfet. Les communes sont autonomes. Tant qu'elles restent dans les limites de la loi, le préfet n'a aucun droit de s'immiscer dans leurs affaires. Votre commune, quelle qu'elle soit, se gouverne elle-même ; si vous trouvez qu'elle est mal administrée, changez votre *giunta,* changez votre syndic. »

C'était comme s'il avait dit à quelqu'un qui se fût plaint du mauvais temps :

« Changez le soleil, changez la lune.

— Mais, Excellence..., commencèrent en même temps Viola et le meunier.

— Faites-leur comprendre cela, mon cher Cuccioli, » dit le préfet à son secrétaire ; puis il sourit affablement à Viola et se hâta de rejoindre sa femme, qui l'attendait dans la voiture ; les chevaux de sang partirent comme un trait, et l'équipage fut bientôt hors de vue.

Son Excellence, qui avait connu de mauvais jours pendant les guerres de l'indépendance, voulait à présent jouir de la vie. C'est bien le moins que les patriotes dont le pays a récompensé les services se donnent un peu de bon temps.

Le jeune élégant prit le ton officiel pour dire à Pastorini :

« Cela sort tout à fait de notre compétence. Personne ne peut aller à l'encontre des agissements de l'autorité municipale. Cela est absolument impossible. Vous avez votre syndic ; c'est à lui que vous devez vous adresser. Veuillez à l'avenir vous rappeler que le préfet n'a pas qualité pour examiner les griefs des particuliers contre l'administration municipale.

— Qui donc peut le faire alors ? demanda le meunier au désespoir.

— Personne : le gouvernement d'une commune ne dépend que d'elle-même. Rien ne peut être plus satisfaisant. Chaque commune a l'administration qu'elle désire. Bonjour ! » dit le jeune homme, et il descendit rapidement l'escalier.

« Il faut retourner à la maison, Viola, » dit le meunier avec un soupir. Ce pèlerinage à la recherche de la justice ne leur avait rapporté que des frais, puisqu'ils avaient dû dîner à la ville et payer pour le cheval mis à l'auberge.

Carmelo ne dit rien en apprenant le résultat négatif de leur voyage ; il ne s'était fait à cet égard aucune illusion.

Toute fatiguée et toute souffrante qu'elle était, Viola se rendit chez son grand-père à la tombée de la nuit, et, pendant qu'elle préparait le petit souper du vieillard, ses larmes ne cessèrent de couler.

« C'est cent écus en tout qu'ils m'ont pris, » lui dit pour la cinq centième fois Pippo ; il demeurait fidèle à la vieille manière de compter qui était en usage dans sa jeunesse, et que la plupart des paysans conservent encore aujourd'hui.

« Je sais..., je sais ! sanglota Viola.

— Cent écus ! Avec cela on pourrait acheter une vache, » murmura le vannier, les mains appuyées sur ses genoux et les yeux fixés sur la marmite.

Dans cette aimable contrée, où le soleil, semblable à un magicien, change d'un coup de sa baguette d'or chaque coin de terre en un paradis; où il n'est point de vent qui ne secoue sur le sol une odeur de fruits et de fleurs; où pour la moindre chose résonnent les accords du luth et retentissent les *canzoni*, le paupérisme prend un aspect plus triste que sous les sombres climats où il apparaît comme un produit naturel du pays, et non comme un tyran étranger, ce qu'il est ici.

Plus la contrée est charmante, plus ce tyran enlaidit les demeures des pauvres. Les rues couvertes alternativement de poussière et de boue, les arbres ébranchés, les champs souillés, ou, si l'on veut, engraissés d'ordures qui pourrissent au soleil, les maisons noires, grimaçantes, exhalant des miasmes infects, les animaux faméliques qui halettent par la chaleur ou grélottent par le froid, tout ce cortège du tyran étranger est beaucoup plus affreux et plus répugnant ici que partout ailleurs.

XV

L'hiver arriva, puis le printemps. Les choses
allaient mal à Santa-Rosalia. Les travaux si glo-
rieusement entrepris par la *giunta* encombraient le
village d'ordures et de gravois. Les habitants vexés
n'osaient souffler mot, de crainte des gardes qui
rôdaient sans cesse dans les rues ou se tenaient aux
écoutes chez les marchands de vin ; l'accord s'était
fait entre la compagnie du tramway et les municipalités, grâce à certaines sommes offertes secrètement et acceptées de même ; quelques hommes d'affaires s'étaient enrichis ; finalement les rails avaient
été posés sur les deux tiers de la voie, et la ligne
allait bientôt être terminée ; le propriétaire de la
diligence se désolait, et personne n'était content, à
l'exception de messer Gaspardo Nellemane. Ce dernier admirait sans réserve toutes les fois, toutes les
inventions nouvelles, depuis le moulin à vapeur, qui
remplissait l'air de sa fumée noire, jusqu'aux règlements sur la mendicité, qui avaient purgé le pays de
quelques vingtaines de vieillards inutiles.

Assis devant son pupitre, messer Nellemane sentait qu'il avait en lui l'âme d'un homme d'État.
Dans son esprit, comme dans un miroir magique, il
se voyait déjà à Montecitorio, un portefeuille ministériel sous le bras, demandant cent millions pour les
manœuvres militaires, et augmentant d'un tiers le
droit de mouture

Il n'était que secrétaire, c'est vrai, mais qu'est-ce que cela faisait ? Il avait étudié à fond la science du succès dans les temps modernes, et il savait que lui, Nellemane, possédait tout ce qu'il faut aujourd'hui à un homme pour arriver. Déjà le préfet et le sous-préfet lui avaient dit à l'oreille : « Vous êtes ici dans un trou, vous ne serez pas oublié, » et Luca Finti lui avait fait la même promesse : « Quand nous serons au pouvoir, nous nous souviendrons de vous. »

Ici, dans la petite chambre du palais communal, avec ses cartes autour de lui et ses piles de papiers devant lui, messer Nellemane, bien que peu enclin à bâtir des châteaux en Espagne, se complaisait déjà à la pensée de son futur ministère, et son imagination lui faisait franchir d'un bond tous les degrés qu'il avait encore à monter.

D'autre part, messer Luca Finti avait conçu, d'accord avec son beau-père, l'idée de convertir les catacombes de Rome en un railway souterrain. Le député avait organisé, pour étudier la question, un syndicat de banquiers juifs, américains et écossais, et il pouvait compter sur l'influence de son parti pour obtenir une concession du gouvernement. Messer Nellemane avait été associé à ce grand projet, qui cadrait trop bien avec les tendances de l'heure présente pour ne pas promettre de beaux bénéfices.

Il y avait là, en effet, un cachet de profanation et d'utilitarisme de nature à *empoigner* du premier coup la presse et la Bourse. Cette manière de traiter les sépultures des premiers chrétiens devait aller au cœur de tous les *liberi pensieri*.

Messer Luca Finti savait que le mot de sa génération est une paraphrase de Voltaire : « Souillez !

souillez ! souillez ! Toujours quelqu'un gagnera ! »

Avec son habileté à saisir les goûts du public contemporain, le député avait compris que ces seuls mots : *chemin de fer métropolitain des catacombes*, allaient séduire le monde et faire vendre pour un million d'actions. Non content d'avoir révélé ce grand projet à messer Nellemane, il poussa l'amabilité jusqu'à confier la rédaction du prospectus à la plume brillante du secrétaire communal. Celui-ci se montra à la hauteur de sa tâche, et on lui assura que des parts de préférence lui seraient réservées ; à partir de ce moment, il sentit qu'il avait déjà franchi pas mal de kilomètres sur la route qui conduit aux honneurs ; ses rêves ne lui montrèrent plus que portefeuilles et grands cordons.

Quant à sa passion, il en avait triomphé, grâce à cette force de volonté qui était sa caractéristique. Mais, en s'en allant, la passion avait fait place à la haine : les flammes impures laissent souvent de pareilles cendres.

L'amour avait été de courte durée, la haine devait être éternelle.

La petite maison de la Madone était le cauchemar du vindicatif secrétaire. Sans doute il avait déjà fait beaucoup contre elle : le moulin à vapeur la noyait nuit et jour dans un déluge de fumées noires et d'odeurs infectes ; le tramway allait, pour ainsi dire, raser sa porte, et on avait abattu à cet effet les arbres qui lui donnaient leur ombrage ; à l'intérieur elle était absolument nue et désolée.

Néanmoins la vue du petit vieillard travaillant devant sa demeure offusquait les yeux de messer Nellemane, comme la vigne de Naboth blessait ceux d'Achab. Le vieux Pippo n'était pas enterré, ce têtu s'obstinait à respirer encore ; il était fort misérable, assurément ; son intelligence s'obscurcissait, ses mains devenaient tremblantes, mais il vivait encore ; il se cramponnait à l'existence avec une opiniâtreté qui était un affront pour l'orgueilleux potentat de Vezzaja-Ghiralda.

En ce moment messer Nellemane, assis devant son bureau, lisait avec jubilation divers documents de procédure : « Encore un trimestre, pensait-il, et ce vieil entêté apprendra à ses dépens qu'on ne se moque pas impunément de l'État. »

Car, durant tout le temps qui venait de s'écouler, il n'était pas resté oisif. Loin de là, il avait donné une attention soutenue aux affaires de Pippo, affaires dont les tribunaux de Pomodoro étaient saisis. L'effronté ruisseau traversait toujours la chaussée, et l'effronté vieillard existait toujours ; mais, dans trois mois, messer Nellemane se promettait bien que la loi serait obéie.

En Italie comme partout, l'appareil juridique fonctionne avec une lenteur extrême ; mais messer Nellemane savait le moyen d'activer la marche de la justice ; il n'avait pas été clerc de notaire pour rien, et c'était même sa connaissance approfondie de la procédure qui faisait de lui un si utile serviteur de l'État.

A maintes reprises, des sommations légales de toutes sortes avaient été apportées à Pippo ; mais maintenant le vieillard était tout seul ; il n'y avait personne pour voir ce qu'il faisait, et il avait brûlé ces divers papiers avec un rire moqueur. « Ils ne peuvent pas écorcer un pin pelé, disait-il. Libre à eux de me citer tant qu'ils voudront ; je les défie bien de tirer encore quelque chose de moi. »

Et le naïf vannier croyait que, s'il ne répondait pas aux citations, on se fatiguerait de lui en envoyer.

« C'est toujours pour l'eau, pensait-il, ignorant le contenu de tous ces documents; mais qu'est-ce que j'y puis faire? et ·quand même j'y pourrais quelque chose, je ne le ferais pas, » ajoutait-il avec entêtement à part lui.

Un jour le tonnelier Cecco lui demanda :

« Vous n'avez jamais payé l'intérêt de la somme que vous avez empruntée, n'est-ce pas, Pippo?

— Non, répondit le vieillard; il aura la maison après moi, par conséquent il n'y perdra rien. Je n'ai pas le moyen de payer, il le sait; si je gagne de quoi me nourrir et acheter un peu de tabac, c'est tout ce que je puis faire : l'avocat sait cela. »

Cecco se gratta la tête d'un air soucieux, il était inquiet. Il n'entendait rien à ces choses-là; mais il savait que le nom de Pippo était souvent prononcé à Pomodoro, et il avait peur. Pippo n'accordait aucune attention aux avertissements de son ami; il comprenait encore moins les affaires que le tonnelier, et, à son âge, il n'avait que faire de s'instruire, comme il le disait avec irritation.

« Ma maison est ma maison, répétait-il obstinément. Ils l'auront quand je serai mort. Ils ne peuvent pas l'avoir avant. »

Telle était sa conviction.

Il pouvait encore aller et venir, travailler de son métier et vaquer à son petit ménage tant bien que mal; mais son cerveau se ramollissait, et on ne pouvait pas lui faire comprendre les choses.

« Pour sûr, personne ne vous tourmentera jamais, vous allez avoir soixante-dix ans, » lui dit Cecco avec un peu d'embarras. Justement des bruits d'une nature alarmante étaient arrivés aux oreilles du tonnelier.

« Me tourmenter? qu'est-ce que tu veux dire,

âne? répliqua Pippo avec emportement. La maison
est à moi, elle est toute à moi. Je ne paye de loyer à
personne. J'avais toujours espéré qu'à ma mort elle
reviendrait à ma fille; mais à présent je présume
qu'elle ira à l'avocat. Il voudra quelque chose pour
son argent.

— Mais s'ils prenaient la maison? observa très
timidement le tonnelier.

— La prendre! s'écria Pippo furieux. La prendre!
imbécile que tu es; comment peuvent-ils la prendre?
Elle m'appartient, et je porte toujours la clef sur
moi quand je sors. La prendre! en voilà une,
celle-là! On ne prend pas une maison comme un
panier d'œufs! »

Le tonnelier se tut, car il était facile à décconte-
nancer; d'ailleurs, ce qu'il avait entendu dire n'était
pas très clair pour lui, et il ne savait pas trop à
quoi s'en tenir sur les pouvoirs de la loi. Pippo
fronça les sourcils et rompit la conversation sur ce
sujet. Il alla bêcher dans son jardin, où les amandiers avaient encore une fois refleuri sur la tombe de
Raggi.

En travaillant il sentait sa tête vaciller, et il lui
semblait toujours, suivant son expression, qu'un
essaim d'abeilles bourdonnait dans ses oreilles; toutefois jamais il ne se plaignait, et il mettait tous ses
soins à tenir son petit potager en ordre. « Il est à
moi jusqu'au moment où je mourrai, » disait-il avec
colère en enfonçant sa bêche dans le sol.

Au moulin les affaires allaient presque aussi mal
que chez le vannier. Le meunier était hors d'état de
lutter contre la formidable concurrence de Remigio
Rossi, et tout ce que l'année avait apporté aux Pastorini, c'étaient des dettes, avec la promesse d'un
prochain accroissement de famille.

« Tes enfants viendront dans un mauvais temps, dit Demetrio à son fils; Dieu sait s'ils trouveront une croûte de pain et une goutte de lait de chèvre ! »

Un immense découragement s'était emparé de cet homme doux et enjoué; si le désespoir ne l'avait pas rendu apathique, c'est qu'il aimait beaucoup les siens. Les maudits rails avaient été posés sur le sol où jadis s'élevaient ses arbres; mais il n'avait pas reçu un sou pour l'expropriation de son terrain. La municipalité savait fort bien que le meunier ne pouvait pas l'attaquer, parce qu'un procès dure longtemps et entraîne de gros frais; aussi volait-elle sans scrupule le vieillard, en s'abritant sous le masque de l'« utilité publique ».

Faute de grain à moudre, la grande roue du moulin Pastorini restait immobile neuf jours sur dix; la plupart des voisins allaient de préférence chez Remigio Rossi, parce que le moulin à vapeur était une nouveauté, et aussi parce que le travail s'y faisait plus vite.

Cesarellino, le second fils de Demetrio Pastorini, revint du service militaire fort changé à son désavantage. C'est généralement ce qui arrive aux gars de la campagne. Ils s'en vont innocents, simples, laborieux, soumis; trop souvent le camp et la caserne en font des êtres vicieux, oisifs, mécontents et absolument dégoûtés du travail.

« Autant vaut envoyer un garçon aux galères qu'à l'armée, » disent les paysans, et ils ont raison.

Quand, à l'âge le plus impressionnable de la vie, vous avez pendant trois ans, ou même pendant dix-huit mois, enlevé un homme à ses devoirs, vous ne pouvez pas espérer que, rendu ensuite à sa tâche, il y apportera le même zèle, la même activité qu'autrefois. Il retournera à son village avec des souvenirs grossiers, des habitudes d'ivrognerie, un esprit querelleur et le mépris des travaux champêtres. Combien de ces pauvres conscrits deviennent des vauriens malgré leur franche nature et les bonnes dispositions qu'ils apportent en arrivant !

Le retour de Cesarellino rendit plus triste encore l'existence qu'on menait au moulin. Le jeune homme avait sans cesse à la bouche les mauvaises paroles, les jurons ignobles appris au régiment. Sa nature était viciée et pervertie pour toujours. Ayant vu Milan et Turin, il avait une tendance à mépriser ses proches, qui n'avaient jamais quitté Santa-Rosalia. Maintenant que Cesarellino était revenu, le troisième fils, Dante, allait être appelé sous les drapeaux ; c'était un doux et timide garçon, qui se désolait à l'idée d'abandonner sa famille.

« Quel tas d'esclaves nous sommes ! dit amèrement le père. Est-ce qu'un homme n'a pas le droit de refuser aux faiseurs de guerre la chair et les os qu'il a engendrés ?

— Il n'y a pas de guerre en ce moment, père, observa l'ex-milicien avec un sourire de dédain pour l'ignorance paternelle.

— Alors quelle excuse ont-ils pour nous prendre nos enfants ? répliqua le vieillard. Oui, oui, nous sommes un tas d'esclaves. Je ne vois pas que nous ayons gagné quelque chose à chasser les *stranieri*. »

Mais les plaintes et les récriminations étaient inutiles. Le tirage au sort avait donné un mauvais numéro à Dante ; sa famille n'avait pas d'argent pour lui acheter un remplaçant, alors même qu'elle eût songé à pareille chose, et le pauvre jeune homme partit en pleurant comme une jeune fille.

✝   10*

« Sans Viola, dit Carmelo, je m'engagerais volontiers pour exempter mon frère.

— Mais tu as Viola comme tu désirais l'avoir, répondit le meunier, et probablement aussi tu auras bientôt beaucoup d'enfants ; ton devoir, mon fils, te retient à la maison. Plût au ciel qu'il ne t'eût pas été rendu si pénible ! Tu n'as à manger que du fenouil avec du pain aigre ; mais il faut montrer le courage d'un homme.

— Je ne manque pas de courage, père, » reprit simplement Carmelo. Puis, avec un effort, il ajouta :

« Ce qui me met hors de moi, c'est de voir qu'on persécute ainsi le pauvre Pippo ; ce que je ne puis supporter, c'est que vous soyez si malheureux, c'est que les roues du moulin restent immobiles, et que cette canaille de Bindo se promène fièrement comme un coq sur une pelouse... Père, je me sens parfois une si forte envie de le tuer, que j'ai peur, je l'avoue, de céder un jour ou l'autre à la tentation.

— Non, tu te contiendras, lui dit son père avec tendresse ; tu feras cela pour ta femme et pour moi. Mais tu songes trop à ces choses-là, mon garçon. La pensée ne donne pas du pain.

— La pensée peut rendre les hommes libres, » murmura Carmelo ; il n'osait pas confier à son père tout ce qui occupait son esprit, toutes les idées, toutes les espérances, tous les rêves dont l'ouvrier allemand lui avait rempli la tête pendant son séjour à l'infirmerie de la prison. Le jeune Pastorini savait que là-bas, au chef-lieu, beaucoup de gens pensaient comme lui. Une branche de l'association des *Figli di lavoro* existait dans cette ville, et peu auparavant il avait été secrètement invité à en faire partie.

Par nature, par tempérament, Carmelo était attaché au sol natal, à la vie simple de la campagne, aux
affections et aux plaisirs innocents, au vieux toit de
la famille, aux habitudes qui avaient été celles de
ses ancêtres aussi bien que les siennes.

L'Italien, j'ai déjà eu plus d'une fois l'occasion de
le dire, est essentiellement conservateur, et Carmelo,
si on l'eût laissé tranquille, n'aurait demandé qu'à
vivre et à mourir au bord de la Rosa, comme avant
lui avait vécu et était mort son grand-père. Mais la
politique de messer Nellemane consiste à ne laisser
personne tranquille; elle transforme ainsi les gens
paisibles en factieux, les gens patients en rebelles;
elle sème partout le mécontentement, la désaffection,
la révolte.

XVI

Tous les papiers que Pippo croyait anéantir en
s'en servant pour allumer sa pipe, formèrent peu à
peu, à Pomodoro, une effrayante montagne sous
laquelle la justice n'eut plus qu'à enterrer vivant le
contumace.

En un mot, le vannier ne comparaissait pas et ne
se faisait représenter par personne. Le notaire qui
avait hypothèque sur sa maison et l'avocat chargé
des intérêts de la municipalité obtinrent gain de
cause contre lui, ce qui sans doute serait arrivé
tout de même s'il avait répondu aux assignations.
Après que toutes les formalités légales eurent été
remplies sans qu'il en sût rien, une communication

officielle l'avisa que sa propriété allait être vendue
à la requête du créancier hypothécaire et de la commune, celle-ci ayant à recouvrer les nombreuses
amendes restées impayées depuis dix-huit mois que
durait la lutte sourde du vieillard contre l'administration.

Mais Pippo ne fit aucune différence entre cet avis
et les précédents : c'était, comme eux, un document
moitié imprimé, moitié manuscrit, qui lui était
apporté par l'huissier ; en conséquence, il le froissa,
l'approcha d'une allumette, puis le jeta tout flam-
bant sous le petit pot de terre qui contenait son
dîner, alors en train de bouillir sur le feu.

Ce papier, que Pippo traitait si cavalièrement,
avait coûté bien des efforts à messer Nellemane et
aux hommes de loi. Ils avaient fait jouer contre la
pauvre petite maison de la Madone tous les béliers,
toutes les catapultes de l'arsenal juridique ; mais le
bonhomme n'en savait rien.

« Ils ne peuvent pas écorcer un pin pelé, » se
bornait-il à dire chaque fois qu'il recevait un de ces
avis indéchiffrables pour un illettré comme lui, et
quand il en avait fait un autodafé, il s'imaginait
que c'était une fin.

« Avant peu ils se fatigueront de m'envoyer ces
papiers, pensait-il ; ils ne peuvent plus rien tirer de
moi, ils finiront par me laisser tranquille. »

Souvent il lui arrivait de ne manger qu'un morceau de pain dans sa journée ; une fois même il passa
vingt-quatre heures sans prendre aucune nourriture ;
mais il se taisait sur ses souffrances, ne voulant pas
attrister la fillette : Viola était toujours la fillette
pour lui.

Il s'épanchait quelquefois avec Carmelo, car tous
deux étaient victimes du même bourreau.

« Je t'assure, mon garçon, lui dit-il un jour, sans même remonter jusqu'au temps de ma jeunesse, dans mon âge mûr le pays était encore en paix et nourrissait tout le monde. Le vin, on n'avait que la peine d'en demander, ou, si on l'achetait, c'était un sou la bouteille. Quant au pain, on en donnait alors aux chiens et aux cochons. Nous étions tous tranquilles et heureux. Les gentilshommes ne s'en allaient pas à l'étranger et ne dînaient pas vers minuit, comme ils le font maintenant. Tous se mettaient à table à trois heures, et il y avait à manger pour cent personnes, si cent personnes venaient leur demander la soupe. Ils passaient l'été dans leurs villas et l'hiver au chef-lieu. Oh! mon garçon, alors on vivait bien et gaiement dans les villes, car les seigneurs y dépensaient tout leur argent au lieu de l'aller gaspiller, comme à présent, dans tel ou tel pays étranger. On avait conservé toutes les fêtes, toutes les foires d'autrefois; on dansait, on s'amusait tout l'hiver, et les folies du carnaval faisaient oublier le froid. Les jours fériés, aucun pauvre ne se fût refusé un poulet. Cela ne coûtait que deux sous. Maintenant il est presque aussi difficile de manger un poulet que de décrocher la lune pour la mettre dans son pot-au-feu. On expédie la volaille à l'étranger, et ici nous crevons tous de faim. Peux-tu me dire que cela soit juste?

— Je puis vous dire que cela est injuste, répondit Carmelo, à qui toutes les paroles du communiste allemand revinrent à l'esprit. La marmite a tant bouilli, que toute l'écume est montée à la surface; les coquins nous ont mis la selle sur le dos en criant : « Liberté! liberté! » et maintenant ils nous bourrent les côtes à coups d'étrivières. De même que nos gentilshommes ne s'inquiètent pas si nous

crevons de faim, du moment qu'ils peuvent aller
faire figure à Parigi, de même peu importe à nos
gouvernants que nous périssions ou non, pourvu
qu'ils aient des soldats et des vaisseaux, et qu'ils
mettent de l'argent dans leurs bourses.

— Je suppose qu'il en est ainsi, dit le vieillard,
qui au fond n'avait rien compris au langage de Carmelo.

— Il y a vingt ans, observa le meunier, je m'en
souviens, on ne faisait que crier : « L'Italie aux Italiens ! » Et à qui appartient maintenant l'Italie ? Aux
juifs. Juifs ici, juifs là, juifs partout. Les pauvres
languissent et meurent; mais les maudits juifs n'y
font pas attention. Tout le mal vient des nobles. Ils
gaspillent leur argent par vanité, et ensuite, quand
ils sont ruinés, arrivent les juifs, qui achètent leurs
biens pour un morceau de pain. Je n'ai jamais su
grand'chose, mais cela je le sais. Voyez ce qu'était
le vieux marquis : — c'est de Palmarola que je parle.

— Il ne quittait jamais ses terres, dépensait tous
ses sous au milieu de son peuple. Mais son fils ! une
espèce de singe qu'on ne voit que de loin en loin
dans ses domaines, qui passe tout son temps à Rome
ou dans cet endroit que tu appelles Parigi, un dissi-
pateur qui mange son héritage en cherchant à
prendre les manières des étrangers. J'ai entendu
dire que les Anglais et les Américains avaient fait
exprès d'introduire chez nous, pour la perte du pays,
leurs folles habitudes, leurs dîners de minuit et le
reste ; cela pourrait bien être.

— J'ai entendu dire que les Anglais adorent les
renards. Alors ce sont des païens, ajouta timidement
le tonnelier Cecco. D'ailleurs je sais peu de chose
sur leur compte.

— Et moi, voici ce qu'on m'a dit, reprit dédai-

gneusement Carmelo : ils sont, paraît-il, si mauvais
tireurs, que, quand ils veulent tirer un oiseau, ils
doivent l'enfermer dans une boîte et ensuite le
laisser s'envoler devant leur nez. Mais, père, ni l'Anglais, ni le Français, ni personne ne pourrait faire
du tort à nos *signori* s'ils restaient chez eux comme
autrefois, et s'ils avaient des cœurs humains et
des mains pures. Malheureusement c'est ce qu'ils
n'ont pas ! Ils ne se soucient que de gagner de l'argent, et ils nous livrent aux griffes et aux dents des
impiegati, comme un berger livre ses agneaux au
couteau du boucher. Notre vie et notre mort leur sont
également indifférentes. Ce qui leur tient au cœur, ce
sont leurs aises, leurs voyages à l'étranger, leurs
revenus...

— Je me rappelle le temps où un poulet coûtait
deux sous, dit Pippo, revenant à sa rengaine favorite. Oui, deux sous ! Pour ce prix-là on avait un
beau poulet gras, pas une bête soufflée à la veille
d'être portée au marché. Maintenant on envoie toute
la volaille au loin par le chemin de fer. »

Puis il se tut et s'absorba dans le souvenir de la
vie facile et gaie qu'on menait à Santa-Rosalia au
temps de sa jeunesse.

Carmelo soupira et se mit en route avec sa charrette ; il avait quelques sacs de *torbo* [1] à conduire
chez un des très rares fermiers assez audacieux pour
témoigner encore de l'amitié au meunier Pastorini
et donner de l'ouvrage à ses fils. Le *torbo* devait
servir à alimenter une batteuse à vapeur qui allait
fonctionner sous peu, une de ces « colonnes du progrès » qui détruisent pour jamais le charme du
paysage champêtre, diminuent le travail, augmen-

[1] Lignite.

10*

tent la misère et enrichissent quelques individus en réduisant le grand nombre à la détresse.

La ferme, située à plusieurs milles de Santa-Rosalia, s'élevait sur le penchant d'une verte colline tapissée d'abord d'oliviers, et, plus haut, de pins en parasol qui s'étendaient de chaque côté des plaines à travers lesquelles serpentait la Rosa.

De la vallée on pouvait apercevoir cette construction longue, basse, blanche, flanquée d'une vieille tour et de toutes parts entourée de pins. Le chemin qui y conduisait était long et raide : une bonne route romaine datant de cette antique époque où les ingénieurs étaient tenus d'exécuter consciencieusement leur travail sous peine d'être battus de verges ou mis en croix.

La mule était fatiguée, car le lignite était très lourd, et on l'avait été chercher à Pomodoro.

A mi-côte, Carmelo, qui ne pouvait pas voir souffrir les animaux, fit arrêter la pauvre bête, retira trois sacs de la charrette et les déposa au bord de la route. Lorsque la mule, ainsi allégée, serait parvenue au haut de la montée, il comptait aller reprendre les sacs et les porter sur ses épaules les uns après les autres.

Le chemin serpentait à travers les myrtes, les asters et les arbousiers sauvages ; çà et là se montraient des bouquets de jeunes châtaigniers. La solitude du lieu n'était guère troublée de loin en loin que par un bûcheron, un chasseur, un lièvre de montagne, un renard ou un troupeau de chèvres.

Après avoir laissé les sacs sur le bord de la route, Carmelo se mit à marcher à côté de sa mule ; chemin faisant, il la réconfortait par de bonnes paroles et lui laissait brouter l'herbe tendre de la colline.

Le fils du meunier réfléchissait : c'étaient des

pensées fort simples, fort honnêtes que les siennes ;
il songeait au meilleur moyen de gagner dans l'a-
venir le pain de ses enfants, de ses frères et de ses
sœurs, car il prévoyait que dans six mois, selon
toute apparence, il leur faudrait quitter le moulin.
Le jeune homme avait un cœur vaillant et de fortes
affections ; il se demandait comment il ferait pour
tirer son père d'embarras : humble Énée, il eût
volontiers emporté sur ses épaules ce rustique An-
chise.

Absorbé dans ses réflexions, il n'aperçut pas
Bindo Terri et le vieil Angelo qui, le pistolet au
poing, débouchèrent d'un massif de myrtes et de
lauriers : quand ils ne pouvaient pas tourmenter la
population, les gardes champêtres se délassaient en
chassant le merle et la grive.

« Arrêtez ! » crièrent-ils.

Carmelo leva les yeux, devint rouge, puis blanc,
et continua à marcher à côté de sa mule.

« Arrêtez ! » grondèrent de nouveau les serviteurs
de la loi.

Sans répondre, Carmelo passa derrière la charrette et la poussa pour aider la mule. Les deux
hommes s'avancèrent vers la bête et l'arrêtèrent net.
Vu la raideur de la pente, ce brusque mouvement
eut pour effet de faire reculer la charrette ; l'animal
se cabra, et la plus grande partie du lignite roula
sur le sol. Ce fut avec beaucoup de difficulté que
Carmelo put empêcher la mule et le *baroccino* d'aller
se briser au bas de la côte. Il serrait les poings et
grinçait les dents, forcé qu'il était de maîtriser sa
légitime irritation.

Bindo Terri, debout au milieu de la route, bran-
dissait son pistolet d'un air menaçant.

« Vous êtes en contravention, déclara-t-il du ton

le plus insolent. Vous avez laissé vos sacs sur la voie publique, ce qui est défendu par la police municipale. Voyez l'article 15 du règlement 103. Angelo, prenez note du délit. »

Angelo ouvrit son carnet et fit mine d'écrire. En réalité, il écrivait très mal. Le cœur gros, les membres secoués par un tremblement de colère, Carmelo commença à ramasser le *torbo* répandu sur le chemin et à le remettre dans les sacs.

Il aurait donné vingt ans de sa vie pour pouvoir arracher le pistolet des mains de Bindo et brûler la cervelle au meurtrier de Toppa. Mais il se souvint de Viola, il se souvint de son père, et, refoulant au dedans de lui la juste colère qu'il éprouvait, il supporta en silence toutes les insultes de ses persécuteurs. A la fin ceux-ci, voyant que leurs provocations ne pouvaient venir à bout de la patience du jeune homme, le quittèrent pour aller chercher d'autres victimes, chose facile à des gens qui avaient sous leur coupe tout le territoire de Vezzaja-Ghiralda.

Le lendemain, l'huissier apporta un exploit à Carmelo : ce dernier était cité à comparaître, comme prévenu d'avoir obstrué la voie publique.

XVII

Depuis sa sortie de prison, Annunziata n'était plus la même. Elle se croyait déshonorée par la captivité qu'elle avait subie, et cette pensée corrodait sa vieille âme honnête comme le vitriol corrode la chair.

Les deux hommes s'avancèrent vers la bête et l'arrêtèrent net.

« Si mon pauvre défunt savait cela ! » sanglotait-
elle douloureusement. Il lui semblait qu'elle était
marquée d'un sceau ineffaçable d'infamie. Mais jamais elle ne voulait admettre qu'elle eût mendié.

« Non, disait-elle, je prends seulement ce qu'on
me donne. Je ne demande jamais. »

Durant tout l'hiver elle se tint fort tranquille ;
tranquille par nécessité, car le rhumatisme, son vieil
ennemi, la saisit et la cloua sur son grabat. Carmelo, Viola et les filles Pastorini l'aidaient de leur
mieux ; d'autre part, les vieilles femmes dont elle
partageait la chambre lui témoignaient toujours une
affection fraternelle, bien qu'elles-mêmes fussent af-
fligées de presque toutes les infirmités qui sont l'héritage de la chair. Joyeuse de se retrouver chez elle,
dans ce coin de grenier froid comme un tombeau,
Annunziata supportait ses souffrances sans se
plaindre et grignotait gaiement son morceau de pain
sec. Dom Lelio continuait à la secourir dans la mesure de ses moyens. Le digne prêtre, qui se dépouillait de tout pour les pauvres, ne sortait plus qu'avec
un chapeau roussi et une soutane rapiécée.

La chose paraîtra sans doute stupide et incroyable,
mais la vieille Nunziatina était heureuse tant qu'elle
pouvait voir ces quatre murs et cette fenêtre carrée
où s'encadrait la ramure des peupliers, tant qu'elle
pouvait entendre le caquetage de ses compagnes et
y mêler le sien. C'est un fait, et c'en est un aussi,
que, nonobstant tous les secours de la richesse, de
la science et de l'affection, on voit souvent mourir
de jeunes reines et des enfants appelés à hériter
d'une grande fortune, tandis que la vie se conserve
dans des corps épuisés par la vieillesse, le travail et
les privations.

« Il ne faut plus jamais recommencer vos tournées

dans les villas et dans les fermes, ma chère, disait en pleurant Viola à sa grand'tante. Ils vous arrêteront encore si vous le faites. Vous savez qu'ils considèrent cela comme de la mendicité.

— Je ne demande jamais rien, ne cessait de répondre Annunziata, je prends ce qu'on me donne. »

Elle était convaincue qu'elle ne faisait aucun mal en agissant de la sorte, et on ne pouvait la faire démordre de cette idée.

Durant tout l'hiver, son rhumatisme l'avait empêchée de sortir, et même lorsque les tulipes furent toutes jaunes dans les champs, bien qu'Annunziata sentît se réveiller en elle ses vieux instincts de locomotion, Viola obtint à force d'instances qu'elle continuât à rester au logis, ou du moins qu'elle se bornât à aller s'asseoir sous l'épais ombrage de l'antique chêne dont le tronc contenait l'image miraculeuse de la Vierge.

Elle ne s'inquiétait pas du tout des règlements municipaux, cette vieille rebelle; mais elle avait à cœur de faire plaisir à sa nièce. « La fillette (c'est ainsi qu'elle appelait toujours Viola) est maintenant si près de son terme, qu'on ne peut pas la contrarier, » disait-elle à ses trois vieilles amies.

Avec les tulipes de mars, vint au monde le baby attendu ; c'était un heureux petit garçon, qui criait rarement et promettait de ressembler à son père, dont il avait les grands yeux bleus et le beau teint.

Cet enfant devint une source de grande occupation et d'intérêt absorbant pour sa grand'tante. La vieille passait la plus grande partie de son temps au moulin, berçant sur ses genoux le petit paquet étroitement emmailloté.

Mais aussi, indirectement, c'était une raison pour elle de se remuer davantage et de reprendre ses pro-

menades à travers champs. Elle se disait que la
naissance du baby, après lequel il en viendrait sans
doute une douzaine d'autres, avait apporté un surcroît de gêne chez le meunier ; dans ces conditions,
Annunziata se faisait scrupule de priver les pauvres
gens d'un morceau de pain, quand tous les fermiers
des environs ne demandaient qu'à lui venir en aide
· et n'avaient à s'imposer aucune privation pour cela.

Carmelo et Viola essayèrent de lui faire comprendre que ce fait de recevoir des dons librement
offerts constituait précisément son crime aux yeux
de la loi ; mais ils ne purent y réussir. Elle se refusait à admettre que sa conduite fût coupable le
moins du monde, et il n'était pas facile de lui faire
perdre des habitudes contractées depuis quarante ans.

« Je ne prends que ce qu'on me donne, » persis-
tait-elle à dire.

La vigilance et les prières des deux jeunes gens
la retinrent au logis pendant quelques semaines ;
mais ils étaient trop occupés pour pouvoir la sur-
veiller continuellement. « Je n'ai jamais fait le
moindre tort à personne, » se disait-elle. Il lui était
impossible de rester enfermée durant ces beaux jours
du commencement de l'été, et elle se remit à trot-
tiner comme devant. La seule concession qu'elle fît
à Carmelo et à Viola fut de ne pas emporter son panier avec elle. La pauvre femme était beaucoup plus
faible qu'autrefois et avait, comme Pippo, des bourdonnements dans la tête. Les deux vieillards se servaient de la même comparaison pour exprimer l'état
de leurs cerveaux : « C'est toujours comme les abeilles
dans les acacias, » disaient-ils. Annunziata ne comprenait plus qu'avec peine ce qu'on lui disait ; elle
confondait les noms et les dates. « J'ai besoin d'être
à l'air, répétait-elle à ses vieilles compagnes dans

leur petite chambre carrée. J'ai toujours été à l'air toute ma vie. »

Son bâton à la main elle recommença donc ses tournées de côté et d'autre. Naturellement ses pieds prenaient d'eux-mêmes le chemin conduisant aux fermes de sa connaissance. Tous ses anciens amis étaient charmés de la voir, et lui donnaient, selon ses besoins, qui à boire, qui à manger. Elle ne voulait rien rapporter chez elle.

« Non, ils me disent de ne pas le faire ; le cher garçon qui m'a fait sortir de la prison ne le veut pas, » répondait-elle toujours, et tout ce qu'elle acceptait, c'était une assiettée de soupe et un peu de *mezzo-vino* quand on les lui offrait. Son visage brun, ridé et rugueux comme une coquille de noix, avait perdu sa gaieté ; sa bouche tremblait souvent, et elle était devenue très sourde ; mais elle restait aussi sensible que jamais aux bons procédés ; lorsqu'elle se voyait traitée avec bienveillance, sa physionomie rayonnait de plaisir.

Cette petite vieille conservait un aspect pittoresque avec son noir chapeau rond et ses vêtements multicolores faits de pièces et de morceaux qu'on lui avait donnés.

Un jour, — le petit garçon de Viola avait alors environ trois mois, et la chaleur commençait à devenir étouffante, — Annunziata était allée voir, sur les hauteurs, une *massaja*[1] qui l'aimait beaucoup, et elle avait fait quelque besogne à la basse-cour pour reconnaître le repas qu'elle avait pris à la longue table où tous les *contadini* dînaient de bouillon, de

---

[1] La *massaja* (ordinairement l'épouse du *fattore* ou régisseur) est la femme préposée à la direction de tout le personnel féminin dans un domaine rural.

macaroni et de salade. En redescendant au village, elle se sentit si fatiguée, que, pour se reposer un peu, elle s'assit sur un tronc d'arbre au bord de la route.

En ce moment un poney-chaise, où se trouvait, en compagnie d'un domestique, la jolie petite étrangère aux yeux bleus qui habitait Varammista, montait lentement la côte. En apercevant la vieille femme, l'enfant sauta à terre et courut à elle avec un affectueux empressement, tandis que ses cheveux d'or flottaient sur ses épaules.

« Oh! Nunziatina! s'écria-t-elle. Nous avons été absents toute l'année, et nous ne faisons que d'arriver. On nous a dit que vous aviez été en prison. Ce n'est pas vrai, cela ne peut pas être vrai?

— Si, *carina,* c'est vrai, répondit Annunziata. Ils m'ont arrêtée le jour même où j'allais vous souhaiter un bon voyage, et je m'étais procuré une rose pour vous : une si belle rose! Oui, chère, j'ai été en prison, et votre maman ne serait peut-être pas contente de vous voir me parler.

— Allons donc! fit la jeune Anglaise avec un vif mouvement d'indignation. Vous n'avez jamais rien fait de mal, j'en suis bien sûre.

— Non, sans doute, *carina.* Je prenais ce qu'on me donnait, et ils appellent cela mendier : voilà ce que je n'ai jamais compris.

— Oh! quelle méchanceté! soupira l'enfant, dont les belles joues étaient brûlantes. Je le dirai à maman. Venez la voir à Varammista, chère Nunziatina. Je ne puis m'arrêter parce qu'il se fait tard; mais prenez ceci et venez nous voir.

— Cet argent est bien à vous, chère, et vous pouvez en disposer? demanda Annunziata, qui hésitait à accepter l'assignat de deux francs.

— Certainement, il est à moi. Vous savez que j'ai

toujours beaucoup d'argent dont je fais ce que je veux. Avec cela vous achèterez quelque chose de joli, n'est-ce pas?

— Que les saints vous bénissent, *carina*, dit Annunziata. Je vais vous dire ce que je compte faire de cet argent. J'achèterai une ou deux petites chemises pour l'enfant que Viola a eu à la saison des asphodèles.

— Oui, oui! Et vous viendrez nous voir bientôt, Annunziata; demain, voulez-vous? Je raconterai toute votre histoire à maman, et elle en sera bien triste, bien triste! »

Sur ce, la joyeuse petite fille remonta dans le poney-chaise, et la vieille femme, le cœur léger, continua sa route vers le village.

« J'achèterai quelque chose pour l'enfant de Viola, » pensait-elle en glissant l'argent dans la poche de son tablier.

Le soir, Carmelo traversait le village avec des sacs de farine dans sa charrette, quand Gigi Canterelli sortit vivement de sa boutique et courut au-devant de lui.

« Sais-tu qu'ils ont encore arrêté Nunziatina? lui dit-il; ils prétendent qu'elle mendiait; ils l'ont vue, disent-ils, demander l'aumône là-bas sur la colline; on l'a emmenée à Pomodoro. »

A cette nouvelle, Carmelo devint successivement cramoisi et pâle.

« Mais j'ai payé quarante francs pour elle! s'écria-t-il; j'ai vendu ma montre.

— Qu'est-ce que cela fait? reprit l'épicier. Ils l'ont de nouveau coffrée. Cette fois-ci ils demanderont quatre-vingts francs.

— Comment dire cela à Viola? fit le jeune homme, qui tremblait comme un enfant. O mon Dieu!

oh! mon Dieu! Gigi..., quand obtiendrons-nous justice ou miséricorde?

— Mon garçon, nous avons de gros vaisseaux, une multitude de soldats, et dans chaque administration une centaine de fonctionnaires pour nous mettre à la porte quand nous leur demandons poliment quelque chose, répondit Gigi Canterelli. C'est, je crois, tout ce que nous aurons d'ici à vingt ans. Ta mule est fatiguée; je vais atteler ma bête et j'irai voir ce qu'on a fait de Nunziatina. Rentre chez toi, et dis à ta femme de ne pas s'inquiéter.

Après l'avoir remercié, Carmelo revint au moulin le cœur rempli d'amertume. Le vieil épicier tint sa promesse et se rendit à Pomodoro.

Là il apprit que Nunziatina avait été arrêtée par Bindo Terri pour avoir demandé l'aumône sur la voie publique; elle était en prison. Personne ne voulut lui en dire davantage, et il ne lui fut pas permis de voir la détenue. Gigi fit de son mieux pour ne pas trop désoler les habitants du moulin en leur communiquant ces tristes nouvelles.

« Demain nous la délivrerons, dit-il gaiement à Viola. N'ayez pas peur, ma beauté; nous la tirerons d'affaire. Les étrangers de Varammista agiront en sa faveur; et puis, si c'est nécessaire, nous nous cotiserons tous pour payer son amende. »

Mais, en Italie comme partout, les fonctionnaires croient parfaitement inutile de dire la vérité au public, lequel, suivant eux, n'a aucunement le droit de la savoir; on n'avait donc fourni à Gigi Canterelli que des renseignements inexacts.

Bindo Terri avait emmené Annunziata à Pomodoro en lui déclarant d'un ton sévère qu'on ne la remettrait jamais en liberté, parce qu'elle était en état de récidive. Muette de surprise et de frayeur, la

11

pauvre femme ne recouvra la voix que quand on lui
prit les deux francs qui devaient servir de pièce à
conviction contre elle.

« La petite demoiselle de Varammista me les a
donnés ! s'écria-t-elle, et je veux les garder pour
l'enfant de Viola ! »

On ne fit pas attention à ces paroles et on l'écroua
à la maison de détention. Elle devait être jugée le
lendemain ; mais sur ces entrefaites le comte Saverio
eut occasion de la voir et s'intéressa à son affaire. Il
avait toujours regretté de s'être montré froid à son
égard. C'était un homme qui tenait beaucoup à sa
réputation de bienfaisance, et il savait fort bien qu'il
avait paru très indifférent quand, au milieu d'une
conférence avec son agent de change, on était venu
le déranger pour lui parler d'Annunziata.

La philanthropie constituait la spécialité du comte
Saverio. Il n'était rien que par elle. Il avait fait de
cette vertu sa carrière, et une carrière lucrative. Ces
tartufes de charité existent dans tous les pays ; mais
ils fleurissent surtout ici, grâce au grand nombre
de confréries et d'établissements de bienfaisance où
ils peuvent s'introduire comme un scolyte dans un
orme. Dans la circonstance présente, cette vieille
femme que le noble comte avait refusé d'assister lui
fournissait une superbe occasion de réclame ; il le
comprit et se remua tellement pour elle, qu'il obtint
son transfert de la prison de Pomodoro au Montesacro du chef-lieu.

Le Montesacro était encore une de ces institutions,
filles de l'obscurantisme, qui ont été rajeunies par
l'esprit moderne. Créé pour servir d'asile à des vieillards, il avait été pourvu, à cet effet, de fonds considérables par un prince pieux qui était en même
temps un abbé. Mais, à l'époque glorieuse où la li-

berté prit naissance, lorsque Garibaldi et les autres
faisaient perdre la tête à Scialoja en tirant chaque
jour sur le trésor public, l'État s'était approprié une
bonne partie de l'argent affecté à l'entretien de l'hospice, et maintenant ce Montesacro modernisé ne
cessait de battre monnaie par tous les moyens possibles.

La plupart des gens le disaient supérieurement
administré.

Le comte Saverio le disait aussi, car son cousin
était à la tête de l'établissement. Quelques grincheux
affirmaient bien que les fresques avaient été détachées des murs du vestibule et des corridors, que les
sièges en chêne de la chapelle s'en étaient allés on
ne savait où et que le retable, peint par Sodoma, n'é-
tait plus à sa place. Un fameux reliquaire en or,
œuvre de Benvenuto Cellini, avait également disparu; les rats étaient censés l'avoir détruit. Mais il
n'y avait pas moyen d'empêcher les ravages de ces
rongeurs; on ne faisait donc pas attention aux propos des mauvaises langues, et le Montesacro continuait à être signalé aux étrangers comme une des
curiosités et des gloires de la belle et aimable cité.
Il comprenait deux divisions : dans l'une se trouvaient des jeunes gens ; on les employait à la fabri-
cation de divers objets dont la vente payait leurs
frais d'entretien et rapportait encore un bénéfice à
l'administration; l'autre division renfermait les personnes âgées, qui servaient de prétexte à toutes
sortes de donations, de souscriptions, de fêtes fo-
raines, de loteries et de représentations dramatiques.
Le comte Saverio, dont le cousin était directeur en
chef de ce philanthropique asile, y fit conduire Nunziatina dans l'équipage de sa confrérie, une charrette en forme de cercueil à laquelle était attelé un

mauvais cheval. On déposa la vieille femme sur un des étroits petits lits du dortoir, et l'on crut qu'elle allait se montrer reconnaissante.

L'entêtée créature trompa cet espoir.

« Qu'ai-je fait? qu'ai-je fait? s'écriait-elle à chaque instant. Laissez-moi revenir chez moi, laissez-moi revenir chez moi. »

Car cette sotte femme persistait à appeler *casa mia* le coin qu'elle occupait dans un grenier où elle n'avait pour lit qu'un méchant matelas.

Elle se trouvait maintenant dans un long corridor, dont les murs, privés de leurs fresques, avaient été blanchis à la chaux. Soixante-dix lits de fer étaient là, rangés en file. Les volets gris des fenêtres étaient soigneusement fermés et laissaient à peine un mince filet de lumière filtrer dans l'obscurité. Tel était le local que devait désormais habiter Annunziata; elle aurait du pain et de la soupe; de plus, elle pourrait sortir une fois tous les quinze jours pendant trois heures.

Au lieu de témoigner sa reconnaissance, la perverse villageoise cria tant, que son visage finit par se tacher de noir.

« *Casa mia! casa mia!* Ramenez-moi à la maison. Je ne suis pas une criminelle. Je ne veux pas être mise en prison! J'ai besoin d'air, j'ai besoin de soleil. Ramenez-moi à *casa mia!* »

Si messer Nellemane avait été là, il aurait eu une fois de plus l'occasion de philosopher sur l'ingratitude des pauvres.

Une contrefaçon féminine du secrétaire communal bâillonna doucement Annunziata, en lui faisant observer que la discipline devait être maintenue dans un institut, quoi qu'il en pût coûter aux individus;

la vieille rebelle s'étant débarrassée de son bâillon, on lui lia les mains aux barreaux du lit. Ensuite on lui dit qu'elle devait être reconnaissante et s'estimer bien heureuse de se voir recueillie par faveur dans l'asile de Montesacro, alors que des milliers de vieilles femmes, laissées sans secours, étaient réduites à mourir de faim.

Elle délira pendant la nuit.

Au matin, l'hébètement avait remplacé le délire. Mais personne ne la croyait malade, on la considérait seulement comme entêtée; aussi ne fit-on aucune attention à elle jusqu'au moment où une surveillante la secoua, et, après l'avoir fait lever, ordonna de la mettre dans un bain. Annunziata, qui partageait la sainte horreur de tous les Italiens pour l'eau, fut prise d'un tremblement fiévreux; mais, comme elle avait cessé de crier, on pensa qu'elle était venue à résipiscence; on la revêtit du costume réglementaire et on la plaça dans la salle commune affectée aux vieilles femmes.

Elle resta là tranquille, silencieuse et frissonnante.

Les compagnes de captivité d'Annunziata s'occupaient à différents ouvrages. Les unes tissaient, les autres cousaient; celles-ci tricotaient, celles-là faisaient de la charpie; plusieurs, l'œil fixe et sans expression, murmuraient, — qui dira quels souhaits, quels regrets, quels souvenirs?

Annunziata regardait le mur maussade, les fenêtres closes, la grande et odieuse chambre dans laquelle elle était toute dépaysée; mais, en réalité, elle ne voyait que son galetas avec les peupliers verts qui se balançaient devant la petite fenêtre, les chemins ensoleillés qu'elle avait foulés pendant tant d'années, les coteaux qu'elle avait si souvent visités,

le large ciel bleu, l'éclat rosé du jour se levant dans
les plaines.

Quand un oiseau des champs est vieux, vous ne
pouvez pas le garder en cage : il meurt parce qu'il a
besoin de voler, parce qu'il lui faut l'air, le changement, la liberté.

Lorsque la nuit fut arrivée, Annunziata dut, avec
ses compagnes, regagner le dortoir commun. Elle
était glacée ; ses membres avaient le froid du marbre.
Personne ne l'avait maltraitée, car durant cette
longue et fastidieuse journée elle était restée absolument silencieuse et passive.

Casa mia, casa mia, murmura-t-elle faiblement
lorsqu'on la mit au lit. On était au milieu de l'été,
et, bien que la température fût étouffante, la malheureuse avait si froid, que la femme de service, s'en
apercevant, appela au secours ; on n'avait pas de
médecin sous la main, et le directeur était à dîner
chez le préfet.

On essaya de faire avaler un breuvage chaud à
Annunziata, mais elle le rejeta ; ses lèvres devinrent
bleues et ses yeux hagards.

« Laissez-moi sortir, laissez-moi retourner à la
maison, murmurait-elle d'une voix tremblante. Il n'y
a pas d'air ici ; je ne puis pas respirer... »

Les femmes qui l'entouraient avaient trop souvent vu des scènes de mort au Montesacro pour
n'être pas blasées sur ce spectacle ; toutefois, mues
par une sorte de pitié instinctive, elles soulevèrent
la mourante et ouvrirent une fenêtre, afin de laisser
pénétrer dans la chambre la fraîcheur de la nuit.

Mais Annunziata n'en ressentit aucun soulage-
ment. Elle haletait ; tout à coup elle ouvrit les yeux
tout grands et se dégagea des mains qui la tenaient :

« Seigneur, laissez-moi encore voir le soleil ;

laissez-moi voir les collines ! » cria-t-elle en étendant les bras, et dans cette dernière prière elle
expira.

Ainsi mourut, dans une prison qualifiée de re-
fuge par des philanthropes hypocrites, cette créature ignorante, brave, loyale, laborieuse et absolument inoffensive ; presque aussi muette que les
chiens, tout aussi gaie que les oiseaux, elle avait
supporté le chaud et le froid, la faim et la souffrance
sans proférer une plainte, aussi longtemps qu'elle
était restée libre.

XVIII

Sur ces entrefaites, la misère s'était encore accrue
au moulin ; les Pastorini, qui durant tant de siècles
avaient été des paysans fort à leur aise, étaient plus
sensibles à la gêne que les gens accoutumés de
longue date à la pauvreté et aux privations. Toutes
les économies de la famille avaient été dépensées
pendant la captivité de Carmelo, et le moulin ne
rapportait plus un liard. Ceux qui, naguère, auraient
donné dix ans au meunier pour s'acquitter envers
eux, ne lui accordaient maintenant qu'avec peine un
mois de crédit. La faveur populaire est chose chan-
geante ; elle vient et s'en va également sans raison.
Demetrio Pastorini emmena le bon cheval gris à un
marché éloigné et le vendit, ne pouvant se résoudre
à le garder chez lui pour qu'il souffrît de la faim.
Le meunier pressentait aussi que la vieille mule
aurait bientôt le même sort. Sans grain à moudre,

le moulin ne couvrait pas ses frais. L'*usciere* commença à apporter des assignations à propos de dettes insignifiantes, car il suffit qu'un fournisseur se montre raide pour que tous les autres en fassent autant.

Le petit boucher Sandro avait disparu de Santa-Rosalia après avoir fait faillite. Le gros boucher, celui qui était en bonne odeur auprès de la municipalité, ne livrait sa marchandise que quand on la payait comptant. Le vieux Demetrio avait maigri à un tel point, qu'il ne se ressemblait plus à lui-même. Seul le baby venait à souhait au milieu de ces tristesses, et on pouvait s'attendre à ce qu'il en naquît un second sous peu. L'avenir n'offrait au meunier et à son fils qu'un surcroît de bouches affamées sans rien pour les nourrir. Carmelo n'ayant pas répondu à la citation qu'il avait reçue pour avoir encombré la route avec les sacs de *torbo*, et n'ayant pu non plus se faire représenter par un homme de loi, son affaire fut naturellement renvoyée au tribunal de Pomodoro. Là le *pretore* s'estima suffisamment édifié sur les faits de la cause quand il eut constaté que le prévenu était l'ancien condamné Carmelo Pastorini : sans plus ample informé, il rendit un jugement contre lui. L'amende avec les frais de justice, etc., s'éleva à trente-huit francs. Trouver une pareille somme dans la maison du meunier eût été aussi difficile que d'y trouver des émeraudes et des rubis. Après les formalités d'usage, une saisie fut ordonnée pour le payement, ainsi qu'on en avait agi avec le pauvre vieux Pippo. Carmelo ne possédait qu'un fusil, ses vêtements et les petites boucles d'oreilles en corail qu'il avait données à sa femme dans la semaine des fiançailles : l'*usciere* fit main basse sur ces objets.

« Il a déposé trois sacs sur le bord d'une route pour soulager un moment la mule ! » dit le père désolé. Quant au jeune homme, il ne dit rien, et, en voyant l'ordre de saisie, il se borna à rire, mais d'un rire bruyant et sauvage qui donna le frisson aux personnes présentes. A l'insu de Carmelo, le meunier décida l'huissier à prendre quelques-uns de ses propres vêtements au lieu de ceux de son fils. S'il avait encore eu la mule, il l'aurait vendue ; mais la contravention remontait à trois mois, et la mule appartenait maintenant à d'autres maîtres. L'argent réalisé par cette vente, ainsi que par celle du *baroccino*, avait fait vivre jusqu'alors les nombreux habitants du moulin.

Viola, sentant son impuissance à venir en aide aux siens, se reprochait amèrement d'avoir épousé Carmelo. Seul, pensait-elle, il pourrait se tirer d'affaire ; il quitterait le pays, il n'aurait à penser qu'à soi. La jeune femme commençait à trouver qu'elle n'avait fait que du mal à tous ceux qu'elle aimait.

Le jour où l'on apprit au moulin la nouvelle arrestation d'Annunziata, le désespoir envahit l'âme timide et patiente de Viola.

« Oh ! Carmelo ! sanglota-t-elle, et ce sont eux aussi qui ont tué Raggi, bien que je ne te l'aie jamais dit !

— Chère, il y a longtemps que je l'avais deviné, répondit le jeune homme avec un sourire amer. Ce sont des misérables qui ont nos vies entre leurs mains ; des tueurs de chiens, des voleurs, des brigands. Le peuple est comme le bouvillon qui se laisse docilement conduire à l'abattoir quand il pourrait faire usage de ses cornes pour se défendre.

— Mais cela irait-il mieux, si le peuple se levait ?

— Qui sait ? reprit Carmelo d'un air sombre.

J'ai ouï dire qu'il y a vingt ans, quand on a chassé les *stranieri,* les plus ardents à piller les trésors du peuple ont été les soldats et les chefs sortis de son sein. Et que pouvons-nous faire, nous qui n'avons ni organisation ni direction, nous qui ne savons pas lire, et ne pouvons que nous débattre aveuglément comme les oiseaux pris au filet? Voilà le malheur. Nos gens sont craintifs. Ils fuient comme des souris à la vue d'un uniforme ; une épée nue les fait rentrer sous terre. Pourtant tout est préférable à la situation présente. Mieux vaudrait être mitraillé par l'artillerie que de mourir lentement des saignées que nos bourreaux nous font subir chaque jour.

— Mais comment cela finira-t-il?

— Qui peut le dire? Je crois qu'à force de nous traiter en criminels pour les moindres choses que nous faisons, ils finiront par nous transformer en diables. Si l'armée était avec nous, eh bien, alors... J'ai entendu dire que les soldats murmurent, que le mécontentement règne parmi eux; mais, hélas! il se trouvera toujours des hommes pour pointer le canon contre les pauvres. »

Il n'en dit pas plus; mais Viola en avait assez entendu pour comprendre quel danger menaçait son bien-aimé.

XIX

Le soir où mourut Annunziata, Carmelo et son père, assis devant une lampe à trois branches, étaient en train de faire leurs comptes. Ils n'y réus-

sissaient guère; ils savaient chiffrer, mais le meunier écrivait mal, et le jeune homme, qui avait toujours été paresseux pour ces choses-là, ne savait pas
écrire du tout.

Quelque mauvais comptables qu'ils fussent, ils
purent cependant se convaincre qu'ils étaient très
obérés, et qu'à moins d'un retour de fortune ils par-
tageraient le sort de Pippo. Or il n'y avait aucune
apparence que leur situation dût s'améliorer, au
contraire : le moulin à vapeur enlevait de mois en
mois un plus grand nombre de clients au pauvre
Demetrio Pastorini. Le village de Santa-Rosalia
faisait ce qu'ont fait un million de fois des sociétés
plus considérables : il suivait l'intérêt personnel et
se mettait du côté du manche.

Le père et le fils ressentaient cela amèrement. Ils
étaient désappointés; car ils avaient été assez simples
pour s'imaginer que les villageois, haïssant tous
l'*oppressor rusticorum*, auraient tous le courage de
manifester cette haine; caractères francs et droits, ils
ne possédaient l'un et l'autre qu'une faible connaissance de la nature humaine.

« Qui aurait pu penser que tous nos gens seraient
si bas? grommelait Pastorini.

— On leur apprend à l'être, répondit Carmelo.
Ils sont menés par un espion et un sergent de
police. Que voulez-vous ! toute la faute est au gouvernement. »

Pastorini soupira : il songeait à la cause pour
laquelle son frère avait combattu et donné sa vie. Le
meunier ne comprenait rien à la politique, mais cela
lui semblait dur.

Carmelo, accoudé contre la table, tenait sa tête
appuyée dans ses mains. La lumière jaune de la
mauvaise huile se jouait sur ses cheveux et sur les

papiers étalés devant lui. La lune brillait à la fenêtre de la cuisine.

« Père, dit brusquement le jeune homme, il est inutile que je reste ici ; je ne puis pas vous aider, je ne vous fais que du tort. Moi parti et Dina mariée, il y aura peut-être assez pour vous, pour Cesarellino et pour les fillettes ; les autres pourront gagner eux-mêmes leur vie après qu'ils auront traversé cet enfer qu'on appelle la milice. Père, jamais je n'aurais pensé à faire cela ; mais je vois maintenant qu'il le faut. Je vais aller chercher de l'ouvrage ailleurs ; j'emmènerai ma femme et peut-être le vieillard, car il perdra la raison s'il reste ici...

— Tu veux t'en aller, toi, le fils aîné ? »

Demetrio Pastorini était devenu pâle comme un linge et respirait avec effort ; il n'y avait pas d'exemple depuis des siècles que le fils aîné de la famille Pastorini eût quitté le moulin.

« C'est le meilleur parti à prendre, dit tristement Carmelo ; ici il n'y a pas assez pour nous tous. Ici c'est la ruine ! ajouta-t-il en frappant du poing sur les papiers couverts de chiffres. Mon départ diminuera vos charges et vous permettra peut-être de vous tirer d'affaire. Quant à moi, je suis fort, je puis me livrer à n'importe quel travail.

— Tu vas te faire *bracciante !* gémit le meunier.

— Je serai *bracciante* s'il le faut, dit Carmelo. Le mois prochain, je partirai pour les Maremmes. Il y a là, dit-on, beaucoup d'ouvrage. Je ne sais pas bien où c'est ; mais on peut demander. Je n'ai pas d'argent pour aller au delà des mers, autrement j'irais. En tout cas, j'ai des bras robustes ; je ne laisserai mourir de faim ni Viola, ni ses enfants, ni le vieillard, s'il consent à nous accompagner. Vous

me permettrez de partir, père? Vous ne direz pas
non ? »

Si Demetrio Pastorini avait ordonné à son fils de
rester, celui-ci se serait soumis sans résistance. Le
respect de l'autorité paternelle est une des antiques
vertus qui se sont conservées chez ces vieilles familles de paysans.

Le meunier était silencieux. Une émotion qu'il
s'efforçait de cacher se manifesta malgré lui dans
le tremblement de ses lèvres.

« Fais ce que ta conscience te dit de faire, répondit-il d'une voix sourde. Je ne veux pas te retenir, je
n'ai ici pour toi que du pain bien amer. Et pourtant... Oh! mon Dieu! quel malheur! »

Le vieillard, après avoir prononcé ces mots, appuya
sa tête grise contre la table et pleura.

Il ne pouvait se dissimuler qu'il valait mieux
pour Carmelo ne pas respirer le même air que
Bindo Terri; mais la pensée de cette séparation lui
était des plus pénibles. Depuis tant de générations,
il était de règle dans la famille Pastorini que le fils
aîné succédât comme meunier à son père; et main-
nant, semblable à Ismaël, le premier-né allait fuir
la maison paternelle, il allait chercher du travail
loin du lieu natal! Peu s'en fallut qu'en ce moment
Demetrio n'eût préféré voir Carmelo étendu mort
sur son lit, tant il souffrait à la seule idée de ce départ. Néanmoins il ne voulut pas dire non.

« Va-t'en si tu veux, lui dit-il. Quand les arbres
sont partis, j'ai compris qu'avec eux s'en allait le
bonheur de la maison. Du reste, je n'ai plus longtemps à vivre.

— Non, non, dit tendrement Carmelo. C'est ma
présence qui porte malheur à la maison. Notre honnête demeure ne doit pas abriter un oiseau de geôle.

Après vous, père, votre place ici sera mieux tenue par Cesarellino que par moi. Je vivrais cinquante ans, que je ne pourrais guérir la blessure de mon cœur, ni effacer la tache faite à mon nom. »

En prononçant ces paroles, il serra les poings et maudit dans son âme ceux qui avaient empoisonné sa vie.

Il avait hâte de partir : sans doute son cœur se serrait à la pensée de quitter son pays, de vivre désormais loin de cette rivière dont l'eau avait chanté à ses oreilles depuis son enfance; pourtant il soupirait après le moment du départ.

Il craignait à chaque instant qu'un mouvement de colère dont il ne serait pas le maître ne donnât de nouveau prise sur lui à ses ennemis. Les airs insolents et les sarcasmes des gardes champêtres, le refroidissement des anciens camarades, l'aspect désolé du lieu où se trouvait naguère le *boschetto*, les souffrances du vieux Pippo et de Nunziatina, tout cela irritait le ressentiment de Carmelo, comme la piqûre d'un taon envenime la blessure saignante au flanc d'un cheval. Il avait peur que la patience ne vînt à lui échapper.

Il était fort jeune, et il rêvait un nouveau champ d'activité, une vie libre, un endroit où il pût travailler et s'amuser sans être montré au doigt par ses voisins et bafoué par ses ennemis.

Il était fort ignorant, et n'avait pas la moindre idée de ce qui se passait en dehors de sa commune; mais, à ses yeux, tout valait mieux que de causer la ruine de son père. Il se sentait capable de se frayer une nouvelle route dans la vie et de gagner du pain pour sa femme et pour le vieillard. Partout, pensait-il, un bon ouvrier doit trouver à vivre, lui et les siens.

On voit par là combien Carmelo connaissait peu ce pays où les affamés, victimes des sauterelles administratives, se comptent par dizaines de mille.

Ce soir-là, assis près de la petite fenêtre donnant sur la Rosa, il fit part à sa femme du projet qu'il avait formé. Viola n'avait jamais entendu parler de Ruth; mais le cœur de Ruth bat dans la poitrine de toute femme qui aime; aussi dit-elle à sa manière : « Où tu iras, j'irai.

— Et grand-père? » demanda-t-elle sitôt qu'elle fut remise de son émoi, car un voyage dans une province voisine était pour l'ignorante villageoise ce que serait pour nous un voyage aux antipodes.

« Nous le prendrons avec nous, répondit résolument Carmelo. N'aie pas peur, mon amour, jamais je ne te demanderai de l'abandonner. Ils le rendront fou, s'il reste ici. Nous le déciderons à nous accompagner.

— Je crois que jamais il n'y consentira, dit en soupirant Viola; sa vie même semble attachée aux pierres de sa maison, comme les racines d'un aloès sont enfoncées dans le roc...

— Chère âme, reprit Carmelo avec un mélange de tendresse et d'amertume, bientôt, je le crains, ces pierres ne seront plus à lui. Les coquins ne le laisseront jamais en repos; et, d'ailleurs, la maison est hypothéquée.

— En ce cas, peut-être viendra-t-il avec nous, dit Viola; mais il est vieux, et on ne peut pas plus renouveler ses idées qu'on ne peut rendre de la résine à un pin desséché. Et puis il y a Nunziatina.

— Mon père la prendra chez lui, répondit Carmelo; je suis sûr qu'il le fera, il est si bon; elle occupera notre lit et notre place à table. »

Viola embrassa son mari avec attendrissement.

« Tant que mon père vivra, continua le jeune homme, il trouvera toujours un morceau de pain pour sauver une vieille femme de la prison. Demain, Viola, j'irai à Pomodoro, et je ferai part à Nunzia-tina de cet arrangement. Peut-être la laissera-t-on sortir, si je promets qu'elle n'ira plus jamais sur la voie publique. Je n'ai pas d'argent. »

Viola l'embrassa de nouveau. En ce moment où, appuyés l'un sur l'autre, ils regardaient voler les chauves-souris à la blanche clarté de la lune, les deux époux étaient presque heureux.

« Puissions-nous seulement, murmura Carmelo, aller dans un endroit où nous trouvions des moyens d'existence, et où tes enfants n'apprennent jamais que leur père a été en prison ! Ce n'est pas, toutefois, que je regrette d'avoir agi comme je l'ai fait ; main-tenant encore je n'hésiterais pas à recommencer. Pauvre Toppa ! »

Au mois d'août, tous les trois ans, se tient à Santa-Rosalia une foire aux chevaux et aux bes-tiaux, qui est en même temps une occasion de ré-jouissances populaires. Elle s'ouvre régulièrement par une grand'messe et une procession. Durant les deux jours que dure cette foire, tous les habitants des localités voisines, à vingt milles à la ronde, viennent la visiter.

Autrefois une franche et inoffensive gaieté régnait dans ces réunions ; aujourd'hui elles donnent lieu trop souvent à des scènes d'orgie et à des rixes dans lesquelles le couteau joue un rôle prédominant. A notre époque, en effet, le peuple cherche l'oubli de ses maux dans la boisson, et l'ivresse arrive d'au-tant plus vite que les cabaretiers, écrasés d'impôts, se rattrapent en vendant à leurs clients des con-sommations frelatées et malsaines.

Les préparatifs de la foire étaient déjà terminés, la poudreuse *piazza* avait pris un air de fête avec ses baraques et ses drapeaux. Ici des taureaux ; là des chevaux blancs, bais, gris ; ailleurs des ânes décharnés, des chèvres conduites par des bergers aussi farouches d'aspect que leurs animaux ; de maigres moutons qui ne se nourrissaient que de l'herbe broutée le long des routes, chétive pâture, à présent que les règlements municipaux interdisent aux pauvres bêtes tout arrêt sur le grand chemin.

La place était pleine de mouvement, de bruit et d'éclats de rire. Au mugissement des bœufs, au braiement des ânes s'ajoutait tantôt le carillon de San-Giuseppe, tantôt la sonnerie des cloches de San-Romualdo.

En se rendant à la maison de la Madone pour savoir comment Pippo se portait, Carmelo se sentait le cœur plus léger que de coutume.

Il avait causé avec les marchands de bestiaux et les bergers, qui tous lui avaient donné des renseignements sur différentes localités. Un maquignon arrivant des Maremmes lui avait assuré qu'un jeune homme robuste était toujours le bienvenu dans ces bois, où il y avait du travail durant tout l'hiver. C'étaient des informations bien vagues ; mais elles n'en faisaient pas moins plaisir au fils du meunier.

Son imagination se représentait avec bonheur les vastes plaines marécageuses, la grande mer bleue, les noires forêts de pins et de châtaigniers dont on lui avait parlé. « A coup sûr, pensait-il, il n'y a pas là de ces petites lois qui vous harcèlent toute la journée, comme les cousins au fort des chaleurs. »

Il était si jeune, que son âme se dilatait à la moindre lueur d'espoir. Il se dirigeait vers la demeure de Pippo, pressé de mettre le vieillard au courant de ses projets. Carmelo prévoyait qu'il serait difficile de décider le vannier à quitter sa petite maison carrée; mais il aimait trop Viola pour ne pas tenter l'entreprise.

La jeune femme, en effet, n'eût jamais pu se résoudre à laisser son grand-père mourir dans l'abandon.

Tout occupé de ces pensées, il se frayait un chemin à travers la foule, et il ne remarquait pas la curiosité avec laquelle tout le monde regardait les rails récemment posés le long de la rivière; ce spectacle faisait oublier celui des baraques et des bestiaux.

« Prenez garde! » cria-t-on rudement à Carmelo, et on le poussa en dehors de la voie juste au moment où arrivait à toute vitesse une grosse locomotive noire qui remorquait plusieurs wagons. C'était l'inauguration du tramway.

« Maudite chose! » vociféra Carmelo; autour de lui les gens restaient sombres et chagrins; seuls quelques partisans du progrès essayaient, mais en vain, d'exciter l'enthousiasme en poussant des cris et en agitant leurs chapeaux.

Dans les wagons étaient triomphalement assis le *cavaliere* Durellazzo, le *signore* Luca Finti, le *signore* Zauli, les membres de la *giunta* et d'autres personnages pour qui cette innovation avait été une bonne affaire. Messer Nellemane se trouvait dans un coin du premier wagon; il avait la mine rayonnante et portait une rose rouge à la boutonnière.

Le public garda un silence de mort jusqu'au moment où l'affreuse machine eut disparu à ses yeux.

« Je suis ruiné, dit fort tranquillement le propriétaire de la diligence. Il ne me reste qu'à m'asphyxier, comme Nanni. A présent, personne ne se servira plus de ma voiture.

— Pourquoi souffrez-vous que l'on vous traite ainsi ? dit Carmelo, dont les yeux étincelaient de colère. Vous êtes pareils aux pauvres moutons qui sont là ; vous allez à l'abattoir comme vous iriez vous coucher. Qui est-ce qui gouverne ici ? Quelques mauvais drôles qui ont l'esprit de monter sur votre dos et de vous faire marcher comme nous faisons marcher un âne.

— C'est vrai, observèrent tristement plusieurs voix ; mais qu'y a-t-il à faire ? A la ville on dit...

— On dit... on dit... Ce sont les sots qui disent... Il ne s'agit pas de parler, mais d'agir ! reprit en s'échauffant Carmelo. Chaque maître de maison, chaque honnête homme devrait émettre hardiment son avis dans les affaires de son *borgo ;* il ne faudrait pas laisser le champ libre à une bande de coquins. Est-il possible que vous ne compreniez pas cela ?

— Oui, oui ! bravo ! bravo ! » cria-t-on dans la foule ; les marchands de bestiaux invitèrent l'orateur à continuer. Depuis longtemps Carmelo brûlait de répandre l'enseignement qu'il avait reçu durant sa captivité. Encouragé par la sympathie de son auditoire, il poursuivit en élevant la voix :

« J'ai beaucoup réfléchi à cela. Si la prison est une rude école, du moins y apprend-on la vérité. Il y avait là un moribond qui m'a dit que nous sommes tous des esclaves. Et que sommes-nous d'autres ? Nous travaillons à la sueur de notre front depuis l'aurore jusqu'à la nuit, et il faut que nous livrions au receveur des contributions les quelques sous si péniblement gagnés. Nos mères pleurent, les bras manquent pour cultiver nos champs, tandis que nos

gars pris pour le service souffrent le froid et la faim
sous leurs havresacs. Nos vaisseaux pourrissent
dans les ports ; les taxes sont si lourdes, que leurs
propriétaires ne peuvent se résoudre à s'embarquer.
Nos petits commerçants, réduits à la misère, ferment
leurs boutiques et vont mourir silencieusement dans
quelque endroit écarté. Ici, à la campagne, personne
ne peut dire que son âme lui appartienne ; si son
chien remue une patte, si son enfant joue à la toupie, les brigands lui tombent dessus ; il doit payer,
sinon on vend ses meubles. C'est le roi qui fait cela,
dites-vous ? Non, il ne sait rien ; il est environné de
gens qui le trompent ; les menteurs forment autour
de lui comme une haie impénétrable d'aloès et de
cactus. Souvent, dit-on, quand un pauvre est mis à
l'amende, la reine a la bonté de payer pour lui afin
qu'on ne lui enlève point ses instruments de travail,
car, faute de mieux, ces diables saisissent la pelle,
la cognée, le marteau de l'ouvrier. Si un homme
gagne dix centimes par jour, il paye la *tassa di fa-
miglia !* Vous savez tous cela. Nous sommes libres !
Je crois bien ! Dans les villes les casernes sont
pleines de bersagliers prêts à tirer sur nous si nous
disons un mot, et au village il y a des vauriens
armés de petites épées qui espionnent toutes nos actions. Nos vies ne sont plus à nous. Il faut payer,
payer, payer jusqu'à ce que la sueur de nos corps
soit devenue du sang. Dans les maudites fabriques
qu'ils ont bâties, les femmes reçoivent quarante centimes par jour, et les enfants ne gagnent que la
moitié de ce salaire. Ils disent que nous sommes
heureux ; ils le proclament à la face du monde entier
dans leurs banquets, et d'un bout à l'autre du pays
les grands chemins sont remplis de gens que le fisc
a chassés de leurs maisons : les infortunés meurent

Carmelo, au milieu du marché, haranguait la foule.

en silence, parce qu'ils sont bêtes comme des moutons ou vertueux comme des saints. »

Des larmes roulèrent sur le visage de Carmelo, une sueur froide baignait son front ; quoiqu'il ne fît que répéter les paroles de l'ouvrier allemand, il les prononçait en y mettant tout son cœur et toute son âme.

La foule était ravie d'entendre ce langage ; mais Bindo Terri, qui se trouvait à quelques pas de là, l'entendait aussi.

« Il y a du vrai dans ce que vous dites, mon garçon, murmura à la fin le propriétaire de la diligence. Mais que pouvons-nous faire ? Vous reconnaissez vous-même que les villes regorgent de soldats et les villages de gardes champêtres.

— Alors avouons que nous sommes esclaves et courbons nos têtes, » reprit amèrement le jeune homme. Puis, montrant le drapeau qui flottait sur le café de la *Nuova Italia,* il ajouta :

« Disons que ce drapeau est le drapeau non de la liberté, mais de la famine, de l'oppression et de la crainte. Nous mourons de faim, et un million de sangsues épuisent notre pâture. Nous mourons de faim, et dans les emplois publics s'engraissent un million de paresseux qui obtiennent une pension après avoir passé toute leur vie sans rien faire. Nous sommes tous des lâches.

— Va-t'en, mon cher, ils ont l'œil sur toi, lui dit à l'oreille Gigi Canterelli. Et quand même nous nous lèverions tous, que pouvons-nous faire ? Nous n'avons pas d'armes, sauf quelques vieux fusils bons tout au plus pour tirer des grives, et ils auraient vite fait de pointer le canon contre nous.

— A quoi leur servirait leur canon si nous leur refusions nos conscrits ? » répliqua Carmelo ; sa poitrine se soulevait avec effort, ses yeux étaient étincelants.

Bindo Terri s'avança vers lui.

« Au lieu de tenir des discours séditieux, dit aigrement le garde champêtre, vous auriez mieux fait de mettre les parents de votre femme à l'abri du besoin. Nunziatina est morte avant-hier soir au Montesacro. »

Après avoir prononcé ces mots, il se déroba prudemment derrière un carabinier.

« Quoi ? fit Carmelo en jetant un regard effaré sur ceux qui l'entouraient ; cette brute ne m'a dit cela que pour m'affliger. Parlez, vous autres, parlez vite ! Elle n'est pas morte ! Elle ne peut pas être morte ! »

Gigi Canterelli, qui était le plus rapproché de Carmelo, lui mit doucement la main sur l'épaule.

« Cher garçon, commença l'épicier d'une voix hésitante, j'ai bien entendu dire quelque chose comme cela ce matin par des gens qui arrivaient du chef-lieu ; mais, à coup sûr, si c'était vrai, vous en auriez été informés.

— Non, non, répondit Carmelo, qui paraissait frappé de stupeur. Personne ne nous a rien dit. Qui est-ce qui l'a emmenée au chef-lieu ? Nous ne savons rien de cela. Si elle est morte..., oh ! si elle est morte, que dirai-je à Viola ?

— Nous avons reçu l'avis officiel ce matin du Montesacro, répondit Bindo Terri, en sûreté derrière le carabinier armé qui lui servait d'abri protecteur. Vous le recevrez par la poste cet après-midi. Elle est morte, vous pouvez m'en croire. Si vous aviez travaillé pour lui procurer du pain et de la soupe, cela aurait mieux valu que de venir débiter

des balivernes républicaines qui vous feront remettre en prison. »

Le jeune homme allait sauter à la gorge du misérable qui le narguait ainsi ; mais il en fut empêché
par Gigi Canterelli et les autres.

« Cher garçon, lui cria Gigi, pense à ta jeune
femme. Ne va pas t'attirer de nouveaux embarras
à cause de ce drôle ; ce serait lui faire trop de
plaisir.

— La vieille femme est morte, murmura Carmelo. Morte *ainsi,* sans avoir auprès d'elle aucun
de nous ! »

La voix lui manqua ; il rabattit son chapeau sur
ses yeux et s'éloigna.

« Si vous l'aimiez tant que cela, pourquoi la lais-
siez-vous mendier sur la grand'route? » ricana Bindo
derrière lui ; mais Carmelo ne l'entendit pas.

« Fi donc, Bindo! » dit d'un ton sévère Canterelli,
et la foule s'associa à ce reproche.

Le garde champêtre planta son chapeau à plume
sur le côté de sa tête et passa sa courte épée sous
son bras.

« Si vous m'insultez, vous recevrez une assigna-
tion, répondit-il avec l'arrogance qu'il prenait pour
de la dignité. Je représente la loi.

— Seigneur, Seigneur ! murmura l'épicier, et
toutes les claques que tu as reçues de moi parce que
tu volais ma ficelle et mon sucre ! »

Bindo, se drapant dans sa majesté, feignit de n'a-
voir pas entendu ces paroles. Pendant ce temps, le
monde officiel de Santa-Rosalia roulait à toute vapeur
vers Pomodoro. Arrivés à la ville, les augustes voyageurs furent reçus par le comte Saverio, le syndic,
son frère et les autres personnages de marque qui
avaient gagné gros à l'établissement du tramway.

Carmelo traversait la *piazza* comme un aveugle ; la nouvelle de la mort d'Annunziata avait été un coup de foudre pour lui.

La défunte n'était qu'une pauvre vieille femme sans doute ; mais Viola l'aimait tendrement, et Carmelo lui-même s'était attaché à cette créature honnête, courageuse et toujours gaie au milieu des privations.

Ce fut l'instinct plus que la vue qui le guida vers la demeure de Pippo.

« A présent il viendra avec nous, pensait-il ; autrement il mourra comme elle est morte. »

Quand il se trouva devant la maison de la Madone, le jeune homme se sentit le cœur serré par une angoisse soudaine : la porte et les volets étaient fermés, ce qui en plein jour était extraordinaire.

Que pouvait-il être arrivé à Pippo ?

« Il est malade, » se dit Carmelo. Puis il réfléchit que si le vieillard était malade, il n'aurait pas pu fermer extérieurement les volets de sa maison.

Après avoir vainement essayé d'enfoncer la porte, Carmelo promena ses regards autour de lui. Presque tout le monde se trouvait de l'autre côté de la place ; il n'y avait que quelques flâneurs dans le voisinage de l'habitation.

« Savez-vous ce qui est arrivé à Pippo ? leur demanda-t-il.

— Je ne sais pas, » répondit un des individus ainsi interpellés ; mais il riait d'une façon un peu étrange en faisant cette réponse.

Carmelo fit le tour de la maison, escalada le mur du petit jardin et constata que la porte donnant accès au potager était fermée également.

« Mon Dieu, que peut-il être arrivé ? dit-il épou-

vanté. Est-ce qu'on aurait assassiné le vieillard ?
Mais assassine-t-on quelqu'un qui n'a rien ? »

Remigio Rossi, dont le moulin à vapeur se trouvait sur la rive opposée, remarqua la douloureuse stupéfaction dans laquelle le jeune Pastorini était plongé.

« La maison a été saisie à la requête des créanciers, lui cria-t-il ; hier soir on en a expulsé votre grand-père. Je croyais qu'il était allé chez vous. Personne ne vous a donc informé de cela ? Il est vrai qu'on n'aime pas à porter de pareilles nouvelles. Entrez boire un verre de vin chez moi, mon pauvre garçon. »

Une amère imprécation fut la réponse de Carmelo à cette offre.

« Où est-il allé ? cria-t-il.

— Quant à cela, mon garçon, je n'en sais rien, reprit le propriétaire du moulin à vapeur. Nous pensions qu'il était allé chez vous. Seigneur ! si j'ai monté cette machine noire pour remplir mes poches, ne croyez pas cependant que je veuille du mal à aucun des vôtres... »

Mais Carmelo ne l'écoutait plus. Il était sorti du jardin comme il y était entré et explorait maintenant la campagne. Ayant aperçu la trace d'un pied nu sur la terre humide, il croyait avoir trouvé la piste de Pippo.

« S'ils sont morts tous les deux, jamais je n'oserai reparaître devant Viola, pensait-il. Pour sûr, il s'est tué comme Nanni. »

Entendant des pas derrière lui, il se retourna et reconnut Gigi Canterelli.

« Carmelo ! Carmelo ! lui cria l'épicier, j'apprends à l'instant que ton grand-père a été chassé de chez lui hier soir. Ils ont fait cela si tranquillement, que pas un de nous ne l'a su. Il paraît que le notaire de Pomodoro avait un droit sur la maison, parce qu'il n'avait pas reçu l'intérêt de l'argent prêté par lui. De plus, Pippo devait une grosse somme à la municipalité, qui lui avait infligé quantité d'amendes à propos du ruisseau. L'*usciere* est donc venu au nom de la loi prendre possession de la maison ; il l'a fermée, et on dit qu'elle va être vendue aux enchères. Voilà ce que m'a appris tout à l'heure cette brute d'Angelo. Il t'a vu venir ici. Comment se fait-il que pas un de nous n'ait eu vent de la chose? Je n'y comprends rien ; mais ces avocats savent faire leurs coups en sourdine...

— Il est allé se tuer, » dit Carmelo d'une voix entrecoupée.

La saisie de la maison le laissait indifférent : il ne songeait qu'au vieillard, qu'il se figurait noyé dans la Rosa ou pendu à un arbre dans la campagne.

« Non, reprit Gigi Canterelli d'un ton bas et solennel, je ne crois pas qu'il veuille mettre fin à ses jours. Pippo a la crainte de Dieu : il pense que Dieu est le seul maître de notre vie et de notre mort. »

Carmelo ne l'écoutait pas ; il regardait d'un air égaré à droite et à gauche, s'attendant à voir le cadavre du vannier se balancer dans l'air.

« S'il n'est pas mort, dit-il en pleurant comme un enfant, il a tenu à nous cacher le lieu où il s'est réfugié. Regardez, voici des empreintes de pas ; elles conduisent à travers les champs ; il est probable qu'il n'aura pas voulu rester près de la rivière, dans le voisinage de cette vilaine machine ; il se sera enfui dans la campagne, le plus loin possible de cette maudite fumée. »

Tout en parlant, il marchait à grands pas, et son vieil ami le suivait.

« Ils n'entreront pas, » murmura Pippo en serrant la clef
dans ses doigts crispés.

« Son cerveau n'était pas en bon état, dit le jeune homme avec un sanglot. Il a toujours eu l'esprit malade depuis qu'il a engagé sa maison pour payer ces voleurs. Et je venais justement lui proposer de partir avec moi afin de commencer une vie nouvelle...

— O Seigneur ! ayez pitié de nous ! gémit son compagnon. Dans ma jeunesse, personne ne se tuait ; mais maintenant les rivières sont bondées de cadavres, et on ne se sert plus du charbon que pour s'asphyxier.

— Cherchons bien, » dit Carmelo d'une voix étouffée.

Tout à coup il poussa un grand cri : il venait d'apercevoir Pippo assis au pied d'un érable qu'enlaçait une vigne chargée de fruits. La tête nue du vieillard était inclinée sur sa poitrine.

Carmelo s'élança vers lui et se jeta à ses genoux.

« Grand-père, ne me reconnaissez-vous pas ? Parlez-moi ! regardez-moi ! Ne me voyez-vous pas ? c'est *moi*, Carmelo ! Vous n'entendez pas ? »

Les habits et les longs cheveux blancs du vieillard étaient humides de rosée : il avait passé toute la nuit à la belle étoile. Il leva la tête ; mais toute intelligence était absente de sa physionomie ; il tenait à la main une grosse clef rouillée. A cette vue, Carmelo comprit tout, et son sang se glaça dans ses veines.

« Ils n'entreront pas, murmura Pippo en serrant la clef dans ses doigts crispés. Ils n'entreront pas ; j'ai la clef. C'est ma maison, et je suis le maître. Ils sont venus à plusieurs ; mais j'ai pris la clef et je l'ai cachée. C'est ma maison, c'est ma maison. »

Impossible de lui faire dire autre chose. Pressant la clef contre sa poitrine, il continua avec un rire sauvage :

« C'est ma maison ; je leur apprendrai que je suis le maître. Ils m'ont pris cent *scudi ;* ils ont tout enlevé chez moi : le lit sur lequel la fillette est née, le petit miroir où elle regardait son joli visage ; la petite chienne est morte, et le roi a besoin des roseaux de la rivière ; mais ils n'entreront pas dans la maison ; j'ai la clef. »

Ses mains serraient avec une énergie croissante l'objet en question, et il riait d'un rire de triomphe.

Il était complètement fou.

La saisie de sa maison avait porté le dernier coup à sa pauvre cervelle, où depuis longtemps « bourdonnaient » sans cesse les chiffres des amendes infligées par la municipalité.

« J'ai la clef, ils ne peuvent pas entrer ; c'est ma maison, c'est ma maison. Quand je serai mort, vous m'enterrerez sous les amandiers à côté de la petite chienne, et vous ferez de la maison une chapelle, » murmura-t-il en tenant la clef contre son sein et en regardant avec des yeux d'aliéné le soleil qui se jouait dans les vignes.

En ce moment un banquet avait lieu à la préture de Pomodoro ; le *cavaliere* Durellazzo était en train de lire, aux applaudissements unanimes des convives, un discours rédigé pour lui par messer Gaspardo Nellemane.

Dans ce *speech* éloquent il parlait de la prospérité du pays, de l'excellence des lois, de l'admirable économie qui régnait dans toutes les branches des services publics, et de la nécessité pour l'Italie d'avoir une grande armée qui lui permît d'élever la voix dans les conseils de l'Europe.

Le discours, chaleureusement acclamé, fut, comme

de juste, reproduit par la presse locale, et tous les
journaux en firent l'éloge, aussi bien les organes de
l'opposition que les feuilles dissidentes et ministé-
rielles.

« Je reconnais votre plume, dit tout bas le signor
Luca Finti à messer Nellemane. Il faut que vous vous
fassiez nommer député aux élections prochaines, et
je suis sûr qu'un jour vous et moi serons ministres
dans la même combinaison. »

Messer Nellemane eut un sourire modeste, puis,
s'éloignant de la salle, il s'en fut expédier, au nom
des deux syndics, un télégramme au roi pour l'informer de la grande œuvre accomplie ce jour-là.

Il ne voyait pas de raison pour que la prédiction
ne se réalisât point, et j'avoue que je n'en vois pas
non plus. Messer Nellemane est tout à fait digne
d'arriver aux honneurs dans le royaume d'Italie.

XX

Aujourd'hui Santa-Rosalia paye deux francs par
jour pour l'entretien de Pippo à l'asile San-Bonifacio,
où le vieillard a dû être transféré. Il est imbécile, et
de temps à autre violent ; mais sa constitution est
forte, il ne meurt pas. Parfois il pleure durant des
journées entières, et alors on le punit. Il cherche
toujours une clef perdue.

Le malheur survenu à son grand-père a causé une
telle commotion à Viola, qu'elle est tombée malade.
La fièvre, jointe au chagrin, l'a tuée, comme elle a

tué la jeune Mercédès d'Espagne; mais Viola n'a pas été aussi vite oubliée et remplacée. Le petit *bimbo*, privé de sa mère, n'a pas tardé à la suivre au tombeau. Fou de désespoir, Carmelo s'est associé avec quelques jeunes gens aigris comme lui par l'oppression; ils ont essayé d'incendier le palais municipal, où sont conservés ces maudits documents qui empoisonnent la vie des pauvres. Leur tentative ayant échoué, les conjurés ont été faits prisonniers, et, après un long procès, condamnés aux travaux forcés. La presse italienne et anglaise les a représentés comme une bande de socialistes ignorants et brutaux. Depuis, il n'a plus jamais été question d'eux. Ils sont dans les mines de la Sardaigne.

Demetrio Pastorini est mort le cœur brisé. Ses fils n'ont pas pu soutenir la concurrence du moulin à vapeur, et ils ont vendu pour un morceau de pain la maison paternelle à la commune. Les uns travaillent à la journée; les autres ont été pris par le service militaire.

Cecco est mort; ses fils sont aussi soldats. Gigi Canterelli, mal vu de la municipalité, a fait faillite, et il est maintenant réduit à la mendicité. Le vieux couvent de la colline est devenu une fabrique où les femmes et les enfants se ruinent la santé pour gagner quelques centimes par jour. La petite maison de la Madone a été achetée et agrandie par Bindo Terri. Le garde champêtre a fait un beau mariage, et l'argent qu'il a su amasser dans l'exercice de ses fonctions lui a permis d'entreprendre un commerce de vins. Il a cédé son épée et son uniforme à son frère, qui lui ressemble comme un furet ressemble à un autre furet.

Messer Gaspardo Nellemane fait florès au service de l'État : il est plein d'ambition, et, selon toute probabilité, il atteindra les sommets auxquels il aspire.

Santa-Rosalia s'est bientôt trouvé trop petit pour contenir un si grand homme.

Il a été nommé à un emploi dans la capitale.

Quand les *dissidenti* deviendront les *possidenti,* il arrivera avec eux au pouvoir. Si, d'autre part, la droite revient aux affaires, messer Nellemane saura faire valoir à son profit qu'il a toujours été modéré, qu'il s'est toujours tenu du côté de l'ordre et de la loi.

Quel que soit le parti qui règne à Montecitorio, on pourra dire de ce personnage : « En vérité, il a sa récompense. »

FIN

16270. — Tours, impr. Mame.

www.ingramcontent.com/pod-product-compliance
Lightning Source LLC
Chambersburg PA
CBHW050305030726
47505CB00003B/584